国家社会科学基金项目资助
"非自然叙述学研究"最终成果（项目批准号：16BZW013）
四川大学哲学社会科学出版基金资助

Unnatural Narrative Theory:
Critical Survey and Constructive Dialogue
非自然叙述理论研究

王长才 ◎ 著

图书在版编目（CIP）数据

非自然叙述理论研究 / 王长才著 . -- 成都 : 四川大学出版社, 2025. 3. -- (中国符号学丛书 / 唐小林, 赵禹平主编). -- ISBN 978-7-5690-7547-2

Ⅰ . I045

中国国家版本馆CIP数据核字第20252K4D28号

书　　　名：	非自然叙述理论研究 Feiziran Xushu Lilun Yanjiu
著　　　者：	王长才
丛　书　名：	中国符号学丛书·叙述
丛书主编：	唐小林　赵禹平
出　版　人：	侯宏虹
总　策　划：	张宏辉
丛书策划：	侯宏虹　陈　蓉
选题策划：	陈　蓉
责任编辑：	陈　蓉
责任校对：	吴近宇
装帧设计：	墨创文化
责任印制：	李金兰
出版发行：	四川大学出版社有限责任公司
	地　址：成都市一环路南一段24号（610065）
	电　话：（028）85408311（发行部）、85400276（总编室）
	电子邮箱：scupress@vip.163.com
	网　址：https://press.scu.edu.cn
印前制作：	四川胜翔数码印务设计有限公司
印刷装订：	成都金龙印务有限责任公司
成品尺寸：	170mm×240mm
印　　　张：	19.75
字　　　数：	354千字
版　　　次：	2025年8月 第1版
印　　　次：	2025年8月 第1次印刷
定　　　价：	78.00元

本社图书如有印装质量问题，请联系发行部调换

版权所有 ◆ 侵权必究

扫码获取数字资源

四川大学出版社
微信公众号

中国符号学丛书·缘起

现代符号学的学科体系虽成形于20世纪初,但符号思想渊源流布深远。古代中国、古希腊罗马、两河流域及古印度哲人均对表意机制进行了深入探索。赵毅衡指出,《周易》或可视为人类首部涵摄整体经验的符号化系统之典范。在符号意义与形式的关系思考方面,中国先秦诸子,儒、道、名、墨、法各家之思辨均有触及。从时间上看,古希腊斯多葛学派(the Stoics)探讨符号与语义问题大体同步,中国名家亦正致力"名实之辨"。遗憾的是,最具符号思辨色彩的先秦名学在汉代之后未能成为正统。东方中国的符号学思想,更多蕴含于以儒学为代表的各派学术源流中——儒家以仁礼规约为核心的符号形式表意贯穿千年文脉,道家伦理思想内蕴生命符号学主题,法家凸显义利思辨,乃是符号逻辑与价值判断的路数,至于汉代之阴阳五行、谶纬术数、河图洛书,唐代唯识与禅学,宋明理学与心学,晚清学人贡献——均涉及"意义"与人及所在社会关系的重要命题,留下诸多符号学思想遗产,理应构成中国符号思想之深厚土壤。

及至20世纪现代符号学发轫,形式论一度在中国有所讨论。1926年,赵元任先生撰写《符号学大纲》,独立提出了"符号学"术语并阐述构想,倡议发展"符号之学";曾执教于华西协合大学(四川大学前身之一)之李安宅先生,亦著有《意义学》,堪称国内最早探讨符号意义之专论。但赵、李等先生的符号学构想与实践,因缺乏系统传承，亦囿于时代环境，未成完整体系，而其他与符号学有关论述则多散见于语言学领域。整体上，中国学界错失了20世纪世界符号学发展的两段黄金期，一是上半叶之"模式奠基与阐释阶段"，此期奠定了索绪尔结构主义语言学、皮尔斯逻辑修辞学、卡西尔—朗格文化符号哲学及莫斯科—塔尔图学派形式文化符号论等核心范式；二是索绪尔结构主义思潮经广泛阐扬，成为席卷全球之重要学术运动。此后，符号学步入相对平缓之发展期，格雷马斯、艾柯、巴尔特、乔姆斯基等学者的贡献是在既有范式基础上进行深化或局部创新，学科发展路径也转向学派融合与应用领域拓展。

20世纪80年代，中国学术复苏，世界符号学发展的第二阶段已近尾声。符号学之于中国学界，遂成"舶来品"。中国符号学研究的重新起航，很大程度上得益于一批负笈海外的学者。他们译介西学经典、著书立说、培育后进，影响了一代学人。

王铭玉教授将1981年作为中国符号学发展的起点。就中国符号学整体发展情况而言，20世纪80年代为"学科引介期"，以译介为主。王祖望译西比奥克《符号学的起源与发展》(1981)、金克木《谈符号学》(1983)、史建海《符号学与认识论》(1984)等相继发表。随后，一批符号学经典译著付梓：索绪尔《普通语言学教程》（索振羽等译，1986)、池上嘉彦《符号学入门》(张晓云译，1985)、霍克斯《结构主义和符号学》(瞿铁鹏译，1987)、巴尔特《符号学原理》(李幼蒸译，1988)、皮埃尔·吉罗《符号学概论》(怀宇译，1988)、安贝托·艾柯《符号学理论》(卢德平译，1990)。至80年代末，中国学者自撰专著问世，如俞建章、叶舒宪《符号：语言与艺术》(1988)、赵毅衡《文学符号学》(1990)，标志着中国学者在符号学理论领域独立探索的"再出发"。

90年代以降，中国符号学研究突破语言学边界，广泛渗透于哲学、文学、艺术、新闻传播等广义人文学科。以传播学为例，符号学视角及方法大量应用于教育传播、电视新闻、广告、艺术设计等领域，尤以巴尔特文化分析、索绪尔能指/所指结构模型为甚。丁和根教授故此将1994—1999年界定为我国传播符号学"起步期"。

21世纪中国符号学进入了发展期，开启了新阶段。这一阶段从成果数量到研究门类都展现了新的态势。中国知网统计显示2000—2005年以符号学为主题的论文超过800篇，数量较20世纪90年代有长足增长。研究也呈现一些新动向，其中对中华传统文化符号现象的现代符号学阐释占据不小的比重，如龚鹏程《文化符号学导论》（2005）试图重构独立于西方范式的中国阐释框架；语言符号学体系化也有进一步发展，黄亚平、孟华《汉字符号学》（2001）以及王铭玉《语言符号学》（2003）都非常注重从中国学术传统汲取营养开展符号学建设。这一阶段广义的文化传播逐渐成为符号学新领域，李杰（思屈）出版《东方智慧与符号消费》（2003）等论著推动广告符号学发展，李彬出版《符号透视：传播内容的本体诠释》（2003）系统介绍传播学的符号观，蒋荣昌出版《消费社会的文学文本——广义大众传媒时代的文学文本形态》（2004）拓展了消费社会意义形式分析……

约2006年后，我国符号学的发展在话语体系、学术体系和学科体系方面的建设又有了新局面。赵毅衡教授2006年回国并于2008年创立四川大学"符号学－传媒学研究所"，研究所以"传媒文化"为核心突破，力主倡导符号学的泛文化传播研究。这一主张进一步引发了"中国符号学"在理论和应用门类的全域性拓展。2009年，研究所创办国内首份符号学专业集刊《符号与传媒》

(Signs & Media)。同年，四川大学在传播学二级学科博士点下设立传播符号学方向，后发展为隶属于新闻传播学一级学科的独立符号学二级学科博士点，迄今仍为国内唯一符号学博士点。在赵毅衡、蒋晓丽等学者的倡议下，中国中外文艺理论学会于2014年成立"文化与传播符号学分会"，此后又在中国新闻史学会下发起成立"符号传播学专业委员会"。

正是在上述背景下，这套"中国符号学丛书"应运而生，其要旨是融汇中西符号学经典成果，系统呈现中国符号学原创研究的整体态势。具体目标有二：

一是在理论本体上回应"符号学是什么"这一"元命题"。丛书既萃取符号学里程碑式经典之精髓，亦着力于新语境下呈现学科前沿动态。对该问题的回答，并不仅仅是引述西方已有成果，更重要的是寻求"中国答案"。赵毅衡教授集大成之"意义形式论三书"《符号学原理与推演》《广义叙述学》《哲学符号学：意义世界的形成》已成为中国符号学基础研究之核心文献，并被译介至多国。这些工作不仅是对世界符号学的总结与推进，更是中国学者对国际符号学界的重要贡献。

二是拓展"符号学适用何处"之应用疆域。丛书超越学科本体论探讨，深入探索符号学在各领域的应用潜能，体现以"符号学"为方法论的门类化发展。如唐小林教授编撰的《符号学诸领域》以三十八章专题，归类理论符号学、产业符号学、中国传统符号思想等五大领域，提出符号叙述学、奇幻符号学、精神符号学等新兴分支，也展示了符号学在诗学、广告、文化传播等议题上的整合性研究视角。

丛书沿此路径持续深耕，迄今出版八十余种。据不完全统计，本丛书可能已成为全世界符号学领域规模最大的原创性论著丛书。当前,"中国符号学丛书"正立于承前启后的新起点。此次改版,非仅为形式之更新,更是学科发展内在逻辑与时代需求之必然。在严格秉承原有学术准则基础上,新版丛书依循符号学总体框架,系统整合为"叙述系列""传媒系列""艺术系列""新锐系列""互鉴系列"等若干子系列。此举有多重用意:

首先,子系列的划分可让内部学科脉络更趋清晰。各子系列划分呼应了符号学内部日益精细的分工与交叉融合趋势:"叙述系列"聚焦符号叙述学前沿,"传媒系列"深耕传播符号学应用,"艺术系列"探索泛艺术时代的多维表意,"新锐系列"为青年学者及新兴交叉领域提供学术展示平台,"互鉴系列"则延续对国际符号学前沿的关注。此架构使丛书的学科脉络与知识谱系更为分明,便于读者按图索骥,把握研究热点与方向。

其次,是追求研究领域的深化。丛书体量越来越大,每个领域均涉及域内专门性知识和规律。因此,主编团队根据具体的门类,由研究所唐小林、陆正兰、胡易容、饶广祥等在相关领域有深入研究的专家分别担纲主编工作,以确保选题的前瞻性及内容的学术质量。

最后,是回应时代学术关切。本次改版旨在更密切地回应全球符号学发展的新动态(如数字符号学、生物符号学、人工智能与符号表征等)以及中国社会文化转型中的重大符号实践问题(如国家形象建构、文化遗产的当代创新传承、网络社会的意义生产等)。

总之,"中国符号学丛书"的最终旨归,是开启兼具全球视野和自主知识体系的符号学中国学派建构,以清晰的定位与序列化出版,进一步整合国内外研究力量,系统梳理中国符号学思想资源,持续产出具有原创性和中国气派的标志性成果,为构建具有国际影响力的中国符号学学派奠定更坚实的文献与理论基础。展望未来,"中国符学丛书"将持续秉持"立足中华文化、融通中外"的宗旨,在深耕中国传统符号思想的现代阐释与转化的基础上,积极介入全球符号学对话,为世界符号学版图增添更加璀璨的东方华章。

胡易容

2025年7月

于四川大学竹林村

非自然的自然：
读王长才教授《非自然叙述理论研究》

读这本书，对"不自然"本身大有所悟："不自然"的理论，被王长才讲得那么自然，而自然的事，被他分析出那么多隐藏的"不自然"。或许（如果我们读懂了这本书）叙述理论就是应该不自然到如此自然的地步。

这本书上半部，仔细介绍七八位专家的意见，条分缕析辨义，让我们读原书（大部分没有翻译为中文）觉得如读天书的人，豁然开朗，明白这门叫人困惑的学问，原来也可以是那么清晰而自然；王长才为写这本书，读了上百本书，行了万里路，进行了几十次会议与访谈讨论，得出了下半部他自己独特的见解。那么为什么要读那么多书？正是因为读了这么多书，他自己的理论才让人信服。

"非自然叙述理论"只适用于分析非自然的叙述，是"偏师"，不是一种分析叙述的普遍理论；古今中外，非自然的小说都有出现，却是偶露峥嵘、难得一见的"次传统"；20世纪中叶后，世界文化进入后现代，出现大量"不自然"的小说叙述，因此"非自然叙述理论"也相应成为叙述学中的一个重要流派。

王长才本人提出，这些叙述之"非"自然，是因为叙述方式（叙述者的身份）往往"不安其位"。那么，"非自然叙述理论"讨论的究竟是情节，还是讲述方式？因此，为了证明其普适性，理论应当更花力气处理讲述方式，这些外国理论家大部分讨论的却是叙述作品故事情节的出奇。那么理论的本意是个别性，还是普适性？

王长才指出：如果把眼光放到所有体裁的叙述作品，那么在小说叙述中"不自然"的叙述方式原是必要的自然，例如"推倒重来"，在游戏中是最自然的方式；例如"回旋跨层"，在戏剧与电影中相当自然；例如情节的"非模仿"，在童话、寓言、志怪、科幻作品中是题中应有之义。也就是说，"非自然"只是个叙述类型学问题，只是对小说中成为问题的问题进行解惑。

以上一口气说了好几种"非自然叙述理论"中的不自然中的自然，或自然中的不自然。也许这就是此理论的本来面目。理论固然让人眼花缭乱，点破这层窗户纸，需要眼光如炬，需要高屋建瓴。《庄子·天道》早就明白：所有有效的理论，文字中必难于说尽，"口不能言，有数存焉于其间"。

赵毅衡　谨识

目 录

绪 论 ………………………………………………………… 1
　第一节　非自然叙述理论的缘起与发展…………………… 1
　第二节　非自然叙述理论的中国之旅……………………… 6
　第三节　本研究的目标、思路和主要内容………………… 11

上 编

第一章　非自然叙述理论主要代表人物（上）…………… 21
　第一节　反模仿与叙述的可能性：布莱恩·理查森的非自然
　　　　　叙述理论 ………………………………………… 21
　第二节　叙述中的不可能与阐释策略：扬·阿尔贝的非自然
　　　　　叙述理论 ………………………………………… 43
第二章　非自然叙述理论主要代表人物（下）…………… 55
　第一节　叙述的解放：尼尔森的非自然叙述理论………… 55
　第二节　永久陌生化：伊韦尔森的非自然叙述理论……… 66
　第三节　作为挑衅的非自然：玛丽亚·麦凯莱的非自然
　　　　　叙述理论 ………………………………………… 76
第三章　非自然叙述理论与其他后经典叙述学分支（上）…… 86
　第一节　非自然叙述理论与认知叙述学…………………… 86
　第二节　非自然叙述理论与修辞叙述学…………………… 109
第四章　非自然叙述理论与其他后经典叙述学分支（下）…… 126
　第一节　非自然叙述理论与女性主义叙述学……………… 126

第二节　非自然叙述理论与后殖民主义叙述学……………… 135
　　第三节　非自然叙述理论与广义叙述学………………………… 143

下　编

第五章　反叙述因果性：一种对非自然叙述的理解…………… 159
　　第一节　叙述因果性、反叙述因果性与非自然叙述…………… 159
　　第二节　从叙述因果性到反叙述因果性………………………… 168
　　第三节　反叙述因果性、非自然叙述及动态把握……………… 172

第六章　非自然叙述者的分类学考察……………………………… 176
　　第一节　不确定的非自然叙述者………………………………… 177
　　第二节　确定叙述者的非自然形态……………………………… 179
　　第三节　特殊人称叙述中的非自然叙述者……………………… 186
　　第四节　非自然叙述者的组合形态：不兼容…………………… 193

第七章　跨层与非自然叙述………………………………………… 196
　　第一节　"跨层"面面观………………………………………… 196
　　第二节　"跨层"的界定及根据………………………………… 216
　　第三节　自然跨层与非自然跨层………………………………… 220
　　第四节　个案分析………………………………………………… 228

第八章　非自然叙述与非自然叙述理论：问题与展望…………… 233
　　第一节　反模仿叙述常规化之后………………………………… 233
　　第二节　可进一步探讨的问题…………………………………… 242

参考文献……………………………………………………………… 257

附录一　非自然与非自然叙述理论：布莱恩·理查森教授访谈录
　　　　 ……………………………………………………………… 274

附录二　非自然叙述学概要………………………………………… 284

结项后记……………………………………………………………… 301

出版后记……………………………………………………………… 303

绪　论

"非自然叙述理论"（unnatural narrative theory）或"非自然叙述学"（unnatural narratology）[①]是近年来后经典叙述学中发展较为迅猛的分支之一，相关成果接连涌现，作为西方叙述学界持续的学术热点，在国内学界也引起了一定呼应。目前该理论内部立场并不统一，存在颇多争议，尚未达成共识，国内学界的认识也不全面，且存在一些误解。本研究拟对"非自然叙述理论"进行全景式扫描，梳理与评析各方代表性立场和观点，并考察其与后经典叙述学其他分支的关联与差异，进而尝试与西方学界展开对话，对其中某些问题提出自己的一点思考。

第一节　非自然叙述理论的缘起与发展

在美国学者布莱恩·理查森（Brian Richardson）看来，主流叙述学是建立在主流的自然叙述即模仿性叙述基础之上的，而大量存在

[①] 这一思潮兴起时被称为"非自然叙述学"，本研究申请并获批的题目也是"非自然叙述学研究"，但因为它并非针对所有文本的、具有普遍性的一种"非自然"的"叙述学"，而是对"非自然叙述"的理论化，因而本人倾向于采用"非自然叙述理论"这一提法。关于"unnatural"，国内学界也有"不自然""反常规""非理性"等译法，现按通行惯例采用"非自然"，参见唐伟胜：《非虚构叙事、不自然叙事：当代叙事学研究的两大前沿课题（代前言）》，《叙事》（中国版）2011年第三辑，2011年，第1—5页；陈文铁、郝利群：《是"非自然"还是"反常规"：叙事学术语unnatural的翻译》，《东方翻译》2019年第1期，第43—47页。另外，国内学界有关"叙事"还是"叙述"的对话与讨论，本研究采用"叙述"，引文中保留原用法。

的反模仿性叙述因其边缘或另类的特性,被主流叙述学理论有意无意地忽略或排斥了,它们无法在主流叙述学框架和概念下得到公正对待,这使得叙述学理论暴露出重大的缺陷和不足,因此是不完整的。为此,理查森大力倡导非自然叙述研究,致力补正已有叙述学理论。他的《非自然声音:现当代小说中的极端叙述》(*Unnatural Voices: Extreme Narration in Modern and Contemporary Fiction*,2006)从反模仿叙述实践出发,提出了一系列命题,恰恰与倡导"走向'自然'叙述学"的德国叙述学家莫妮卡·弗卢德尼克(Monika Fludernik)形成鲜明对照,被认为是非自然叙述学勃兴的开始。2008年国际叙述研究学会(The International Society for the Study of Narrative)年会上,他和扬·阿尔贝(Jan Alber)、斯特凡·伊韦尔森(Stefan Iversen)、亨里克·斯科夫·尼尔森(Henrik Skov Nielsen)组成了"'非自然'叙述——'非自然'叙述学:超越模仿模式?"("Unnatural" Narratives-"Unnatural" Narratology: Beyond Mimetic Models?)分论坛,后来他们合写了一篇文章,发表于2010年的《叙述》上,这就是被视为建构"非自然叙述学"的宣言的《非自然叙述,非自然叙述学:超越模仿模式》(*Narrative*,2010)。随后"非自然叙述"引起了众多叙述学家的兴趣,相关研究呈现出如火如荼的态势,许多学术期刊都推出了"非自然叙述学"专辑〔如《叙述》(*Narrative*,2010.2;2012.3)、《故事世界》(*Story Worlds*,2013)、《涵义》(*Connotations*,2013/2014)等〕。2009年以来,每年的国际叙述研究学会年会都有关于"非自然叙述学"的两至三个分论坛。此外还有多次以"非自然叙述学"为主题的研讨会,比如"非自然叙述"("Unnatürliches Erzählen",德国弗莱堡,2008.11)、"哪些叙述学超越模仿性叙述学?"("Which Narratologies Beyond Mimetic Narratology?",法国巴黎,2010.9),等等。多部相关论文集分别在德国、美国出版,如《非自然叙述—非自然叙述学》(*Unnatural Narratives-Unnatural Narratology*,2011)、《叙述虚构中的奇怪声音》(*Strange Voices in Narrative Fiction*,2011)、《非自然叙述诗学》(*A Poetics of Unnatural Narratives*,2013)、《超越经典叙述：跨媒介与非自然挑战》(*Beyond Classical Narration: Transmedial and Unnatural Challenges*，2014)等。此外，在《叙述理论：核心概念与批评性辨析》(*Narrative Theory: Core Concepts and Critical Debates*，2012)中布莱恩·理查森代表非自然叙述学与修辞叙述学、认知叙述学、女性叙述学的理论家分别就叙述学的基本概念进行阐释，并彼此交锋。丹麦奥胡斯大学"叙述研究实验室"(Narrative Research Lab)[①]特别设立"非自然叙述学"研究项目，并在全球范围邀请重要学者参与，编纂了在线版《非自然叙述学词典》。非自然叙述学的领军学者布莱恩·理查森和扬·阿尔贝分别撰写的专著《非自然叙述：理论、历史与实践》(*Unnatural Narrative: Theory, History, and Practice*，2015)和《非自然叙述：小说和戏剧中的不可能世界》(*Unnatural Narrative: Impossible Worlds in Fiction and Drama*，2016)相继出版，又一次引起学界关注。

如果说，从2006年布莱恩·理查森的《非自然声音：现当代小说中的极端叙述》到2015年、2016年理查森、阿尔贝专著的出版是非自然叙述理论的初步成形期，2016年以来可算是非自然叙述理论的深入发展期，主要表现在有多位学者参与相关讨论，更多的相关成果涌现，使得非自然叙述理论成了叙述学界不折不扣的持续热点。特别值得一提的是，著名的学术期刊《文体》(*Style*)2016年冬季号为"非自然叙述理论"特刊，由布莱恩·理查森撰写一篇"目标论文"(Target Essay)，阐明自己的观点，并在全球范围内邀请叙述学家进行讨论，最后又由布莱恩·理查森回应。除了理查森、阿尔贝、尼尔森、伊韦尔森、玛丽亚·麦凯莱(Maria Mäkelä)等主要非自然叙述理论的倡导者也都参与了讨论，集中阐明了各自的观点。参与讨论的理论家不乏詹姆斯·费伦、安斯加尔·纽宁(Ansgar Nünning)、杰拉德·普林斯(Gerald Prince)、H. 波特·阿博特(H. Porter Abbott)、玛丽—劳尔·瑞安(Marie-Laure Ryan)、申

[①] *Narrative Research Lab*，https://projects.au.dk/narrativeresearchlab/，访问日期：2020年8月1日。

丹等活跃在叙述学界的重量级学者,这是自非自然叙述理论提出以来进行的最广泛、最深入、最犀利的讨论。此外,《故事世界》2016 年冬季号"女性主义小说和非自然叙述理论"("Feminist Fiction and Unnatural Narrative Theory")特刊和《今日诗学》(*Poetics Today*) 2018 年春季号"关于叙述的认知和非自然的视角(理论交叉)" ["Unnatural and Cognitive Perspectives on Narrative (A Theory Crossover)"]特刊,都就非自然叙述理论与后经典叙述学其他分支之间的关系展开讨论,尤其后者,就模仿、虚构性、聚焦、虚构心理、事件、沉浸、阐释和叙事媒介等论题,分别请非自然叙述理论和认知叙述学双方的学者共同撰写,展开了深入对话。另外,还有理查森担任客座编辑的《叙事研究前沿》(*Frontiers of Narrative Studies*)两期特刊[2017 年下半年刊的"实验文学与叙述理论" ("Experimental Literature and Narrative Theory")和 2018 年上半年刊"非自然叙述:理论与实践"("Unnatural Narratives: Theories and Practices")]等,这些都体现了学界对非自然叙述理论的关注热度。

非自然叙述理论最新成果是 2019 年出版的两部专著,分别是理查森的《21 世纪的情节诗学:不规则叙述的理论化》(*A Poetics of Plot for the Twenty-First Century: Theorizing Unruly Narratives*)、中国学者尚必武的英语专著《跨界的非自然叙述:跨国与比较视角》(*Unnatural Narrative across Borders: Transnational and Comparative Perspectives*),以及 2020 年出版的阿尔贝与理查森合编的论文集《非自然叙述学:扩展、修正与挑战》(*Unnatural Narratology: Extensions, Revisions, and Challenges*)。《21 世纪的情节诗学:不规则叙述的理论化》是对叙述情节的一次全面、细致的审视,其从叙述的定义开始,以大量的叙述实践为例,对开头、中部、结尾、时间性等问题进行了分类归纳,凸显出已有叙述学研究的某些不足,并予以补充与拓展。论文集《非自然叙述学:扩展、修正与挑战》对非自然叙述理论进行了拓展、修正和辩护,将非自然叙述理论应用于诸如女性主义、后殖民研究、文化他异性(cultural alterity)和底层话语(subaltern discourse)等意识形态领域,还讨论了包括非自然叙述与情感研究、沉浸感、人物理论、叙述框架等问题,以及包括自传、图画叙事、戏剧和电影、表演研究和互动游戏书等各种文类与叙述形式中的非自然叙述现象,被学者保罗·道森称为"为巩固非自然叙述学所面临的问题提供了引人入胜和具有指导性的见解"①。

如上所述,非自然叙述理论在西方叙述学界引起了强烈的关注,成为后经典叙述学中发展最迅猛、影响最大的分支之一。修辞叙述学家詹姆斯·费伦对非自然叙述理论给予了高度评价,在几次对叙述学现状的梳理及未来展望中,都给了非自然叙述理论特别的篇幅②。著名文学理论家乔纳森·卡勒(Jonathan Culler)表示:"……最吸引我的是所谓的非自然叙事学。……非自然叙事学的起点是抵制模仿还原论,抵制那种我们可以通过基于现实主义参数的各种模式来使叙事产生意义的假设,所以它在我看来是一个非常有前途的诗学分支,是对我们使各种怪异的文本产生意义的各种程序的研究,而怪异文本正与怪异行为和非自然的声音一起日益布满虚构的世界。"③ 阿尔贝与理查森在2020年称:

> 在过去的十年里,非自然叙述学已经发展成叙述理论中一个重要而富有成效的新范式。通过关注反模仿叙述和技巧,并确定虚构叙述的反现实主义和不可能的特征,它为叙述学带来了新的文本世界,并创造了一些新的分析类别来描述它们的运作和处理它们的潜在方式,如叙述者、人物、时间性和空间环境的新模式,关于融合的新视角,以及一些创新的阅读策略。它还提供了一种新方式,来审视如全知叙述或其他使用零焦点的文本等更熟

---

① https://ohiostatepress.org/books/titles/9780814214190.html,访问日期:2021年9月3日。
② 详见本书第三章第二节。
③ 乔纳森·卡勒:《理论中的文学》,徐亮等译,上海:华东师范大学出版社,2019年,第5—6页。

悉的叙述，现在正被用于越来越多的文类和叙述媒介。①

非自然叙述理论的产生和发展时间并不长，但激起了强烈的反响，其影响力波及全球。布莱恩·理查森的著述更是有汉语、俄语、阿拉伯语、捷克语、波兰语、丹麦语、匈牙利语、葡萄牙语等多种译本，由此也可见一斑。非自然叙述相关的讨论不仅仅局限于西方后现代文学，有学者受非自然叙述理论启发讨论中世纪文学甚至宗教文献，还有学者讨论电影、戏剧、诗歌、数字小说、电子游戏中的非自然叙述，有些学者还将非自然叙述的研究与后殖民主义、性别身份等问题相结合。现在这一思潮仍在发展，持多元立场的学者们受此思潮启示与激发而投身其中，不断拓展着叙述学理论的疆域，甚至也在一定程度上改变了审视主流叙述的眼光（比如芬兰学者玛丽亚·麦凯莱在福楼拜的《包法利夫人》等人们耳熟能详的现实主义作品中也发现了非自然叙述②）。由此可见，尽管非自然叙述理论尚未形成统一的界定和理论框架，并且存在一定的争议，但其产生的巨大影响却不可忽视，值得认真讨论。

第二节　非自然叙述理论的中国之旅

进入 21 世纪以来，中国叙述学界与西方学界的交流日益频繁，表现之一就是西方学界出现不久、尚未有定论的学术思潮能被国内学界敏锐地捕捉到，并予以跟踪、译介和讨论，中西方的研究几乎同步发展。非自然叙述理论就是其中典型。非自然叙述理论从兴起至今只有短短十几年的时间，国内学界从一开始对此就有所关注，相关讨论也不断涌现，与西方学界的发展形成了热烈的呼应。本节试图勾勒中国学界对非自然叙述理论的回应。

---

① Jan Alber and Brian Richardson, "Introduction", *Unnatural Narratology: Extensions, Revisions, and Challenges*, Columbus: The Ohio State University Press, 2020, p.1.
② 详见本书第二章第三节。

绪 论

国内对非自然叙述理论的译介与讨论成果最多的是尚必武。2006年布莱恩·理查森的《非自然声音：现当代小说中的极端叙述》出版后，尚必武就敏锐地捕捉到了这一学术动向，撰写了《非常规叙述形式的类别与特征：〈非自然的叙述声音：现当代小说的极端化叙述〉评介》（《北京第二外国语学院学报》2009年第2期）、《讲述"我们"的故事：第一人称复数叙述的存在样态、指称范畴与意识再现》（《外国语文》2010年第1期）等文章进行评介，随后接连发表了有关非自然叙述理论的系列论文，如《不可能的故事世界，反常的叙述行为——非自然叙事学论略》（《外语与外语教学》2012年第1期）、《非自然叙事学》（《外国文学》2015年第2期）、《叙事的"非自然性"辨微：再论非自然叙事学》（《外国语文》2015年第3期）、《文学叙事中的非自然情感：基本类型与阐释选择》［《上海交通大学学报》（哲学社会科学版）2016年第4期］、《什么是叙事的"不可能性"？——扬·阿尔贝的非自然叙事学论略》（《当代外国文学》2017年第1期）、《非自然的事件，非自然的序列——非自然叙事的另一维度》（《山东外语教学》2018年第6期）、《什么是叙事的"反模仿性"？——布莱恩·理查森的非自然叙事学论略》（《文艺理论研究》2018年第6期）等。他组织的"上海交通大学2019年叙事学暑期高端研讨会"也专门邀请了布莱恩·理查森前来讲学，做了以《什么是非自然叙述学》《非自然叙述时间与非自然叙述序列》为题的报告，为国内学界进一步了解非自然叙述理论做出了突出贡献。他还撰写了英文专著《跨界的非自然叙述：跨国与比较视角》直接参与西方学界的讨论。布莱恩·理查森不仅在梳理非自然叙述理论的进展时论及此书，还专门撰写了书评，发表在著名学术期刊《文体》杂志2020年秋季号上，引起了较为广泛的关注。

国内对非自然叙述理论文献的翻译开始于《叙事》（中国版）。2011年5月出版的《叙事》（中国版）第三辑的"焦点"环节就是"不自然叙事学研究"（"不自然叙事"为"非自然叙述"的另一种译名），收录了2010年发表在《叙述》上的由阿尔贝、伊韦尔森、尼尔森和理查森联名发表的《非自然叙述，非自然叙述学：超越模仿模式》（尚必武译），主编唐伟胜在"代前言"《非虚构叙事、不自然叙事：当代叙事学研究的两大前沿课题》中明确指出"非自然叙述研究"的前沿性。此外该辑还收录了两篇相关文章①。2013年10月出版的《叙事》（中国版）第五辑的"《叙事》最新论文选译"栏目，翻译了两篇有关非自然叙述理论的重要论文，分别是发表于《叙事》2012年第3期的德国认知叙述学家莫妮卡·弗卢德尼克的《"非自然叙事学"有多自然：什么是非自然叙事学的非自然？》（尚必武、刘春梅译）及四位非自然叙述学家联名的文章《什么是非自然叙事学的非自然？——对莫妮卡·弗鲁德尼克的回应》（尚必武、邓治雪译），前者是弗卢德尼克针对上述四位叙述学家的联名文章《非自然叙述，非自然叙述学：超越模仿模式》的质疑，后者是四位叙述学家的回应。2016年北京师范大学出版社出版了《叙事理论：核心概念与批评性辨析》一书，该书为谭君强主持的"当代叙事理论译丛"中的一种，其中布莱恩·理查森的部分是把握非自然叙述理论的重要参照。此外，布莱恩·理查森于2015年出版的《非自然叙述：理论、历史与实践》一书，也收录于该译丛，并于2021年3月出版（舒凌鸿译）。尚必武主持的"当代西方叙事学前沿理论译丛"，作为国家社科基金重大项目"当代西方叙事学前沿理论的翻译与研究"的阶段性成果之一，也收入了阿尔贝、尼尔森、理查森编的论文集《非自然叙事诗学》（尚必武等译，上海外语教育出版社，2023）。国内发表的译文还有杨绍梁译的《非自然叙事理论》（《外语教育研究》2018年第4期，是理查森为《文体》杂志的"非自然叙述理论"特刊撰写的目标论文），王长才译的《非自然叙述学概要》（《英语研究》2019年第1期，是理查森应邀专门为中国读者撰写的概述性文章），尚必武译理查森的《非自然的故事，非自然的序列：非自然叙事学简论》（《学术论坛》2023年第2期）等。除此之外，尚必武、李敏锐、王长才、

---

① 鲁迪格·海因策：《论第一人称叙事小说对模仿认知的违背》，金敏娜译，《叙事》（中国版）2011年第三辑，第27—44页。H. 伯特·阿博特：《反阐释的认知升华——兼论加西亚·马尔克斯和贝克特文本外未知因素的文本体验》，王磊译，《叙事》（中国版）2011年第三辑，第45—56页。

绪 论

李亚飞等人分别对布莱恩·理查森进行了学术访谈（"Unnatural Narratology and Contemporary Narrative Poetics：An Interview with Professor Brian Richardson"，《文艺理论研究》2012 年第 5 期；"The New Model of Unnatural Narratology and Contemporary Literary Criticism：An Interview with Professor Brian Richardson"，《外国文学研究》2017 年第 3 期； "The Unnatural and Unnatural Narrative Theory：An Interview with Professor Brian Richardson"，《符号与传媒》2014 年第 2 期；《非自然叙事学的核心概念与批评争议——布莱恩·理查森教授访谈录》，《山东外语教学》2021 年第 5 期）。理查森也有两篇英文论文发表在国内期刊上［"Postmodern Narrative Theory"（《后现代叙事理论》），《外国文学研究》2010 年第 4 期；"The Futures of Narratology：Natual or Unnatural"（《叙述学的未来：自然或非自然》），《叙事研究前沿》（第一辑），2014］。李敏锐、尚广辉、李亚飞、杨绍梁、王长才等国内学者也都有论文讨论非自然叙述理论[1]。赵玉荣在与自然叙述学对照中讨论非自然叙述理论[2]，

---

[1] 李敏锐：《非自然叙事学的新模式——评扬·阿尔贝新作〈非自然叙事：小说和戏剧中的不可能世界〉》，《当代外国文学》2017 年第 1 期，第 159—165 页；李敏锐：《陌生化·不可能·反模仿：兼谈非自然叙事理论的过去、现在与未来》，《华中学术》2020 年第 3 期，第 38—48 页。尚广辉：《西方叙事研究新视野：非自然叙事》，《外国文学动态研究》2016 年第 5 期，第 73—83 页；尚广辉：《构建反模仿诗学：论布莱恩·理查森的非自然叙事理论》，《外国文学动态研究》2019 年第 1 期，第 95—105 页。李亚飞：《非自然叙事学：一个亟待澄清的叙事研究新范式》，《外语与外语教学》2020 年第 1 期，第 138—145 页；李亚飞、尚必武：《非自然叙事学的缘起、流变与发展态势——西方非自然叙事学研究述评》，《解放军外国语学院学报》2020 年第 1 期，第 77—84 页；李亚飞：《布莱恩·理查森叙事理论研究综论》，《外国语文研究》2020 年第 1 期，第 25—33 页；李亚飞：《形式越界与意义指涉——论理查森的"反模仿"叙事诗学》，《国外文学》2021 年第 4 期，第 1—9 页；李亚飞：《叙事研究的"跨文化"转向——评〈跨越国界的非自然叙事：国际与比较视野〉》，《中国比较文学》2021 年第 2 期，第 206—211 页；李亚飞：《当代西方叙事学中的"反本质主义"——以非自然叙事学为中心》，《新疆大学学报（哲学社会科学版）》2022 年第 4 期，第 127—133 页；李亚飞：《从形式描述到意义解读——论尼尔森的非自然叙事理论》，《外语与外语教学》2023 年第 1 期，第 136—143 页；李亚飞：《范式调整与诗学建构——论非自然叙事学的知识体系》，《外语研究》2023 年第 2 期，第 107—111 页。杨绍梁：《叙事学研究的新维度——〈非自然叙事：小说和戏剧中的不可能世界〉评》，《外国文学动态研究》2016 年第 5 期，第 84—89 页。王长才：《反模仿：布莱恩·理查森"非自然叙述"论》，《中外文化与文论》2017 年第 2 期，第 413—421 页；王长才：《非自然叙述学》，《叙事研究》2021 年总第 3 辑，第 110—127 页。

[2] 赵玉荣：《后经典叙事学研究的新视野——自然叙事与非自然叙事研究的争鸣与对话》，《文学理论前沿》2018 年第 1 期，第 43—72 页。

陈文铁等对 unnatural 的译名提出不同看法①，乔国强辨析阿尔贝的非自然叙述概念②等，从不同角度加深了对非自然叙述理论的认识。此外，国内也有多篇硕士学位论文以非自然叙述理论为选题，有袁德雨《后经典叙述学中的"非自然叙述"理论研究》③（山东大学，2016），周璇《布莱恩·理查森非自然叙述理论研究》（西南交通大学，2016），李维《扬·阿尔贝非自然叙事理论研究》（西南交通大学，2017），花城《扬·阿尔贝非自然叙事理论研究》（南京大学，2019）；2023 年更是出现了 3 篇硕士学位论文：秦轶波《西方非自然叙事学研究》（江南大学），陈源《非自然叙事理论研究》（华中师范大学），颉倩利《中国非自然叙事理论的批评实践研究》（西北师范大学）。

除了对理论的探讨，还有多位学者借用非自然叙述理论来分析作品，比如，尚必武结合非自然叙述理论研究麦克尤恩小说的论文④，李敏锐的博士学位论文《萨尔曼·拉什迪小说中的非自然叙事研究》（华中科技大学，2017），邢葳葳的博士学位论文《麦克·谢邦小说的犹太非自然创伤叙事》（上海外国语大学，2017）等，此外还有多篇硕士学位论文和期刊论文从非自然叙述的角度去研究各种作品。据中国知网的不完全统计，从 2018 年到 2023 年仅硕士学位论文就有 48 篇，2023 年更是达到了 11 篇，体现了"非自然叙述理论"作为学界

---

① 陈文铁、郝利群：《是"非自然"还是"反常规"：叙事学术语 unnatural 的翻译》，《东方翻译》2019 年第 1 期，第 43—47 页。

② 乔国强：《非自然叙事：一种不确定性的存在》，《上海大学学报（社会科学版）》2023 年第 4 期，第 66—77 页。

③ 袁德雨本科阶段的学年论文、毕业论文为笔者所指导，她被保送至山东大学读硕士研究生后还与笔者保持联系。2015 年 5 月 6 日她发邮件咨询研究生阶段毕业论文选题，想"了解下现在这个领域（指叙述学——引者注）的前沿话题有些什么"。笔者回复中提及"非自然叙述学"，她回复对此选题感兴趣。笔者于 2015 年 5 月 8 日在邮件中将笔者当年申请国家社会科学基金项目时的课题论证活页发给她参考，并说明"硕士论文不用铺展得太开，找准一个点，辐射开去最好"，此后还多次提供笔者在国外访学、开会期间收集的资料。这篇硕士学位论文采用了笔者课题论证中的部分内容。

④ 如尚必武：《非自然叙事的伦理阐释——〈果壳〉的胎儿叙述者及其脑文本演绎》，《外国文学研究》2018 年第 3 期，第 30—42 页；尚必武：《"M"消失的秘密：麦克尤恩〈立体几何〉的非自然叙事》，《当代外国文学》2019 年第 3 期，第 44—51 页；尚必武：《麦克尤恩〈蟑螂〉的非自然叙事及其政治讽喻》，《上海交通大学学报（哲学社会科学版）》2021 年第 3 期，第 89—108 页。

关注焦点之一的热度。

对于非自然叙述理论这一前沿话题，国内学界的反应有以下两个方面值得注意：一方面，中国学者与西方学界的讨论几乎同步。非自然叙述理论的倡导者与领军学者布莱恩·理查森早在 2007 年就受邀参加了中国中外文艺理论学会叙事学分会在江西南昌举办的"首届叙事学国际会议暨第三届全国叙事学研讨会"，并做了题为《当代戏剧中叙述进程的几种新方式》的大会发言，在非自然叙述理论作为思潮兴起以前，就已经与中国同行有了学术交流。借助《叙事》（中国版），布莱恩·理查森等人 2010 年联名发表的论文于 2011 年 5 月就已经以中文译文的方式与中国学者见面。随后，西方学界的各种动向也大都被国内学者迅速捕捉并做出反应。另一方面，中国学者并没有对西方学者亦步亦趋，而是以积极、平等的姿态参与对话，申丹和尚必武教授更是以英文著述进入西方学界的核心场域，展示了中国学者的经验和立场，发出了中国声音，体现了中西方学术对话与交流的深入和发展。

第三节 本研究的目标、思路和主要内容

如前所述，非自然叙述理论在某种意义上已经成了学界研究热点，尽管如此，相对于非自然叙述理论这一研究领域的复杂性而言，国内研究现状还存在明显不足。最明显的问题在于，一方面，尽管国内有多项相关成果，但多集中在布莱恩·理查森和扬·阿尔贝这两位领军人物身上，对其他理论家则少有人涉及。而由于非自然叙述理论内部立场与观点各异，没有达成共识，还在继续发展之中，如果对其内部复杂性没有充分认识，将某个局部作为整体来讨论，就很容易出

现偏差。①另一方面，对于非自然叙述理论与其他后经典叙述学分支的关系、它们的差异与分歧以及相互作用等，国内学界的讨论还远远不够。而要深入把握非自然叙述理论的特别之处，与其他后经典叙述学分支进行对照讨论是必要的。此外，非自然叙述理论是正在发展中的前沿领域，并非已经成熟的理论，因而，与西方学者对话、参与讨论以及提出中国学者自己的见解和认识更有意义，在这方面国内学界还有很多工作要做。

因此，本书正文分为上下两编：

上编为第一章至第四章，拟对西方非自然叙述理论进行全景式扫描，力求较为全面、客观地呈现非自然叙述理论的丰富性和复杂性，是对西方非自然叙述理论的梳理与评析。

第一章和第二章各节分别以理查森、阿尔贝、尼尔森、伊韦尔森、麦凯莱等非自然叙述理论的代表人物为关注重点，对其立场和观点进行梳理和评析，着重对非自然叙述的界定、阐释策略、理论立场的差异与分歧进行对照辨析。

理查森将非自然叙述界定为与模仿、非模仿相区别的反模仿叙述，采用从下到上的研究路径，从叙述实践出发展示原有叙述学的不足，并试图加以拓展与修正。他强调采用双重解读框架来理解非自然叙述：既要了解模仿框架，又要理解作者有意突破、颠覆模仿框架的努力，从而欣赏非自然叙述的乐趣。理查森后来强调非自然可以发生在故事层面和话语层面，从局部到全局都有不同程度的非自然。

---

① 比如，学者江澜将非自然叙述理论当作统一的整体进行批评，将非自然叙述理论内部的分歧和差异当作"没有足够的底气，甚至坦承其自身的不足""由于缺乏坚实的理论基础，非自然叙事学并不能自圆其说"的证明，在笔者看来，明显出现了认识上的偏差。见江澜：《"非自然叙事"有多"自然"？》，《外国文学》2018年第4期，第112—123页。另外乔国强教授主要针对扬·阿尔贝为《叙述学手册》第二版（*Handbook of Narratology*，2014）撰写的"非自然叙述"词条提出批评，认为"有些过于拼贴和混乱"，"把原本一些不同层级、不同所指的概念和术语混杂在一起"，非自然叙述"是一种依靠感性和直觉支撑下来的不确定性存在"，"非自然叙事可归类到后经典叙事学项下，其理论中充斥着一种与'后'相关理论所特有的那种动荡不安、含混不清的特性"。在笔者看来，文中尽管有犀利的洞见，也存在一些误解，比如，忽略了对阿尔贝理论特别重要的"规约化"问题，另外，对于阿尔贝其他著述及其他非自然叙述理论家着墨不多，提及理查森时，也将其界定"反模仿"误作"反自然"，有些论断值得进一步讨论。见乔国强：《非自然叙事：一种不确定性的存在》，《上海大学学报（社会科学版）》2023年第4期，第66—77页。

阿尔贝的非自然叙述理论建立在现实世界的认知参数之上，以物理上、逻辑上、人类属性上的不可能作为判定非自然叙述的标准，这一界定清晰明确，但所涉及对象较为宽泛。他也区分了已经"规约化"与"正在规约化"的非自然叙述。针对非自然叙述他提出9种阐释策略，更热衷于将非自然叙述"自然化"的阐释方式，更偏向于立足认知叙述学的立场，以非自然叙述作为对象，验证认知方法的阐释有效性。他重视非自然叙述"规约化"的"自然化"过程，认为这是一种文学史发展的驱动力。

尼尔森强调非自然叙述是虚构叙述的子集，要求读者采用不同于在非虚构的、对话式的故事讲述情境中所采用的阐释策略。尼尔森与理查森立场较为一致，也同样要求保持非自然叙述的特性，不赞同阿尔贝将非自然叙述"自然化"的阐释方式。另外，尼尔森将非自然叙述的种种策略归于作者的虚构，取消了叙述交流中的叙述者和隐含作者，以规避模仿模式对叙述者的感知限定。他也比其他学者更为激进，认为与自然叙述相比，非自然叙述摆脱了种种限制，在实现叙述的潜能方面更接近圆满状态，从而赋予了非自然叙述更大的意义。

伊韦尔森最初对非自然叙述的界定是主导故事世界的规则与其中发生的情况或事件之间有难以解释的冲突的叙述，后将非自然叙述视为一种"永久陌生化"，突出了非自然叙述并不能轻易被"自然化"的特性，也更强调非自然叙述的修辞功能。他还对弗卢德尼克的"自然叙述学"有所质疑，进而讨论了非自然的意识。

麦凯莱将非自然性视为对已有理论框架的偏离，是一种挑衅，而非一种特定的文类、文本或叙述手段。她期望建立一种适用于全部叙述的具有普遍意义的叙述学。她讨论了现实主义中的非自然，扩大了非自然叙述的范围，并且更在意读者框架的多元性，还倡导非自然的阅读方式即反沉浸式阅读。她认为弗卢德尼克的自然叙述学相比非自然叙述学更具有弹性，其立场更接近认知叙述学。

第三章和第四章着重辨析非自然叙述理论与认知叙述学、修辞叙述学、女性主义叙述学、后殖民主义叙述学以及广义叙述学等后经典叙述学的其他分支的关联、各自立场的差异及相互影响，特别针对学界此前的误解进行了纠正。

尽管表面上看非自然叙述理论与认知叙述学家弗卢德尼克的自然叙述学针锋相对，但理查森的研究并非专门针对她，后来理查森认为非自然叙述理论是对自然叙述学的一种激进的延伸和补充，但也强调他界定的非自然叙述与自然叙述不是对立关系。而阿尔贝的非自然叙述理论在很大程度上与弗卢德尼克的理论一脉相承。弗卢德尼克认为非自然叙述学与自然叙述学殊途同归，但弗卢德尼克趋向于建立更具有普遍性的叙述理论，而非自然叙述理论强调不同类型叙述的差异，并分别展开探讨。弗卢德尼克也关注了多种非自然叙述现象，但重心是现实世界、人类经验的再现。认知叙述学家戴维·赫尔曼对理查森"将非自然叙述与自然叙述相区分，并要求用不同于模仿框架的分析框架来处理非自然叙述"的核心假设并不赞同，他认为，理查森错误地扩大了叙述的范围，也低估了模仿叙述的复杂性。理查森所举的非自然叙述不是反模仿，而是反叙述，即它们已经突破了叙述的界限，不应再以叙述对待。在理查森看来，赫尔曼等人基于认知研究的叙述理论认为人类经验和文学经验具有同源性，从而使他们忽略了很多叙述的非传统或反传统的特性，形成了一种新的模仿主义，这容易抹杀非自然叙述和其他叙述的差异，有过度普遍化、简易化的风险。赫尔曼与理查森对叙述的界定、模仿立场的看法有明显分歧，从而引发对已有叙述学是否有缺陷，是否需要非自然叙述理论进行补充的不同看法，他们的立场尖锐对立，难以调和。相对而言，以卡琳·库科宁（Karin Kukkonen）、马尔科·卡拉乔洛（Marco Caracciolo）为代表的第二代认知叙述学家持更开放的态度。尽管他们对认知方法与非自然叙述理论的差异有着清晰的认识，但并没有将二者对立起来，而是倡导彼此对话，尝试将二者加以结合。他们与非自然叙述理论家就模仿和虚构性、叙述与聚焦、虚构意识、事件、沉浸感与陌生化、叙述媒介等述核心问题进行讨论，展示了双方对话和合作的可能性。

詹姆斯·费伦不仅作为修辞叙述学家参与了非自然叙述理论的讨论，还作为编辑直接见证甚至推动了非自然叙述理论这一思潮的诞生与发展，在这之前他也讨论过多种背离模仿模式的叙述现象，但他的立场和理查森等人并不相同。他认为非自然叙述理论是建立在输入输出模式之上的，即理论与其研究对象相匹配。但是，只要存在分类的等级原则并优先选择某种分类作为研究对象，任何一种理论都会受到质疑。非自然叙述理论与修辞叙述学的重要分歧，在于前者更关注文本现象，而后者更着重读者与文本动态变化之间的互动。持开放态度的费伦承认受到非自然叙述理论的启示，并不排斥将非自然叙述理论的相关成果吸纳进自己的修辞理论。另一位代表人物彼得·拉比诺维茨也同样持开放态度，他秉持的多元论原则及后验原则使他并不排斥理查森等人的非自然叙述理论，并且他承认理查森的工作是对他的一个提醒。不过，作为"局部主义者"，他对理查森试图修正、拓展现有叙述学理论以便得到更有包容性的叙述学理论的做法持保留意见。被詹姆斯·费伦归为第四代芝加哥学派的中国学者申丹赞同非自然叙述打破模仿规约，并基于是否打破模仿幻觉区分了不同程度的非自然性，提出了自己修订的定义。她从聚焦越界、特殊叙述、隐性进程等方面讨论了违背模仿常规但保持模仿幻觉的非自然手段，更强调在常规模仿叙述中的非自然要素，这与理查森后来扩大非自然叙述涵盖范围的倾向是一致的。不过，在笔者看来，她的看法容易将理查森的反模仿与非模仿混为一谈，反而可能引起某种混乱。

非自然叙述理论为重新审视女性写作提供了新的理论视角，女性主义叙述学家罗宾·沃霍尔称受惠于理查森等人的工作，也认为理查森存在二元对立的倾向。艾伦·皮尔等人则将非自然叙述理论与女性主义叙述学相结合。不过，尽管在要求自身得到公正对待的诉求方面，非自然叙述理论与女性主义非常相似，但非自然叙述理论更适合阐释特定的非自然叙述文本，女性主义叙述学则可以基于自身立场讨论任何文本，二者仍在立场、方法、关注角度、适用范围等方面存在较大差异。

普林斯借助后殖民主义叙述学，对非标准的叙述保持浓厚的兴趣，并希望修正叙述学的不足，这与理查森等非自然叙述理论家们立场一致。但他并没有将非自然叙述单列出来，用和主流叙述学不同的特定框架来处理，这显示了两种立场的差异。此外，弗卢德尼克等学者也倡导将叙述研究与后殖民主义相结合，也有多位学者将非自然叙述理论运用于对后殖民主义作品的讨论，对非自然叙述理论有所修正。

广义叙述学和非自然叙述理论都认为主流叙述学存在不足，并提出各自的解决方案，但有着明显的不同：在适用范围上，非自然叙述理论针对特定叙述实践，而广义叙述学用更有包容性的一套通用的理论基础、方法论、概念涵盖一切叙述。对待主流叙述学，非自然叙述理论不否认它对模仿叙述的有效性，只试图进行补充和拓展，以建立更全面和包容的叙述学。而广义叙述学有更远大的抱负和雄心：一方面它将研究范围从时间、媒介等方面进行了扩展，将大量此前并不被叙述学接纳的对象纳入研究视野；另一方面，它对主流叙述学的许多概念都进行了新的界定和解释，对原有主流叙述学的冲击也更大。研究方法上，以理查森为代表的非自然叙述学家们大多采用自下而上的归纳式研究方法，而广义叙述学研究采用的是自上而下的演绎式研究方法。

下编为第五章至第八章，主要为笔者就非自然叙述理论所做的思考，意在与西方非自然叙述理论家进行对话。

第五章针对西方非自然叙述理论家各种定义引起的争议，提出非自然叙述的新定义，即将非自然叙述的特性归于"反叙述因果性"，即不管处于故事层面还是话语层面，不管程度大小，只要被读者认定是故意背离叙述因果性或对叙述因果性进行挑战或颠覆的，就是非自然的。这一新定义结合了读者接受与文本特性，更具灵活性和准确性，也更与读者的"非自然"感觉相契合，既可将此前若干定义的特性整合起来，也可规避一些质疑。以叙述因果性和反叙述因果性为两端可确立一个光谱（spectrum）来讨论程度不同的非自然。本章也讨论了非理想的叙述交流中判断非自然叙述的两种错位。

第六章尝试对非自然叙述者进行一种分类学考察，先将所有叙述者分为"不确定的叙述者"和"确定的叙述者"两大类，再从同故事以及异故事角度考察对主流叙述者规约挑战的非自然叙述者，接着对特殊人称叙述中的非自然叙述者进行讨论，其中"不确定""不兼容"

的非自然叙述者形态此前未得到国内外学界的足够关注。

第七章集中讨论典型的非自然叙述现象"跨层",在全面梳理国内外学界讨论的基础上,尝试提出一个新定义,即"跨层是指某个文本内外、由读者辨识出并将之归于作者有意安排的在不同世界之间的话语或实体的跨越"。特别强调跨层不仅仅存在于文本内部,也可能发生在文本与现实中作者、读者及语境的关联中,所跨越的除了叙述层次,也可以是不同的再现世界、故事世界与现实世界、话语世界,以容纳在不同媒介叙述中的跨层现象。本章也结合个案讨论"自然跨层"与"非自然跨层"。

第八章为对非自然叙述和非自然叙述理论未来发展的展望。第一节结合个案,探讨非自然叙述常规化之后的一种叙述可能性,即挑战者表面上采用非自然叙述策略,但最终意图则指向反面,成为"反—反模仿叙述",相应地也要采用三重阅读框架,即需要理解模仿,理解对模仿进行挑战的反模仿,还要领会对反模仿的戏谑与质疑。这也是西方学界尚未关注的情况。第二节对不同文类及媒介中的非自然叙述、非自然叙述理论与不同叙述传统的关系、非自然叙述与意识形态、非自然叙述理论与可能世界理论、非自然叙述理论与生态批评等可进一步深入考察的问题做了初步的讨论。

附录为笔者对布莱恩·理查森所做的学术访谈以及他特意为中国读者撰写的概述的译文,作为正文的补充与参照。

如果说本书有些许创新之处的话,或许在于以下几点:第一,是国内首次对西方非自然叙述理论进行全面的梳理与评析,尤其是呈现了国内讨论较少涉及的尼尔森、伊韦尔森、麦凯莱等人的观点和立场,对于国内学界了解非自然叙述理论的全貌、消除误解有所裨益;第二,是国内首次对非自然叙述理论与后经典叙述学各主要分支之间的差异与关联进行较为全面的探讨,有利于深入理解非自然叙述理论的复杂性;第三,提出非自然叙述的新定义,结合读者接受与文本特性,更具灵活性和准确性,也与读者的"非自然"感觉更为契合,可规避此前定义的一些争议;第四,对非自然叙述者进行一种分类学考察,展示此前学界未足够关注的"不确定""不兼容"的非自然叙述者形态；第五，对"跨层"这一概念重新定义，整合学界此前的观点，并对自然和非自然的跨层进行了区分；第六，结合个案分析提出非自然叙述常规化之后的一种叙述可能性，即反－反模仿叙述。

当然，本书显示出的不足或许更多。非自然叙述理论还在进一步发展，自本课题立项以来，相关成果接连涌现，本人虽努力追踪，但由于非自然叙述理论本身的复杂性，也囿于本人的水平和能力，很多可以进一步讨论的问题来不及展开，做出的判断与分析也可能有误，本人诚恳地期待专家学者们的指教。

上编

第一章　非自然叙述理论主要代表人物（上）

第一节　反模仿与叙述的可能性：
布莱恩·理查森的非自然叙述理论

非自然叙述理论的领军人物布莱恩·理查森为美国马里兰大学英语系教授，曾任国际叙述研究学会副会长和会长（2009—2012）、美国约瑟夫·康拉德学会副会长和会长（2006—2012），多年以来，他对不寻常的、实验性的、反现实主义的作品有着特别的关注，主要研究领域集中在叙事理论、后现代小说、各国现代主义和小说史等方面。他成果丰硕，出版有专著《不可能的故事：因果关系与现代叙述的本质》（*Unlikely Stories: Causality and the Nature of Modern Narrative*，1997）、《非自然声音：现当代小说中的极端叙述》（*Unnatural Voices: Extreme Narration in Modern and Contemporary Fiction*，2006，获得该年度国际叙述研究学会的珀金斯年度叙述研究最佳著作奖）、《非自然叙述：理论、历史与实践》（*Unnatural Narrative: Theory, History, and Practice*，2015）、《21世纪的情节诗学：不规则叙述的理论化》（*A Poetics of Plot for the Twenty-First Century: Theorizing Unruly Narratives*，2019）以及《叙述与虚构性文集：重估九个核心概念》（*Essays in Narrative and Fictionality: Reassessing Nine Central Concepts*，2021），与戴维·赫尔曼、詹姆斯·费伦、彼得·拉比诺维茨（Peter J. Rabinowitz）和罗宾·沃霍尔合著《叙述理论：核心概念与批评性辨析》[*Narrative Theory: Core Concepts and Critical Debates*，2012，被《选择》(*Choice*)评为优秀学术著作]。他的论文发表在《叙述》《文体》《今日诗学》以及《英国文学史》(*ELH*，*English Literary History*)、《新文学史》(*New Literary History*)、《20世纪文学》(*Twentieth Century Literature*)、《批评》(*Critique*)、《小说研究》(*Studies in the Novel*)、《语文学季刊》(*Philological Quarterly*)、《比较文学研究》(*Comparative Literature Studie*)、《现代戏剧》(*Modern Drama*)、《詹姆斯·乔伊斯研究季刊》(*The James Joyce Quarterly*)等重要期刊上。他还曾独立编辑或合编过四部论文集：《叙述动力：关于时间、情节、结尾和框架的论文》(*Narrative Dynamics: Essays on Time*，*Plot*，*Closure*，*and Frames*，2002)，《叙述开端：理论与实践》(*Narrative Beginnings: Theories and Practice*，2009)，与阿尔贝和尼尔森合编的《非自然叙述诗学》(*A Poetics of Unnatural Narratives*，2013)，与阿尔贝合编的《非自然叙述学：扩展、修正与挑战》(*Unnatural Narratology: Extensions*，*Revisions*，*and Challenges*，2020)，他还作为客座编辑为《文体》《故事世界》《叙事研究前沿》等学术期刊主持了多期学术特刊，其中包括围绕他的目标论文"非自然叙述理论"的《文体》特刊。他的大部分工作都与叙述理论有关，试图扩展现有的叙述学模式，以便现代和后现代小说等更为激进的实验性作品能够得到公正的对待。他的成果被翻译成法语、德语、捷克语、汉语、丹麦语、阿拉伯语、马扎尔语、俄语、土耳其语和波兰语等多国语言，在全球范围内产生了广泛影响。

布莱恩·理查森是国内受关注最多的非自然叙述理论家，他早在2007年就受邀参加了中国中外文艺理论学会叙事学分会在江西南昌举办的"首届叙事学国际会议暨第三届全国叙事学研讨会"，并做了题为《当代戏剧中叙述进程的几种新方式》的大会发言。2019年7月作为特邀国外专家参加"上海交通大学2019年叙事学暑期高端研讨会"，进行了四场非自然叙述理论专题讲座，在国内学界引起很大的反响。国内对他的非自然叙述理论的相关研究成果也最为丰硕。

一、缘起和目标：对现有叙述学的补充与拓展

理查森倡导非自然叙述理论的前提是：历史上已经存在大量背离主流模仿叙述的特殊文本，但主流叙述学并未给予它们足够的关注与公平的对待。

在《非自然叙述：理论、历史与实践》中，理查森特意用了两章分别讨论非自然叙述的历史以及 20 世纪的非自然叙述，以引起人们对非自然文本广泛存在的注意。尽管他并没有提供一种特别详尽的非自然叙述的发展史，但通过梳理以下作家作品，如阿里斯托芬的戏剧、梅尼普的讽刺作品、佩特罗尼乌斯（Petronius）的戏仿作品、琉善（Lucian）的夸张故事、迦梨陀娑（Kalidasa）的古典梵语诗剧《沙恭达罗》（*Sakuntala*）、毗舍佉达多（Vishakadhatta）的《指环印和罗刹》[*Mudrarakshasa（Rakshasa's Ring）*]、但丁的《神曲》、拉伯雷的《巨人传》、塞万提斯的《堂·吉诃德》，以及从爱德华·斯宾塞（Edmund Spenser）、莎士比亚（被理查森称为"后现代主义之前文学史上最伟大的非自然场景、事件和序列的制造者之一"[①]），到劳伦斯·斯特恩（Laurence Sterne）的《项狄传》（*Tristram Shandy*）、乔纳森·斯威夫特（Jonathan Swift）、亨利·菲尔丁（Henry Fielding）["它"叙述（it-narratives）的代表，即以非人的叙述者叙述的文本]、狄德罗的《定命论者雅克和他的主人》（*Jacques le fatalist et son maître*）、让·保罗·里克特（Jean Paul Richter）、霍夫曼（E. T. A. Hoffmann）的浪漫主义作品、歌德的《浮士德》、路德维希·蒂克（Ludwig Tieck）的元戏剧《穿靴子的猫》（*Der gestiefelte Kater*，1797）和《颠倒之地》（*Der Verkehrte Welt*，1797），再到尼古拉·果戈理、埃德加·爱伦·坡、简·奥斯汀的《诺桑觉寺》、卡莱尔（Carlyle）的《旧衣新裁》（*Sartor Resartus*，1834）、《哈克贝利·费恩历险记》（1885）的开

---

① Brian Richardson, *Unnatural Narrative: Theory, History, and Practice*, Columbus: The Ohio State University Press, 2015, p. 102.

头、萨克雷的《名利场》、安东尼·特罗洛普（Anthony Trollope）的作品，理查森说明了非自然叙述在文学史上的存在不容忽视：

> 很明显，在文学史的大多数时期，每种类型的非自然叙述都很盛行。它所采取的形式在不同时期可能有很大不同，但反模仿的冲动仍然是很容易辨别的。有的直接是荒诞不经的故事，其所描述的显然是现实中不可能的；有的是寓言和超自然（unworldly）的小说，其非现实性的进程独立于任何思想方案或一般规约。有一些实质上是模仿性的作品，其元小说的旁白或戏仿性的做法动摇了所再现世界的逼真性本体。我们还发现了许多方面连续的、交错的暗示网，从琉善对阿里斯托芬的赞美，到拉伯雷和斯威夫特对琉善作品中场景的再利用，以及这三位作家对后来反现实主义作家的普遍影响。此外，还有梅尼普传统数百年来的坚持，以及项狄传统中的非自然作品新流派。①

除此之外，理查森还列举了现代以来的非自然叙述，诸如超现实主义小说、元小说、反小说（antinovels）、新小说、布莱希特的史诗戏剧、元戏剧、荒诞派戏剧，还有历史先锋派、女性书写（écriture féminine）、魔幻现实主义、赛博朋克（cyberpunk）、超小说（hyperfiction）等。不仅如此，他也在亚洲的许多古典文学作品中发现了非自然叙述，比如，日本式的滑稽歌舞伎中包括许多反模仿的场景，中国的《红楼梦》中也有跨层（metalepsis）现象，印度的古典梵剧也会采用打破框架的非自然手法。许多流行文化和民间叙述中也包含非自然要素。

对于这些偏离模仿模式的叙述现象，也有许多理论家进行讨论。理查森列举了维克多·什克洛夫斯基、米哈伊尔·巴赫金、让·里卡尔杜（Jean Ricardou）、克里斯蒂娜·布鲁克－罗斯（Christine

---

① Brian Richardson, *Unnatural Narrative: Theory, History, and Practice*, Columbus: The Ohio State University Press, 2015, p. 120.

Brooke-Rose)、大卫·海曼(David Hayman)、伦纳德·奥尔(Leonard Orr)、布莱恩·麦克黑尔(Brian McHale)、J. 希利斯·米勒(J. Hillis Miller)和维尔纳·沃尔夫(Werner Wolf)等。① 但这些理论家的理论框架由于仍是以主流叙述为主的模式,并没有真正看到非自然叙述的特殊性,从而会有意无意地忽视它们:

> 许多传统的理论家可能会声称他们可以很容易地接纳我所讨论的反模仿文本;他们只是把它们放在长长的光谱的最远端,从而似乎可以解释这些作品,同时确保它们几乎是看不见的。我认为这是忽视或无视这些重要作品的另一种方式,这些作品的实践如果得到更深入的研究,就会威胁到它们所处的光谱和模仿模式本身。②

在理查森看来,将所有的叙述视为一种模式不加区分,是经典叙述学的一大缺陷,他对认知叙述学的尖锐批评也是基于这一点,比如,他认为戴维·赫尔曼"把认知科学的成果应用于虚构作品,而没有处理只有虚构实践才能产生的关键差异。这种倒退的新模仿主义是不幸的;在最坏的情况下,它有可能忽视或抹杀过去四分之一世纪叙述理论的许多成就"③。这也是非自然叙述理论和很多理论家的观点无法调和的原因之一。因此,在理查森看来,现有的叙述学建立在模仿偏见的基础之上,是不完整的,为此,他倡导超越模仿模式:"我和我的同事们的目标是扩大叙事理论的概念装备,使其能够包含反模仿实践,从而更具包容性,更全面,更准确。"④

需要注意的是,可能是"非自然叙述学"这一提法耸人听闻,

---

① Brian Richardson, *Unnatural Narrative: Theory, History, and Practice*, Columbus: The Ohio State University Press, 2015, pp. 23—27.

② Brian Richardson, *Unnatural Narrative: Theory, History, and Practice*, Columbus: The Ohio State University Press, 2015, p. xvii.

③ Brian Richardson, "Unnatural Narrative Theory", *Style*, Vol. 50, No. 4, 2016, pp. 388—389.

④ Brian Richardson, "Unnatural Narrative Theory", *Style*, Vol. 50, No. 4, 2016, p. 388.

引起了很多学者的误解,比如布莱恩·麦克黑尔曾说:"我必须要说自己不赞同他们关于'非自然叙事学'构成了一个新的、独立的小说理论这一观点。"① 玛丽—劳尔·瑞安也对非自然叙述学家们对"非自然叙述学已经成为叙述理论中最令人兴奋的新范式之一"的论断不以为然,认为有"自我推销"之嫌。② 但理查森等理论家并不否定已有叙述学对于模仿叙述的价值和意义,也多次重申并非想以一种非自然的叙述学取代已有的叙述学,而只是对已有叙述学理论的补充:

> 我们的叙述学概念提出了一种双重的、互动的模仿和反模仿模式。如果没有后者,我们就会有一个严重不完整的、主要是模仿的理论。根据定义,一个纯粹的模仿模式无法理解违反模仿再现规则的反模仿作品。为了理解非自然叙述,我们需要第二种、额外的诗学。我们并不提供一种替代性的范式,而是提供一个额外的、补充性的范式;因此,我们感兴趣的是补充现有的模式,而不是取代它们。我们努力实现一种双重眼光的视野和辩证的诗学,既能把虚构作为虚构来处理,也可作为假装的非虚构来处理。最重要的是,我们努力追求一种更全面的诗学。③

由此可见,理查森倡导非自然叙述理论有明确的指向:历史上存在大量偏离模仿模式的非自然叙述,而这些叙述在现有的、建立在主流叙述基础上的叙述学框架中,并没有得到公正对待。**"仅仅是模仿的方法原则上不能包含旨在超越和颠覆模仿规范的做法。任何模仿理论都无法公平对待小说的独特品质,小说的决定性特征是它与现实世**

---

① 尚必武:《跨越后现代主义诗学与叙事学的边界——布莱恩·麦克黑尔教授访谈录》,《当代外国文学》2014 年第 4 期。

② Marie-Laure Ryan, "Response to Brian Richardson's Target Essay 'Unnatural Narrative'", *Style*, Vol. 50, No. 4, 2016, p. 478.

③ Jan Alber and Brian Richardson, "Introduction", *Unnatural Narratology: Extensions, Revisions, and Challenges*, Columbus: The Ohio State University Press, 2020, p. 6.

界叙述的有意差异。"① 因此,他的目标不是提出一种全新的叙述理论,也并不要求人们必须在非自然叙述理论和其他叙述理论之间做出非此即彼的选择。他对建立在模仿性叙述基础上的主流叙述理论的批评,并不是要否认它们存在的价值和意义,而是以非自然叙述为参照指出它们的不足,并由此对现有理论框架进行必要的补充和拓展,从而建立更全面、更包容的叙述学。

二、非自然叙述:区别于模仿、非模仿的反模仿

非自然叙述是建立在特定的叙述现象之上的,因此,什么是"非自然叙述"直接影响到研究对象的范围,是至关重要的基础,也是非自然叙述学家们首先要面临的问题。在《非自然叙述:理论、历史与实践》的第一章,理查森在模仿叙述的对照下,开宗明义地给非自然叙述下了定义,进而将非自然的反模仿叙述与非模仿的叙述区别开来:

> 我所说的**模仿的**(mimetic)叙述是那些模仿或实质上类似于非虚构作品的虚构作品。模仿叙述试图以可识别的方式系统地描绘我们的经验世界;这是追求现实主义或似真性作品的传统目标。……我将非自然的叙述定义为包含明显的**反模仿**(antimimetic)事件、人物、背景或框架的叙述。所谓反模仿,我指的是那些违背非虚构叙述的预设、违反模仿预期和现实主义实践、蔑视现有既定文类规约的再现。……我们可以进一步将反模仿的与我称之为非模仿的(nonmimetic)区分开来:像贝克特的《莫洛伊》(*Molloy*)这样的反模仿(或反现实主义)作品违反了像《安娜·卡列尼娜》这样的作品所遵循的模仿(或现实主义)的再现规约,而非模仿的(非现实主义的)作品,例如童话故事,采用一致的、平行的故事世界并遵循既定的规约,或者在

---

① Brian Richardson, *Unnatural Narrative: Theory, History, and Practice*, Columbus: The Ohio State University Press, 2015, p.166. 引文中加粗部分为原作者强调,后同。

某些情况下，只是在其对现实世界的模仿性描述中增加了超自然的成分。①

理查森举例加以说明：一个人骑马花了几个小时，走了35英里，这是模仿性叙述；一位王子骑着长翅膀的飞马几分钟就来到了其封邑的尽头，这是非模仿性叙述；而在阿里斯托芬的戏剧《和平》(The Peace)中，主人公爬上了巨大的屎壳郎要升天，请求观众不要放屁，以免误导他的坐骑，这是典型的非自然场景。②为了明确非自然叙述的特性，理查森还仔细辨析了经典科幻小说、超自然小说、幻想作品、寓言等文类与非自然叙述的不同。在他看来，这些作品中虽然都有一些现实生活中不可能出现的现象，但大都是对某个想象性世界的再现，要求读者信以为真。因此，这些作品并没有打破模仿框架，只是在模仿框架之上增加了超自然的成分，仅仅是扩大和补充了模仿的范围，只属于"非模仿"叙述，而不是"反模仿"的非自然叙述。③此外，在布莱恩·理查森看来，风格奇特的作品尽管也会给读者带来某种陌生感甚至某种冒犯感，但因为并没有挑战模仿的规约，因而也并不必然是非自然叙述。

理查森对于非自然叙述与后现代主义作品这两个容易混淆的概念也进行了辨析。一方面，在理查森看来，大部分后现代主义小说是明显的、典型的非自然叙述，因为它们挑战了模仿框架，使其再现世界的本体地位成了问题。但是并非所有的后现代主义小说都是非自然叙述，"有些后现代作品在话语层面上发挥作用，但本质上呈现的是模仿叙述"④，因此，仅仅因为其文本特征被视为后现代，但并未打破

---

① Brian Richardson, *Unnatural Narrative: Theory, History, and Practice*, Columbus: The Ohio State University Press, 2015, pp. 3-4.
② Brian Richardson, *Unnatural Narrative: Theory, History, and Practice*, Columbus: The Ohio State University Press, 2015, p. 4.
③ Brian Richardson, *Unnatural Narrative: Theory, History, and Practice*, Columbus: The Ohio State University Press, 2015, p. 10.
④ Brian Richardson, *Unnatural Narrative: Theory, History, and Practice*, Columbus: The Ohio State University Press, 2015, p. 129.

模仿框架的作品,并不属于非自然叙述。另一方面,非自然叙述的范围要远比后现代主义大。后现代主义文学是一股主要出现在20世纪下半叶的西方文学思潮,尽管也在全球范围内引起了反响,但它毕竟与特定历史时期相关,而反模仿的传统则源远流长。如前所述,理查森梳理出了从古希腊阿里斯托芬直到当代小说家朱利安·巴恩斯(Julian Barnes)、伊恩·麦克尤恩(Ian McEwan)、石黑一雄(Kazuo Ishiguro)等人的非自然叙述,而且反模仿叙述也不仅仅局限于文字媒介叙述中,在电影、游戏等流行文化中也包含非自然要素。由于非自然叙述的界定有助于发现后现代主义叙述与此前反模仿叙述的关联,所以我们还可以借此重新审视后现代叙述的历史:

> 如果我们采用非自然叙述的视角,现代叙述的历史看起来与传统的描述大不相同。我们发现,从19世纪后期到21世纪初,并非朝代的依次更替,而是三股连续的动力(steam)的赛跑:(1)现实主义,(2)高度现代主义,(3)非自然叙述,包括先锋和后现代。每一种风格都在不同的点上起起落落,与其他支线融合,然后重新确立其自主性。这种视角使我们能够看到后现代叙述的完整、全面和准确的历史,以及它与众多早期实验的丰富联系。①

因此,在理查森看来,在非自然叙述理论的视域下,后现代主义以及追随它的反模仿文类,与各种在它之前的反模仿叙述同处于一条历史发展脉络之中,从而让我们对后现代主义的认识更为深入和全面。②

理查森对非自然的判断标准就是反模仿,尤其强调故事层面的反模仿:

---

① Brian Richardson, *Unnatural Narrative: Theory, History, and Practice*, Columbus: The Ohio State University Press, 2015, p.137.
② Brian Richardson, *Unnatural Narrative: Theory, History, and Practice*, Columbus: The Ohio State University Press, 2015, pp.9—10.

> 关于我对非自然的标准的说明：虽然我将讨论各种各样的作品，但关键的标准将始终是打破模仿的幻觉，无论采取什么形式，无论是反常的或是不可能的事件、反幻觉的陈述和实践、打破框架、极端的戏仿建构，又或是超越一般模仿限定的创新实践、寓言或超自然或不寻常的（preternatural）环境、人物、行动的常规再现。单纯的自我意识是不够的；作品必须打破讲述一个关于实际世界真实故事的假象：反模仿本质上属于故事层面，而不是话语。①

虽然后来理查森对此有所修正，将范围扩大到话语层面，但最为典型的非自然叙述还是指向故事层面。②

总之，通过区分"反模仿"与"非模仿"，布莱恩·理查森缩小了非自然叙述的所指范围，也使得"非自然叙述"的面貌相对更加统一，从而避免了一些没有必要的混乱。而对后现代主义与非自然叙述的辨析，又消除了将二者简单等同的误解，研究范围又有所拓展。相对于其他学者的界定，布莱恩·理查森对非自然叙述的"反模仿"的界定更明确。

三、"自下而上"的研究路径

理查森在2006年的《非自然声音：现当代小说中的极端叙述》一书前言中写道：

> 这是一项经验性的研究，描述重要作者的实际实践并将其理论化，而不是建立在先验的语言学或修辞学分类上；这种归纳方法是必不可少的，因为许多极端的叙述形式似乎正是为了超越基

---

① Brian Richardson, *Unnatural Narrative: Theory, History, and Practice*, Columbus: The Ohio State University Press, 2015, p.93.
② 参见本章第五节。

本的语言学和修辞学分类而发明的。①

这是理查森对自己研究非自然叙述典型方式的概括：从实践中来到实践中去，不是抽象的、思辨式的演绎，也不是去规定某种叙述要素的功能或价值，而是自下而上，从大量的叙述实践、叙述现象出发，经过细致的梳理和归纳，得出自己的结论。在讨论中，理查森往往先列举出某些特殊的叙述现象，概括出某个叙述现象的若干类型，讨论各自不同的特点、效果及功能，再与已有叙述学框架或概念相映照，显示出主流的叙述学并不能包容这些叙述实践，而暴露出某些不足，使叙述理论应该有所修正与拓展以回应这种挑战的任务变得更为迫切。比如，他对第二人称叙述、第一人称复数叙述的梳理，尤其是对此前并未引起足够关注的特殊的反模仿类型的分析，令人耳目一新。② 他对各种不以情节为基础的叙事序列的梳理，提供了补充或取代传统序列模式的大量例子，诸如图画生发、文字生发，"反范畴"偶然性排序等方式均为此前讨论较少的情况，在某种意义上拓展了叙述序列的版图，是对叙述学框架的有力补充。③

2015 年的《非自然叙述：理论历史与实践》从理论、应用、历史到意识形态等四个方面全面讨论非自然叙述理论，明确了自己的非自然叙述的定义，并从非自然叙述理论的立场出发，对叙述理论的不同主题和不同方面进行了讨论，指出了现有叙述理论的局限性，并说明如何对相关范畴进行修正和拓展以使其更为全面，同时也对文学史上的非自然叙述进行了梳理。2019 年的专著《21 世纪的情节诗学：不规则叙述的理论化》是对叙述中情节的一次细致的审视，其中，理

---

① Brian Richardson, *Unnatural Voices: Extreme Narration in Modern and Contemporary Fiction*, Columbus: The Ohio State University Press, 2006, p. IX.

② 参见 Brian Richardson, *Unnatural Voices: Extreme Narration in Modern and Contemporary Fiction*, Columbus: The Ohio State University Press, 2006, pp. 17－60. 关于第二人称叙述、第三人称复数叙述，德国叙述学家莫妮卡·弗卢德尼克等理论家有较多讨论。弗卢德尼克还主持了《文体》杂志的"第二人称叙述"特辑（1994 年秋季号），但多在模仿框架基础上讨论。参见本书第三章第一节。

③ 参见 Brian Richardson, *A Poetics of Plot for the Twenty-First Century: Theorizing Unruly Narratives*, Columbus: The Ohio State University Press, 2019, pp. 83－98.

查森考察了情节的组成部分，开头、中部、结尾、时间等，仍然是自下而上的方式，并试图分类总结。在每一部分他都列举了各种各样不同类型的叙述现象，标示出已有叙述学讨论中的某些不足。比如，将结尾分为"固定的、非固定的、虚幻的和非自然的"，并在最后一部分列举了循环叙事（circular narrative）、消解叙述式结尾（denarrated endings）、戏仿式结尾（parodic endings）、分岔路结尾（forking-path endings）、元小说融合（metafiction fusions）等类型，进而讨论了在表演中的非自然结尾。①

当然，理查森研究的优点在有些学者眼中也是他的弱项，被认为缺少理论意义上的建构和普适性。比如，芬兰学者玛丽亚·麦凯莱指出，理查森的研究就像在亚马逊丛林中不断寻找奇异的生物，但似乎只停留于此，还没有形成更具有普遍意义的诗学。② 德国学者罗伊·萨默（Roy Sommer）将理查森归纳式的方式与通常叙述学理论的设计方式相对照，提出了尖锐的批评。在他看来，一种叙述学理论通常要从叙述的定义开始，然后进一步推导，发展出模型，提出术语，以产生关于叙述形式、功能和用途的系统知识。而理查森"进行了许多有趣的观察，但未能以系统和一致的方式解释它们"③。费伦也指出，理查森的研究是一种"输入—输出"模式，是建立在特定叙述现象之上的研究，而不像他倡导的修辞叙述学或认知叙述学等后经典叙述学的分支，考察的是叙述作为修辞或叙述作为认知的模式，更具有普遍性。④ 尽管如此，理查森开阔的学术视野往往给人发现的惊喜，这是理查森的研究最突出的特色，也是他最擅长的方式。即使有些学者对于非自然叙述理论的建构存在一些质疑，但大都肯定了理查森对各种

---

① 参见 Brian Richardson, *A Poetics of Plot for the Twenty-First Century: Theorizing Unruly Narratives*, Columbus: The Ohio State University Press, 2019, pp. 149—168.
② Maria Mäkelä, "Narratology and Taxonomy: A Response to Brian Richardson", *Style*, Vol. 50, No. 4, 2016, 另参见本书第二章第三节相关内容。
③ Roy Sommer, "Unnatural Fallacy? The Logic of Unnatural Narrative Theory", *Style*, Vol. 50, No. 4, 2016, pp. 405—409.
④ James Phelan, "Unnatural Narratives and the Task of Theory Construction", *Style*, Vol. 50, No. 4, 2016, pp. 414—419. 另参见本书第三章第二节相关内容。

叙述样态和叙述现象的广泛涉猎。比如 H. 伯特·阿博特在与理查森商榷的文章开头就说:"读布莱恩·理查森的书总是很愉快。他不仅读过的书比我读过的或将要读的都要多,而且他把他的论点支撑得如此巧妙,并以一种对读者友好的眼光写作,使人很难不同意他的观点"①。对于理查森给予非自然叙述更多关注以及建立更全面叙述学的倡导,学者们也大多给予了充分肯定。比如,费伦指出:

> ……迄今为止的结果是有益的,因为理查森成功地引起人们对故事讲述史中非自然的重要性的关注,因为他提出了很多富于洞察力的工具与概念以处理这种语料(比如"消解叙述"的概念,对第二人称叙述与第一人称复数叙述的描述),因为他已经发展了对具体叙述的许多富于洞察力的分析。②

四、欣赏非自然的乐趣:双重解读框架

非自然叙述理论提出的前提就在于这些特殊的非自然叙述不能得到公正的对待,因此,如何理解非自然叙述就是非常关键的问题。对此,理查森的立场非常明确:肯定并保留非自然,阐发非自然叙述颠覆模仿框架的特性及意义,并欣赏非自然的乐趣。由此,他认为,要理解非自然叙述,读者必须具有双重解读框架,即一方面了解模仿框架,另一方面又明确作者有意地突破、颠覆、戏弄模仿框架的努力:

> 非自然叙述的隐含读者[或者用拉比诺维茨更精细的概念,作者读者(authorial audience)]被要求执行几个不同的任务,也许还需要扮演几个角色。其中最突出的我们可以称之为"双层次的读者",他们感知着模仿或其他常规框架的通用系统,并享

---

① H. Porter Abbott, "strange Creatures Can Be Animals Too: A Response to Brian Richardson", *Style*, Vol. 50, No. 4, 2016, pp. 429—434.
② James Phelan, "Unnatural Narratives and the Task of Theory Construction", *Style*, Vol. 50, No. 4, 2016, pp. 414—415.

受着对这些常规的反模仿攻击。①

如果不能辨认出"非自然"并以双重框架来把握，就会影响到对非自然叙述的公允评价。比如，理查森以"品特难题"（the Pinter problem）来解释英国先锋戏剧家哈罗德·品特（Harold Pinter）的作品以大胆先锋而著称，几十年来，面对如何阐释品特的戏剧，有些批评家采用了各种策略使之"自然化"，比如称它是将梦搬上了舞台，是一种寓言，是对幻想的精确的描绘，是对生活真实的、不连贯的切片，是对炼狱的视觉呈现，不一而足。这些解释虽然注意到品特戏剧中不同寻常之处，但过于强调某些方面，而使得品特戏剧作为整体的丰富性过分简单化，并没有从双重框架角度强调作者是"处心积虑地、持续不断地对剧场再现规约的冒犯，而正是这一点使观众和批评家为之着迷"②。这种做法是将非自然叙述纳入模仿框架，抹杀了非自然叙述的特性，从而使之失去了本该有的魅力。这种对"非自然"的肯定与保留，是理查森理论的重要方面。

五、非自然叙述 vs. 非自然要素

理查森的非自然叙述理论中，一个需要进一步明晰的问题是他对非自然叙述与非自然要素的讨论。

按照理查森的界定，非自然叙述是与模仿、非模仿叙述相区别的反模仿叙述。最初他认为非自然叙述主要发生在故事层面。后来他又说非自然叙述既发生在故事层面，也发生在话语层面以及叙述方式上："在我的定义中，非自然就是反模仿。在叙述中，它可能出现在故事中，出现在话语中，也可能出现在叙述的呈现中。也就是说，叙述可能完全是传统的，但故事世界可以是不可能的或矛盾的，或者说

---

① Brian Richardson, *Unnatural Narrative: Theory, History, and Practice*, Columbus: The Ohio State University Press, 2015, p. 45.

② Brian Richardson, *Unnatural Narrative: Theory, History, and Practice*, Columbus: The Ohio State University Press, 2015, p. 19.

故事世界可以完全是模仿的，而文本的叙述或呈现可以是非自然的。"① 然而，这两种表述似乎存在裂隙，难以整合。比如，理查森特别指出，非模仿叙述不同于反模仿叙述之处在于，非模仿叙述仍是符合模仿框架的，只是增加了一些想象性的成分。那么用传统的叙述方式所呈现的"不可能的或矛盾的"故事世界，以及用非自然的叙述或呈现手法所营造的"模仿的故事世界"是符合模仿框架还是颠覆模仿框架呢？它又如何与非模仿叙述相区别？对此理查森似乎并没说明。

理查森也有从自然叙述到非自然叙述处于同一个渐变的光谱之中的表述。按照这种说法，非自然要素和自然要素只是量的差别，似乎成了所有文本的一种潜在的可能，那么的确非自然叙述"无所不在"了。但是如果非自然要素真的这么普遍，那就与非自然叙述理论的出发点有所冲突，即存在着和主流模仿叙述不同的另类叙述，需要另外的理论框架加以区别对待。在笔者看来，将"非自然"落实到"要素"层面，好处是非自然叙述的范围会明显地扩大，非自然叙述理论的适用性会大大地增加。然而，这样一来也会出现严重问题：作为特殊文类的非自然叙述被淹没在大量具有非自然要素的文本中，丧失其独特存在的价值。而具体到这些非自然要素而言，有时，我们很难确认它是颠覆了模仿框架的反模仿，还是仅仅在模仿框架中增加了一些不自然成分的非模仿。

理查森说，"对我来说，非自然因素存在于文本中，而且是作者故意放在那里的"②。即在理查森看来，所有的非自然叙述都是作者有意的安排，即作者呈现在文本中且与通常模仿的模式相矛盾、冲突的部分，不是无心的疏忽，而是有意的处理。但是对某些文本进行理解时，可能未必像理查森所认为的那样简单。比如《红楼梦》中奇石上"字迹分明，编述历历"的故事，被空空道人抄写，

---

① Brian Richardson, "Rejoinders to the Respondents", *Style*, Vol. 50, No. 4, 2016, p. 492.
② Brian Richardson, "Rejoinders to the Respondents", *Style*, Vol. 50, No. 4, 2016, p. 495.

又辗转被曹雪芹于悼红轩中"披阅十载,增删五次",最终成为读者眼前的《红楼梦》,这种明显的"回旋跨层"现象,显然打破了通常叙述者不能叙述自身的模仿规约。这些的确是作者曹雪芹有意的安排,但是读者又如何来理解呢?是不是像布莱恩·理查森所说的,作者有意确立了模仿的模式,然后再打破它,让读者领会作者对这一模仿框架的有意颠覆?在笔者看来未必。超叙述层次中空空道人见到石头,将它带入尘世,并将石头的自述《石头记》交与曹雪芹,是为主叙述层确立合法性,也是对《红楼梦》整体故事真实性、正当性的确认。这种进入不同的叙事层次的神奇穿越,在作者曹雪芹这里似乎是正当的,他应该也希望读者能接受这一情况。因此,尽管《红楼梦》在文本现象上符合非自然叙述的特性,但理查森所推崇的非自然叙述理论的双重接受框架在这里似乎并不适用。也就是说,有些读者当下所发现的非自然叙述现象虽然是作者有意的安排,但最初却并非有意识地针对模仿框架进行的颠覆,更可能是模仿框架中的非模仿,而我们按照非自然叙述理论所确认的反模仿属性,则是读者当下赋予文本的。这一类文本与有意识地颠覆模仿框架的典型的非自然叙述之间似乎应有所区别,而理查森似乎忽略了这一种并不算罕见的情况。

关于非自然文类与非自然要素的讨论,可能暴露了理查森的非自然叙述理论的两难境地:从模仿、非模仿、反模仿相区别的角度界定非自然叙述,意味着非自然叙述是一种特定文类,也就意味着"非自然叙述"具有一定的共有属性。这可以保持概念的相对严谨和清晰,但符合这一条件的作品就会大为缩减,从而减少非自然叙述理论的适用性;而如果将非自然视为一种叙述要素,那么非自然叙述的所指范围会大大扩展,无所不在,甚至成了在主流叙述中也潜在存在的另一极,与之相伴的问题就是可能会过于宽泛,所指不明。比如,模仿框架的文本中如何明确区分反模仿因素与非模仿因素,就是一个令人头疼的问题。理查森经常引用莎士比亚的《仲夏夜之梦》作为例证,其中城市和魔法森林有着不同时间,在他看来是非自然的矛盾时间。而《西游记》中,也同样存在类似的不同时间秩序的情况,但"天上一日,人间一年",神与人被视为分处不同的时间中,不管是作者还是读者都不会将这种情况视为矛盾,它并非有意打破模仿框架,而是要让读者信以为真。按照理查森的概念,这应该是属于非模仿。① 这两种情况在表面上看是相似的,而性质却不同,在具体阐释实践中如何有效地区分可能是个难题。

六、布莱恩·理查森非自然叙述理论的修正

如前所述,作为"运动"的"非自然叙述理论"正式启动于2008年4月于得克萨斯州奥斯汀举行的国际叙述研究学会年会。其实,理查森对非自然叙述的关注要早得多,他第一篇关于"非自然叙述理论"的文章应该是发表于1987年,在其中,他讨论了戏剧的叙述模式和时间性,讨论了其中的"时间错位",并结合一些不能被现有时间性模式涵盖的戏剧中的例子,对现有的叙事时间理论提出了批评,指出没有必要受限于模仿偏见。② 后来,理查森将讨论扩展到"后现代"或"反模仿"小说中的叙述时间、叙述行为和叙述框架的犯规与崩溃进行理论探讨。③ 2000年理查森作为客座编辑主持了《文体》杂志的"叙述概念"特刊,在《最近的叙述概念和叙述理论的叙述方式》一文中,他注意到鲁思·罗南(Ruth Ronen)、塔玛尔·雅科比(Tamar Yacobi)、布莱恩·麦克黑尔、莫妮卡·弗卢德尼克、爱玛·卡法莱诺斯(Emma Kafalenos)和帕特里克·奥尼尔(Patrick O'Neill)等人的研究,认为他们回应了后现代作家就现有叙述学模式提出的挑战,超出了结构主义相对有限的理论范围,他称之

---

① 笔者曾就此问题向理查森提问,他认为"天上一日,人间一年"这种情况是非模仿,而像《仲夏夜之梦》这类叙述中,人物对不同的时间秩序并无察觉,因而这种矛盾时间性不是所再现故事世界的属性,是非自然的。参见 Changcai Wang, "The Unnatural and Unnatural Narrative Theory: An Interview with Professor Brian Richardson",《符号与传媒》,2019年春季号,第112—122页。中文版《非自然与非自然叙述理论:布莱恩·理查森教授访谈录》参见本书附录。
② Brian Richardson, " 'Time Is Out of Joint': Narrative Models and the Temporality of the Drama", *Poetics Today*, Vol. 8, No. 2, 1987, pp. 299—309.
③ Brian Richardson, "Narrative Poetics and Postmodern Transgression: Theorizing the Collapse of Time, Voice, and Frame", *Narrative*, Vol. 8, No. 1, 2000, pp. 23—42.

为"后现代叙述理论",这实际上是后来"非自然叙述理论"的先声。① 2005 年收录于《当代叙述理论指南》(*A Companion to Narrative Theory*, Blackwell)的《超越情节的诗学:叙事进程的另一种形式与〈尤利西斯〉的多重轨迹》("Beyond the Poetics of Plot: Alternative Forms of Narrative Progression and the Multiple Trajectories of Ulysses")一章,对克莱恩(R. S. Crane)、保罗·利科(Paul Ricoeur)、彼得·布鲁克斯(Peter Brooks)等人发展起来的主流的情节模式提出了质疑。② 2006 年理查森在《非自然声音:现当代小说中的极端叙述》中对反模仿叙事实践理论做了概述,也细致分析了现当代小说中的第二人称叙述(second person narration)、第一人称复数叙述("we" narration)、多人称叙述(multiperson narration)等叙述方式,引起较大反响。随后,理查森与同时也在做相似研究的阿尔贝、尼尔森、伊韦尔森等人一拍即合,发表了联名文章,引发了更多的关注,一场学术运动就此轰轰烈烈地展开。运动的发展引起了多方回应与讨论,非自然叙述理论家们在解释和回应中也在不断明晰和修正自己的理论。因此,把握"非自然叙述理论"的困难之处,除了各位倡导者界定不同、立场差异以及研究侧重所造成的难以整合的复杂性,还在于这一理论尚处于动态发展之中,远远没有"尘埃落定"。就理查森而言,其观点也有所调整和修正,较为明显的变化有以下几个方面。

一是在表述上,最初理查森多以后现代主义作品为例进行讨论,因而在一段时间里他将自己对叙述理论的讨论称为"后现代叙述理论",并将"后现代叙述"作为更大范围的反模仿叙述传统的一部分。随后,理查森在其专著和一系列相关论文中,围绕着反模仿开展探讨,在对非自然叙述理论受到的各种质疑的回应中,展开了更明确、

---

① Brian Richardson, "Recent Concepts of Narrative and the Narratives of Narrative Theory", *Style*, Vol. 34, No. 2, 2000, pp. 168—175.
② 这一章修订后成为理查森 2019 年专著《21 世纪的情节诗学:不规则叙述的理论化》的第 4 章《叙述中部Ⅱ:非基于情节的叙述进程》("Narrative Middles Ⅱ: Non-Plot-Based Narrative Progressions")。

更宽泛的讨论,也反复重申自己更倾向于用"反模仿","非自然"并不是他想采用的术语。① 2019年出版的新著《21世纪的情节诗学：不规则叙述的理论化》中,他用了"unruly"一词,而没用"unnatural"一词,可以看出他试图摆脱"非自然"一词所引发的混乱和误解,也不想再受"非自然"一词的限定。尽管几乎在同一时期出版的他与阿尔贝合编的论文集仍然沿用了"非自然叙述学"的提法,基于其一贯立场,这应该并非出于其本意。

二是关于叙述的非自然发生在故事层面还是话语层面。理查森在2015年曾明确地说明非自然叙述"……关键的标准将始终是打破模仿的幻觉………作品必须打破讲述一个关于实际世界的真实故事的假象：反模仿本质上属于故事层面,而不是话语层面"②。他也将仅仅在话语层面上与主流叙述不同的后现代作品排除在非自然叙述的范围之外。但是在2016年《文体》杂志的"非自然叙述理论"专刊中,理查森又有了新的表述：

> 在我的定义中,非自然就是反模仿。在叙述中,它可能出现在故事中,出现在话语中,也可能出现在叙述的呈现中。也就是说,叙述可能完全是传统的,但故事世界可以是不可能的或矛盾的,或者说故事世界可以完全是模仿的,而文本的叙述或呈现可

---

① 理查森在一次访谈中详细解释了此事："实际上,非自然叙事学家们并没有选用'非自然'（unnatural）这个词。我在论述中一直使用的是'反模仿'（anti-mimetic）。写完《非自然的声音：现当代小说中的极端化叙述》（*Unnatural Voices: Extreme Narration in Modern and Contemporary Fiction*, 2006）后,面临取书名的问题。我对叙述声音的研究与弗鲁德里克不同,而她那时已经出版了《走向'自然'叙事学》（*Towards a 'Natural' Narratology*）。所以我在该书的书名中用了'非自然的声音'（unnatural voices）。其他叙事学家就将'非自然'应用到类似的研究中。那并不是我个人的计划和观点。该词牵扯到不少问题,我对之也不太赞同。有的非自然叙事学家赞同该术语,认为其颇为恰当。我们合作发表关于非自然叙事理论的论著时,大家都同意使用'非自然'这个词。考虑到这一术语已经被用来描述我们的相关研究,因而使用它便于理论的传播。当然,我对此持有保留态度,但其他学者不太在意。该术语最终还是被保留下来,并一直沿用至今。再次强调,不少人对该术语提出批评,但它并非我们自己发明的一个概念。"见李亚飞、布莱恩·理查森：《非自然叙事学的核心概念与批评争议——布莱恩·理查森教授访谈录》,《山东外语教学》2021年第5期,第4页。

② Brian Richardson, *Unnatural Narrative: Theory, History, and Practice*, Columbus: The Ohio State University Press, 2015, p.93.

以是非自然的。①

这次表述调整的动机，或许是理查森要扩大非自然叙述理论的适用范围。的确，不仅理查森在《非自然声音：现当代小说中的极端叙述》中讨论的第二人称叙述、第一人称复数叙述、多人称叙述等都属于话语层面，在《非自然叙述：理论、历史与实践》中讨论的采用分栏甚至不装订的卡片等形式出现非线性叙述的作品，也都涉及话语层面。但这一调整也产生了一些令人费解之处，关键在于，对于同样的现象往往很难分辨到底是反模仿还是非模仿，建立在反模仿基础之上的严格意义的非自然叙述有被稀释的风险。

三是关于到底是非自然要素还是非自然文类。"非自然"到底是一种叙述文类，还是一种更普遍存在的叙述要素？这也是理解"非自然"的一个关键。对此，理查森也存在不同的表述，需要仔细分辨。如果按照模仿、非模仿、反模仿的区分，非自然显然应该被视为一种文类。理查森为了说明非自然不容忽视，提及它"无处不在"，甚至也赞同麦凯莱、罗宾·沃霍尔等人从非自然叙述作品中发现非自然段落的看法。事实上，理查森在梳理历史上的非自然叙述现象时，很多例子也都是局部的非自然叙述。理查森后来也明确地表明自己的观点：

> 正如我所指出的那样，"在故事世界中，非自然要素可能以事件、人物、环境和框架的形式存在"。这些特定单元是非自然的集中所在，只说一个非自然的空间、一个非自然的人物或一个非自然的事件，而不是非自然的叙述本身，是比较准确的。然而，当存在众多的反模仿实体、事件，或一种反模仿框架时，即使严格意义上只指整个叙述中的非自然因素，人们也可以合法地谈论非自然叙述。也就是说，非自然可以是局部的、间歇的、主要

---

① Brian Richardson, "Rejoinders to the Respondents", *Style*, Vol. 50, No. 4, 2016, p. 494.

的，也可以是全局的。①

显然理查森后来更倾向于将非自然当作一种叙述要素，除了典型的反模仿文本，并不改变整部作品模仿性质的局部的非自然要素，也可以纳入讨论。这样的看法，大大地扩展了非自然叙述的范围。但在笔者看来，这种宽泛的界定，有可能无法与反模仿的界定严格地整合起来。模仿框架中局部的非自然要素（反模仿要素）与建立在模仿框架下非模仿要素的界限如何确定，可能是一个问题。

四是关于非自然对模仿规约的颠覆是来自文本本身还是读者。非自然是一种特定文本中的客观存在，还是由读者的接受所创造出来的？理查森通常的看法是，非自然是作者有意地置于文本之中的，它指向的是对模仿规约的颠覆，显然是文本中确定的存在，读者只是去发现和辨认客观存在于文本之中的非自然。2020年出版的理查森与阿尔贝合编的论文集《非自然叙述学》的序言中，有这样的表述："应该指出的是，理查森不再坚持认为非自然的叙述要素也必须蔑视现存的、既定文类的规约和期望。这样的效果是接受环节的特性，而不是故事世界的特性。"② 在这里，理查森对自己的立场做了一定的修正，他将非自然叙述要素与它引起的颠覆性效果相分割，将这种效果归结到读者的接受环节，似乎又将非自然向普泛性的方向推进了一步。尽管这样的区分仍然将非自然要素视为文本的固有存在，但是，如果不将对现存规约的挑衅作为一种判断标准，我们又如何确认与非模仿相区别的反模仿呢？理查森对这一立场的修正，似乎向阿尔贝的立场又靠近了一步，更引起一些混乱。

理查森长年关注实验性叙述，以"自下而上"的归纳方式，从偏离主流叙述的各种叙述实践的广泛涉猎与梳理出发，提出一系列概念，用以指称此前并未得到特别关注或未曾理论化的现象，显示出主

---

① Brian Richardson, "Rejoinders to the Respondents", *Style*, Vol. 50, No. 4, 2016, pp. 494—495.

② Jan Alber and Brian Richardson, "Introduction", *Unnatural Narratology: Extensions, Revisions, and Challenges*, Columbus: The Ohio State University Press, 2020, p. 3.

流叙述在面对这种另类叙述时的不足,在相当程度上丰富了叙述学理论。比如"渗透性叙述者"(permeable narrator,即说话者超越了个体意识感知的界限,特定人物的意识在没有任何解释的前提下融合在一起)、"消解叙述"(denarration,叙述者否定或抹去所创造的世界)、"不相称的叙述者"(Incommensurate Narrators,不断变化的、非人格化的、多声部的异质叙述超越或调换了单一叙述者的感知)等。甚至提出的有些概念与通常意义上的文本范畴也存在一定距离。比如"非自然建构"(unnatural construction),指"那些以令人惊讶和意外的方式处理的文本,特别是那些颠覆或藐视传统阅读习惯的文本"①。比如劳伦斯·斯特恩的《项狄传》中有黑色和大理石纹的书页、"错位"的献词、任意延展的离题等,这些手段都对传统阅读习惯构成了挑战。而埃莱娜·西苏(Hélène Cixous)的作品《部分》(Partie)分为两部分,以相反的方式装订在一起,不仅内容体现了女性主义的主体性,书的物质形式也同样表达了作品主题。②

理查森以开阔的视野和丰富的引证,阐述了许多以往讨论并不充分的叙述现象,对已有叙述学理论的一些缺陷做出提示。尽管有一些叙述学家对理查森的非自然叙述理论的立场和概念并不完全赞同,但他的工作至少引起了学界的关注并给学界带来启示,使得对这些叙述现象的进一步审视和讨论成为可能。像普林斯、费伦等学者很明确地表示因受到理查森的启发而修正了自己的观点。也有不少学者将非自

---

① Brian Richardson, "Unnatural Narrative Theory", *Style*, Vol. 50, No. 4, 2016, p. 391.
② 理查森还曾提到关于此书的一件趣事:他曾从图书馆借出此书,发现这本书看似平常,但是书中两个部分都是从第 7 页到第 66 页。可能为图书加装硬壳的工作人员无法想象这本书的物理形式是有意为之,而将这一创新设计认定为是印装错误,于是把它拆开,重新装订。理查森庆幸工作人员并没有丢掉其中一半,也由此想到非自然叙述通常的遭遇:"事实证明,装订者的失误是批评家和理论家所造成的损害的一个非常恰当的形象,他们歪曲、毁坏或否定了超出其公式参数的叙述。"见 Brian Richardson, "Unnatural Narrative Theory", *Style*, Vol. 50, No. 4, 2016, p. 404. 另,这一篇文章的中译版增加了一句:"这本书原本就该装订成硬壳的,结果被装订成了平装本",令人费解。国外大学图书馆为保护图书,往往会为平装书加装硬壳,但加装硬壳本身不会导致原书性质的改变,是因为将有意正反装订的两部分拆开重新按一种顺序装订在一起,才导致失误。中译版对此部分的理解应该有误。见布莱恩·理查森:《非自然叙事理论》,杨绍梁译,《外语教育研究》2018 年第 4 期,第 57—67 页。

然叙述理论与自己的研究领域相关联，取得了一些别开生面的成果。①

第二节　叙述中的不可能与阐释策略：
扬·阿尔贝的非自然叙述理论

扬·阿尔贝（1973— ）是西方叙述学界非常活跃、勤奋高产的学者，他历任国际叙述研究学会第二副主席、第一副主席和主席（2015—2017年），现任德国亚琛工业大学（RWTH Aachen University）英语系主任。他的学术成果丰硕，主要集中在认知文学研究和非自然叙述理论领域。在非自然叙述理论方面，他是影响力仅次于布莱恩·理查森的学者，也是非自然叙述理论的四位发起者之一，发表了大量论文，多次撰写文章回应非自然叙述理论的相关争议。他还多次组织了有关非自然叙述理论的研讨会或分论坛，与其他学者合编多部论文集，有力地推动了这一思潮的发展。比如与鲁迪格·海因策（Rüdiger Heinze）合编《非自然叙述，非自然叙述学》（*Unnatural Narratives, Unnatural Narratology*，2011），与尼尔森和理查森合编《非自然叙述诗学》（*A Poetics of Unnatural Narratives*，2013），与佩尔·克拉夫·汉森（Per Krogh Hansen）合编《超越经典叙述：跨媒介与非自然挑战》（*Beyond Classical Narration: Transmedial and Unnatural Challenges*，2014），与理查森合编《非自然叙述学：扩展、修正与挑战》（*Unnatural Narratology: Extensions, Revisions, and Challenges*，2020）等。他还为在线《文学百科全书》撰写"非自然叙述"词条②，并为彼得·休恩（Peter Hühn）、约翰·皮尔（John

---

① 比如，阿斯特丽德·恩斯林（Astrid Ensslin）和爱丽丝·贝尔（Alice Bell）就将非自然叙述理论与她们正在进行的数字文化和数字人文等相关研究相结合，出版了《数字小说与非自然：跨媒介叙述理论、方法与分析》（*Digital Fiction and the Unnatural: Transmedial Narrative Theory, Method, and Analysis*, Columbus: The Ohio State University Press, 2021）一书。

② Jan Alber, "Unnatural Narratives", The Literary Encyclopedia. First published 16 December 2009. https://www.litencyc.com/php/stopics.php?rec=true&UID=7202. 访问日期：2021年1月14日。

Pier)、沃尔夫·施密德（Wolf Schmid）和约尔格·施耐特（Jörg Schönert）主编的、影响深远的教材《叙述学理论手册》撰写了"非自然叙述"一章（De Gruyter，2014），此外，他还与马尔科·卡拉乔洛（Marco Caracciolo）、伊韦尔森、卡琳·库科宁（Karin Kukkonen）、尼尔森等人一起为《今日诗学》杂志主持了名为"关于叙述的认知和非自然的视角（理论交叉）"的特刊（2018年春季号）。可以说，非自然叙述理论声势浩大地发展与他的大力推动密不可分。

2016年阿尔贝出版了专著《非自然叙述：小说和戏剧中的不可能世界》，与布莱恩·理查森2015年出版的专著《非自然叙述：理论、历史与实践》相呼应，在叙述学界引起了较为广泛的关注。两人在观点和立场上存在明显差异，成为非自然叙述理论内部两大阵营的代表。

一、从"不可能"界定"非自然"

扬·阿尔贝以真实世界的认知参数作为参照，将非自然界定为"物理上、逻辑上和人类属性上不可能的场景和事件"，也就是"基于支配物理世界的已知规律、公认的逻辑原则（如不矛盾原则）或标准的人类知识和能力的限定，被再现的现象必须是不可能的"①。按照这一界定，不管读者是否感到奇怪，只要在文本中出现了不可能场景和事件，就属于非自然。由此界定出发，阿尔贝讨论了非自然叙述的特征，列举了非自然叙述中诸种不可能的情况，比如"会说话的动物"（比如《伊索寓言》中的动物寓言）、"会说话的身体部位和物体叙述者"［比如美国菲利普·罗斯（Philip Roth）的小说《乳房》（*The Breast*，1972）以女性乳房为第一人称叙述者］、会"通灵术和其他不可能的读心术"的叙述者［比如萨尔曼·拉什迪（Salman Rushdie）《午夜之子》（*Midnight's Children*，1981）中叙述者具有超出自身感知限制的能力］等不可能的叙述者以及不可能的故事讲述

---

① Jan Alber, "Gaping before Monumental Unnatural Inscriptions? The Necessity of a Cognitive Approach", *Style*, Vol. 50, No. 4, 2016, p. 436.

场景①；比如"人与动物的混合体"［如安吉拉·卡特（Angela Carter）的小说《马戏团之夜》（*Night at the Circus*，1986）中主人公是鸟和女人的混合体］、"死亡的人物"［如哈罗德·品特（Harold Pinter）《家庭之声》（*Family Voices*，1981）中在坟墓里说话和写作的人物］、"像机器人的人类和像人类的机器人"［比如卡莉·丘吉尔（Caryl Churchill）的戏剧《蓝色水壶》（*Blue Kettle*，1997）中的人物像出故障的机器人，菲利普·K. 迪克（Philip K. Dick）的《仿生人会梦见电子羊吗？》（*Do Androids Dream of Electric Sheep*，1968）中像人类一样有自我意识的机器人］、"变形的人物"［托尔金（J. R. R. Tolkien）的奇幻小说《霍比特人》（*The Hobbit*，1937）中的主人公可以从人变为黑熊］、"同一人物的多个共存版本"［比如马丁·克里姆普（Martin Crimp）的戏剧《她生活中的尝试》（*Attempts on Her Life*，1997）同一个人物分裂成不兼容的多个版本］等非自然人物②；"后退的时间线"［比如马丁·艾米斯（Martin Amis）的《时间箭》（*Time's Arrow*，1991）中往回发展的故事时间］、"永恒的时空循环"［比如塞缪尔·贝克特（Samuel Beckett）的《戏剧》（*Play*，1963），用不断的重复打破了时间的线性发展］、"不同时间领域的融合"［伊什梅尔·里德（Ishmael Reed）的《逃往加拿大》（*Flight to Canada*，1976）将不同的历史时期结合在一起］、"违反形式逻辑的本体论多元主义"［罗伯特·库弗（Robert Coover）的《保姆》（*The Babysitter*，1969）中存在着逻辑上不可能共存的事件］、"不同的故事时间共存"［卡莉·丘吉尔的戏剧《九重天》（*Cloud Nine*，1979）在故事层面的不同参照系中，时间以不同的方式流逝，有的场景比其他场景时间更慢］等非自然时间③；"内部大过外部的非自然容器"［如罗琳（J. K. Rowling）的奇幻小说

---

① Jan Alber, *Unnatural Narrative: Impossible Worlds in Fiction and Drama*, Lincoln：University of Nebraska Press，2016，pp. 61-103.

② Jan Alber, *Unnatural Narrative: Impossible Worlds in Fiction and Drama*, Lincoln：University of Nebraska Press，2016，pp. 104-148.

③ Jan Alber, *Unnatural Narrative: Impossible Worlds in Fiction and Drama*, Lincoln：University of Nebraska Press，2016，pp. 149-184.

《哈利·波特与火焰杯》(Harry Potter and the Goblet of Fire, 2000) 中, 帐篷里的空间比外面大]、"内在状态的外在物质化"[比如安吉拉·卡特 (Angela Carter) 的长篇小说《霍夫曼博士的魔鬼欲望机器》(The Infernal Desire Machines of Doctor Hoffman, 1972) 里的空间可以被视为人内在欲望的外化]、"地理上的不可能, 非自然的地理环境"[比如斯威夫特 (Swift)《格列佛游记》(Gulliver's Travels, 1726) 中不可能在现实中出现的飞岛]、"越过故事世界界限的本体论的跨层"(ontological metalepsis)[比如伍迪·艾伦 (Woody Allen) 短篇小说《库格玛斯的一段好时光》(The Kugelmass Episode, 1980) 中主人公跨越真实和虚构的边界, 进入了福楼拜小说《包法利夫人》的世界] 等非自然空间情况①。阿尔贝列举的这些现象都是现实生活中不可能出现的, 出现在叙述中就成了他所说的非自然叙述。这个定义简单明了, 布莱恩·理查森都表示"赞赏和嫉妒"②。然而按此定义, 连童话、寓言、神话故事等小朋友都可以轻松理解的常见文类与更为怪异的后现代主义叙述都被归于非自然叙述。对此, 阿尔贝从是否规约化的角度加以区分。在阿尔贝看来, 非自然叙述可以分为已经规约化了的非自然, 和正在规约化的非自然。像童话中会说话的动物、科幻小说中的时空旅行、幻想文学中的魔法等, 虽然是不可能的, 但已经规约化了, 人们习以为常, 不再感到奇怪。而一些后现代主义的反模仿的或元小说类的作品, 仍然在规约化的过程中, 因而人们暂时还不能轻松理解。尽管阿尔贝通过是否规约化对非自然叙述进行了区分, 这类似于理查森对非模仿和反模仿的分野, 但是, 即使日后人们对后现代主义手法习以为常了, 规约化了的童话和规约化了的后现代主义作品仍然有着性质上的不同。正如布莱恩·理查森指出的: "我觉得这个概念太过宽泛, 它包括的叙述范围太广, 在概念上不可能有多大用处。更重要的是, 阿尔贝的定

---

① Jan Alber, *Unnatural Narrative: Impossible Worlds in Fiction and Drama*, Lincoln: University of Nebraska Press, 2016, pp. 185–214.

② Brian Richardson, "Rejoinders to the Respondents", *Style*, Vol. 50, No. 4, 2016, p. 507.

义包括从轻微的非模仿到强烈的反模仿文本,过于混杂。"①

除此之外,阿尔贝对非自然的定义还存在某种理性主义的倾向,他声称确定不可能的标准是基于某种"常识":"可以肯定的是,存在着不相信自然法则、逻辑原则以及标准的人类知识和能力限制的文化。我要强调的是,在本研究中,我假设的是当代、神经正常读者的立场,他具有理性主义－科学的和实证思维的世界观。"②"我只想说,我的理性主义－科学的方法更具有常识性,至少考虑到在我的一般参照系中,什么算作'常识'。"③尽管阿尔贝也提到了"非自然的文化多样性"(cultural variability of the unnatural),但并没有探讨在不同文化传统中对自然与非自然判定的分歧问题。比如,对于有着泛灵论信仰的民族而言,植物、动物有意识、会说话等现象也都是正常的。而不同时代的人对于可能或不可能的认定或许会有不同。比如,在现代人看来,飞机在天上飞是再正常不过的日常现象,而对飞机被发明之前的读者而言,巨大、沉重的金属物在天上飞则是不可能的。中世纪文学研究者伊娃·冯·孔岑(Eva von Contzen)特别指出,理解中世纪文学中的非自然叙述,必须考虑基督教信仰与文化背景,即使在同一时代和文化传统中,不同主体也有可能对某些现象持不同看法,因而会产生分歧。④

另外,也有学者质疑阿尔贝定义中的"物理上的不可能"。比如鲁迪格·海因策(Rüdiger Heinze)指出,"关于时间,我们必须区分我们假设的支配实际世界中时间的物理定律和实际的物理定律"⑤。

---

① Brian Richardson, *Unnatural Narrative: Theory, History, and Practice*, Columbus: The Ohio State University Press, 2015, p. 13.

② Jan Alber, *Unnatural Narrative: Impossible Worlds in Fiction and Drama*, Lincoln: University of Nebraska Press, 2016, pp. 37-38.

③ Jan Alber, *Unnatural Narrative: Impossible Worlds in Fiction and Drama*, Lincoln: University of Nebraska Press, 2016, pp. 37-38.

④ Eva von Contzen, "Unnatural narratology and premodern narratives: Historicizing a form", *Journal of Literary Semantics*, No. 1, 2017, pp. 1-23.

⑤ Rüdiger Heinze, "The Whirligig of Time: Toward a Poetics of Unnatural Temporality", in Jan Alber & Henrik Skov Nielsen & Brian Richardson (eds). *A Poetics of Unnatural Narrative*, Columbus: The Ohio State University Press, 2013, pp. 31-44, p. 33.

他援引玛丽－劳尔·瑞安归纳的关于时间的四条直觉和常识性公理①,指出至少其中两个被现代物理学、量子力学和相对论证明是错误的:"它不流动,也没有速度,因为这将通过时间的距离来衡量;此外,过去、现在和未来之间的划分是任意的,未来不会比过去更具可塑性。"② 这也说明,阿尔贝对非自然的界定虽简洁明了,但也存在进一步探讨的可能。

二、作为文学发展驱动力的非自然:历史上的非自然

在《非自然性的历史发展:一种对文类的新看法》("The Diachronic Development of Unnaturalness: A New View on Genre")一文中,阿尔贝对英语文学史上出现的非自然进行了考察,并将新文类的发展和非自然的自然化关联起来。这篇论文最初是他于2008年11月在弗莱堡大学举行的"非自然叙述"研讨会上的报告,后来收入了他和鲁迪格·海因策主编的《非自然叙述,非自然叙述学》(*Unnatural Narratives, Unnatural Narratology*, De Gruyter, 2011)。在这篇论文中,阿尔贝列举了在文学史上出现过的物理上、逻辑上以及人类属性上的各种不可能,从古英语诗歌《十字架之梦》中会说话的十字架、中世纪神话故事中不同时间秩序的地域、18世纪物叙述(object narratives)或"它—叙述"("it-narratives")中的动物叙述者或者无生命物叙述者、哥特小说等幻想小说中的超自然力量与事件、现代小说中对其他人物心理的直接呈现,到科幻小说中的

---

① 瑞安在讨论叙述中的时间悖论问题时,先总结了人们来自生活经验的对时间的直觉性信念:"1. 时间流逝,它朝着固定的方向流动。2. 你不能对抗这种流动并回到过去。3. 原因总是先于其结果。4. 过去只能发生一次(The past is written once for all.)。"参见 Marie-Laure Ryan, "Temporal Paradoxes in Narrative", *Style*, Vol. 43, No. 2, 2009, pp. 142—164, p. 142. 瑞安的论文将这四种观念作为论文的小标题,文字表述稍有变化。海因策援引时也有文字上的调整。见 Rüdiger Heinze, "The Whirligig of Time: Toward a Poetics of Unnatural Temporality", in Jan Alber & Henrik Skov Nielsen & Brian Richardson (eds). *A Poetics of Unnatural Narrative*, Columbus: The Ohio State University Press, 2013, pp. 31—44, p. 33.

② Rüdiger Heinze, "The Whirligig of Time: Toward a Poetics of Unnatural Temporality", in Jan Alber & Henrik Skov Nielsen & Brian Richardson (eds). *A Poetics of Unnatural Narrative*, Columbus: The Ohio State University Press, 2013, pp. 31—44, p. 33.

外星人、生化电子人（cyborgs）、有自主意愿的机器人以及不可能的空间、扭曲的时空、时间旅行等，认为"英国文学在接下来的几个世纪里的发展可以用自然和非自然——现实主义和不可能——之间的不断互动或辩证法来描述"①。阿尔贝强调，读者对其中有些不可能已经不再感到惊奇，其原因在于它们已经规约化了。读者要理解作品中的物理或逻辑上的不可能时，需要调整自己的认知框架，而当这些不可能被转换成新的感知框架时，新文类就会被创造出来。② 像动物寓言中会说话的动物、中世纪神话故事及后来哥特小说和幻想文学中的超自然现象、现实主义小说中的有特别心灵感应能力的叙述者、科幻小说中时间旅行等各种不可能，等等。当然，阿尔贝也承认有例外，比如自传、侦探小说和情色小说等文类，它们的产生并不能追溯到不可能变得自然的过程。由于作品中的不可能的规约化或者自然化而产生新文类的情况此前并没有得到足够重视，因而，阿尔贝从这一方面强调非自然叙述理论的意义。在他看来，非自然叙述可以分为已经规约化的非自然和正在规约化的非自然，而规约化则是文学史发展的规律。像典型的后现代主义作品中有些不可能现象就处在规约化的过程中，日后就会像动物寓言、科幻小说一样成为司空见惯的文类。

阿尔贝还讨论了现实主义小说中全知叙述的非自然性感知。在现实世界中，我们可以触及其他人的内心想法，但必须依靠假设或推测，这些对他人意识的判断与感知有可能是错误的。而在全知叙述中，通过直接的心理描写、自由间接引语等方式，叙述者确确实实地知道其他人物的想法和感受，并加以呈现。这种对其他人物内心的把握在现实世界中是不可能的，因而是非自然的。他还讨论了现代主义文学的反映模式叙述（reflector-mode narratives），并认为现代主义

---

① Jan Alber, "The Diachronic Development of Unnaturalness: A New View on Genre", in Jan Alber, and Rüdiger Heinze (eds). *Unnatural Narratives-Unnatural Narratology*, Berlin and New York: De Gruyter, 2011, p. 46.

② Jan Alber, "The Diachronic Development of Unnaturalness: A New View on Genre", in Jan Alber, and Rüdiger Heinze (eds). *Unnatural Narratives-Unnatural Narratology*, Berlin and New York: De Gruyter, 2011, p. 43.

文学是现实主义文学中固有的非自然倾向的激进发展。①

阿尔贝将不可能的自然化、规约化看作文学史发展的驱动力之一，在新的文学史时期，作品中呈现非自然或者按照阿尔贝的界定，"物理上、逻辑上或人类属性上不可能"出现了新的风格与方式，需要读者调整认知框架去理解和把握，从而使其自然化或规约化，在某种意义上说的确推动了文学的发展。但这类作品毕竟是一小部分作品，而当不可能被自然化或规约化以后，这个文类本身从这一角度而言就已经固定了，不会再次规约化。也就是说，即使将这种规约化视为一种驱动文学发展的动力，它也只是针对部分作品，是一次性的驱动力，而非持续的、普遍性的驱动力。更值得注意的是，动物寓言、科幻小说这类作品和极端的后现代作品，即使都已规约化、司空见惯，其间也存在很难抹杀的差异，因而，规约化的性质与作用仍需进一步区分和辨析。

三、理解"非自然"

阿尔贝理论的重心在于如何理解非自然叙述，这也是阿尔贝自己最看重的方面。"当理查森、尼尔森、伊韦尔森认为运用认知的参数去规范化或驯服非自然成问题之时，我则小心地不将非自然当成纪念碑而完全将它遗弃在可理解的限度之外。"② 因此阿尔贝总结归纳了多种非自然叙述的阐释策略，最初提出五种阐释策略，后来调整为九种：

（1）框架的混合（The blending of frames），比如，现实生活中没有飞马，但可以将对"马"和"鸟"的认知框架相融合，从而理解飞马这种不可能的事物；（2）类型化，唤起文学史上的一般规约[Generification (evoking generic conventions from literary history)]，

---

① Jan Alber, "Pre-Postmodernist Manifestations of the Unnatural: Instances of Expanded Consciousness in 'Omniscient' Narration and Reflector-Mode Narratives", in *Zeitschrift für Anglistik und Amerikanistik: A Quarterly of Language, Literature and Culture*, Vol. 61, No. 2, 2013, pp. 137−153.

② Jan Alber, *Unnatural Narrative: Impossible Worlds in Fiction and Drama*, Lincoln: University of Nebraska Press, 2016, p. 17.

比如会说话的动物或时间旅行这些不可能，可以通过归属于童话或科幻小说这些类型而得到理解；（3）主观化（Subjectification，将不可能理解为人的梦、幻想、幻觉等）；（4）突出主题（Foregrounding the thematic，将不可能理解为主题的说明，而不是现实的再现）；（5）寓言性阅读（Reading allegorically，将不可能情景或事件视为抽象的想法或概念的再现）；（6）讽刺与戏仿（Satirization and parody，将不可能理解为讽刺或戏仿而进行的夸张、变形等）；（7）假定超验的领域（Positing a transcendental realm，假定为天堂、地狱等超验领域以理解不可能）；（8）自助式阅读（Do it yourself，读者在互不相容的故事情节中进行取舍，构建自己的故事）；（9）禅宗式阅读（The Zen way of reading，"禅宗式阅读预设了一个细心而冷静的读者，他否定了先前的解释，同时接受了非自然场景的陌生感，以及它们可能在她或他身上唤起的不适、恐惧、担心和恐慌之感"[①]）[②]。

在这些阐释策略中，前八种都是将非自然叙述"自然化"，对于理查森来说，这些策略应用于非模仿作品是可以的，但如果应用于反模仿叙述就抹杀了非自然叙述的特别之处。而第九种"禅宗式阅读"表面看来和理查森"保持非自然"的主张近似，实际上也不同。在理查森的双重框架下，读者欣赏作品中对模仿的颠覆和戏仿，因此会享受非自然的乐趣。而在阿尔贝所说的"禅宗式阅读"中，读者只是感知非自然叙述与现实认知参数的差异，所引起的感受也只是"不适、恐惧、担心和恐慌"，而单单接纳这些消极感受，并不能真正领会有意颠覆模仿框架的意义。显然，这与维护非自然叙述独特性的理查森非常不同。

阿斯特丽德·恩斯林和爱丽丝·贝尔认为阿尔贝对非自然叙述的诸种阅读策略可以分为内部策略和外部策略两大类，内部策略是指"着眼于故事世界中的解释……从而将非自然的要素视为该领域的一

---

① Jan Alber, *Unnatural Narrative: Impossible Worlds in Fiction and Drama*, Lincoln: University of Nebraska Press, 2016, p. 54.

② Jan Alber, *Unnatural Narrative: Impossible Worlds in Fiction and Drama*, Lincoln: University of Nebraska Press, 2016, pp. 47—57.

部分。另一方面，外部策略在形式上、文类相关的、元小说的或解释层面上（即生成）起作用……并要求读者通过部署非自然要素来思考文本所要表达的内容"①。在笔者看来，这种分法似乎并不妥当，一方面，被她们列为内部策略的"框架的混合""主观化""假定超验的领域"等也同样需要读者的部署，而被列为外部策略的"类型化""突出主题""寓言性阅读""讽刺与戏仿""自助式阅读""禅宗式阅读"等策略也往往与故事联系在一起，不能截然分开；更重要的是，这种分法，忽略了最后的"禅宗式阅读"与前八种在性质上的差异，保持不可能与在阐释中自然化不可能之间的分野。

四、从认知叙述学观照非自然叙述

如上所述，阿尔贝与理查森在对"何为非自然"以及如何阐释非自然叙述上有很大分歧，其根本原因在于阿尔贝的立场更接近认知叙述学，而理查森的立场恰恰是反对认知叙述学的。在理查森看来，认知叙述学往往将讨论建立在非虚构叙述的基础之上，且是从大的理论框架落实到对具体实践的分析之中，较容易将具体叙述整合到已有框架之中，从而抹杀非自然叙述和其他叙述的差异。这在他看来是一种倒退。而阿尔贝更像是在确认对象为非自然叙述之后，从认知叙述学进行回应，以验证认知叙述学理论和方法的适用性和有效性，正如他自己总结的：

> ……我的目标是通过讨论极具挑战性的案例，并展示认知叙述学的工具如何有助于它们更可读，从而丰富叙述的认知方法。……认知叙述学家和可能世界理论家意识到，叙述可能与现实世界的参数相矛盾这一事实；我认为我自己的工作是他们解释读者理解困难文本的认知过程之努力的继续。②

---

① Astrid Ensslin, and Alice Bell, *Digital Fiction and the Unnatural: Transmedial Narrative Theory, Method, and Analysis*, The Ohio State University Press, 2021, p.13.

② Jan Alber, *Unnatural Narrative: Impossible Worlds in Fiction and Drama*, Lincoln: University of Nebraska Press, 2016, p.20.

认知角度是有意义的，因为除了我们的认知架构，没有任何东西可能用来处理非自然。①

阿尔贝的立场也和他的学缘有很大关系。他的博士生导师就是著名的认知叙述学家莫妮卡·弗卢德尼克，她在影响深远的《走向"自然"叙述学》中改变了传统的以情节为基础的叙述认定，将"对'现实生活经验'的准模仿性唤起"②的"经验性"（experientiality）作为叙述性的本质，而这种叙述性是"由读者在阅读过程中确立的"③。弗卢德尼克的自然叙述学是以日常口头叙述为叙述的基本形式，对所有叙述的讨论都是以此为基础展开的。而基于其中一个重要的概念，也就是从乔纳森·卡勒那里沿用的"自然化"（naturalization）概念，她提出了"叙述化"（narrativization）概念。也就是读者将某个文本认定为叙述，是因为他从中体验到了某种经验，而这种经验是以现实生活的人类经验为基础的。因此弗卢德尼克赋予了读者更多的能动性，所关注的也主要是对人类经验进行模仿性再现的叙述。的确，弗卢德尼克也曾讨论过第二人称叙述、第一人称复述叙述等常常被视为非自然的叙述现象，也提醒读者注意现实主义的限度，但她的着眼点仍然是以经验性为核心的叙述，考察读者如何调整自己的认知框架和参数去理解非自然叙述，如何将这些非自然的作品自然化。④由此可

---

① Jan Alber, *Unnatural Narrative: Impossible Worlds in Fiction and Drama*, Lincoln: University of Nebraska Press, 2016, pp. 17—18.

② Monika Fludernik, *Towards a "Natural" Narratology*, London: Routledge, 1996, p. 12.

③ Monika Fludernik, *Towards a "Natural" Narratology*, London: Routledge, 1996, p. 36.

④ 乔纳森·卡勒在《结构主义诗学》中的"自然化"与弗卢德尼克的"自然化"的所指有所不同。在卡勒这里，"'自然化'强调的是这样的事实，即奇怪的或离经叛道的东西被带入一种话语秩序中，从而显得很自然。"（Jonathan D. Culler, *Structuralist Poetics: Structuralism, Linguistics and the Study of Literature*, London: Routledge, 2002, p. 161）在结构主义者看来，"自然化"并不是一个完全积极的操作。在卡勒看来，普通读者可以采取自然化的方式，但对于批评家而言，想方设法激发奇怪的要素或时刻，通过将其与被认为"自然"的框架联系起来而驯化潜在的破坏性文本是不恰当的方式。参见 Jonathan Culler, "Naturalization in 'Natural' Narratology" *Partial Answers Journal of Literature & the History of Ideas*, Vol. 16, No. 2, 2018, pp. 243—249, p. 246. 卡勒对非自然叙述理论的欣赏或许也与此有关。

见，阿尔贝的立场、方法和研究路径与弗卢德尼克的确一脉相承。在阿尔贝与弗卢德尼克共同为其主编的论文集《后经典叙述学：方法与分析》撰写的序言中，还有这样的表述："从某种意义上说，非自然叙述学是后现代主义叙述学和认知叙述学的结合。""然而，非自然叙述学（作为弗卢德尼克的'自然'叙述学和一般认知叙述学的发展）并没有解构叙述学的构成二元论，而是试图建立一种实验文本的叙述学模式，它既是对经典叙述学的补充，又通过认知框架与之相关联。"[①] 这样的表述与理查森的非自然叙述理论在前提和旨趣上显然大相径庭，因此阿尔贝与理查森两人在理论上产生分歧，也就不奇怪了。

阿尔贝的非自然叙述理论建立在现实世界的认知参数之上，以"物理上、逻辑上、人类属性上的不可能"作为判定非自然叙述的标准，这一界定清晰明确，但它所涉及的对象较为宽泛。尽管他通过区分已经规约化了的非自然叙述与正在规约化的非自然叙述，将后现代主义叙述等较为复杂和困难的文本与童话、寓言等司空见惯的文类相区别，规避了一些质疑，但仍然无法消除人们的困惑，即当后现代主义叙述的策略与手法随着时间的推移被熟知，成为一种规约之后，它与童话、寓言等同样有着"不可能"的文类仍然有着不同的性质，这种差异不会因为已经规约化就会被消除。

阿尔贝更热衷于将非自然叙述"自然化"的阐释方式，使他更偏向认知叙述学的立场，以非自然叙述作为对象，以验证认知方法的阐释有效性。他重视非自然叙述规约化的"自然化"过程，认为这是一种文学史发展的驱动力，促进了新文学文类的发展。但这种动力并非一种持久的动力，叙述中的"不可能"被规约化之后，这种动力就不复存在了。并且这种动力适用范围也有限，它并不存在于没有"不可能"的文学作品中，似乎不宜夸大这种动力的作用。

---

① Jan Alber and Monika Fludernik, "Introduction", in Jan Alber & Monika Fludernik, (eds). *Postclassical Narratology: Approaches and Analyses*, Columbus: The Ohio State University Press, 2010, pp.1–32, p.13, p.15.

第二章　非自然叙述理论主要代表人物（下）

第一节　叙述的解放：尼尔森的非自然叙述理论

亨里克·斯科夫·尼尔森（Henrik Skov Nielsen）是丹麦奥胡斯大学传播与文化学院教授，"叙述研究实验室"（Narrative Research Lab）和"虚构性研究中心"（Centre for Fictionality Studies）的负责人。尼尔森是 2010 年的论文《非自然叙述，非自然叙述学：超越模仿模式》的联名作者之一，也和阿尔贝、理查森一起合编了《非自然叙述诗学》，还和他们一起为《劳特利奇实验文学指南》（*The Routledge Companion to Experimental Literature*）合撰了《非自然的声音、心理和叙述》（"Unnatural Voices, Minds, and Narration"），同时他还是《今日诗学》"关于叙述的认知和非自然的视角（理论交叉）"特刊的客座编辑之一，此外，他有多篇与非自然叙述相关的论文散见于各种论文集和期刊，是影响力仅次于理查森和阿尔贝的非自然叙述理论的倡导者。他被布莱恩·理查森列入"内在论"阵营，在保持非自然叙述与自然叙述相区别的特性方面和布莱恩·理查森一致，他甚至比布莱恩·理查森走得更远，表现出更为激进的姿态。

一、从阐释策略界定"非自然"

尼尔森和理查森一样，也认为非自然叙述是虚构叙述的一个子集，但他并没有从"反模仿"的角度界定非自然叙述，而是从阅读策略的角度进行界定。在收录于 2013 年《非自然叙述诗学》之中的《自然化与非自然化阅读策略：重访聚焦》（"Naturalizing and Unnaturalizing Reading Strategies: Focalization Revisited"）一章中，尼尔森在讨论了弗卢德尼克的"自然叙述"之后，明确地谈到"非自然叙述"和"非自然叙述学"是什么：

> 什么是非自然叙述？它们是虚构叙述的一个子集——与许多现实主义的和模仿的叙述不同——它们提示读者采用不同于她在非虚构的、对话式的故事讲述情境中所采用的阐释策略。更具体地说，这类叙述可能拥有的时间性、故事世界、心理再现或叙述行为，在真实世界的故事讲述情境中必须被建构为物理上、逻辑上、记忆上或心理上不可能或不可信的，但通过提示读者改变阐释策略，让读者将其解释为可靠的、可能的和/或作者性的。
>
> 什么是非自然叙述学？对这些策略及其阐释结果的探究，以及更广泛的，是对与这些非自然叙述相关的理论和阐释原则进行说明的努力。这意味着对我来说，所有非自然叙述都是虚构的，但只有一些虚构的叙述是非自然的。只有一些虚构的叙述会提示读者要以不同于现实生活中故事讲述情境的方式去理解，而许多现实主义的和常规的虚构叙述则无需如此。①

在这段说明中，我们可以较为清晰地看到尼尔森与其他非自然叙述理论的倡导者的异同。尼尔森赞同理查森将非自然叙述与主流叙述（现实主义和模仿叙述）区别开来的立场，即不能过度地将同样的限定和规定应用到所有叙述之上，在具体层面又和阿尔贝的非自然定义相一致，强调了文本中会存在"物理上、逻辑上、记忆上或心理上不可能或不可信"的情况。但如果仔细辨析就会发现，尼尔森和理查森、阿尔贝的界定存在差异。理查森和阿尔贝的界定都以文本为基

---

① Henrik Skov Nielsen, "Naturalizing and Unnaturalizing Reading Strategies: Focalization Revisited", in Jan Alber & Henrik Skov Nielsen & Brian Richardson (eds). *A Poetics of Unnatural Narrative*, Columbus: The Ohio State University Press, 2013, p. 72.

础，理查森需要确认文本中出现对模仿框架的颠覆，阿尔贝需要辨认文本中出现不可能的场景或事件，而尼尔森将重点放在文本要求读者采用的阐释策略之上。[①] 因为读者并非一成不变，这种非自然叙述的界定相对而言多了一些动态性。

在如何阐释非自然叙述的问题上，尼尔森与阿尔贝的立场有更明显的不同。如前所述，阿尔贝的目的是使非自然叙述自然化，即通过各种阐释策略使非自然叙述与自然叙述一样得到解释。即使有保持非自然状态的"禅宗式阅读"，这在阿尔贝的体系中也并非主导性方式。尼尔森则与阿尔贝形成了鲜明对照，他对非自然叙述的界定就是阐释策略与主流阐释策略不同，因而在阐释中继续保持非自然叙述不同于主流叙述的特性，也被理查森列入非自然叙述的"内在论"阵营。

尼尔森完全赞同理查森指出的主流叙述学存在的问题，即以纪实和非虚构叙述为基础，将对现实世界的假设转到对虚构作品和文学作品的阅读上。但他比理查森更进一步，认为这种建立在模仿模式之上的叙述理论不仅对于非自然叙述是不公平的，对于任何去探索非虚构不能采用的方式的虚构话语也同样是不公平的。另外，他对理查森继承了（明显的）虚构性与现实主义二分法颇有微词，认为这有损对文学史的理解。[②] 尼尔森对非自然叙述的虚构性的强调，使他后来将研究重心转移到虚构性之上。[③]

[①] Henrik Skov Nielsen, "Naturalizing and Unnaturalizing Reading Strategies: Focalization Revisited", in Jan Alber & Henrik Skov Nielsen & Brian Richardson (eds). *A Poetics of Unnatural Narrative*, Columbus: The Ohio State University Press, 2013, p. 72.

[②] 参见 Henrik Skov Nielsen, "Inventing Unnatural Narratives", *Style*, Vol. 50, No. 4, 2016, pp. 467–474.

[③] 尼尔森与理查德·沃尔什、詹姆斯·费伦等人一起倡导虚构性研究的修辞方法，即将虚构性视为一种修辞交流策略，而不是一种文类，将虚构性的应用范围扩大到非虚构叙述。参见 Henrik Skov Nielsen, James Phelan and Richard Walsh, "Ten Theses about Fictionality." *Narrative*, No. 1, 2015, pp. 61–73. 另参见尼尔森：《虚构性与叙述》，王长才译，《探索与批评》第五辑，成都：四川大学出版社，2021年，第1–18页。尼尔森后来还将非自然叙述理论与虚构性理论相结合视为他和伊韦尔森的主要倾向，与理查森强调反模仿、阿尔贝倾向于认知方法的立场相并举。参见 Karin Kukkonen and Henrik Skov Nielsen, "Fictionality: Cognition and Exceptionality", *Poetics Today*, Vol. 39, No. 3, 2018, pp. 473–494, p. 474.

二、重申作者之维

尼尔森指出，将文学虚构视为由叙述者交流或者报道（report）的通常观念，导致叙述学界普遍对作者不感兴趣，比如，影响较大的戴维·赫尔曼主编的《剑桥叙述指南》的术语表中居然没有"作者"，在索引中"作者"这个条目也只是指向"修辞方法"[①]。针对这一不合理的情况，尼尔森特别强调作者。他对非自然叙述的讨论，也是从叙述交流的角度结合对虚构与非虚构叙述的区别展开的。

尼尔森分析了费伦经常被人引用的叙述的定义（"叙述本身可以卓有成效地理解为一种修辞行为：某人在某种场合、出于某种目的告诉别人发生了某件事"[②]），进而指出，叙述和交流并不能等同。在他看来，有一些叙述是没有发送者和接收者的。他举了詹姆斯·弗雷（James Frey）的《无数碎片》（*A Million Little Pieces*，2004）中的片段为例："我渐渐醒来又渐渐睡去。电视是镇静剂。醒来又睡去。醒来。睡去。醒来。睡去。"（"I fade in and out. The TV is narcotic. In and out. In. Out. In. Out."）尼尔森认为，在这段叙述中，既没有要叙述的对象，也没有叙述的动机，也没有意识清醒的叙述者，并且没有叙述交流，但它仍是一种叙述。在尼尔森看来，没有交流的叙述就是非自然的叙述。当然，作品总体上可以说是作者和读者的一种交流，但这种整体的交流并不能解释局部的非交流的情况，这些非交流的叙述不能以叙述者进行报道的方式去理解。进而，尼尔森质疑叙述者存在的意义。在某些叙述中，不同的表达、思想、观点可以归结于不同于作者的叙述者，此时的叙述者概念是有意义的。但是对于另一些虚构文本来说，作为叙述代理者的叙述者，只能去报道，而不能创造，所以它对于作品中明显为创造或不能报道的段落就没有办法

---

① Henrik Skov Nielsen, "Natural Authors, Unnatural Narratives", in Jan Alber, and Monika Fludernik (eds.), *Postclassical Narratology: Approaches and Analyses*, Columbus: The Ohio State University Press, 2010, p. 277.

② James Phelan, *Living to Tell about It: A Rhetoric and Ethics of Character Narration*, Ithaca: Cornell University Press, 2005, p. 18.

解释，因而是无效的。

那么非自然叙述和作者式的交流二者之间是什么关系呢？尼尔森借助费伦的理论进行了解释：这种非自然叙述没有在"叙述者—作者的读者"这个轨道上，而是在"作者—作者的读者"的轨道上，因为作者可以突破叙述交流的限制。在非自然叙述当中披露功能（disclosure function）高于叙述者功能。

在尼尔森看来，叙述并不能总是根据交流话语的规则来理解，叙述者的概念并不能适用于所有叙述，因此必须强调作者的作用："要实现作者的全部潜能的话，我们应该利用（employ）他们而不是暗示（imply）他们存在。"① 在2013年的论文《自然化与非自然化阅读策略：重访聚焦》中，尼尔森重新审视了热奈特的聚焦理论，他引用了热奈特著名的六格示意表：

表2-1 热奈特聚焦分类示意表②

叙述（关系） Narrating (Relation)	类型（聚焦）Type (Focal)		
	作者型 （零聚焦） Authorial (Zero focal)	人物型 （内聚焦） Actorial (Internal focal)	中立型 （外聚焦） Neutral (External focal)
异故事 (Heterodiegetic)	A 《汤姆·琼斯》 *Tom Jones*	B 《专使》 *The Ambassadors*	C 《杀人者》 "The Killers"
同故事 (Homodiegetic)	D 《白鲸》 *Moby-Dick*	E 《饥饿》 *Hunger*	

表2-1的右侧居上部分是叙述者聚焦故事的不同方式，分别是作者型的零聚焦、人物型的内聚焦和中立型的外聚焦，左边是叙述者与故事的不同关系，分别为同故事叙述与异故事叙述，与此相应就出现了聚焦和叙述行为的各种组合情况。尼尔森总结道："热奈特根据

---

① Henrik Skov Nielsen, "Natural Authors, Unnatural Narratives", in Jan Alber, and Monika Fludernik (eds) *Postclassical Narratology: Approaches and Analyses*, Columbus: The Ohio State University Press, 2010, p.299.

② 笔者注：格式据中文出版规范有所调整。

我们可否接触到内心的不同方式对世界上的叙述进行了分类。他的方法是理论的和演绎的，而不是经验的，在某种程度上，它既包括非常规的也包括常规的非自然的选择（分别以零聚焦的异故事叙述和同故事叙述的形式），甚至为可能的但不能完全实现的同故事外聚焦叙述留了一个空格。"① 因此，在尼尔森看来，热奈特的聚焦理论要比人们通常所认为的更为激进和更为非自然。② 热奈特的聚焦理论讨论的是叙述者和人物之间的关系，但在尼尔森看来更应该是作者和人物的关系。著名的"谁看"（who sees）和"谁说"（who speaks）的区分，实际上是对于这种感知采取何种限制又限制到何种程度做何选择的问题。尼尔森认为，需要断开基调（mood）③和声音（voice）之间

---

① Henrik Skov Nielsen, "Naturalizing and Unnaturalizing Reading Strategies: Focalization Revisited", in Jan Alber & Henrik Skov Nielsen & Brian Richardson (eds.), *A Poetics of Unnatural Narrative*, Columbus: The Ohio State University Press, 2013, p. 77.

② 尼尔森引用的表格出自热奈特《重访叙述话语》（*Narrative Discourse Revisited*），是热奈特在对弗兰茨·斯坦策尔（Franz K. Stanzel）、伯蒂尔·龙贝格（Bertil Romberg）、多丽特·科恩（Dorrit Cohn）、亚普·林特维尔特（Jaap Lintvelt）等人的观点和例证进行讨论后，结合自己的术语整合出的表格，但这个表格并不是热奈特自己最满意的表格，在同一章的几页之后，热奈特又提供了另一个表格。表2-1是新表格的左半部分，列为外故事层，其中的空格填上了加缪的《局外人》，并打了问号。而增补的右半部分为内故事层，与左边表格相对应，其中也有三个空格，如表2-2所示。热奈特说："对我来说，重要的不是这种或那种实际的组合，而是组合原则本身，其主要优点是将各种类别置于一种没有先验约束的开放关系中。"显然是从演绎的方式对于叙述的可能持开放态度。参见 Gérard Genette, *Narrative Discourse Revisited*, Ithaca, N.Y.: Cornell University Press, 1988, pp. 128-129.

表2-2 热奈特聚焦分类示意表（新）

关系 Ralation	层次 Level					
	外故事层 Extradiegetic			内故事层 Intradiegetic		
聚焦 Focalization	0	内聚焦 Internal	外聚焦 External	0	内聚焦 Internal	外聚焦 External
异故事 Heterodiegetic	《汤姆·琼斯》 Tom Jones	《艺术家的肖像》 Portrait of the Artist	《杀手》 "The Killers"	《好奇的冒失鬼》 The Curious Impertinent	《爱情催生的野心》 L'Ambitieux par amour	
同故事 Homodiegetic	《吉尔·布拉斯》 Gil Blas	《饥饿》 Hunger	《局外人》? L'Etranger?		《曼侬·莱斯科》 Manon Lescaut	

注：格式据中文出版规范有所调整。

③ "mood"是热奈特提出的概念，指距离、模式、视点等叙述者控制信息的方式，王文融先生译为"语式"（参见热拉尔·热奈特：《叙事话语 新叙事话语》，王文融译，北京：中国社会科学出版社，1990年，第107—145页）。本书采用普林斯《叙述学词典》中译本译法"基调"，参见杰拉德·普林斯：《叙述学词典》，乔国强等译，上海：上海译文出版社，2011年，第128—129页。

的关联,这样的话,所有的聚焦都容易得到解释,包括第一人称零聚焦等非自然的聚焦形式。

在尼尔森看来,非自然与如何去解释它有关,而不是本体上的文本属性。尼尔森特别强调的是进行创造的作者(inventing author),将叙述主体归结到作者身上,创造故事世界的作者才是最终的信息来源,进而他又对西摩·查特曼的叙述交流模式进行了改造。查特曼在1978年的《故事与话语》中曾提出影响深远的叙述交流模式,如图2—1所示:

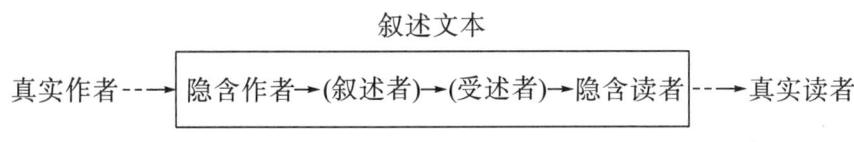

图 2—1　西摩·查特曼的叙述交流示意图

在图 2—1 中,真实作者与真实读者在叙述文本之外,与隐含作者、隐含读者之间是虚线箭头,二者与叙述文本之间不存在直接关系,只有间接的或需推导的交流,"叙述者"和"受述者"都加了括号,是可选的,它们的存在都是从"完全性格化的个人到'无人'(no one)之间"①。查特曼指出,"忽略作者,但不忽略叙述者,这是一个基本的规约"②。因而,在这个影响深远的叙述交流模式中,叙述者比真实作者更为重要。

许多叙述学家都对查特曼的叙述交流图表达了不同意见,并在此基础上进行了修正。詹姆斯·费伦认为,在西摩·查特曼的叙述交流模式中,隐含作者几乎把所有的事情都外包给了叙述者或非叙述性的模仿,而他认为隐含作者的作用不仅如此,他将隐含作者从文本中移

---

① Seymour Benjamin Chatman, *Story and Discourse: Narrative Structure in Fiction and Film*, Ithaca, N. Y.: Cornell University Press, 1978, p.151.
② Seymour Benjamin Chatman, *Story and Discourse: Narrative Structure in Fiction and Film*, Ithaca, N. Y.: Cornell University Press, 1978, p.33.

到了文本之外,强调隐含作者是最终的讲述者。① 尼尔森对费伦强调作者的立场表示赞同,但他又比费伦更进一步。在他看来,只有作者才具有将故事讲给读者的权限和能力,所有的叙述功能都可以归结于作者或人物,因而,他在叙述交流示意图中取消了叙述者这个概念,也将隐含作者取消了,回归到最基本的模式,如图2—2:

真实作者→叙述(其中的人物可能会对其他人物进行叙述)→真实读者②

图2—2 尼尔森的叙述交流示意图

在尼尔森看来,叙述者作为与作者和人物相区别的主体,其存在的意义在于有助于将虚构叙述理解为一种对现成事物的报道,即假定叙述者已经知道或者观察、体验到了要讲述的内容,因而可以将虚构叙述视为一种在某个框架下的非虚构作品。③ 故事世界中的人物也会

---

① 中国学者申丹与费伦的立场基本一致,她将查特曼叙述交流示意图中标示叙述文本范围的方框取消,并将隐含读者指向真实读者的虚线箭头改为实线箭头,理由是隐含作者具有双重性质,既涉及编码又涉及解码。"从编码来说,隐含作者是文本的创造者,因此处于文本之外;但从解码来说,隐含作者是作品隐含的作者形象,因此又处于文本之内。""……'隐含读者'只是文本预设的阅读位置,叙事交流的实际接受者就是'真实读者'。"参见申丹、王丽亚:《西方叙事学:经典与后经典》,北京:北京大学出版社,2010年,第75、77页。另外,针对查特曼的叙述交流模式,费伦后来做了重要的补充,重点是在"作者—叙述者—读者"的交流渠道之外,又补充了"作者—人物—人物—读者"的交流渠道,后又提出了"叙述性交流中的常量和变量图表",将"场合""副文本(paratext)""叙述者""人物/对话""自由间接引语""文类""虚构性/非虚构性""声音""文体""空间""时间性""安排/空白""受述者""叙述读者""互文性""参考(References)""含混"等因素都视为作者与读者进行交流的资源(resources)。参见 James Phelan, "Authors, Resources, Audiences: Toward a Rhetorical Poetics of Narrative", *Style*, Vol. 52, No. 1–No. 2, 2018, pp. 1–34.

② Henrik Skov Nielsen, "Naturalizing and Unnaturalizing Reading Strategies: Focalization Revisited", in Jan Alber & Henrik Skov Nielsen & Brian Richardson (eds.), *A Poetics of Unnatural Narrative*, Columbus: The Ohio State University Press, 2013, p. 88.

③ 中国学者赵毅衡提出关于虚构的"双重区隔原理",可以与尼尔森的看法相对照。该原理认为,在叙述中,一度区隔用媒介化把再现与经验分开,二度区隔把虚构叙述与纪实再现相区隔。一旦出于某种原因忽视区隔,虚构世界就会被当作"真实"对待。在笔者看来,这一原理特别引入作者与读者相互作用的两极,相对于以作者意图、指称或者风格作为衡量虚构与否的根据,具有动态性及更多的包容性;另外,也可以很好地解释为何读者会将虚构作品视为纪实性的,但对于再度媒介化(二度区隔)和一度媒介化(一度区隔)是否有质的不同,为何经过二度区隔纪实叙述就变成了虚构叙述,以及作为虚构的区隔框架和叙述者框架是否能同一等问题尚待进一步明确。参见王长才:《再论"双层区隔":虚构、纪实的性质与判断困境》,《符号与传媒》2020年第2期,第209—218页。

进行交流，但他也只能限于自身的感知能力，而不会超越感知界限进行讲述，只能作为人物存在。如果将叙述理解为一种虚构，我们就会将它解释为一种创造出来的虚构世界，而这个虚构世界可以和现实世界不同，因此就可以免遭质疑。作者的虚构性叙述就被理解为将一个虚构世界带入存在之中的一种创造。大部分叙述作品当中作者不是唯一的叙述主体，故事世界中的人物也会有见解，会交流乃至互相讲述故事。但这些人物间的讲述和作者的叙述不同，它们会指向一个先在的故事世界，也就是对现存世界的一种再现。尽管如此，人物也是作者虚构的产物，人物的叙述也属于由作者创造出来的虚构世界，可以是真实的，也可以是不真实的。

在尼尔森看来，反对叙述者的存在就是反对只以非虚构的方式解释文本。非自然叙述抵抗现实世界的限制，它并非一种不可理解的、不可交流的神秘形式，并没有超出修辞交流的限度，它要求突破将阐释限制在现实世界模式之中的主流阅读策略，要求重新确立一种非自然的交流模式和框架。其中作者是主要的叙述主体，人物低于作者，人物叙述被视为作者可以选择的叙述策略。通常所设想的叙述者功能，在尼尔森看来都可以归结到作者和人物身上。

将叙述者与作者相区别，并将叙述功能归于叙述者，可以说是叙述学所确立的基本原则之一。然而，关于是否所有叙述都存在叙述者，叙述者的存在是否有必要，学界也存在争议。凯特·汉堡（Käte Hamburger）在20世纪50年代就宣称，只有当叙述的诗人实际上创造了叙述者，即第一人称叙述者时，才可以称它为（虚构）叙述者。[①] 英国学者理查德·沃尔什在1997年撰写《谁是叙述者？》[②] 一文，后来成为他的专著《虚构性修辞学：叙述理论与虚构的观念》(*The Rhetoric of Fictionality: Narrative Theory and the Idea of*

[①] Käte Hamburger, *The Logic of Literature*, Trans. Marilynn J. Rose, Bloomington: Indiana University Press, 1973, p.140.

[②] Richard Walsh, "Who Is the Narrator?", *Poetics Today*, No.4, 1997, pp.495—513.

Fiction，2007）的第四章，从语用学的角度质疑叙述者。① 德国学者梯尔曼·科佩和扬·施图林（Jan Stuhring）也认为"无论是在理论上还是在实践上，都没有必要为每一个虚构叙述假设一个虚构的叙述者"②。在法国学者希尔薇·帕特隆（Sylvie Patron）看来，"所有叙述都有一个叙述者"的观念有过度简化和引起混淆的风险，她针对"虚构叙述的泛叙述者理论"（pan-narrator theory of fictional narration）而积极倡导"虚构叙述的可选叙述者理论"（optional-narrator theory of fictional narration），最近她主编的相关文集在叙述学界引起一定关注。③ 尼尔森的修辞交流模式将叙述者和隐含作者取消，与理查德·沃什的立场一致，他将这种修辞模式用于非自然叙述解释，重申了作者之维，将叙述主体归于可以创造和虚构的"自然的作者"之上，不再囿于传统叙述者受限于现实逻辑的规则，从而使得不符合模仿方式的非自然叙述也可以从作者的创造方面得到解释。在

---

① "小说由它们的作者或由人物叙述。外在的同故事叙述者，是被再现的，是人物，就像所有内在的叙述者一样。外在的异质叙述者（即'非个人的'和'作者的'叙述者），如果不因此而变成同故事叙述者或内在叙述者，就不能被再现，他们与作者没有任何区别。这一论断不受叙述的虚构性影响，因为基于相关性的推理过程在优化言语行为的恰当性（felicity）方面的作用最能说明这一点；它也不会受到不可靠性问题的影响，因为不可靠问题总是需要人物塑造；它也不会受到隐蔽叙述的影响，因为这个概念是对再现逻辑的滥用，它也不会受到隐含作者影响，因为该术语与我的论点相冲突的意义本身就是假的（bogus）。"见 Richard Walsh, *The Rhetoric of Fictionality: Narrative Theory and the Idea of Fiction*, Columbus: The Ohio State University Press, 2007, p.84. 在笔者看来，判断一个概念是否有必要，要看这个概念是否有利于将问题解释得更为清楚。"叙述者""隐含作者""受述者""隐含读者"等概念，将文本中显现或未显现的叙述主体、文本呈现的作者形象以及现实生活中的有血有肉的作者进行了区分，将文本中显现或未显现的叙述对象、文本期待的读者形象以及现实生活中的有血有肉的读者进行了区分，对于解释相关问题（比如"不可靠叙述"等）更为准确、清晰。取消了叙述者概念，就只能将相关功能归结于作者和故事世界中的人物，不同情境下的作者和人物的叙述功能也同样需要辨析，会更增加繁乱。在笔者看来，取消叙述者容易产生的一种混乱是，作者不能自洽的叙述和人物潜在的不可靠的叙述之间通常并不容易区分。人物叙述可以是不可靠的，但是在第三人称叙述当中，作者叙述可以从人物那里借用表达方式、世界观念和错误的想法，通过自由间接引语方式或相关的技巧，读者读的是对一种错误想法和信念的可靠的呈现。作者仍是富有权威地创造了故事世界，在其中读者可以相信作者，也可以相信存在于虚构世界当中的错误信念。

② Tilmann Köppe and Jan Stühring, "Against Pan-Narrator Theories", *Journal of Literary Semantics*, Vol.40, No.1, 2011, pp.59–80, p.59.

③ 参见 Sylvie Patron, *Optional-Narrator Theory: Principles, Perspectives, Proposals*, Lincoln: University of Nebraska Press, 2021。这一论文集收入了乔纳森·卡勒、约翰·布伦克曼等著名学者的论文，涵盖了圣经叙事、诗歌、漫画等多种叙述文类。

笔者看来，尽管尼尔森强调非自然叙述要有不同于通常阐释方式的非自然的阐释策略，与阿尔贝的自然化策略不同，但作为叙述主体的作者自然拥有虚构能力，理查森所说的非自然叙述有意突破和颠覆模仿模式的意义就大打折扣了。

三、作为解放的非自然叙述

不管是理查森作为反模仿的非自然叙述，还是阿尔贝作为"不可能"的非自然叙述，都属于非主流叙述，是被忽略、处于边缘的另类叙述，在所有叙述的等级秩序中处于相对弱势的、位置较低的一方，非自然叙述理论倡导非自然叙述也应该同主流叙述一样得到公平对待。而尼尔森进一步赋予了非自然叙述更重要的意义："在我看来，'非自然'作品中的'非'（un）与'无限的'（unlimited）中的'无'（un）是同样的方式。它们没有受到自然地限制非－虚构故事规定的束缚，而是充分利用了叙述的全部潜力。"① 在此，尼尔森从实现叙述潜力的角度重新审视各种叙述，因为拥有更多的自由和可能，非自然叙述比起受到种种限制的自然叙述反而更接近圆满的状态。这种解释从整体上颠倒了叙述的等级秩序，原本被忽略的非主流叙述被置于中心位置，且更接近理想状态，原本的主流叙述反而被边缘化。这种解释的确别开生面。

总之，尼尔森一方面与理查森立场较为一致，也同样要求保持非自然叙述的特性，他不赞同阿尔贝将非自然叙述自然化的阐释方式。另一方面，他将非自然叙述的种种策略归结于作者的虚构，取消了叙述交流中的叙述者和隐含作者，规避了叙述的模仿模式中对叙述者感知的限定。在对非自然叙述的意义认定上，他也比其他学者更进一步，从摆脱束缚的角度去解释非自然，认为非自然叙述相比自然叙述摆脱了更多种限制，就实现叙述的潜能角度而言更接近圆满状态，从而颠覆了原来的等级秩序，赋予了非自然叙述更大的意义。他对非自然叙述的讨论延伸到对虚构问题的讨论也就顺理成章了。

---

① Henrik Skov Nielsen, "Inventing Unnatural Narratives", *Style*, Vol. 50, No. 4, 2016, p. 474.

尼尔森的讨论受到以研究后现代主义文学而闻名的著名学者布莱恩·麦克黑尔的高度评价。在麦克黑尔看来，"尼尔森的理论要比理查森和阿尔贝的论点更为激进。与他们不同的是，尼尔森或许真的是在建构一种新的、独特性的叙事理论。我们或许最好可以把尼尔森的方法看作是对叙事诗学类型加以经典解构的延伸。……理查森和阿尔贝对叙事文本的分析让我感觉不足为奇，但尼尔森的分析却经常给我带来惊喜"①。

第二节　永久陌生化：伊韦尔森的非自然叙述理论

伊韦尔森任教于丹麦奥胡斯大学美学与传播系，他曾与人合编文集《为什么研究文学》（Aarhus University Press，2011）和《叙述虚构中的奇怪声音》（De Gruyter，2011），主要研究领域为叙述理论、早期现代主义、叙述修辞和见证文学等。他与亨里克·斯科夫·尼尔森共同编辑了"现代文学理论"（Moderne litteraturteori）系列丛书，并主持每年在奥胡斯大学举办的国际叙述理论暑期项目（the Intensive Programme in Narratology）。他还与理查森、阿尔贝和尼尔森一起发起了"非自然叙述学"运动，并几次联名发表文章回应所遭受的质疑，也有多篇论文参与非自然叙述理论的讨论。他与其他几位非自然叙述学家的观点既有共性，也存在分歧。

一、偏向修辞立场的界定

伊韦尔森最初对非自然叙述的明确界定是那些主导故事世界的规则与其中发生的情况或事件之间有着难以解释的冲突的叙述。② 这样的界定与阿尔贝以现实生活的参数作为衡量标准的界定有明显差异。

---

① 尚必武：《跨越后现代主义诗学与叙事学的边界——布莱恩·麦克黑尔教授访谈录》，载《当代外国文学》2014 年第 4 期。

② Jan Alber, Iversen S, Nielsen H S, et al: "What Is Unnatural about Unnatural Narratology? A Response to Monika Fludernik", *Narrative*, Vol. 20, No. 3, 2012, p. 373.

按照阿尔贝的看法，只要存在物理上、逻辑上和人类属性上的不可能，就是非自然叙述了。而对于伊韦尔森来说，如果故事世界的设定是一个魔法世界，而其中发生的情况符合这一设定，那么它就不属于非自然叙述。这样的界定将神话、寓言、传奇、童话故事、科幻小说等常见文类排除在非自然叙述之外，与阿尔贝的定义相比大大缩小了范围，被排除的部分也大致相当于理查森所说的非模仿叙述。

在伊韦尔森看来，"非自然是与具体叙述所规定的自然性相对照的非自然，而不是与某种统一的自然性相对照，不管那是什么"①，即确定什么是非自然要落实到具体文本中，文本中的事件场景与该文本的规则（自然性）相冲突，从而构成非自然，而不是基于与某种统一、确定的自然性相对照的非自然的特性。因而确定什么是非自然具有一定的动态性，这也暗含了一种实用主义的倾向，后来伊韦尔森又进一步扩大了这种实用性。

在 2016 年《文体》杂志"非自然叙述理论"特辑中，伊韦尔森针对理查森的理论，提出更激进的看法："与其把非自然叙述说成是一种特定类型的虚构叙述，一种自主创新的或实验性的文本，我们不如考虑用实用主义的方式把非自然作为一种修辞手段来谈论，这种修辞手段由产生意义的存在过程的关联来界定，而不是由与存在的文本或诗学的关系来界定。"② 这一说法更强调非自然叙述作为修辞手段的性质，而非特定的叙述文类，因而涵盖范围又扩大了，不仅可以包括典型的先锋文本，也可以涵盖传统叙述中局部的非自然，还可以涵盖典型叙述之外的诗歌、日常交流或广告、政治等其他形式的公共修辞话语中的非自然现象。他举了一则"小狗猴宝宝"（"puppymonkeybaby"）的电视广告为例，在这则广告中出现了小狗的头、猴的身体、穿着纸尿裤的婴儿屁股和腿组合成的奇怪动物，以暗示饮料是汽水、果汁、咖啡因等三种成分混合而成

---

① Stefan Iversen, "Unnatural Minds", in Jan Alber & Henrik Skov Nielsen & Brian Richardson (eds.), *A Poetics of Unnatural Narrative*, Columbus: The Ohio State University Press, 2013, p. 98.

② Stefan Iversen, "Permanent Defamiliarization as Rhetorical Device: or, How to Let Puppymonkeybaby into Unnatural Narratology", *Style*, Vol. 50, No. 4, 2016, p. 455.

的。这种现实中不可能存在的动物在广告的修辞语境中承担了特别的功能。伊韦尔森认为，他的界定比起理查森的看法更有优势，避免了依赖模仿叙述的麻烦，也更容易去描述和讨论非自然的不同功能，还将文本特征和阅读效果相结合，使得讨论文本中局部和整体上的非自然，以及文学作品之外的非自然要素成为可能。① 在笔者看来，伊韦尔森的新界定尽管扩大了非自然的范围，但被纳入其中的对象过多，以至于非自然的特性被稀释了，甚至被抹杀了。比如，在上述广告例子中，这个"小狗猴宝宝"的组成部分与所推广产品的配料构成相对应，并没有与主导其故事世界的规则相冲突，仅仅起到夸张的效果，将这当作非自然因素，会令人对到底什么是非自然产生困惑。在笔者看来，非自然叙述的确承担了修辞功能，但如果仅仅将它当作一种修辞手段，就会将非自然叙述纳入主流模仿框架之中，其独特性也面临被消除的危险。伊韦尔森将非自然视为一种修辞手段，在某种意义上消解了非自然叙述的特性，与最初倡导超越模仿模式的初衷有了较大的偏离。

二、永久的陌生化

伊韦尔森的定义或许前后有些矛盾，但在如何解释非自然叙述方面则与理查森、尼尔森等人的观点保持一致。尽管伊韦尔森认为由心智哲学、认知语言学和认知心理学等领域发展起来的认知叙述学关于实际心理如何运作的知识有助于理解叙述，但他对阿尔贝毫无保留地拥抱认知叙述学、将非自然叙述再自然化的做法持反对态度："在我看来，对叙述采取全面的认知方法，坚持将有些叙述设法捕捉到的心灵、事件和情景的令人不安、惊异的异界幻象（otherworldly visions）完全重新自然化或重新认识，其固有的一个主要局限性是，它有降低这种叙述的情感力量和共鸣的风险。"②

---

① Stefan Iversen, "Permanent Defamiliarization as Rhetorical Device; or, How to Let Puppymonkeybaby into Unnatural Narratology", *Style*, Vol. 50, No. 4, 2016, p. 460.

② Stefan Iversen, "Unnatural Minds", in Jan Alber & Henrik Skov Nielsen & Brian Richardson (eds.), *A Poetics of Unnatural Narrative*, Columbus: The Ohio State University Press, 2013, p. 96.

伊韦尔森认为，在解释非自然叙述时，不能将它翻译、转化为自然的叙述，而要保持其非自然的特性，为此他改造了"陌生化"概念。

"陌生化"是俄国形式主义理论家什克洛夫斯基在《作为手法的艺术》中提出的概念，指艺术采用陌生化的手法，增加感觉对象的难度和时间长度，从而使人感觉到事物，而不仅仅是知道事物。什克洛夫斯基的陌生化更偏向于形式，对象本身相对不重要。因为最终能够感知对象，这一被延长的感觉过程本身就成为更值得玩味的审美过程。伊韦尔森则提出"永久的陌生化"（permanent defamiliarization）的概念，指的是"给受众带来不断抵制着人们认识的无法解决的谜语，以及永久的不可识别性"[①]。它不同于什克洛夫斯基的界定，陌生化在他看来并不仅仅是延迟感知的过程，而是一直保持着陌生感。另外，在什克洛夫斯基看来，陌生化是与艺术联系在一起的，甚至是艺术的本质性特征，而伊韦尔森的陌生化则不限于艺术，他所认定的非自然叙述更为宽泛，比如，在某些具有挑战性的自传叙述（比如创伤叙述等）中，非自然因素也可能会出现并发挥重要作用，也会形成这种"永久的陌生化"。

伊韦尔森将非自然叙述视为一种"永久陌生化"，与什克洛夫斯基的原初定义有所区别，突出了非自然叙述并不能轻易被"自然化"的特性，对于我们把握非自然叙述有一定启示。但是，"陌生"是一种主观感受，"永久陌生化"是否可能？在笔者看来，再新奇、古怪的现象反复出现之后，都可能失去陌生感，变得司空见惯，成为什克洛夫斯基所说的"自动化的过程"，读者接受时也不再有新奇感、震惊感。那么，当非自然叙述成为读者所熟悉的规约，陌生感不再有时，这种"永久陌生化"的性质是否会变化呢？另外，伊韦尔森强调修辞属性的说法似乎也与这一界定有所抵牾。比如，上述"小狗猴宝宝"广告的例子中，观众很容易接受广告的预设，并将这一奇怪动物的三个组成部分与饮料的成分对应起来，显然也很难属于"无法解决

[①] Stefan Iversen, "Permanent Defamiliarization as Rhetorical Device; or, How to Let Puppymonkeybaby into Unnatural Narratology", *Style*, Vol. 50, No. 4, 2016, p. 460.

的谜语""永久的不可识别性"。笔者对此深感困惑。

三、对弗卢德尼克自然叙述学的质疑

叙述与意识（mind）的关系是认知叙述学的核心问题。按照伊韦尔森的归纳，有四个方面产生了重大影响：

（1）意识对叙述来说更重要。通常称为意识理论－方法（theory of mind-approaches）的理论不仅帮助我们理解解读叙述是如何运作的，而且解释了它之所以动作得如此毫不费力是因为我们在与其他人的日常互动中习惯于阅读意识。（2）意识是建构的。意识在阅读过程中是被建构的，这一见解将重点放在读者和读者所依赖的文本线索上。（3）叙述中的意识有更多的意义。读者对思想的重构，比传统的方法更需要借助叙述中的数据。（4）意识对于叙述是至关重要的。在莫妮卡·弗卢德尼克的《走向"自然"叙述学》（Towards a "Natural" Narratology，1996）中，有一种最早也是最有影响力的表述，即必须将体验着的意识视为叙述的一种构成要素。在弗卢德尼克所说的"自然叙述学"中，体验着的意识的唤起，或如她所说的经验性（experientiality），被视为建立叙述性的必要和充分标准。①

在伊韦尔森看来，这些关于意识和叙述的讨论的基本前提是："叙述对人类经验进行编码的能力和读者对所再现经验进行解码的能力是绝对的，它们根据自然或原型参数进行操作，这些参数来自我们（作为与其他自我共存的自我）的日常经验。"② 弗卢德尼克倡导的自

---

① Stefan Iversen, "'In Flaming Flames': Crises of Experientiality in Non-Fictional Narratives", in Jan Alber, and Rüdiger Heinze (eds), *Unnatural Narratives, Unnatural Narratology*, Berlin and New York: De Gruyter, 2011, pp. 89—90.
② Stefan Iversen, "'In Flaming Flames': Crises of Experientiality in Non-Fictional Narratives", in Jan Alber, and Rüdiger Heinze (eds). *Unnatural Narratives, Unnatural Narratology*, Berlin and New York: De Gruyter, 2011, p. 90.

然叙述学将确定叙述的标准归结到"经验性"上,并由此重新审视叙述相关问题。自然叙述学的观点认为,如果将某个对象视为叙述,它就总会让读者从中认识到经验性,并且这种经验总是能够被认知。①但有些叙述所呈现的故事世界和叙述行为与我们通常认为在正常的、典型的或自然的逻辑原则下行事的经历不同,"一些经验可能超出叙述的理解范围,而一些叙述呈现出的经验可能无法被认为是我们通常所说人类意识的一部分"②,从而对传统意识的模式和参数提出了挑战,使经验性陷入某种危机。在《"在熊熊火焰中":非虚构叙事中的经验性危机》("'In Flaming Flames': Crises of Experientality in Non-Fictonal Narratives")一文中,伊韦尔森讨论了大屠杀幸存者的自传性非虚构叙述。有创伤记忆的叙述者在回忆过去时,所经历的事件和对事件的叙述之间产生了分裂,引起记忆的分裂,进而又引发叙述者自我的分裂。因而大屠杀幸存者在叙述中所呈现的意识是破碎的、不连贯的,这种非常规的意识状态在读者接受的叙述化的过程中,如果被简化为一个意识,就忽略了这些叙述的特性。读者需要清楚地意识到其中缺少统一的声音;叙述主体内部的分裂与冲突,这种令人不安的意识状态,使人们无法将讲述主体与经验主体统一起来,只能看到一些破碎的痕迹,而根本无法采取叙述的形式。③ 这种文本对于弗卢德尼克判断叙述的规则"意识的中心性"(the centrality of

---

① Stefan Iversen, "'In Flaming Flames': Crises of Experientiality in Non-Fictional Narratives", in Jan Alber, and Rüdiger Heinze (eds). *Unnatural Narratives, Unnatural Narratology*, Berlin and New York: De Gruyter, 2011, p. 90.

② Stefan Iversen, "'In Flaming Flames': Crises of Experientiality in Non-Fictional Narratives", in Jan Alber, and Rüdiger Heinze (eds). *Unnatural Narratives, Unnatural Narratology*, Berlin and New York: De Gruyter, 2011, p. 93.

③ 美国叙述学家 H. 伯特·阿博特(H. Porter Abbott)提出的"不可读的意识"(unreadable minds)与此情况类似。他认为面对这种不可读的意识有三种回应方式:一般原型(the generic stereotype, 即将奇怪的意识解读为疯狂的意识)、催化剂(the catalyst, 奇怪的意识的功能是激发起另一个角色的特征)和符号(the symbol, 将奇怪的意识读作隐喻或寓言)。三种情况可以一起发挥作用,但只有第一种解读是对人类意识的再现。他认为当"不可读的意识"被接受为不可读时,会引起焦虑和好奇,而唯有在此时,"不可读的意识"存在的价值和效果才是最佳的。这一点,与努力让不可读的事物有意义、得到解释的扬·阿尔贝的立场有明显不同。参见 H. Porter Abbott, *Real Mysteries: Narrative and the Unknowable*, Columbus: The Ohio State University Press, 2013, pp. 123—146.

consciousness）提出了挑战。而大屠杀叙述的回忆经常会出现重复讲述、遗漏和中断讲述又继续等情况，对事实的回忆和噩梦、幻觉混合在一起，因而也超出了自然的时空框架，与弗卢德尼克判断叙述的规则"具体性"（specificity）相背离。伊韦尔森提出了两种特别的"经验性"："难以媒介化的经验性"（demediated experientiality）和"没有媒介化的经验性"（unmediated experientiality），"难以媒介化的经验性"通常发生在既让读者进行意识的重新建构而又阻碍它重建的叙述中，也就是同时引起相互排斥的经验性框架。就像在贝克特某些文本中，读者知道其中有一些符号意义，但不能将它们归结到某个明确主体的经验中。"没有媒介化的经验性"是指正在媒介化的意识无法捕捉或把握所叙述的事件，这在对创伤性事件的叙述中经常出现。比如有些事情已经经历过了，但经历的是什么，如何经历的并不清楚。从意识和媒介化的关系来说，前者是符号大于生活经验，后者是生活经验大于符号。① 显然，这两种特殊的经验性形态与弗卢德尼克的"经验性"的讨论有很大的差距。伊韦尔森通过对大屠杀幸存者的自传回忆文本的分析，指出这样的文本对自然叙述学的经验性提出了挑战。如果只采用自然叙述学的框架，尽管可以理解其中的大部分，但我们不能把握其特殊性。由此可见，在将自然叙述与非自然叙述区别开来，而需要采用不同的阐释框架方面，伊韦尔森与理查森的立场较为一致。

四、非自然意识

伊韦尔森曾以三个故事为例说明什么是非自然意识。第一个故事，一个人醒来变成了甲虫，有人的意识，而这一切发生在梦中。第二个故事，一位性格温和的科学家变成力大无穷的绿巨人。第三个故事，就像在我们所身处的世界中，一个人醒来变成了甲虫，外在样子已不是人类，但保持人的意识。三个例子的相似之处在于都向读者呈现了在现实世界中不可能出现的身体和意识的组合，但我们对这三个

---

① Stefan Iversen, "'In Flaming Flames': Crises of Experientiality in Non-Fictional Narratives", in Jan Alber, and Rüdiger Heinze (eds). *Unnatural Narratives, Unnatural Narratology*, Berlin and New York: De Gruyter, 2011, p. 102.

故事的阅读方式是不同的：第一个故事中的变形是在梦中，并没有真正发生，因而是自然的故事；第二个故事中的变形不可能在现实生活中出现，但借助动作英雄漫画的文类规约，这种意识可以被自然化；而第三个故事中，这种由生理上不可能的变形产生的意识，读者无法借助文本内外的线索加以自然化或规约化。在伊韦尔森看来，第三种故事中的意识，就是非自然意识："非自然意识是一种呈现出的意识，其功能或实现方式违反了主宰其所处可能世界的规则，其方式是抵制自然化或规约化。"① 显然，伊韦尔森对非自然意识的界定与其最初对非自然叙述的界定一致，强调了文类和规约概念，从而将第二类故事排除在非自然意识之外。

伊韦尔森着重探讨了变形人类的意识（the mind of the metamorphosed human）。变形是古老的文学题材，从古至今，从奥维德《变形记》等各种神话到童话、幻想故事、科幻小说等，大量的作品中都存在变形。在伊韦尔森看来，其中大部分变形都是叙述的可能世界所设定规则的一部分。而卡夫卡的《变形记》、威廉·S. 巴勒斯（William S. Burroughs）的《裸体午餐》（*Naked Lunch*）、玛丽·达里厄塞克（Marie Darrieussecq）的《母猪女郎》（*Pig Tales*）等作品中的"现代人类—动物—变形的意识"的情况则相反，它们是非自然与非规约化的，"本该没有人类意识却出现了人类意识；一种意识拥有此前身体欲望和信仰的记忆以及新身体带来的新的冲动和经验"②。对于这类非自然意识的理解，伊韦尔森认为认知叙述学的工

---

① Stefan Iversen, "Unnatural Minds", in Jan Alber & Henrik Skov Nielsen & Brian Richardson (eds). *A Poetics of Unnatural Narrative*, Columbus: The Ohio State University Press, 2013, pp. 96—98.

② Stefan Iversen, "Unnatural Minds", in Jan Alber & Henrik Skov Nielsen & Brian Richardson (eds). *A Poetics of Unnatural Narrative*, Columbus: The Ohio State University Press, 2013, p. 106. 伊韦尔森也提及"不可能的意识"，并视其为非自然意识的一种："不可能的意识是一种在生物上或逻辑上不可能的意识，例如能读他人意识的意识、死者的意识、极端的跨层意识、没有可容身硬件的意识。"但是他又以绿巨人为例说明这种"非自然意识"通常可以由文类的知识而规约化。能够由文类而规约化的不可能意识为何又被称为非自然意识，伊韦尔森没进一步解释，似乎与他对非自然叙述的界定有所矛盾。参见 Stefan Iversen, "Unnatural Minds", in Jan Alber & Henrik Skov Nielsen & Brian Richardson (eds). *A Poetics of Unnatural Narrative*, Columbus: The Ohio State University Press, 2013, p. 104.

具在结构和接受层面有着宝贵的助益，但将统一的意识再现理论建立在意识理论（Theory of Mind，简称 ToM）基础上则存在一定的弊端。意识理论"可以帮助阐明是什么让这些叙事变得非自然，但它们的非自然仍然难以被完全翻译、规范化或识别"①。

认知神经科学家西蒙·巴伦－科恩（Simon Baron-Cohen）在出版于 1995 年的《意识障碍：关于孤独症和意识理论的论文》（*Mindblindness: An Essay on Autism and Theory of Mind*）中提出了关于"读意识"（mindreading）的进化和发展模型，他认为，"我们一直在读意识，毫不费力、自动地而且大多是无意识地在读意识"②。这种"读意识"活动是我们解释、预测和参与社会行为和交流的自然方式。如果我们不能把思想、欲望、知识和意图等精神状态归于他人，我们就无法理解他人的行为和意图。孤独症儿童正是由于"读意识"能力的损伤才形成意识障碍。认知叙述学家们受此启发，将意识理论与文学理解关联起来。美国肯塔基大学的认知叙述学家丽莎·詹赛恩（Lisa Zunshine）认为，我们之所以能够理解文学，就是因为我们具有读意识的能力，使得我们赋予本来只是语言塑造出的"人物"以各种潜在的想法、感觉和欲望，然后从种种线索中猜测他们的感受，预测他们可能采取何种行动。③ 由此，阅读小说也可以帮助人们训练认知能力。意识理论认为，在处理真实意识和虚构意识时遵循同样的原则。这也是认知叙述学家的基本立场，比如认知叙述学家戴维·赫尔曼就主张对虚构和非虚构叙述中意识的再现和接受采取统一的方法。但在伊韦尔森看来，这种认知叙述学的观点在处理与真实意识运作相似的叙述作品时是令人信服的，"偏离、破坏或颠覆我们民间心理能

---

① Stefan Iversen, "Unnatural Minds", in Jan Alber & Henrik Skov Nielsen & Brian Richardson (eds). *A Poetics of Unnatural Narrative*, Columbus: The Ohio State University Press, 2013, p. 110.

② Simon Baron-Cohen, *Mindblindness: An Essay on Autism and Theory of Mind*, Cambridge, MA.: The MIT Press, 1995, p. 3.

③ Lisa Zunshine, *Why We Read Fiction: Theory of Mind and the Novel*, Columbus: The Ohio State University Press, 2006, p. 10.

力的规范或规则的叙述"则对此构成了挑战。[①] 他以《母猪女郎》为例加以说明。这部小说记述了一位年轻漂亮的姑娘变形为一头猪的荒诞故事。和《变形记》类似,《母猪女郎》的主人公也经历了从人到非人的动物的变形,并在变形之后仍然保持着此前人的意识,且由于身体的变化而产生了在泥里打滚之类的新愿望。伊韦尔森指出,主人公有能力将各种心理状态归因于他人,但她通常并不这样做。更引人注目的是,小说中几乎没有他人将欲望或信仰归于主人公的段落,使作为内在现象的意识和作为社会现象的意识之间存在错位,这显示了认知叙述学家艾伦·帕尔默的归因理论(attributions)和人际意识(intermental minds)框架的局限性。

在笔者看来,意识本身就是一个尚未被认清的领域,包括各种形态,尤其因为有梦、无意识和潜意识的存在,作品中各种特殊的意识,也往往可以被归结为被再现的某种意识状态。伊韦尔森对非自然意识的界定似乎并不清晰,《变形记》和《母猪女郎》中的变形也可以被视为一种寓言,从而可以像第二类故事一样得到解释。在《母猪女郎》中,人们没有将欲望和信仰归于主人公,是因为在他们眼中,主人公只是母猪,并不具有人的意识,或者故意否认她有意识。就像卡夫卡《变形记》中父亲、妹妹对格里高尔态度冷酷,原因之一也是在他们眼中,变形的格里高尔只是可怖的甲虫,而不再是自己的家人。而进一步讲,这种冷酷和是否变形关系不大。在带有歧视性色彩的任何叙述中,被歧视的一方通常都得不到应有的理解和尊重,因而在外在意识表现和真实的内在意识之间必然存在错位。甚至,没有归因也是一种特别的归因,即将空白的意识归之于某个本来丰富的内心意识。这种错位、无视、误读本身就值得认真讨论和思考。变形只是以一种更为夸张和醒目的方式将人与人之间的隔膜、无视、误解更具象地呈现出来而已。诚然,认知叙述学将认知科学的成果应用于叙述研究,往往对虚构叙述和非虚构叙述并不作区分,以真实世界的规则

[①] Stefan Iversen, "Unnatural Minds", in Jan Alber & Henrik Skov Nielsen & Brian Richardson (eds). *A Poetics of Unnatural Narrative*, Columbus: The Ohio State University Press, 2013, p. 103.

与逻辑去讨论故事世界,在处理特定的非自然叙述时,往往会出现问题。但是,就意识而言,再复杂和奇怪也都可能是对某一种意识的再现,且都能在现实世界的意识中找到影子,因而"非自然意识"似乎并不容易被界定清楚。

第三节　作为挑衅的非自然:
玛丽亚·麦凯莱的非自然叙述理论

玛丽亚·麦凯莱(Maria Mäkelä)也是较为活跃的非自然叙述理论的参与者。她是芬兰坦佩雷大学比较文学高级讲师和跨学科叙事研究中心主任。她与人合编了论文集《叙述,中断》(*Narrative, Interrupted*,De Gruyter,2012)和《叙述理论、文学和新媒体》(*Narrative Theory, Literature, and New Media*,Routledge,2015)等,她发表的论文主要集中在意识、声音和跨媒介的现实主义、小说中的婚外性关系、作者伦理以及后经典叙述学的批判性应用等领域。她还多次参与非自然叙述理论的建构与发展,包括为《非自然叙述诗学》撰稿,参与撰写《文体》"非自然叙述理论"特刊中的文章,作为非自然叙述理论的代表参与撰写《今日诗学》"关于叙述的认知和非自然的视角(理论交叉)"特刊中的文章等,她也被视为非自然叙述理论的代表人物之一,但她后来似乎更偏向认知叙述学立场。

一、作为挑衅的非自然

2016年《文体》"非自然叙述理论"特刊收录了麦凯莱回应理查森的论文,从"非自然叙述或非自然叙述学""非自然文类/文本/要素""叙述理论的范围与完整性"三方面展开讨论,集中阐明了麦凯莱的立场,也显示了她与理查森的明显分歧。玛丽亚·麦凯莱对理查森理论的质疑集中在分类方式方法是否有效之上,其中一个尖锐的质疑是:理查森关注的重心到底是非自然叙述还是非自然叙述学?

麦凯莱指出，理查森多次强调建立在模仿基础上的叙述理论具有不完整性，她不知道完整的叙述理论是什么样子，但是她对理查森追求完整性的方式表示怀疑。在她看来，理查森是以极大热情去列出"非自然叙述"的清单并分类，就像在亚马孙丛林去找寻最奇特的、前所未见的昆虫。当然，发现这些原本不受重视、被忽略的特殊文本并给它们命名、对其特性进行归纳总结是有意义的。但是如果要质疑认知范式，就应该革新关于阅读框架的自然假设，而不该把重点放在对或多或少的非自然进行分类上。

> 换句话说，我们应该做非自然叙述学，而不是寻找非自然叙述。如果我们仅仅用一个新的语料库来面对自然叙述学，我们就没有解决认知方法的根本问题——关于意义生成的普遍主义主张和经济的总体原则。……理论不能建立在例外之上，如果我们希望挑战占主导地位的"自然"叙述原型，我们不仅应该寻找偏离的作品，而且还应在所谓的原型内工作，这包括既定的文学规约和叙述，我们中的一些人称之为"普通的现实主义文本"。①

显然，麦凯莱对非自然叙述学有更高的期许，也表明了更明显的认知叙述学的立场。她将非自然性视为一种普遍性的挑衅，期望建立一种适用于全部叙述的具有普遍意义的叙述学。理查森等人倡导非自然叙述学的初衷，就是要求公正地对待特定叙述。用同一种理论框架不加区分地对待不同性质的叙述正是原有叙述学的缺陷，理查森等并非意在建立一个整体理论框架，而是对已有框架进行补充与拓展。的确，终极意义的完整理论是不存在的，因为叙述实践在发展，与之相应的理论也可能随之修订与完善，且一直在通向完善的路上，而对偏离主流模式的非自然叙述的寻找和考察正是理查森"自下而上"的归纳式研究的基石，这无可厚非。尽管麦凯莱声称"理查森和许多其他

---

① Maria Mäkelä, "Narratology and Taxonomy: A Response to Brian Richardson", *Style*, Vol. 50, No. 4, 2016, p. 463.

非自然主义者（包括我自己）尖锐地反对认知主义方法所提倡的普遍主义立场"①，但她所期望的有普遍意义的非自然叙述学却正是理查森等人所批评的主流立场。

麦凯莱认为，"非自然"更多是对已有理论框架的偏离，是一种挑衅，而非一种特定的文类、文本或叙述手段。她认为，弗卢德尼克的自然叙述学相比非自然叙述学更具有弹性，最终会将非自然叙述学家们搜寻到的非自然叙述包括进来，并将它们表面上的挑战合并到其解释框架之中。非自然叙述学仅仅是寻求规则的例外，有沦为宏大理论的"应用"（App）的危险②。"对我来说，非自然性是'自然的'阅读过程的认知反面，是让我们欣赏并恢复虚构再现和文本再现的扭曲和中介性质的反作用力。"③ 这一点和阿尔贝有相近之处，即只是将非自然叙述理论视为对特定的叙述实践的特别处理。事实上，麦凯莱的有些论述将非自然叙述的讨论整合到认知叙述学框架之中，取消了非自然叙述理论独立存在的意义。

在笔者看来，所有的叙述作品的确都可以按认知框架加以理解，通过非自然叙述学家的努力得到更多关注的众多特殊文本，也对认知叙述学的原有解释框架构成了挑战，并迫使认知解读框架相应做出调整，对认知叙述学的发展有所裨益。但如果认为非自然叙述仅仅是对叙述通行规则的简单挑衅，就仍然附着在主流的理论框架之上，再次陷入原有模式的窠臼，将非自然叙述视为对主流的偏离或反对，因而它们并不能获得公正的对待。由此看来，非自然叙述似乎更应被视为

---

① Maria Mäkelä, "Narratology and Taxonomy: A Response to Brian Richardson", *Style*, Vol. 50, No. 4, 2016, p. 466.

② Maria Mäkelä, "Narratology and Taxonomy: A Response to Brian Richardson", *Style*, Vol. 50, No. 4, 2016, p. 464. 麦凯莱的讨论也得到了著名学者布莱恩·麦克黑尔的赞同。在一次访谈中，被问起对非自然叙述理论的看法时，麦克黑尔特别谈及了麦凯莱的非自然叙述理论是对经典叙述学理论进行新的运用的观点："在非自然叙事里，不存在或几乎不存在经典叙事学工具所不能描述的东西。实际上，她认为这就是我在《后现代主义小说》中所做的研究：我把经典叙事理论的工具应用于'非自然'文本。在当时，这种研究模式似乎被运用的很好，现在我看不出它不能被继续运用的任何理由。"参见尚必武：《跨越后现代主义诗学与叙事学的边界——布莱恩·麦克黑尔教授访谈录》，《当代外国文学》2014年第4期。

③ Maria Mäkelä, "Narratology and Taxonomy: A Response to Brian Richardson", *Style*, Vol. 50, No. 4, 2016, p. 462.

本身具有特定属性的文类，这就意味着非自然叙述要求与其特性相应的阐释方式与理论化方式。

二、对非自然范围的扩展：现实主义中的非自然

麦凯莱对非自然的界定是以认知叙述学为参照的。她受布莱恩·理查森等理论家所称赞的一个方面是，她讨论了现实主义中的非自然，扩大了非自然叙述的范围。

在 2013 年的《现实主义与非自然》一文中，麦凯莱以福楼拜《包法利夫人》、托尔斯泰《安娜·卡列尼娜》等经典现实主义小说为例，指出了现实主义小说中她认为潜在的非自然。

认知叙述学认为，故事世界总是由某个主体所感知的，即使像戴维·赫尔曼"假想聚焦"（hypothetical focalization）中的假想主体也是如此。[1] 弗卢德尼克对现实主义的定义，也强调从读者角度来看的心理上的确定（anchoring）和"动机"保证了故事世界的合理性。按照戴维·赫尔曼的看法，叙述也是建立在人类的感质（qualia）之上的，基于事件和世界的"是什么样子"（"what it is like"）的本质[2]，一个仅"存在"而没有人物感知和动机的叙述世界是不自然的。但在福楼拜《包法利夫人》的很多段落[3]中，平庸迟钝的主人公查理是感受不到福楼拜小说呈现的细腻感觉的，正如乔纳森·卡勒所说，

---

[1] 参见 David Herman, "Hypothetical focalization", *Narrative*, Vol. 2, No. 2, 1994, pp. 230–253.

[2] "感质"（qualia）概念是心灵哲学家们用来描述心理状态的质量、经验或感觉属性的术语，戴维·赫尔曼借用这一术语以确立叙述的认知基础。参见 David Herman, "Cognition, Emotion, and Consciousness." in David Herman (ed.), *The Cambridge Companion to Narrative*, Cambridge: Cambridge University Press, 2007, pp. 256–257. 另参见 Janet Levin, "Qualia", in Robert A. Wilson, and Frank C. Keil (eds). *The MIT Encyclopedia of the Cognitive Sciences*, Cambridge, MA.: The MIT Press, 1999, pp. 693–694.

[3] 麦凯莱引用了以下段落："有一天，三点钟上下，他来了；人全下地去了；他走进厨房，起初没有看见爱玛。外头放下窗板，阳光穿过板缝，在石板地上，变成一道又长又亮的细线，碰到家具椅角，一折为二，在天花板上颤抖。桌上放着用过的玻璃杯，有些苍蝇顺着往上爬，反而淹入杯底残苹果酒，嘤嘤作响。亮光从烟囱下来，掠过铁板上的烟灰，烟灰变成天鹅绒，冷却的灰烬映成淡蓝颜色。爱玛在窗、灶之间缝东西，没有披肩巾，只见光肩膀冒小汗珠。"见居斯塔夫·福楼拜：《福楼拜小说全集》，李健吾等译，北京：人民文学出版社，2002 年，第 20—21 页。

福楼拜确立了一个独立于任何人类意义或意愿的艺术世界。然而，这样的段落"通过质疑认知和语言建构之间在任何认知心理功能层面上的——故事的、故事外的或文本外的——自然化关系，对我们的阅读提出了挑战"①。而另一方面，通常现实主义令读者沉浸于故事世界，如同处于现实世界中，因此，像罗兰·巴特所说，这些代码应该是看不见的。而福楼拜小说中的段落却显示了作者对细节的高度敏感与精心选择，这样一来，现实主义更像是一种扭曲的艺术，而不是再现的艺术，从而扰乱了完形心理学关于人类心理受连贯性驱动的假设。这些都显示出非自然的特性。

麦凯莱还分析了《安娜·卡列尼娜》中安娜刚刚进入陶丽家的几个片段。②开始时，是安娜刚刚走进屋子，"如今已长得很像他父亲的留着浅色头发的胖男孩""胖鼓鼓的小手"等描述是安娜所观察到的，这是温馨幸福的家庭场景。随后感知变得混乱了，又回到了陶丽的内心，而在长达一页的描述之后，安娜才又进入屋子，令陶丽感到惊讶。事实上，另一种理解的可能性也存在，即"胖鼓鼓的小手"

---

① Maria Mäkelä, "Realism and the Unnatural", in Jan Alber & Henrik Skov Nielsen & Brian Richardson (eds). *A Poetics of Unnatural Narrative*, Columbus: The Ohio State University Press, 2013, p.153.

② 麦凯莱引用了以下段落：

安娜走进房里的时候，陶丽正同如今已长得很像他父亲的留着浅色头发的胖男孩坐在小会客室里，听他念法文。那孩子一面读书，一面转动上装上一颗勉强挂住的纽扣，竭力想把它拽下来。母亲几次把他的手拉开，可是胖鼓鼓的小手还是不停地玩弄那个纽扣。母亲索性把那个纽扣扯下来，放到口袋里。

以及一页之后的部分段落：

陶丽不住地看表，时刻都在等待安娜的到来，但正如常有的情况那样，等到客人当真到了，却偏偏没有听见铃声。

直到听见门口衣服的窸窣声和轻轻的脚步声，她才回过头去。从她那憔悴的脸上情不自禁地流露出来的神色，不是快乐，而是惊奇。

....

"这是格里沙吗？我的天哪，他长得多大了！"安娜说着，吻了吻他，眼睛却一直盯着陶丽。她站住不走，脸涨得通红。"不，哪儿也不用去了，就在这里好了。"

她取下头巾和帽子。她那鬈曲的乌黑头发有一绺被帽子缠住。她摆摆头，把那绺头发抖落下来。

"你可真是容光焕发，精神饱满哪！"陶丽几乎带着妒意说。

译文见列夫·托尔斯泰：《安娜·卡列尼娜》，草婴译，上海：上海译文出版社，1990年，第60、61页。

"不断玩弄纽扣"等是母亲陶丽的眼光，那么整个场景的意义就大不相同了，正在为丈夫出轨而气愤的陶丽也许认为这个男孩未来会和他父亲一样与人通奸，对他心生反感。① 显然，即使最为典型的现实主义的文本中，也充满了心理上或结构上并不和谐的因素。总之，在她看来，"非自然性的文学标记显然似乎是数不胜数的"②。

麦凯莱对现实主义作品的细读的确令人印象深刻。或许是因为有助于扩大非自然叙述理论的声势，理查森对麦凯莱讨论现实主义作品中的非自然的做法表示了赞赏。在笔者看来，麦凯莱尽管指出了现实主义作品中的一些不和谐的因素，但这些不和谐在一定程度上偏离了理查森所说的反模仿的非自然叙述定义。

三、反沉浸式阅读

在麦凯莱看来，常规叙述与偏离常规的叙述之间的区别并不明显。她更重视的是对叙述学的一种趋势的反击，即将所有类型的叙述建构同化于同一个总体框架之下的趋势。因而，比起对非自然叙述文本的辨认与分类，她更在意读者框架的多元性（the diversity of readerly frames）③。在她看来，"对非自然阅读的强调是非自然叙述学更站得住脚的一个基础"④。她倡导的非自然的阅读方式，是反沉浸式（counterimmersive）的阅读。从上述对现实主义小说的分析中，我们可以看出，麦凯莱之所以会发现现实主义作品的非自然之处，就在于她并没有沉浸于似真性的幻觉之中。她认为福楼拜、托尔斯泰等

---

① Maria Mäkelä, "Realism and the Unnatural", in Jan Alber & Henrik Skov Nielsen & Brian Richardson (eds). *A Poetics of Unnatural Narrative*, Columbus: The Ohio State University Press, 2013, pp. 154–156.

② Maria Mäkelä, "Realism and the Unnatural", in Jan Alber & Henrik Skov Nielsen & Brian Richardson (eds). *A Poetics of Unnatural Narrative*, Columbus: The Ohio State University Press, 2013, p. 164.

③ Maria Mäkelä, "Realism and the Unnatural", in Jan Alber & Henrik Skov Nielsen & Brian Richardson (eds). *A Poetics of Unnatural Narrative*, Columbus: The Ohio State University Press, 2013, p. 145.

④ Maria Mäkelä, "Realism and the Unnatural", in Jan Alber & Henrik Skov Nielsen & Brian Richardson (eds). *A Poetics of Unnatural Narrative*, Columbus: The Ohio State University Press, 2013, p. 164.

现实主义小说家的技巧就是在表层和深层之间不断运动，既引发认知熟悉感也引发认知疏离感，正是这种无法解决的运动导致了文本和认知之间的什克洛夫斯基式的延宕。①

值得注意的是，麦凯莱的反沉浸式阅读并非仅仅针对某种特殊的非自然叙述。这一点也使她明显区别于其他非自然叙述学家。理查森针对反模仿的非自然叙述的阅读，当然也会打破模仿性幻觉、破除沉浸感，但他强调的是非自然叙述对模仿框架的颠覆或戏谑。而在麦凯莱看来，重心是在读者认知框架的调整，这种认知疏离的阅读模式并没有取消认知熟悉的阅读模式，两种阅读方式共在，她试图在两种方式之间达到某种平衡。麦凯莱与尼尔森的观点也有所不同，尼尔森同样强调非自然阅读策略，但他是以此区分自然与非自然叙述。伊韦尔森强调"永久陌生化"，与麦凯莱强调认知疏离的反沉浸式阅读相一致，但伊韦尔森将非自然叙述看作一种修辞策略，更偏向于修辞叙述学的立场，与更偏向读者认知一方的麦凯莱在立场上也有明显差异。偏于认知叙述学立场的阿尔贝也强调读者的认知，这一点与麦凯莱的观点相一致。但麦凯莱并不赞同阿尔贝的非自然叙述的阅读策略，她认为阿尔贝阅读策略的主要倾向是对连贯性的追求，即通过心理的、主题的或动机的认知统觉使物理或逻辑上的不可能得以自然化，这是一般读者的阅读程序。然而这样一来，非自然的故事世界甚至比经典现实主义更为自然。而许多作品包括现实主义作品的创作动机要高于对具体情境的感知和反映，这种情况在阿尔贝的阅读模式中并没有得到正视。②

总之，麦凯莱倡导反沉浸式的阅读策略，并非针对特定的非自然叙述文类，而是针对所有文本，突显了更具普遍性的多元读者认知框架。

---

① Maria Mäkelä, "Realism and the Unnatural", in Jan Alber & Henrik Skov Nielsen & Brian Richardson (eds). *A Poetics of Unnatural Narrative*, Columbus: The Ohio State University Press, 2013, p. 164.

② 麦凯莱也提到阿尔贝的另一种解释立场"禅宗式阅读"，她认为阿尔贝"显然对其有效性和普遍性表示怀疑"。见 Maria Mäkelä, "Realism and the Unnatural", in Jan Alber & Henrik Skov Nielsen & Brian Richardson (eds). *A Poetics of Unnatural Narrative*, Columbus: The Ohio State University Press, 2013, p. 157.

四、更偏向认知叙述学的立场

在对弗卢德尼克的《走向"自然"叙述学》出版二十周年的纪念文章《走向非－自然：弗卢德尼克的自然叙述学中的历时性和训练有素的读者》("Toward the Non-Natural: Diachronicity and the Trained Reader in Fludernik's Natural Narratology")中，麦凯莱特别强调了她对弗卢德尼克思想的吸收。麦凯莱指出了弗卢德尼克自然叙述学的"非自然性"，尽管与非自然叙述理论家的非自然意义不同，但自然叙述学与非自然叙述理论也是彼此交融的。

麦凯莱指出，弗卢德尼克的"通过将叙述性加诸某物而使其成为叙述"的叙述化过程不仅是共时性的，还是历时性的。共时性的界定广为人知，而紧接其后的叙述化过程的历时性论述很少被人引用。[①] 在麦凯莱看来，弗卢德尼克的读者建立在历时主义和建构主义（between diachronism and constructivism）无法解决的张力之间，和通常的认知叙述学家所强调的共时性读者不同。曼弗雷德·雅恩（Manfred Jahn）、玛丽－劳尔·瑞安等第一代认知叙述学家，与卡琳·库科宁（Karin Kukkonen）、马尔科·卡拉乔洛（Marco Caracciolo）等第二代认知叙述学家都尽力避免经验性研究，即他们所谈的读者并不是在时间中的具体读者，而是一种抽象的、普遍性的共时性读者。中国学者申丹教授也明确地指出认知叙述学的读者不是有血有肉的历史中的读者，而是与"叙事语境"相关的"文类读者"或"文类认知者"，"其主要特征在于享有同样的文类规约，同样的文类认知假定、认知期待、认知模式、认知草案（scripts）或认知框架

---

① "然而，除了共时特性，叙述化也可以扩展到历时领域。在漫长的叙述形式和模式的历史中，我们可以看到现有文类的拓展，特别是在熟悉的认知参数和框架的基础上。这适用于从口头叙述转为书面叙述的复杂过程……并同样涉及如第二人称小说等更多现代叙述类型的建立。……因此，通过将新的选择纳入熟悉的文类或话语类型领域中，叙述化最终可以汇入历时的变化。这些新的可用框架是通用的和叙述学的，而不是具有认知性质的自然的类别，但它们至少有一部分是基于认知参数的，它们利用这些参数来产生新组合和新见解。因此，叙述化构成了读者和文本之间，以及文本和其历史化之间的过程性界限。"参见 Monika Fludernik, *Towards a "Natural" Narratology*, London: Routledge, 1996, pp. 34—35.

(frames, schemata)"。① 在麦凯莱看来，弗卢德尼克"自然叙述学这种方法论上的非自然性不是缺点，而是一种富有成效的创新，使其成为后经典叙述学的基石之一"②。麦凯莱声称"我的真正目的一直是证明文学意识－建构的最终非自然性"③，而弗卢德尼克这种建立在历时性与建构性之间的综合性读者建构在方法论上给予她很大的启发。

值得注意的是，麦凯莱尽管认为弗卢德尼克的自然叙述学相对来说更有弹性，可以将非自然叙述作为认知叙述学的阐释对象，这一点和阿尔贝更接近，但她并不赞同认知叙述学基于完全相同的认知图式看待虚构意识和实际意识的倾向。④

通过对主要非自然叙述理论家观点的讨论，我们可以发现，非自然叙述理论远不是一个有着统一的概念界定、理论框架以及目的的理论分支，它的内部有着明显的分歧，并且有一些主张相互冲突。理查森和阿尔贝将非自然叙述当作一种特定的文类来看，分别从反模仿的角度和不可能的角度进行确定，而尼尔森、伊韦尔森更将它视为一种特定的修辞策略，麦凯莱则更倾向于将它视为一种针对读者认知的挑衅。在如何对待非自然叙述方面，也可以分为以将非自然叙述自然化为最终目标的一派，和强调非自然叙述的特殊性并在阐释中保持这种

---

① 申丹、王丽亚：《西方叙事学：经典与后经典》，北京：北京大学出版社，2010 年，第 223-224 页。麦凯莱文中注释也引述了申丹教授英文专著中的相关论述，见 Dan Shen, *Style and Rhetoric of Short Narrative Fiction: Covert Progressions Behind Overt Plots*, London: Routledge, 2014, p. 152, p. 15.

② Maria Mäkelä, "Toward the Non-Natural: Diachronicity and the Trained Reader in Fludernik's Natural Narratology", in *Partial Answers: Journal of Literature and the History of Ideas*, Vol. 16, No. 2, 2018, p. 271.

③ Maria Mäkelä, "Toward the Non-Natural: Diachronicity and the Trained Reader in Fludernik's Natural Narratology", in *Partial Answers: Journal of Literature and the History of Ideas*, Vol. 16, No. 2, 2018, p. 276.

④ 参见 Maria Mäkelä, "Possible Minds. Constructing—and Reading—Another Consciousness as Fiction", in Pekka Tammi, and Hannu Tommola (eds). *Free Language, Indirect Translation, Discourse Narratology: Linguistic, Translatological and Literary-Theoretical Encounters*. Tampere: Tampere University Press, 2006, pp. 231-260.

特殊性的一派，理查森称之为内在论与外在论两大阵营："内在论的理论家（尼尔森、伊韦尔森和我）强调违反模仿规约的优先性。我们不否认其他心理的、文化的或意识形态的效果；对我们来说，最重要的在于叙述越界（narrative transgressions）。阿尔贝赞同的外在论方法寻求解释非自然事件的认知功能，并确定它们的意义。看起来阿尔贝至少对确认和欣赏非自然与解释和理解它们同样感兴趣。"[①] 阿尔贝、麦凯莱更倾向于认知叙述学，将非自然叙述作为测试认知方法有效性的手段，而尼尔森和伊韦尔森则更倾向于修辞叙述学，考察非自然叙述作为修辞策略的意义。就非自然叙述理论目前的发展来看，多元性和复杂性是其主要特征，这也是引发误解与争议的重要原因。

---

① Brian Richardson, *Unnatural Narrative: Theory, History, and Practice*, Columbus: The Ohio State University Press, 2015, p.19.

第三章　非自然叙述理论与其他后经典叙述学分支（上）

第一节　非自然叙述理论与认知叙述学

认知叙述学是受认知科学、认知语言学、认知心理学等领域的启发，将叙述研究与对意识（mind）和读者认知的关注相结合的跨学科领域，是后经典叙述学中最复杂的分支。认知叙述学家戴维·赫尔曼认为认知叙述学包括将叙述视为解释对象的研究以及将叙述作为意识工具等方面的研究，他曾归纳出认知叙述学的十二大重点研究领域[1]，其丰富性和复杂性可见一斑。本节不可能全面、深入地讨论非自然叙述理论与认识叙述学各分支的关系，只能从有限的几个方面，基于对几位相关理论家及观点的对照，从侧面帮助读者增进对非自然

---

[1] 在为第二版《叙述学理论手册》撰写的《认知叙述学》一章中，戴维·赫尔曼对认知叙述学的发展情况进行了归纳与梳理，如下：（a）探究支持对故事世界的本体构成、时空轮廓和人物评价进行推论的一系列心理状态和过程，以及对特定文本或再现首先在多大程度上可以被理解为"叙述"——至少在某种程度上被赋予了叙述性——的研究；（b）对在虚构和非虚构文本中叙述视角或聚焦的认知性改变的描述；（c）试图系统阐述埃德（Eder）所说的"认知接收理论"，包括对叙述悬念、好奇和惊异效果的研究以及对能够促进、放大或抑制阐释者移情反应的特定故事讲述策略的研究；（d）依靠从阅读时间测量到语料库分析方法再到故事世界示意图的启发等技巧，试图在波托路希和迪克森（Bortolussi & Dixon）所称的"文本特征"和"文本效果"之间建立可证明的相关性的实证研究；（e）叙述作为一种认知"宏观框架"发挥作用，使解释者能够在文字的、图画的、音乐的等符号媒介中识别故事或类似故事的元素的跨媒介研究；（f）对虚构以及非虚构叙述中的人物和人物塑造方法的研究。这方面的工作包括研究故事讲述者为了弄清人物的精神生活而使用的具体技巧，也包括研究解释者与这些故事世界中个人的相遇如何塑造更广泛的人物理解，并被其塑造；

叙述理论的理解。

一、非自然叙述理论与弗卢德尼克的"自然叙述学"

（一）是针锋相对还是你中有我？

德国认知叙述学家莫妮卡·弗卢德尼克1996年出版的《走向"自然"叙述学》（*Towards a "Natural" Narratology*）产生了深远影响。从字面上看，非自然叙述理论与自然叙述学针锋相对，往往会让读者误以为非自然叙述理论是对自然叙述学的挑战，它们之间是对立关系。比如，有国内学者认为，布莱恩·理查森写的《非自然声音：现当代小说中的极端叙述》是与莫妮卡·弗卢德尼克"针锋相对"的，由此"叙事的自然与非自然之争拉开序幕"，"……不难发现非自然叙事学之所以迅速壮大声势，只不过是因为在论辩中自然叙事学（natural narratology）的倡导者例如弗鲁德尼克等，没有抓住对方存疑的关键词和相关例证，针锋相对地提出反对意见"①。这种看法将二者彻底对立起来，表现出此消彼长的话语权争夺，显然不太妥当。

(g) 与此相关，关于叙述相对于民间心理推理的研究，或者说人们用来理解自己和他人行为的日常启发方法的研究，要讨论的是故事如何提供一种评价自我和他人行为的手段，以及与叙述理解相联系的民间心理能力（folk-psychological abilites）；(h) 叙述语境中的情感和情感话语的研究，相关工作包括探究情绪反应如何支撑故事的讲述和解释，叙述如何立即反映和帮助塑造"情感学"或情感术语和概念体系，这被参与者在话语中使用，将情感归因于他们自己和同伴；(i) 从进化理论和进化心理学的发展中获得灵感的研究，包括伊斯特林（Easterlin）的假说，即"叙述思考（thinking）的出现……是因为它促进了对环境中事件的解释，从而促进了功能性行动"和博伊德（Boyd）的论点，即叙述小说及其他形式的虚构活动与人类参与游戏的进化倾向有关；(j) 对关于反事实（counterfactual）情景的叙述如何支持协商经验的努力的探究工作；(k) 对特定自传性记述结构和用途的研究，这些记述与回忆过程以及它们被阿尔茨海默病或其他造成记忆衰减的疾病或受伤的潜在破坏相关；(l) 关于非人类现象学的叙述参与的研究，或者说，跨媒介故事可以用来模拟非人类的动物与世界相遇的方式——从而重塑人类自己的相遇模式。见 David Herman, "Cognitive Narratology", in Peter Hühn, et al. (eds). *Handbook of Narratology*, Berlin: De Gruyter, 2014, pp. 52–54.

①江澜：《"非自然叙事"有多"自然"？》，《外国文学》2018年第4期，第113页。叙述学家赵毅衡先生也有类似的误解："所谓'自然叙述'，是德国学者弗鲁德尼克（Monika Fludenik）1996年出版的著作《建立一种'自然'叙述学》中提出的，该书认为叙述学应当以'自然的'口头讲故事为基本模式。理查森这批学者则针锋相对，提出'非自然叙述'，认为后现代小说已经无法用'自然叙述学'来处理。"见赵毅衡：《广义叙述学》，成都：四川大学出版社，2013年，第127页。

从表面上看,《走向"自然"叙述学》出版于1996年,而理查森的《非自然声音》出版于2006年,似乎后者对前者提出了挑战。但如果对布莱恩·理查森的研究多一些了解,就会发现他对非自然叙述的讨论可以追溯到更早,《非自然声音:现当代小说中的极端叙述》的第二章和第四章出自他1991和1994年发表的论文。而他的第一篇非自然叙述理论的论文可以上溯到1987年,讨论的是戏剧的叙述模式与时间①,随后1989年的论文讨论《麦克白》中倒置的时序和因果关系②,1991年他在论文中讨论品特戏剧与叙述的边界③,1992年讨论贝克特小说《莫洛伊》中的叙事违规和元小说悖论④。这些论文都发表于弗卢德尼克的《走向"自然"叙述学》出版之前。理查森的第一部专著《不可能的故事:因果关系与现代叙述的本质》(*Unlikely Stories: Causality and the Nature of Modern Narrative*, University of Delaware Press,1997),也已经涉及了当时理论家忽视的"不可能的虚构世界",并讨论了"元小说的"因果律("metafictional" causal laws,即叙述者可以更改的因果律)。⑤ 此外,在《非自然声音:现当代小说中的极端叙述》中理查森也没有将自己的研究视为对弗卢德尼克理论的挑战;相反,在讨论第二人称叙述、"我们"叙述时,他还引用弗卢德尼克的观点,在"以系统方式描述非自然叙述者和极端的叙述行为"的理论家时,将弗卢德尼克称为"在当代叙述理论家中最突出的一个"。⑥ 在该书"致谢"部分,理查森特别感谢了通读大部分章节并作出评价的三位学者,其中排在第一

---

① Brian Richardson, "'Time Is Out of Joint': Narrative Models and the Temporality of the Drama", *Poetics Today*, Vol. 8, No. 2, 1987, pp. 299–309.

② Brian Richardson, "'Hours Dreadful and Things Strange': Inversions of Chronology and Causality *Macbeth*", in *Philological Quarterly*, Vol. 68, No. 3, 1989, pp. 283–294.

③ Brian Richardson, "Pinter's Landscape and the Boundaries of Narrative", *Essays in Literature*, Vol. 18, No. 1, 1991, pp. 37–45.

④ Brian Richardson, "Causality in 'Molloy': Philosophic Theme, Narrative Transgression, and Metafictional Paradox", *Style*, Vol. 26, No. 1, 1992, pp. 66–78.

⑤ 参见 Changcai Wang, "The Unnatural and Unnatural Narrative Theory: An Interview with Professor Brian Richardson", 载《符号与传媒》, 2019年第1期, 第114页。

⑥ Brian Richardson, *Unnatural Voices: Extreme Narration in Modern and Contemporary Fiction*, Columbus: The Ohio State University Press, 2006, p. 134.

位的就是弗卢德尼克。①

从"非自然叙述理论"兴起的过程来看,至少理查森的研究最初并没有和弗卢德尼克的"自然叙述学"直接关联。2000年时理查森将自己所讨论的文本称为"后现代的"或"反模仿的"②,在作为客座编辑为《文体》杂志策划的"叙述的概念"特刊③中,他将一批理论家对现有叙述学模式的挑战称为"后现代叙述理论"。在2006年的《非自然声音:现当代小说中的极端叙述》中,他勾勒了一种反模仿的理论。2008年以后,他才和阿尔贝、伊韦尔森、尼尔森等人一道发起"非自然叙述理论"运动。理查森本人更希望用"反模仿"而不是"非自然",甚至"一直觉得'非自然'这个词是别人强加给我们的,我们带着不同程度的犹豫或热情,最终才同意接受"④。理查森多次强调"非自然叙述理论在意识形态上是中立的"⑤,也颇为无奈地澄清他们所说的"非自然"并没有文化实践、性别上的特别内涵,因为"非自然叙述"一词已经被广泛流传开来了,所以也只能接受。⑥

理查森后来也将自己的研究与弗卢德尼克的"自然叙述学"关联起来:"我认为我的工作是莫妮卡·弗卢德尼克在《走向'自然'叙述学》中所做工作的一种激进的延伸和补充,在其中,她将自然叙述的范式贯彻到了它的极限。"⑦ 但他也强调,"我的更可取的定义没有提及自然叙述,因为我的核心的、定义性的范畴,即模仿性和反模仿

---

① Brian Richardson, *Unnatural Voices: Extreme Narration in Modern and Contemporary Fiction*, Columbus: The Ohio State University Press, 2006, p. xiii.

② Brian Richardson, "Narrative Poetics and Postmodern Transgression: Theorizing the Collapse of Time, Voice, and Frame", *Narrative*, Vol. 8, No. 1, 2000, pp. 23-42.

③ Journal Special Issue: Concepts of Narrative, *Style*, Vol. 34, No. 2, 2020, pp. 168-349.

④ Brian Richardson, "Rejoinders to the Respondents", *Style*, Vol. 50, No. 4, 2016, p. 498.

⑤ Brian Richardson, *Unnatural Narrative: Theory, History, and Practice*, Columbus: The Ohio State University Press, 2015, p. xvii.

⑥ Brian Richardson, *Unnatural Narrative: Theory, History, and Practice*, Columbus: The Ohio State University Press, 2015, p. 6.

⑦ Brian Richardson, *Unnatural Narrative: Theory, History, and Practice*, Columbus: The Ohio State University Press, 2015, p. 6.

性的人物和事件，都可以在自然叙述中找到：对话性的、非虚构的自然叙述是模仿的，而夸大的故事和更极端的那种自叙体（skaz）可以是反模仿的。我也倾向于避免关于'自然化'的争论，因为它们对我阐明和澄清自己的立场没有那么大的帮助"①。由此可见，理查森最初的研究并非专门针对莫妮卡·弗卢德尼克的"自然叙述学"，只是由于他的工作汇聚到"非自然叙述理论"这一更广泛的运动之中，又追认了与弗卢德尼克"自然叙述学"的关联，但他也强调对非自然的界定（反模仿）与自然叙述不是对立关系。

而另一位非自然叙述理论的代表人物扬·阿尔贝与弗卢德尼克的关系就更加密切了。阿尔贝的博士学位论文就是由弗卢德尼克指导的，他的非自然叙述理论在很大程度上与弗卢德尼克的理论一脉相承。阿尔贝在专著《非自然叙述：小说和戏剧中的不可能世界》中，也特别感谢弗卢德尼克"对本研究的理论和语料库都提出了宝贵的意见"②。对阿尔贝来说，非自然是弗卢德尼克所说的"经验性"，"对'真实生活经验'的准模仿性唤起"的一种具体表现。③ 在阿尔贝与弗卢德尼克为共同主编的《后经典叙述学：方法与分析》（*Postclassical Narratology: Approaches and Analyses*）撰写的序言中，更是有这样的表述："从某种意义上说，非自然叙述学是后现代主义叙述学和认知叙述学的结合。""然而，非自然叙述学（作为弗卢德尼克的'自然'叙述学和一般认知叙述学的发展）并没有解构叙述学的构成二元论，而是试图建立一种实验文本的叙述学模式，它既是对经典叙述学的补充，又通过认知框架与之相关联。"④直接将非自然叙述理论视为"自然叙述学"的发展。2012年四人联名回应弗卢德

---

① Brian Richardson, "Unnatural Narrative Theory", *Style*, Vol. 50, No. 4, 2016, pp. 392—393.

② Jan Alber, *Unnatural Narrative: Impossible Worlds in Fiction and Drama*, Lincoln: University of Nebraska Press, 2016, p. viii.

③ Jan Alber, *Unnatural Narrative: Impossible Worlds in Fiction and Drama*, Lincoln: University of Nebraska Press, 2016, p. 46.

④ Jan Alber and Monika Fludernik, "Introduction", in Jan Alber & Monika Fludernik (eds). *Postclassical Narratology: Approaches and Analyses*, Columbus: The Ohio State University Press, 2010, pp. 1—32.

尼克的文章中也有这样的说法："非自然叙述理论部分地受到弗卢德尼克的研究方法的启发，并受惠于它。我们同意她的说法，即'阿尔贝等人本着'自然'叙述学的精神进行研究'。"① 这些表述更强调非自然叙述理论是对弗卢德尼克理论的发展。在阿尔贝提出的非自然叙述的九大阐释策略中，前八种都是将非自然叙述"自然化"，明显地脱胎于弗卢德尼克的"自然化"立场。

由此可见，弗卢德尼克的"自然叙述学"与"非自然叙述学"并非对立冲突，甚至还有很深的渊源，其中有些部分是你中有我、我中有你的复杂关系。

（二）殊途同归：弗卢德尼克对非自然叙述理论的立场

在《"非"自然叙述学有多么自然；或，什么是非自然叙述学的非自然？》② 一文中，弗卢德尼克针对阿尔贝、伊韦尔森、尼尔森和理查森联名发表的《非自然叙述，非自然叙述学：超越模仿模式》一文进行了讨论。从题目上就可以看到她的立场，实际上是指出非自然叙述学与她所提倡的"自然叙述学"殊途同归。

弗卢德尼克强调非自然叙述学和她所倡导的自然叙述学的共通性，试图以她的理论框架将非自然叙述学包容其中。她指出非自然叙述理论的倡导者、她的学生扬·阿尔贝将关注范围从后现代主义的实验作品拓展到更大范围的文本中，强调"阿尔贝等人的研究多是本着《走向'自然'叙述学》的精神进行的，他们试图找到一种能够处理最多叙述文本的模式，尤其是包括后现代主义的元小说文学，而这些文学以前仅仅是以反模仿的否定性术语（无情节、无人物、无环境等）来描述的"③。在这篇文章中，弗卢德尼克详细说明了自己的"自然"的三个来源，并强调她在《走向"自然"叙述学》中对"自

---

① Jan Alber, Iversen S, Nielsen H S, et al, "What Is Unnatural about Unnatural Narratology? A Response to Monika Fludernik", *Narrative*, Vol. 20, No. 3, 2012, p. 371.

② Monika Fludernik, "How Natural Is 'Unnatural Narratology'; or, What Is Unnatural about Unnatural Narratology?", *Narrative*, Vol. 20, No. 3, 2012, pp. 357—370.

③ Monika Fludernik, "How Natural Is 'Unnatural Narratology'; or, What Is Unnatural about Unnatural Narratology?", *Narrative*, No. 3, 2012, p. 358.

然"这一术语的使用都特意加引号,以避免"自然"这一术语在意识形态上的嫌疑,她也用"非-自然的"(non-natural)而不是"非自然的"(unnatural)来指称自然的对立面,极力避免二元对立的模式,且辩解她并没有将"自然"视为唯一正当的模式:"我没有声称它们必须被自然化,只是它们在阅读过程中可以被自然化。特别是,我认为通过自然化的阅读策略,某些特定的非模仿(amimetic)或非-模仿(non-mimetic)的方面可能无法复原,并且仍然坚决抵制以模仿为基础的美学。"① 因此,在她看来,她与阿尔贝等人并没有本质上的差别,只是关注点不同。"阿尔贝等人与我的不同之处在于,他们想要从模仿主义的殖民地中拯救非-自然的和模仿的'偏离者'。因此,在'自然'中保留'非自然'似乎与不同的消费习惯相关。我们都清楚,布丁好不好,吃了才知道。虽然我倾向专注于整体上的味道,而忽略了一些香料,但阿尔贝等人品尝了与熟悉的布丁总体上温和的口感相冲突的香料味道。"②

弗卢德尼克还对《非自然叙述,非自然叙述学:超越模仿模式》所举例证进行了讨论。她认为,《保姆》这类后现代主义文本有两种阐释策略,一种将它当作叙述者或人物的幻想,这样就又借助了模仿的理论;另一种是后现代主义的解读。那么非自然的解释与后现代主义的框架或者她的《走向"自然"叙述学》有何不同?是不是"非自然"只是突出了现实主义和模仿主义内部和边缘的后现代主义和幻想?③ 弗卢德尼克还从非自然与虚构性的关联角度提出了疑问:非自然叙述学试图逃离模仿主义,通过发现模仿叙述中的"非-模仿性"而加以解构。但讽刺的是,"通过将自身置于自然的对立面……它陷入了必须以模仿的形式承认自然的真实性陷阱",他们采用解构主义的方法论,反转了二元对立的等级秩序,用处于边缘位置的"非自

---

① Monika Fludernik, "How Natural Is 'Unnatural Narratology'; or, What Is Unnatural about Unnatural Narratology?", *Narrative*, No. 3, 2012, p. 362.

② Monika Fludernik, "How Natural Is 'Unnatural Narratology'; or, What Is Unnatural about Unnatural Narratology?", *Narrative*, No. 3, 2012, p. 362.

③ Monika Fludernik, "How Natural Is 'Unnatural Narratology'; or, What Is Unnatural about Unnatural Narratology?", *Narrative*, No. 3, 2012, p. 365.

然"来殖民模仿的领地,反而强化了二分法,最终加强了模仿,而没有摆脱它的控制。在弗卢德尼克看来,口头对话叙述就可以完成这种解构,无需借用"非自然叙述"的术语。

弗卢德尼克还认为非自然与模仿之间不是简单的对立,"相反,模仿可能是非-自然性(non-naturalness)的组成部分,这不仅是因为不可能的情况是在反对'自然的'背景下被阅读因而是模仿的,还因为**作为小说**,这样的文本必须创造审美幻觉,所以使用模仿来达到非-自然的奇怪效果。因此,'非自然'叙述学最好以一种不那么二分法的方式来思考它与虚构和模仿的关系"①。

总之,弗卢德尼克从她的立场上审视非自然叙述理论,除了对其中隐含的二元对立以及可能的意识形态偏见问题表示关切,更多强调了它与自己倡导的"自然"叙述学的共性。尽管她肯定了非自然叙述学标示出一个"蓬勃发展的领域","它的主要优点在于对于魔幻的、实验的和元小说的作品提供了新视角,以及用历史和社会方法使这种工作成为可能"。她又将之与自己的体系整合起来,认为非自然叙述理论的"一条可能特别富有成效的探索路线是在现实主义传统中恢复荒诞和不可能,并讨论非文学叙述中的同类现象,特别是在会话式故事讲述中"②。而以口头叙述为典型的会话式故事讲述则是弗卢德尼克"自然"叙述学的基础。

在理查森等四人联名发表的《什么是非自然叙述学的非自然?对莫妮卡·弗卢德尼克的回应》中,非自然叙述理论家们将弗卢德尼克对"非自然叙述学"概念的批评主要归纳为两点:其一,"非自然"这个概念是以其对立面"自然"设想出来的。这一方面夸大二元对立,另一方面想逃避但也依赖于自然叙述。其二,这种二元对立与意识形态相关。他们对第一方面的回应也只是承认非自然必须通过自然来辨识,这是不言自明的,但在具体的操作中,他们则倾向于辩证的

---

① Monika Fludernik, "How Natural Is 'Unnatural Narratology'; or, What Is Unnatural about Unnatural Narratology?", *Narrative*, No. 3, 2012, pp. 366—367.

② Monika Fludernik, "How Natural Is 'Unnatural Narratology'; or, What Is Unnatural about Unnatural Narratology?", *Narrative* No. 3, 2012, p. 368.

立场。针对第二个方面他们明确说:"非自然"拥有大量的文化负荷,其实和强调形式分析的非自然叙述学没有什么关系。

对于弗卢德尼克将两者视为殊途同归的立场,他们则在承认受到"自然"叙述学启发的同时,也明确回应二者"有实质的不同"。弗卢德尼克趋向于建立更具有普遍性的叙述理论,非自然叙述理论的目标并不是要确立一种综合模式,而是"强调不同类型叙述文本之间的差异"。在他们看来,现有的大部分叙述理论提供了错误的总体性,而忽略并排斥了非自然叙述,因为非自然叙述不能包含在模仿框架的参数中。因而,"弗卢德尼克趋向于全面性(comprehensiveness),这不可避免地导致对某些独特类型的叙述,尤其是非自然叙述的处理不当"①。

在笔者看来,弗卢德尼克对非自然叙述理论的把握存在明显的失误。除了上述主要分歧,还有一个明显的问题在于,她将非自然叙述理论视为一个整体。这或许由于她针对的是最初四位学者的联名文章,更强调共性,随后非自然叙述理论内部的复杂性开始越来越多地呈现出来,比如对"非自然叙述"概念的不同界定以及在方法论和阐释手段上的差异等。事实上,理查森等人回应弗卢德尼克的文章就已突显他们内部并不容易调和的分歧。在笔者看来,弗卢德尼克将内部存在分歧的非自然叙述理论看作一个整体,将立场更接近自己的阿尔贝视为非自然叙述理论的代表,而忽略了更强调非自然叙述与主流叙述的不同性质的理查森和尼尔森等人的观点,存在较为明显的偏差。

(三)弗卢德尼克对非自然叙述现象的讨论

弗卢德尼克尽管不属于非自然叙述理论阵营,但她对奇特、怪异的叙述现象保持着浓厚的兴趣,其中有不少可以归于非自然叙述理论所认定的非自然叙述现象。与通常叙述学家从事件和时间的角度界定叙述不同,弗卢德尼克将叙述性归于"经验性"(experientiality)。在她看来,没有情节的叙述是可以的,但没有经验性的叙述是不可能

---

① Jan Alber, Iversen S, Nielsen H S, et al, "What Is Unnatural about Unnatural Narratology? A Response to Monika Fludernik", *Narrative*, No. 3, 2012, p. 374.

的。这一基本观念直接影响到她对非自然叙述现象的讨论。她对第二人称叙述、第一人称复数叙述、第三人称复数叙述等特殊叙述现象的讨论也是从再现人物经验的不同角度入手的。

《文体》杂志1994年秋季号是由弗卢德尼克担任客座编辑的"第二人称叙述"特刊,她撰写了导言与《第二人称叙述作为叙述学的测试案例:现实主义的局限性》("Second-Person Narrative As a Test Case for Narratology: The Limits of Realism")一文,另外该特刊还包括布莱恩·理查森、詹姆斯·费伦、戴维·赫尔曼等学者从不同角度出发的讨论。弗卢德尼克指出,第二人称叙述并不与特定的"叙述情境"(narrative situation)相关,这一人称并不能构成一个有理论意义的概念。进而她通过讨论英国当代小说家加布里埃尔·约西波维奇(Gabriel Josipovici)的《逆光:以皮埃尔·博纳尔为原型的三联画》(*Contre-Jour: A Triptych After Pierre Bonnard*,1986)指出,由于这些后现代主义小说对现实主义参数进行根本性解构,其中的第二人称叙述故意质疑现实的认知框架和故事理解,与现实主义叙述形成了某种断裂,从而使传统叙述学范畴难以处理。对难以理解的写作的现实主义的恢复或自然化必须被评估为是对这种文本的反模仿特质的解读,而这种叙述恢复的可能性并没有为恢复传统叙述学特性提供证据。①

对于第一人称复数叙述,弗卢德尼克指出,与常见的第一人称叙述只讲述个人经历或者所见证的事件不同,其中多个人物的故事被压缩成一种共同的经历,导致奇怪的组合和搭配出现。在现实生活中,故事不可能作为整体讲述,而只能是不同人物轮流讲述自己的经验。而这种"我们—文本"(we-text)是一种虚构,它超越了现实可能,创造了一种没有真实世界对等物的"我们的声音"。同时,它通过这些违反自然的故事场景的方式传达重要的信息。② 对于读者而言,阅读第一

---

① Monika Fludernik, "Second-Person Narrative as a Test Case or Narratology: The Limits of Realism", *Style*, Vol. 28, No. 3, 1994, pp. 445-479.
② Monika Fludernik, "Let Us Tell You Our Story: We-Narration and Its Pronominal Peculiarities", in Alison Gibbons, and Andrea Macrae (eds). *Pronouns in Literature: Positions and Perspectives in Language*, London: Palgrave Macmillan UK, 2018, pp. 188-189.

人称复数叙述的关键是对其中的"我们"的认识与理解。弗卢德尼克指出"我们"所指代的对象并不像第一人称和第三人称那样明确，它可以将言说对象"你"包括在内，也可以将其排除在外，根据"我们"所指称主体范围的不同，就形成了"排他的"和"包容的"两大类，在故事层面和话语层面又可以进一步区分，就形成了以下表格：

表 3-1 弗卢德尼克对"我们"的分类①

我们（We）	排他的（Exclusive）	包容的（Inclusive）
话语层面 (Discourse level)	我＋（她；他；他们） [I＋(she/he/they)]	我（＋她；他；他们）＋你（＋她；他；他们） [I (＋she/he/they)＋you (＋she/he/they)]
故事层面 (Story level)	我＋（她；他；他们） [I＋(she/he/they)]	我（＋她；他；他们）＋你（＋她；他；他们） [I (＋she/he/they)＋you (＋she/he/they)]

弗卢德尼克对"我们"叙述的讨论更倾向于其所再现的共有集体经验。在她看来，一个同质化的群体不仅会令人难以置信，而且读起来也会很无聊。因而，"我们"叙述的乐趣在于"我们"的无限多样性，它允许作者在具体个人的经验中穿梭，将相似的变体叠加起来，以呈现一个整体的公共身份。因为"我们"的所指并不像第一人称或第三人称那么确定，第一人称复数叙述会在一群人的共同经历和每个人的具体行动与观点之间切换。

有时这种模糊性会让其中的成员隐身于群体之中，从而承担一种特别的意识形态功能。或"在'我们'的叙述中，群体的模糊性实际上可能起到了一种意识形态的功能，因为它允许成员在集体中匿名，从而分散了个人的罪责"②。

总之，弗卢德尼克作为认知叙述学家，改变了叙述性的界定，关注点从人物、事件转到了经验性上来，她也关注了多种非自然叙述现象，其重心是现实世界、人类经验的再现。她的自然叙述学与非自然

---

① Monika Fludernik, "Let Us Tell You Our Story: We-Narration and Its Pronominal Peculiarities", in Alison Gibbons, and Andrea Macrae (eds). *Pronouns in Literature: Positions and Perspectives in Language*, London: Palgrave Macmillan UK, 2018, p.174.

② Monika Fludernik, "Let Us Tell You Our Story: We-Narration and Its Pronominal Peculiarities", in Alison Gibbons, and Andrea Macrae (eds). *Pronouns in Literature: Positions and Perspectives in Language*, London: Palgrave Macmillan UK, 2018, p.178.

叙述理论的发展有着千丝万缕的联系，甚至在一定程度上影响了阿尔贝、麦凯莱等人的非自然叙述理论，但与理查森等人保持非自然的立场有明显差异。

二、戴维·赫尔曼与布莱恩·理查森：不可调和的矛盾

戴维·赫尔曼（1962— ）是有深远影响的认知叙述学家，先后在美国北卡罗来纳州立大学、俄亥俄州立大学、英国达勒姆大学任教，现为独立学者。他视野开阔，成果丰硕，著述涉及叙述理论（尤其是认知叙述理论）、现代与后现代小说、跨媒介叙述等，最近转向了非人类的动物相关叙述的研究。出版的专著有《普遍语法与叙述形式》(*Universal Grammar and Narrative Form*，1995)、《故事逻辑：叙述的可能性与问题》(*Story Logic: Problems and Possibilities of Narrative*，2002)、《自然语言的叙述》(*Narration in Natural Language*，2005)、《叙述的基本要素》(*Basic Elements of Narrative*，2009)、《穆丽尔·斯帕克：21世纪的视角》(*Muriel Spark: Twenty-First-Century Perspectives*，2010)、《讲故事和心灵科学》(*Storytelling and the Sciences of Mind*，2013)、《超越人类的叙事学：讲故事和动物生活》(*Narratology beyond the Human: Storytelling and Animal Life*，2018)；主编或联合主编《新叙述学：叙述分析新视角》(*Narratologies: New Perspectives on Narrative Analysis*，1999)、《叙述理论与认知科学》(*Narrative Theory and the Cognitive Sciences*，2003)、《劳特利奇叙述理论百科全书》(*Routledge Encyclopedia of Narrative Theory*，2005)、《剑桥叙述指南》(*The Cambridge Companion to Narrative*，2007)、《叙述理论教学》(*Teaching Narrative Theory*，2010)、《心灵的出现：英语叙述话语中的意识再现》(*The Emergence of Mind: Representations of Consciousness In Narrative Discourse in English*，2011)、《生物小说》(*Creatural Fictions*，2016)和《动物漫画》(*Animal Comics*，2018)等。曾担任有广泛影响的"叙述前沿"("Frontiers of Narrative")丛书主编，《故事世界》(*Storyworlds: A Journal of*

Narrative Studies)杂志主编,并为多种重要期刊编辑特刊。他有大量的论文见于各种重要期刊和论文集。他首次提出影响深远的"后经典叙述学"概念,直接影响了人们对叙述学发展的认识,在某种程度上改变了叙述学发展的格局。他还提出"故事世界"(storyworlds)、"故事建造"(worldmaking)、"模糊时间性"(fuzzy temporality)等诸多概念,以多种著述以及编辑工作,有力地推动叙述学的发展〔比如提出"群体心理"(social mind)概念并引起很大反响的认知叙述学者艾伦·帕尔默(Alan Palmer)就是他发掘的〕,做出了突出贡献。莫妮卡·弗卢德尼克称"过去二十年最富创造力与创新精神的叙述学家可能就是戴维·赫尔曼"[1]。

在2012年出版的《叙述理论:核心概念与批评性辨析》中,戴维·赫尔曼作为认知叙述学的代表学者,阐述了自己的观点和立场,并与修辞叙述学、女性叙述学以及非自然叙述理论的代表进行了讨论,表明了他与布莱恩·理查森的非自然叙述理论难以调和的立场。

(一)"非自然叙述"并非"叙述"

戴维·赫尔曼指出布莱恩·理查森非自然叙述理论的基础是将非自然叙述与自然叙述相区分,并要求用不同于模仿框架的分析框架来处理非自然叙述。但赫尔曼对这一核心假设并不认同。在他看来,理查森在两个方向上有误,首先是扩大了叙述的范围。

在《叙述的基本要素》中,赫尔曼列举了典型叙述的四种要素:

典型的叙述可以描述为:

(i)一种再现,它处于特定话语语境或讲述场合之中,也必须据此进行阐释。

(ii)此外,这种再现还提示阐释者对特定事件的结构化时间进程进行推断。

(iii)反过来,这些事件使得它们在涉及人类或类人

---

[1] Peer Bundgård, Henrik Skov Nielsen and Frederik Stjernfelt, *Narrative Theories and Poetics:5 Questions*, Copenhagen: Automatic Press / VIP, 2012, p.67.

(human-like) 主体的故事世界中引入某种破坏或不平衡,无论该世界是真实的还是虚构的、现实的或梦幻的、记忆的或梦想的,等等。

(iv) 这种再现还通过变化的故事世界(storyworld-in-flux)传达生活经验,强调事件对实际或想象的意识的压力,这些意识受到讨论中发生事件的影响。因此,在一项重要的附带条件下,可以说叙述主要与感质(qualia)有关,感质是心灵哲学家的术语,用来指代某人或某事具有特定经验的"它像什么"的感觉。附带条件是,最新有关叙述的研究对有关意识本身性质的争议有着重要影响。

为了便于说明,我将这些要素缩写为(i)情境性、(ii)事件序列、(iii)世界创造/世界颠覆以及(iv)它像什么。①

在赫尔曼看来,以他的叙述各要素来衡量,理查森所举的非自然叙述的例子不是反模仿,而是反叙述,即它们已经突破了叙述的界限,不应再以叙述对待。比如,理查森所举贝克特的《每况愈下》(*Worstward Ho*)和博尔赫斯的《阿莱夫》(*The Aleph*)等作品不仅抑制甚至还破坏构建故事世界的尝试,"有意打破世界创造的过程",反思性地探索"叙述"和"列表"(list)(或"描述")这两种不同文本类型之间的模糊(fuzzy)边界。这在赫尔曼看来,不能再置于叙述的范围之内:"但我也认为,在解释过程中,如果某些关键问题,即关于何时、何事、何地、何人、如何和为何等维度以某方式配置成故事世界的问题,失去了意义——那么一个文本就脱离了叙述的范围。"② 因此,对赫尔曼而言,理查森眼中的非自然叙述对模仿框架的颠覆是对叙述的颠覆,不应再作为叙述去讨论。赫尔曼的这种看法也有一定的代表性,比如德国学者罗伊·萨默(Roy Sommer)

---

① David Herman, *Basic elements of narrative*, Chichester, U. K.: Wiley-Blackwell, 2009, p. xvi.
② David Herman, et al., *Narrative Theory:Core Concepts and Critical Debates*, Columbus: The Ohio State University Press, 2012, p. 223.

也有类似的看法。他认为理查森非自然叙述理论两个前提之一是"所有的非自然文本都是叙述",而在他看来,"根据广泛接受的最低限度的定义,那些在事件性、序列性和时间性方面表现得很少甚至为零的文本拥有低程度的叙述性,或者也许根本就不能被视为叙述"[①]。理查森将不该视为叙述的作品视为叙述,才会出现已有的叙述学难处理的怪异情形。

(二)"非自然叙述理论"低估了模仿的复杂性

在赫尔曼看来,理查森的非自然叙述理论核心假设的另一个错误是理查森低估了模仿叙述的复杂性。

赫尔曼对于理查森确立的"模仿"与"反模仿"叙述的对立并不以为然,认为理查森夸大了反模仿与模仿之间的界限,低估了模仿的复杂性。在赫尔曼看来,模仿不可能是对现实世界的直接模仿,而必须以某些模式作为中介。传统模仿再现中这些模式来自日常生活经验,而在另一些模仿再现中,这些模式来自叙述和其他文本:"我理解传统上所谓的模仿性再现是指以日常经验世界的模型为基础或中介的再现。或者说,模仿性的表述依赖一系列模型,其中一些模型来源于叙述和其他文本。由于不可能完全直接、无中介地进入经验世界,而不部署来自其他文本和先前与世界接触的模型,因此,任何叙述甚至在原则上都不可能'再现一个预先存在的现实'。"[②] 因此,在赫尔曼看来,理查森所关注的实验文本与常见文本并不是"模仿"和"反模仿"之间的对立,就对世界模式的使用而言,它们都处于一种连续体之中,实验文本的使用更有反思性(reflexive),它们之间只是程度的不同,而不是性质的差别。[③]

赫尔曼还认为,与理查森的非自然叙述理论不同,他的认知方法

[①] Roy Sommer, "Unnatural Fallacy? The Logic of Unnatural Narrative Theory", *Style*, Vol. 50, No. 4, 2016, p. 407.

[②] David Herman, et al., *Narrative Theory: Core Concepts and Critical Debates*, Columbus: The Ohio State University Press, 2012, p. 237.

[③] David Herman, et al., *Narrative Theory: Core Concepts and Critical Debates*, Columbus: The Ohio State University Press, 2012, pp. 222—223.

具有更普遍的适用性，可以用于处理各种类型的叙述。他说：

> 我不认为"模仿"和"反模仿"叙述之间存在任何尖锐分歧或对立，我认为我的部分（指《叙述理论：核心概念与讨论》一书赫尔曼所撰写的部分——引者注）所概述的方法可以扩展到各种类型的叙述。换言之，无论是现实主义小说还是实验小说，这种方法并不局限于或附属于任何特定的叙述文类或亚文类。我的关注点在基本的心理倾向和能力上，这些基本的心理倾向和能力与各种故事讲述实践结合在一起，既支持它们，又为它们所支持。①

理查森针对赫尔曼的质疑给予了正面回应，也对赫尔曼的立场和方法提出了尖锐的批评。在理查森看来，赫尔曼等人的认知叙述学将认知科学的成果应用于虚构作品，而基于认知研究的叙述理论认为人类经验和文学经验具有同源性，从而使他们忽略很多叙述的非传统或反传统特性，形成了一种新的模仿主义。在这种新模仿主义的作用下，他们的认知方法不能很好地区别虚构和非虚构作品，而有些特性是只有虚构实践才能产生的。因为忽略了这种关键差异，赫尔曼的方法成了一种"倒退的新模仿主义"，甚至有可能忽视或抹杀叙述理论已经取得的许多成就。② 与此相关，认知叙述学必然是一种针对所有叙述的普遍诗学，且建立在非虚构叙述的基础之上，从大的理论框架落实到对具体实践的分析之中，较为容易将具体的叙述整合到已有框架之中，从而抹杀非自然叙述和其他叙述的差异。在理查森看来，"通过关注共有的或容易从非虚构延伸到虚构的特性，赫尔曼冒着出现过度泛化、简化的风险，甚至完全忽视了我们在叙述虚构中最看重

---

① David Herman, et al., *Narrative Theory: Core Concepts and Critical Debates*, Columbus: The Ohio State University Press, 2012, pp. 222–223.
② Brian Richardson, "Unnatural Narrative Theory", *Style*, Vol. 50, No. 4, 2016, pp. 388–389.

的价值"①。用理查森的比喻来说,赫尔曼像是用望远镜来观察遥远的行星,无法分辨从地球上看不到的非自然的、黑暗的地形②,他的理论有过度普遍化和简化的风险。

显然,理查森和戴维·赫尔曼对叙述的界定和范围有明显分歧,对模仿的立场也有分歧,由此引发对已有叙述学是否有缺陷,是否需要非自然叙述理论进行补充的对立。一方否认,一方坚持,这使得二者立场尖锐对立,难以调和。

三、非自然叙述理论与第二代认知叙述学的对话

乔治·拉科夫(George Lakoff)和马克·约翰逊(Mark Johnson)在1999年的《肉身中的哲学:具身意识及其对西方思想的挑战》(*Philosophy in the Flesh: the Embodied Mind and Its Challenge to Western Thought*)中区分了认知科学的两种方法:第一代认知科学接受了传统英美哲学的大部分基本信条,认为意识无关身体,它在处理信息时就像计算机程序,可以在任何硬件设备上运行,是从认知功能角度去研究意识,认为意义只是符号之间或符号与世界事态之间的抽象关系,而与大脑和身体无关。与第一代认知科学形成鲜明对照,第二代认知科学则突出具身性意识(embodied mind),强调我们的具身理解在意义各方面及意识结构和内容中的核心作用。③卡琳·库科宁、马尔科·卡拉乔洛则将第二代认知方法引入了文学研究。他们为《文体》杂志主持"认知文学研究:第二代方法"特刊,指出第二代认知方法可以与"4E认知"通用,即认知的"具身性"(embodied)、"嵌入性"(embedded)、"生成性"(enactive)和"延展性"(extended),并另外增加了两个E,即"经验性"

---

① David Herman, et al., *Narrative Theory: Core Concepts and Critical Debates*. Columbus: The Ohio State University Press, 2012, p. 237.
② David Herman, et al., *Narrative Theory: Core Concepts and Critical Debates*. Columbus: The Ohio State University Press, 2012, p. 237.
③ George Lakoff and Mark Johnson, *Philosophy in the Flesh: the Embodied Mind and Its Challenge to Western Thought*, New York: Basic Books, 1999, pp. 75—78.

(experiential)和"情感性"(emotional)①,探讨第二代认知方法应用于叙述、文学的理解与阐释时的可能性与潜力,在学界引起较大影响。他们作为第二代认知方法的代表,与阿尔贝、伊韦尔森、尼尔森等非自然叙述理论倡导者合作主持了《今日诗学》2018年春季号名为"关于叙述的认知和非自然的视角(理论交叉)"的特刊,以一种新颖的编排方式呈现了两种理论之间的对话与碰撞。

主持者合作撰写的导论中指出,2012年的《叙述理论:核心概念与批评性辨析》展示了戴维·赫尔曼的认知叙述学方法与布莱恩·理查森的非自然叙述学的截然对立,却很少有人去尝试理解二者相遇时是什么产生冲突,对立是否是唯一方式。因此,"这一特刊的目标就是探索和阐释这种相遇的利害关系"②。与通常特刊邀请学者自主确定论文主题不同,此特刊为了使认知方法和非自然叙述理论间的对话成为可能,特意设计了带有实验性质的合作方式:首先确定了与认知方法和非自然叙述理论相关的重要概念或问题,然后邀请双方代表性学者进行合作。每篇论文都必须由至少一位认知方法的代表和一位非自然叙述学的代表合作完成。而作者阵容也堪称豪华,双方最主要的理论家大都参与了此次对话。此特刊分为"基本问题""策略和效果""分支"三组文章,第一组讨论模仿和虚构性,第二组讨论了叙述与聚焦、虚构意识、事件、沉浸感与陌生化,第三组讨论解释和叙述媒介。可见,该特刊所讨论的问题都是文学和叙述研究的核心问题,从而可以展示双方各自的立场差异以及关联。

特刊的大多数文章都对认知方法和非自然叙述理论的差异有明确的表述,库科宁和尼尔森合撰的《虚构性:认知与例外》("Fictionality: Cognition and Exceptionality")、拉尔斯·贝尔纳茨(Lars Bernaerts)与布

---

① Karin Kukkonen and Marco Caracciolo, "Introduction: What is the 'Second Generation'?", *Style*, Vol. 48, No. 3, 2014, p. 261.
② Jan Alber, Marco Caracciolo and Stefan Iversen, et al, "Introduction: Unnatural and Cognitive Perspectives on Narrative (A Theory Crossover)", *Poetics Today*, Vol. 39, No. 3, 2018, pp. 429−445, pp. 438−439.

莱恩·理查森合撰的《虚构意识：与非自然达成协议》("Fictional Minds: Coming to Terms with the Unnatural")的摘要第一句更是强调二者立场看起来是相互排斥的，但整体倾向是倡导对话。每一篇合作文章都尝试找出结合两者的方式，而非停留在水火不容的对立状态。

阿尔贝、卡拉乔洛和伊琳娜·马尔凯西尼（Irina Marchesini）合撰的《模仿：情境模型和解释策略之间的非自然》("Mimesis: The Unnatural between Situation Models and Interpretive Strategies")中，以斯蒂芬·哈利维尔（Stephen Halliwell）和保罗·利科（Paul Ricoeur）关于模仿的论述为基础，试图综合认知方法和非自然叙述理论对读者参与叙述的方式进行考察。他们主张在哈利维尔所说的"反映世界"（world-reflecting）和"模拟世界"（world-simulating）①两种观念之间采取中间立场，模仿是动态的复杂过程，读者在面对叙述时，会调动现实生活的认知参数并会根据文本信息进行调整，非自然叙述则会给"反映世界"的方式带来压力，从而更倾向于"模拟世界"的一方。非自然叙述有助于显示认知方法的盲点，即对故事世界的想象以对现实的认知为基础，并通过创造性地融合人物和情境而偏离现实。而非自然叙述学采用读者导向的立场，也可以将其直觉锚定在如情境模型（situation models）和概念整合（conceptual

---

① 斯蒂芬·哈利维尔认为模仿是一个本质上两面性和含混性的概念，有两种思考再现性艺术的观念：一种向外看，强调艺术与现实或自然的关系，可称为"反映世界"的方式，认为艺术是对独立于艺术而存在的现实的回应，指向现实主义；另一种更强调模仿对象或行为的内在组织和虚构性质，可称为"模拟世界"或"创造世界"（world-creating）的方式，艺术本身就是一个想象性的世界，与现实世界相似或让我们想起现实世界，但不能主要或者直接用与现实世界的比较来评判，而更强调虚构的连贯性和一致性。历史上关于模仿的争论围绕着这两种思考方式的对立而展开。见 Stephen Halliwell, *The Aesthetics of Mimesis: Ancient Texts and Modern Problems*, Princeton, NJ: Princeton University Press, 2002, pp. 22—23.

blending)① 等认知层面的过程上。②

麦凯莱和梅里亚·波尔维宁（Merja Polvinen）的《叙述与聚焦：一位认知主义者与一位非自然主义者，制造奇怪》（"Narration and Focalization：A Cognitivist and an Unnaturalist, Made Strange"）以威廉·戈尔丁（William Golding）的《继承者们》（*The Inheritors*）为对象，从双方立场就叙述与聚焦进行讨论。整篇文章中标明认知立场与非自然立场的段落交替出现，构成直接的对话。认知立场强调作品中突出尼安德特人在世界之中的强烈感知，并认为他们的聚焦在具身生成的过程中可想象、可理解，而非自然主义采取的阅读策略则认为不应该为了建立认知的似真性而通过解释来消除所有语言和叙述上的过剩，而对阅读过程中特定叙述策略的自然化和非自然化的阅读方式都持开放态度。作者特意指出，文中认知主义者和非自然主义者刻板的对立立场在某种程度上是虚构的，并不代表两位作者的真实看法，而她们的共同努力是对《继承者们》进行全新的寓言式解读，将戈尔丁所想象的尼安德特人的思想和经历与阅读小说的认知特点联系起来。"我们认为，比起整体性采用非自然主义者的或生成主义者的宏观框架单独实现的模式，更密切地关注感知、具身体现、文体和伦理之间的动态关系，将产生处理奇特而困难的聚焦与叙述的一种更为可行的模式。"③

贝尔纳茨与布莱恩·理查森从各自立场对叙述者及人物的意识与感受的不同侧重及其解释基础的差异进行了讨论。叙述研究历史上有

---

① "情境模型"为图恩·A. 范·迪克（Teun A. van Dijk）和沃尔特·金什（Walter Kintsch）提出的关于语篇理解的概念，指在理解过程中构建的动态心理表征，参见 Walter Kintsch and Teun A. van Dijk, *Strategies of Discourse Comprehension*, New York：Academic Press, 1983. "概念整合"为吉尔斯·福康涅（Gilles Fauconnier）和马克·特纳（Mark Turner）提出的概念，指将来自不同认知领域的两个或多个概念结合起来，形成一个新的、更复杂概念的理解过程，是人类的一种基本的认知能力。参见 Gilles Fauconnier and Mark Turner, *The Way We Think: Conceptual Blending and The Mind's Hidden Complexities*, New York：Basic Books, 2002.

② Jan Alber, Marco Caracciolo and Irina Marchesini, "Mimesis：The unnatural between situation models and interpretive strategies", *Poetics Today*, No. 3, 2018, pp. 447-471.

③ Maria Mäkelä and Merja Polvinen, "Narration and Focalization：A Cognitivist and an Unnaturalist, Made Strange", *Poetics Today*, No. 3, 2018, pp. 497.

关于虚构意识的两种观点：一种以意识为导向，一种以文本为导向。认知叙述学偏向于前者，而非自然叙述理论则偏向于后者。认知叙述学与神经认知科学有关，更倾向于强调文学意识与真实意识的相似性，而非自然叙述学则抨击现存叙述理论隐秘的、未被承认的模仿性程序，并补充一种阅读方式。有些虚构意识与非虚构意识有性质上的不同，不能简单地将现实世界中对意识的解读模式移植到虚构世界中，并期望它涵盖所有的虚构意识。认知叙述学与非自然叙述理论都赞同"只有借助读者心灵，文本才能成为虚构作品"的观点，在二者的辩证运动中，这可以作为一个结合点："我们还要强调的是，在认知叙述学或非自然叙述学中，并不存在一种独特的、包罗万象的虚构意识模式；相反，在小说中意识的解释策略、分析方法和理论观点方面，它们是相互竞争和补充的。"①

库科宁和尼尔森对虚构性有各自的理解，尼尔森认为，虚构性话语编造（invent）②不应像没有编造一样对待，因而应该强调而不是淡化或抹杀虚构与非虚构叙述之间的区别。第二代认知叙述学尽管改变了对意识的理解，但并没有改变真实意识与虚构意识相一致的假定。非自然叙述理论坚持虚构叙述的不同性质，并明确地、公开地反对认知方法对文学和虚构叙述具体虚构性的忽略和漠视。库科宁指出认知叙述学的确更多强调日常、会话叙述与文学、虚构叙述之间的连续性，但她认为，想象、模拟和投射的东西已经融入了日常认知，作为虚构性标准的"编造"并不能涵盖它所揭示的复杂性。因而，她更赞同认知叙述学先驱沃尔夫冈·伊瑟尔（Wolfgang Iser）的真实（世界既定事物）、想象（我们可以对其进行虚拟想象的事物）、虚构（在文学中被赋予特定形式的事物，包括真实的和想象的）三分法。非自然方法强调虚构的特别性（exceptionality），认知方法突出日常非虚

---

① Lars Bernaerts and Brian Richardson, "Fictional Minds: Coming to Terms with the Unnatural", *Poetics Today*, No.3, 2018, p.539.

② 尼尔森对虚构性更明确的界定为："交流中刻意用信号示意的编造"（intentionally signaled invention in communication），参见尼尔森：《虚构性与叙述》，王长才译，《探索与批评》第五辑，成都：四川大学出版社，2021年，第1—18页。

构和文学虚构叙述的相似性。不过,第二代认知叙述学并不赞同戴维·赫尔曼将日常认知与虚构认知视为同一性质的做法,认为有些虚构叙述中的现象在现实世界的语境中很难实现。这些可以是特别的现象,但并非不能认知。两人最后达成一种共识,即虚构叙述和非虚构交流的方式不同,读者处理时不能全都采用现实世界参数。①

另外几篇文章也展示了双方的差异与合作的可能。米兰达·安德森(Miranda Anderson)和斯特凡·伊韦尔森以沉浸感和陌生化来讨论认知叙述学与非自然叙述理论的重叠和差异,认为将二者对立起来过于简化了,读者参与文本的过程更为复杂,沉浸感也可能发生在读者更关注文本层面的作品中,沉浸感和陌生化都可以起到模仿的作用,也可以引导读者的注意力沉浸到现实世界中,还可以通过提供新的感知,引导读者重新思考作品外自己在现实世界的经验。② 克里斯托弗·D. 基尔戈(Christopher D. Kilgore)和丹·欧文(Dan Irving)重新审视叙述中的事件,认为像西摩·查特曼那样将事件作为对象或像戴维·赫尔曼将事件视为与读者心理图式相关的建构,都不能很好地解释非自然叙述。他们提出"作为系统的事件"(event-as-system)的概念,在出现消解叙述或矛盾时,可以将事件视为系统的突发现象加以解释。③ 史蒂文·维勒姆森(Steven Willemsen)、里克·安德森·克拉格伦(Rikke Andersen Kraglund)和艾米莉·特罗辛科(Emily T. Troscianko)讨论了认知方法和非自然叙述理论对阐释的分歧,他们认为前者将阐释视为一种研究方法,而后者将阐释本身视为研究对象,后者有一种元理解。④ 杰夫·索斯(Jeff Thoss)、阿斯特丽德·恩斯林和大卫·奇科里科(David Ciccoricco)

---

① Karin Kukkonen and Henrik Skov Nielsen, "Fictionality: Cognition and Exceptionality", *Poetics Today*, Vol. 39, No. 3, 2018, pp. 473-494.

② Miranda Anderson and Stefan Iversen, "Immersion and Defamiliarization: Experiencing Literature and World", *Poetics Today*, Vol. 39, No. 3, 2018, pp. 569-595.

③ Christopher D. Kilgore and Dan Irving, "Event: From Object to Schema to System", *Poetics Today*, Vol. 39, No. 3, 2018, pp. 543-567.

④ Steven Willemsen, Rikke Andersen Kraglund and Emily T. Troscianko, "Interpretation: Its Status as Object or Method of Study in Cognitive and Unnatural Narratology", *Poetics Today*, Vol. 39, No. 3, 2018, pp. 597-622.

从双方立场讨论了视频游戏和网络漫画等数字媒介中的多模态和交互式叙述，分别以违反现实世界物理规则和违反叙述惯例为两端建立了一个光谱，以讨论叙述中非自然的各种可能。① 总之，正如导言中所说："收录于本期的文章表明，将认知方法与对非自然故事的兴趣结合起来是可能的，或者反过来，将非自然方法与对叙述的认知的、具身的动态性的关注结合起来也是可能的。"②

认知叙述学分支众多，也各有侧重，尽管有赫尔曼等人对非自然叙述理论持反对立场，也有更多的认知叙述学家持更为开放的态度。理查森明确区分了有模仿偏见的和具有包容性的叙述理论家，并对后者给予了充分的肯定：

> 正如在《非自然叙述》一书中的不同观点所讨论的那样，一些实践者在研究取向上局限于狭隘的模仿，而另一些实践者则是灵活、包容的，并处理了非自然人物和事件的心灵过程。我们在阿尔贝、H. 伯特·阿博特、玛丽娜·格里沙科娃（Marina Grishakova）、约瑟夫·塔比（Joseph Tabbi）、马尔科·卡拉乔洛，有时还有丽莎·詹赛恩（Lisa Zunshine）的作品中看到这种有弹性的方法。我当然希望这种更细致的认知工作能够继续下去。③

这些学者"欢迎对反模仿叙述的手段、方法和功能进行认知研究，分析它们的目的和产生其令人印象深刻的效果的方式"④。

总之，非自然叙述理论与认知叙述学关系复杂，阿尔贝、麦凯莱等原本非自然叙述理论的倡导者事实上更偏向于认知叙述学的立场，

---

① Jeff Thoss, Astrid Ensslin and David Ciccoricco, "Narrative Media: The Impossibilities of Digital Storytelling", *Poetics Today*, Vol. 39, No. 3, 2018, pp. 623-643.

② Jan Alber, Marco Caracciolo and Stefan Iversen, et al, "Introduction: Unnatural and Cognitive Perspectives on Narrative (A Theory Crossover)", *Poetics Today*, Vol. 39, No. 3, 2018, p. 430.

③ Brian Richardson, "Rejoinders to the Respondents", *Style*, Vol. 50, No. 4, 2016, p. 499.

④ Brian Richardson, *Unnatural Narrative: Theory, History, and Practice*, Columbus: The Ohio State University Press, 2015, p. 165.

他们几乎将非自然叙述理论整合进了认知叙述学中。而布莱恩·理查森等人要求将非自然叙述与自然叙述区别开来，和戴维·赫尔曼为代表的部分认知叙述学家有明显分歧，表现在对非自然叙述是否具有特定属性，是否需要补充另外的理论等方面，立场分歧难以调和。而新一代的认知叙述学者则以更为开放的态度欢迎非自然叙述理论带来的启示。

第二节　非自然叙述理论与修辞叙述学

修辞叙述学是后经典叙述学中影响深远的分支，在芝加哥学派（the Chicago School）的第一代学者克莱恩（R. S. Crane）、麦基恩（Richard McKeon）、奥尔森（Elder Olson）等人的"新亚里士多德主义"的主张之上发展而来，经过第二代学者韦恩·布斯对小说修辞的强调以及隐含作者、不可靠叙述等概念的提出，再到第三代学者詹姆斯·费伦、彼得·拉比诺维茨、大卫·H. 里克特（David H. Richter），以及正在形成的第四代学者[①]，修辞叙述学已经发展成当代叙述学中最重要的流派之一，其成果蔚为大观。本节讨论詹姆斯·费伦等修辞叙述学家与非自然叙述理论的关联和立场差异。

---

① 詹姆斯·费伦在梳理芝加哥学派前三代的成就与贡献之后，提到"正在迅速发展"的芝加哥学派的第四代学者，并举了五部著作为例，分别为加里·约翰逊（Gary Johnson）的《寓言的活力》（*The Vitality of Allegory*，2012）；凯瑟琳·纳什（Katherine Nash）的《女性主义叙事伦理学》（*Feminist Narrative Ethics*，2014）；申丹的《短篇叙事小说的风格与修辞》（*Style and Rhetoric of Short Narrative Fiction*，2014）；卡特拉·拜拉姆（Katra Byram）的《伦理学与动态观察叙述者》（*Ethics and the Dynamic Observer Narrator*，2015），以及即将出版的凯利·马什（Kelly Marsh）的《寻找母亲的快乐》[*In Search of the Mother's Pleasure*，即 2016 年出版的《隐蔽情节与母亲的快乐：从简·奥斯汀到阿伦达蒂·罗伊》（*The Submerged Plot and the Mother's Pleasure: from Jane Austen to Arundhati Roy*）]。见 James Phelan, "The Chicago School: From Neo-Aristotelian Poetics to the Rhetorical Theory of Narrative", in Marina Grishakova & Silvi Salupere (eds). *Theoretical Schools and Circles in the Twentieth-Century Humanities: Literary Theory, History, Philosophy*, New York: Routledge, 2015, pp.148—149. 另参见申丹：《修辞性叙事学》，《外国文学》2020 年第 1 期，第 80—95 页。

一、詹姆斯·费伦与非自然叙述理论

詹姆斯·费伦将芝加哥学派发扬光大，作为当代修辞叙述学的领军人物，他提出了修辞叙述学对叙述的简洁定义，突出了叙述行为的意义，还提出了人物研究的 MTS 模式［即"模仿的"（mimetic）、"主题的"（thematic）和"合成的"（synthetic）］，结合文本动态与读者动态的"叙述进程"概念，以及叙述者的功能模式（报道、阐释和评价），修正和扩展了韦恩·布斯的不可靠叙述概念，修正了西摩·查特曼的修辞交流模式等，还将修辞叙述学应用于叙述医疗等领域。他现在仍笔耕不辍，做出了突出贡献。除了学者的身份，他还是国际叙述研究学会的核心领导者之一，以及作为极有影响力的编辑切实地推动叙述学研究的发展。非自然叙述理论能引起巨大反响，詹姆斯·费伦的具体工作起到了重要作用。

（一）詹姆斯·费伦与非自然叙述理论的发展

詹姆斯·费伦长期主持国际叙述研究学会会刊《叙述》的编辑工作，并担任"叙述理论与阐释"（Theory and Interpretation of Narrative）丛书的主编。前者是国际叙述学界最权威的期刊，推动了多次学术热点问题的讨论，可以视为叙述学界的风向标。被视为"非自然叙述理论"宣言的《非自然叙述，非自然叙述学：超越模仿模式》就发表在《叙述》上，随后也有多篇相关论文在《叙述》上陆续刊发。后者是叙述学界最具影响力的丛书，由费伦等学者于 20 世纪 90 年代创立，由俄亥俄州立大学出版社出版，截至 2022 年 7 月已经出版了 80 余种，其中不乏后经典叙述学发展史上的重要著作。非自然叙述理论中许多重要的专著和论文集都是通过这个丛书推出的，包括布莱恩·理查森的《非自然声音：现当代小说中的极端叙述》《非自然叙述：理论、历史与实践》《21 世纪的情节诗学：不规则叙述的理论化》三部专著，以及理查森等人合编的论文集《非自然叙述诗学》《非自然叙述学：扩展、修正与挑战》等。费伦还为《非自然叙述诗学》撰写了其中一章，并参与撰写《文体》杂志的"非自然叙述理论"特刊中的文章，回应了布莱恩·理查森的目标论文。费伦从一开始就对非自然叙述理论给予了高度评价,在多次对叙述学现状的梳理和对未来的展望中,都对非自然叙述理论给予了特别的关注,比如,他为罗伯特·L. 凯洛格(Robert L. Kellogg)和罗伯特·斯科尔斯(Robert Scholes)的《叙述的本质》(*The Nature of Narrative*)40 周年修订版撰写的第八章《叙述理论:1966—2006,一个叙述》("Narrative Theory,1966−2006:A Narrative"),以及为大卫·H. 里克特主编的《文学理论指南》(*A Companion to Literary Theory*)撰写的第六章《当代叙述理论》("Contemporary Narrative Theory")中,都将非自然叙述(反模仿叙述)理论作为代表性趋势进行讨论。可以说,詹姆斯·费伦直接见证甚至推动了非自然叙述理论这一思潮的诞生与发展。

费伦对理查森的贡献表示赞赏,认为非自然叙述理论成功地引起了人们对非自然叙述的关注,也提出了很多"富于洞察力的工具与概念"[①]。他认为理查森的工作是一种提醒,让他意识到修辞叙述学在公平对待叙述的创造性成分及文本和读者动力的各种结果等方面做得还不够,并期待从他的详细探讨中学习。[②] 持开放态度的费伦承认受到非自然叙述理论的启示,并不排斥将非自然叙述理论的相关成果吸纳进自己的修辞理论之中。

(二) 詹姆斯·费伦对非自然叙述的讨论

正如布莱恩·理查森指出的,在非自然叙述理论作为思潮出现以前,已经有一些叙述学家讨论了非自然叙述现象。詹姆斯·费伦也从修辞叙述学角度对背离模仿模式的一些叙述现象进行了讨论。

《作为修辞的叙述》第五章《重新审视可靠性:尼克·卡拉韦的多重功能》对《了不起的盖茨比》中的人物叙述者超出其认知范围和能力的叙述进行了讨论。在《了不起的盖茨比》中,叙述者尼克讲述

---

① James Phelan, "Unnatural Narratives and the Task of Theory Construction", *Style*, Vol. 50, No. 4, 2016, pp. 414−415.

② James Phelan and Peter J. Rabinowitz, "Response", in David Herman & James Phelan & Peter J. Rabinowitz, et al (eds). *Narrative Theory: Core Concepts and Critical Debates*, Columbus: The Ohio State University Press, 2012, p. 200.

的内容超出了他的认知范围。这种情况热奈特称之为"多叙"（paralepsis），费伦在此重点讨论的是为何大部分读者并不认为这不正常，为什么这种情况并没有改变小说模仿的性质。在费伦看来，模仿的规约是有弹性的，有狭义和广义之分，"'生活中大概或可能发生的事情'的标准有时也会让位于'此时叙述需要什么'的标准。换句话说，模仿不是忠实地模仿真实（无论那是什么）的问题，而是一组规约，用于再现我们临时和暂定同意成为真实的东西"①。因此，《了不起的盖茨比》中的这种"多叙"，尽管破坏了狭义的模仿标准，但并没有破坏广义的模仿常规。

费伦还提出了"赘叙"（redundant telling）的概念，是指叙述者对受述者讲述两人都已经知晓的信息。这种情况之所以出现，是因为作为人物的叙述者，同时承担"人物功能"（character functions）和"讲述功能"（telling functions），而讲述功能包括"叙述者功能"（narrator functions）和"披露功能"（disclosure functions），分别对应着"叙述者—受述者轨道"（narrator－narratee track）和"叙述者—作者读者轨道"（narrator－authorial audience track）。前者受叙述情境的约束，而后者并不受叙述情境约束，因而面对需要得知某些信息的作者读者（authorial audience）②讲述时，会讲述受述者已经知道的消息。③同样，费伦也着重强调赘叙的合理性，认为这是读者

---

① James Phelan, *Narrative as Rhetoric: Technique, Audiences, Ethics, Ideology*, Columbus: The Ohio State University Press, 1996, p. 110.

② 美国修辞叙述学家彼得·拉比诺维茨确立了四种读者模型：(1) 实际读者（actual audience），指现实生活中有血有肉的真实读者；(2) 作者读者（authorial audience），作者创作时所预期特定的假想读者，即隐含作者的理想读者，能够理解在虚构叙述中人物和事件是被创造出来的；(3) 叙述读者（narrative audience），当读者进入叙述世界并采用其假设时所扮演的角色，会相信人物和事件是真实的；(4) 理想叙述读者（ideal narrative audience），从叙述者的视角来看最理想的读者，能完全理解叙述者意图，接受其判断，同情其困境。见 Peter J. Rabinowitz, "Truth in fiction: A reexamination of audiences", *Critical inquiry*, Vol. 4, No. 1, 1977, pp. 121－141. 这一读者模型影响深远，后来詹姆斯·费伦又将其中的叙述者与受述者相区分，即增加了一种受述者，将之修正为五种读者。参见 James Phelan, *Narrative as Rhetoric: Technique, Audiences, Ethics, Ideology*, Columbus: The Ohio State University Press, 1996, pp. 135－153.

③ James Phelan, *Living to Tell about It: A Rhetoric and Ethics of Character Narration*, Columbus: Cornell University Press, 2005, p. 12.

了解事件相关信息的必要手段，甚至通常不会被读者注意到，它并没有破坏或颠覆原有叙述框架。

此外，费伦还提出了"交叉叙述"(crossover narration)概念，"在这种背离模仿规范（mimetic code）的情况下，作者通过将一组事件的叙述的效果转移到另一组的叙述，从而将两组独立事件的叙述联系起来，例如，由叙述一组事件引起的情感反应不仅会影响受众对另一组事件的看法，还会影响参与这些事件的人物的动机"①。比如《了不起的盖茨比》第八章中，第一人称叙述者尼克这样描述："我从火车站把车子直接开到盖茨比家里，等我急急忙忙冲上前门的台阶，才第一次使屋里的人感到是出事了。"②但是就人物尼克而言，他此时并不知道发生了什么，尽管回顾此前的事件，他也有一些担心，但并没有到特别严重的程度，否则也就不会等下一趟火车了。作者菲茨杰拉德没有解释为什么尼克的焦虑程度突然有如此大的变化，在此作者没有尊重尼克作为人物按照自己的感知与判断自主行动的规则，也就是作者将描述更为紧张事件的效果放到了尚未了解情况的尼克身上。模仿规范被中断了。

费伦还讨论了其他背离模仿模式的叙述现象，像热奈特的"少叙"(paralipsis，指叙述者隐瞒了他所知道的信息而未加解释)③，同步现在时叙述（simultaneous present-tense narration，指叙述者一边经历一边同步讲述，而非通常的事件过后用过去时讲述)④ 等。但他对这些现象的讨论并没有像理查森等人那样，要读者明确这些现象背离模仿模式的特性，而是去考察为何读者往往会忽略它们。费伦还总结出了读者

---

① James Phelan, "Implausibilities, Crossovers, and Impossibilities: A Rhetorical Approach to Breaks in the Code of Mimetic Character Narration", in Henrik Skov Nielsen & Jan Alber & Brian Richardson (eds). *A Poetics of Unnatural Narrative*, Columbus: The Ohio State University Press, 2013, pp. 168-169.

② 菲茨杰拉德：《了不起的盖茨比》，巫宁坤等译，上海：上海译文出版社，2011年，第135-136页。

③ James Phelan, *Narrative as Rhetoric: Technique, Audiences, Ethics, Ideology*, Columbus: The Ohio State University Press, 1996, pp. 80-84, 103-104.

④ James Phelan, "Present Tense Narration, Mimesis, the Narrative Norm, and the Positioning of the", in James Phelan & Peter Rabinowitz (eds). *Understanding Narrative*, Columbus: The Ohio State University Press, 1994, pp. 222-245.

面对这种背离模仿模式的作品时的两条元规则:"增值元规则"(Value-Added Meta-Rule)和"故事胜于话语的元规则"(Story-over-Discourse Meta-Rule),前者"是披露功能(disclosure functions)胜过叙述者功能的原则的基础,并规定当这些规范中断能增强阅读体验时,读者可以忽略规范中断";后者"规定一旦叙述突出其模仿成分,读者将优先考虑故事要素而不是话语要素,因此倾向于忽略规范的中断"。① 在费伦看来,这两种元规则都与他倡导的修辞方法的一般原则相关,即在解释阅读经验时需要更多考虑读者反应的逻辑。

(三)詹姆斯·费伦对理查森非自然叙述理论的探讨

如上述所言,尽管费伦对非自然叙述理论给予了肯定,也在一定程度上推动了其发展,但他的立场和理查森等人将非自然叙述区别于主流叙述的方式并不相同。在《叙述理论:核心概念与批评性辨析》和《文体》杂志的"非自然叙述理论"特刊中,他回应了理查森对修辞叙述学的批评,并对理查森的理论表明了自己的看法。

理查森批评修辞叙述学建立在模仿的基础上,而对非自然叙述不公正。费伦解释说,修辞叙述学要"寻求发展一种足够灵活的方法来应对各种叙述,无论是模仿的、非模仿的还是反模仿的"②,因而更倾向于确立这些不同类型的叙述是如何相互关联的,而不是厘清模仿与反模仿的界限,将二者分割开来。在费伦看来,修辞叙述学比理查森所认为的更加强调反模仿叙述对模仿叙述的依赖,因为反模仿叙述的作者读者的阅读通常已经包含模仿叙述的常规,正是由于这些模仿常规不断被激活才会让反模仿的挑战成为可能。在此,费伦赞同理查森对非自然叙述的"双重解读框架",只是侧重点不同:费伦强调模仿基础,理查森强调对模仿规则的挑战。另一方面,费伦也指出理查

---

① James Phelan, "Implausibilities, Crossovers, and Impossibilities: A Rhetorical Approach to Breaks in the Code of Mimetic Character Narration", in Henrik Skov Nielsen & Jan Alber & Brian Richardson (eds). *A Poetics of Unnatural Narrative*, Columbus: The Ohio State University Press, 2013, p. 169.

② James Phelan and Peter J. Rabinowitz, "Response" in David Herman & James Phelan & Peter J. Rabinowitz, et al (eds). *Narrative Theory: Core Concepts and Critical Debates*, Columbus: The Ohio State University Press, 2012, p. 198.

森"专注于拥护反模仿叙述导致他偶尔过度简化叙述的一般运作方式"[①]，比如，理查森认为不可靠叙述的讨论建立在模仿基础上，是失之偏颇的。而修辞叙述学是从叙述者与隐含作者的距离来确认叙述者是否可靠。无论是模仿的、非模仿的还是反模仿的叙述，叙述者通常都会执行报道（reporting）、阐释（interpreting）、评价（evaluating）三个主要功能，即使在反模仿叙述中，我们也可以从这三个方面衡量叙述者与隐含作者之间的距离。理查森提出的欺骗性叙述者、矛盾性叙述者[②]等非自然的不可靠叙述者，与修辞叙述学的解释并不冲突。费伦强调，修辞叙述学并没有排斥或者忽略反模仿叙述，"（1）后验原则意味着我们一直对作家选择做的任何事情持开放态度——包括创作反模仿叙述；（2）我们对人物和叙述进程的创造部分感兴趣意味着我们经常将关注反模仿叙述——以及其他模仿叙述的反模仿部分——纳入我们的理论化和解释工作之中"[③]。

费伦指出理查森的非自然叙述理论的前提是对模仿、非模仿、反模仿叙述进行区分，并且反模仿叙述并未受到足够公正的对待。但是，只要存在分类的等级原则并优先选择某种分类作为研究对象，任何一种理论都会受到类似的质疑。而理查森建立在区分基础之上的理论也同样面临这样的批评，即他的理论也未能公正地对待模仿性叙述。非自然叙述理论是建立在输入输出模式之上的，即理论与其研究对象相匹配。理查森确立了 MIMO（模仿的输入，模仿的输出，

---

① James Phelan and Peter J. Rabinowitz, "Response", in David Herman & James Phelan & Peter J. Rabinowitz, et al (eds). *Narrative Theory: Core Concepts and Critical Debates*, Columbus: The Ohio State University Press, 2012, p. 198.

② 理查森列举的后现代不可靠叙述的类型有：（1）欺骗性叙述者（the fraudulent narrator），指故意违反模仿规约出现明显时代错误、认知错误的叙述者；（2）矛盾性叙述者（contradictory narrators），对同一事件有多个矛盾的叙述版本，且没有任何解释；（3）渗透性叙述者；（4）不相称的叙述者（incommensurate narrators），不断变化的、非人格化的、多声部的异质叙述超越或调换了单一叙述者的感知；（5）跨层叙述者（dis-framed narrators），指叙述者从一个叙述层次跨越到另一个层次。参见 Brian Richardson, *Unnatural Voices: Extreme Narration in Modern and Contemporary Fiction*, Columbus: The Ohio State University Press, 2006, pp. 103-105.

③ James Phelan and Peter J. Rabinowitz, "Response", in David Herman & James Phelan & Peter J. Rabinowitz, et al (eds). *Narrative Theory: Core Concepts and Critical Debates*, Columbus: The Ohio State University Press, 2012, p. 200.

mimetic in，mimetic out）与 AMMIAMMO（模仿与反模仿输入，模仿与反模仿输出，mimetic and anti-mimetic in，mimetic and anti-mimetic out）的二分法。费伦举例说，2012 年《叙述》杂志春季号上，短篇小说理论家们认为任何忽视简洁性所带来的差异的叙述理论都是有缺陷的。而其他聚焦于诸如媒介、场合等各种叙述变量的理论都可以有类似的抱怨。当理论建构的主要原则是输入输出模式时，不可能对它们进行裁决。① 的确，如果每一种特别的分类都需要一种理论，我们会发现这样的诉求是没有尽头的。

此外，费伦还讨论了非自然叙述理论与修辞叙述学的重要分歧，即前者更关注文本现象，而修辞理论家更着重读者与文本动态变化之间的互动。由此，费伦的主张也和认知叙述学不谋而合，也即认为"修辞理论的关注点超越了模仿/反模仿的分野"②。费伦说，"当我强调'可能存在的不可能性'的'可能'方面时，非自然叙述学家们会强调'不可能性'"③。此外，费伦也对非自然叙述理论是否能够成为一种新理论有所怀疑："它是一种与现有的诸如女性主义、认知、修辞理论相匹敌的实质上的新理论吗？或者，它主要是一个产生对其他理论需要整合的叙述要素的局部洞察的发动机，还是充当别的角色？"④ 但无疑，非自然叙述理论的确对费伦产生了影响，比如费伦认为读者关注叙述的模仿的（mimetic）、主题的（thematic）和创造的（synthetic aspects）方面，而非自然叙述突出了创造的这一方面，而不是模仿和主题方面。不过，在他看来，非自然技巧作为创造的方面，仍是实现模仿和主题方面目的的手段，从而认为非自然叙述的讨

---

① James Phelan, "Unnatural Narratives and the Task of Theory Construction", *in Style*, Vol. 50, No. 4, 2016, p. 416.

② James Phelan, *Somebody Telling Somebody Else: A Rhetorical Poetics of Narrative*. Columbus: The Ohio State University Press, 2017. p. 52.

③ James Phelan, *Somebody Telling Somebody Else: A Rhetorical Poetics of Narrative*. Columbus: The Ohio State University Press, 2017. p. 52.

④ James Phelan, "Unnatural Narratives and the Task of Theory Construction", *Style*, Vol. 50, No. 4, 2016, p. 415.

论和自然叙述的讨论完全可兼容。①

费伦还总结了修辞方法回答"它是非自然的吗?"或"非自然到底有什么意义?"等问题时的指导性原则:

> 1. 如果作者邀请作者读者将某叙述要素视为非自然的,那么该叙述要素就是非自然的,并且该邀请将促成叙述读者对该要素自然性的看法与作者读者对其非自然性的看法之间的分歧。(这一步当然不能保证实际读者会接受邀请)
> 2. 非自然的程度将取决于作者读者与叙述读者的看法和知识之间的距离程度。……
> 3. 非自然要素对叙述中模仿—创造关系的总体影响将取决于它/它们与叙述中所有其他要素的关系。②

在此,费伦结合修辞叙述学的多重读者观和他的 MTS 模式,将非自然叙述要素整合到修辞理论的框架之中,给出了更具普遍性的解释。

在对詹姆斯·费伦的回应中,布莱恩·理查森强调随着叙述实践的不断发展,叙述学理论也应该丰富和拓展。的确,和所有文学理论一样,叙述学也应具有开放性。不过,新出现的叙述形态和实践是否要求相应的特定理论,哪些是必要的,哪些是多余的,是仁者见仁、智者见智的。显然在布莱恩·理查森看来,特殊的非自然叙述实践的出现有必要要求相应的理论与之相匹配,而费伦等学者对此则不以为然。这两种立场似乎也不好调和。

---

① James Phelan, *Somebody Telling Somebody Else: A Rhetorical Poetics of Narrative*. Columbus: The Ohio State University Press, 2017, p. 122.
② Matthew Clark and James Phelan, *Debating Rhetorical Narratology: On the Synthetic, Mimetic, and Thematic Aspects of Narrative*, Columbus: The Ohio State University Press, 2020, p. 165.

二、其他修辞叙述学家对非自然叙述理论的讨论

（一）彼得·拉比诺维茨对理查森非自然叙述理论的回应

彼得·拉比诺维茨（1944— ）本科、硕士、博士学业都在芝加哥大学完成，1974年起任教于汉密尔顿学院比较文学系，直至荣休。他深受韦恩·布斯影响，也与詹姆斯·费伦有密切的合作，被视为第三代芝加哥学派的代表之一。他的兴趣广泛，除了从事叙述学、文学研究，他还是一位活跃的音乐评论家。在叙述学研究方面，他著有《阅读之前：叙述常规与阐释的政治》（*Before Reading: Narrative Conventions and The Politics of Interpretation*，1987），与迈克尔·史密斯（Michael Smith）合著《作者的读者：文学教学中的抵抗与尊重》（*Authorizing Readers: Resistance and Respect in the Teaching of Literature*，1998）、《叙述理论：核心概念与批评性辨析》（*Narrative Theory: Core Concepts and Critical Debates*，2012），与费伦合编《理解叙述》（*Understanding Narrative*，1994）以及《当代叙述理论指南》（*A Companion to Narrative Theory*，2005），与费伦等人联合主编俄亥俄州立大学出版社"叙述理论与阐释"丛书。他对不同读者类型[①]及阅读常规[②]（reading conventions）的辨析与讨论被广泛引用，产生了深远影响。在音乐评论方面，他是《号角》（*Fanfare*）杂志的特约编辑，也是《国际唱片评论》（*International*

---

① 见本书第112页注释②。
② 拉比诺维茨指出，在阅读之前，我们都已有某些策略，会预先塑造阅读经验的性质。他提出阅读的四种规则以说明这些策略："注意力规则"（rules of notice，将文本细节分出等级，突出重点）、"表意规则"（rules of signification，依据此前人生经验或阅读经验，理解注意到的细节的意义）、"配置规则"（rules of configuration，依据此前人生经验或阅读经验去观察出现的模式，并预期文本下一步会发生什么）、"一致性规则"（rules of coherence，跟随叙述进展中实现或未实现的期待，最终回顾全文，确定主题意义）。见 Peer Bundgård, Henrik Skov Nielsen and Frederik Stjernfelt, *Narrative Theories and Poetics: 5 Questions*, Copenhagen: Automatic Press/VIP, 2012, pp. 204-205. 另见 Peter J. Rabinowitz, *Before Reading: Narrative Conventions and the Politics of Interpretation*, Columbus: The Ohio State University Press, 1998, pp. 15-169.

Record Review）的定期撰稿人，并将叙述理论应用于音乐领域。① 他还曾与詹姆斯·费伦、布莱恩·理查森等叙述学家参加了中国"首届叙事学国际会议暨第三届全国叙事学研讨会"（2007年10月，南昌），并作题为《理解修辞上的细微差别：西方音乐与叙事理论》（"Understanding Rhetorical Nuance: Western Music and Narrative Theory"）的大会报告。在《叙述理论：核心概念与批评性辨析》中，他与詹姆斯·费伦作为修辞叙述学的代表展示了自己的立场，并与其他后经典叙述学分支的代表人物展开对话，其中包括布莱恩·理查森。他也受邀参与了《文体》"非自然叙述理论"特刊的讨论。

在《叙述理论：核心概念与批评性辨析》中，彼得·拉比诺维茨与詹姆斯·费伦在对其他叙述学家的回应中首先总结了他们的三条讨论原则：（1）后验原则（the a posteriori principle，理论不应先于叙述实践，他们是归纳式而非演绎式的理论家）；（2）多元论原则（the pluralist principle，即修辞叙述理论只是许多种有价值的方法之一，而非唯一正确的方法）；（3）有些回答更好原则（the some-answers-are-better-than-others principle，他们是多元论者，但不是相对主义者，他们也试图寻找更好的解释）②。

理查森的非叙述理论同样建立在具体叙述实践基础之上，也是归纳式而非演绎式的，从这一点说，双方是一致的。也正因此，也持多元论原则的费伦与拉比诺维茨对反模仿叙述持开放态度，认为理查森的工作提醒了他们在公平对待反模仿叙述方面还做得不够。当然，基于第三个原则，他们也指出理查森的叙述概念过于松散，他专注于倡导反模仿叙事，有时将包括修辞叙述学在内的其他方法过快地归于有

---

① 拉比诺维茨将叙述理论应用于音乐的理解，着重讨论了"虚构性音乐"（fictional music，即模仿其他音乐的音乐，其中作曲家邀请听众将音乐当作一种虚构），尤其对其中的音乐性引用感兴趣。他认为音乐性阐释不只与表演有关，聆听也同样是阐释性的。他进而与作曲家杰伊·赖泽（Jay Reise）合作提出一种音乐性修辞的普遍性观念。见 Peer Bundgård, Henrik Skov Nielsen and Frederik Stjernfelt, *Narrative Theories and Poetics: 5 Questions*, Copenhagen: Automatic Press / VIP, 2012, pp. 206—207.

② James Phelan and Peter J. Rabinowitz, "Response", in David Herman & James Phelan & Peter J. Rabinowitz, et al (eds). *Narrative Theory: Core Concepts and Critical Debates*, Columbus: The Ohio State University Press, 2012, pp. 185—186.

缺陷的一类，导致一般叙述的运作方式简单化。比如理查森批评费伦和拉比诺维茨关于"不可靠叙述"的讨论建立在模仿基础上，是近似人类的叙述者叙述时所做的像人一样的歪曲，而在费伦和拉比诺维茨看来，叙述者的不可靠性建立在叙述者的报道、阐释、评价功能之上，不管叙述是模仿的、非模仿的还是反模仿的，叙述者都承担了这三种功能。叙述不可靠是因为叙述者与隐含作者存在距离，而非建立在与模仿框架的比较中。他们宣称："我们寻求发展一种足够灵活的方法，以应对各种叙述，无论是模仿叙述、非模仿叙述还是反模仿叙述。这种取向意味着我们不那么执着于在模仿叙述和反模仿叙述之间划出一条严格的界限，因此，我们更倾向于看到这两种叙述是如何相互关联的。"[1]

拉比诺维茨的读者理论是他在叙述学方面最突出的贡献之一，他对《文体》"非自然叙述理论"特刊中理查森目标论文的回应也与此有关，他更关注读者与文本的关系，而没有将"非自然"视为文本的一种固定特性。他从一家店的公告牌谈起：

赫西的
"缅因州最大的"
杂货店

枪支
婚纱
冷啤酒

这个公告牌通常被认为只是包含店名及售货清单的广告。但拉比诺维茨认为尽管时间顺序不明确、充满歧义，但下方的三行可以是一个关于婚礼上开枪的寓意故事。"它对我而言成了叙述，是因为我决

---

[1] James Phelan and Peter J. Rabinowitz, "Response", in David Herman & James Phelan & Peter J. Rabinowitz, et al (eds). *Narrative Theory: Core Concepts and Critical Debates*, Columbus: The Ohio State University Press, 2012, p.198.

定以那种方式来阅读它,这再次印证了基本格言'阅读总是读成什么'(*reading is always reading as*)。叙述性、虚构性和非自然性等特质都是读者与文本之间作用的结果,也就是说,它们从根本上取决于读者的选择。"① 在拉比诺维茨看来,文本的确是对读者发出用特定方式阅读的邀请,但即使这种邀请足够明确且得到充分理解,读者仍然可以选择拒绝、忽视或者协调。因而他的疑问是:理查森将那些文本视为非自然叙述,他的选择背后又是什么?能得到什么?是否有其他方法不能获得的?

此外,他也对理查森试图修正、拓展现有叙述学理论以便得到更有包容性的叙述学理论的做法持保留意见。他称自己为"局部主义者"(localist),接纳"不完美性",而放弃了对普遍理论的追求,将理论视为一系列"如果……会怎样"("what if")或"试试看"("try it on")的概念,只要能回答问题或阐明文本,他就觉得足够好。② 在他看来,更宽松、更片面的理论承诺更有成效。这种"局部主义"显然与"多元论原则"一脉相承,持有更开放的姿态。

理查森的回应文章直接回答了拉比诺维茨的问题,他认为,将某些作品视为非自然叙述,纳入叙述,会增强和扩展叙述的概念,从而使叙述获得了复杂性(complexity)、理论的丰富性和广泛性。贝克特这样的作家采用了反模仿的策略,将叙述推进到新领域,叙述理论家们的目标应该是跟随他们进入新的领域并描述那里有什么。当然可以有其他规则和方法,但它们不同于也不能替代叙述理论家的工作。理论家设定的任务就是提出新的理论概念能够"容纳"或"从理论上理解"之前不能容纳的文本,而这正是他们工作的一部分。③

在笔者看来,理查森的非自然叙述理论本就是针对特定叙述实践的,是对已有叙述探索的理论化回应,这与拉比诺维茨侧重归纳的立

---

① Peter J. Rabinowitz, "Yes, But: A Response to Brian Richardson", *Style*, Vol. 50, No. 4, 2016, p. 426.

② Peter J. Rabinowitz, "Yes, But: A Response to Brian Richardson", *Style*, Vol. 50, No. 4, 2016, p. 428.

③ Brian Richardson, "Rejoinders to the Respondents", *Style*, Vol. 50, No. 4, 2016, p. 506.

场是一致的。尽管理查森认为建立在模仿叙述之上的现有叙述学理论对反模仿叙述不公平，故需要补充和拓展以建立更具包容性的叙述学理论，但他的理论并非一种要取代原理论的总体性叙述学理论，因而，他的工作也是局部性的。二者并无冲突。

理查森并没有直接回应公告牌的例子，笔者大胆设想一下，以更清楚地看出两人分歧：公告牌只是列出了三种物品，通常不会被认为是叙述，拉比诺维茨将它视为一种叙述，是为了说明读者阅读方式是确定叙述的关键。拉比诺维茨是按照通常的模仿模式，依据现实逻辑对三个物品进行联想，确立起事件序列与因果关系，从而确认叙述，并把握其寓意。如果理查森认为它是一种非自然叙述，那就是作者有意打破模仿模式，并且让读者意识到这一点，即作者有意打破明确连贯的事件序列及因果关系，采用清单罗列的方式，使理想读者意识到它是对可能的一种模仿性叙述的颠覆，从而思考这一奇怪叙述背后的深意。

（二）申丹对理查森非自然叙述理论的讨论

中国学者申丹被詹姆斯·费伦归为第四代芝加哥学派的代表之一，她不仅将西方后经典叙述学理论译介到汉语学界，引领国内的叙述学研究，在国际学界也有着广泛影响。她就"隐含作者""不可靠叙述""文体学与叙述学的关系""故事和话语""叙述眼光"（point of view）等存在多年争议的问题与西方学界正面交锋，在很多方面纠正了西方学界的误解。尤其是她提出了"隐性进程""双重叙事进程"等原创性概念，独树一帜，引起国际学界的高度关注与重视。2017年欧洲叙述学学会第五届国际会议（The 5th Conference of the European Narratology Network）邀请她就此主题作一小时的长篇大会演讲，"法语叙述学网络"（Réseau des narratologues francophone, RéNaF）已将"隐性进程"列为常用术语。[①]《文体》杂志2021年春

---

① Dan Shen (traduit de l'anglais par Raphaël Baroni), "Progression cachée / Covert Progression", Glossaire du RéNaF, mis en ligne le 31 décembre 2019, URL: https://wp.unil.ch/narratologie/2019/12/progression-cachee-covert-progression/. 引用日期：2022年7月9日。

季号推出特刊,请她撰写目标论文《隐性进程与双重叙述动力》("Covert Progression and Dual Narrative Dynamics"),在全球范围内邀请重要叙述学家参与讨论,并撰写长篇回应。《文体》杂志 2018 年理查森"非自然叙述理论"特刊中,她作为唯一受邀的非西方学者参与讨论,对理查森的目标论文进行了回应。

首先,她结合理查森目标论文中的例证,对现实主义作品与后现代主义小说中非自然的不同性质进行了讨论。在她看来,后现代主义等前卫的实验小说中出现的前后矛盾的虚构事件,完全违背了我们对世界的理解,被认为是有意采用的"非自然"技巧,打破了模仿框架。而在现实主义文本中,偶尔也出现前后矛盾的情况,这往往会被认为是作者粗心大意的"失误"。通常这些偶然的因素并不足以颠覆整个叙述的模仿性质。莎士比亚戏剧仍然旨在保持模仿的幻觉,即使有鬼魂、有魔法,也要观众相信那是一个真实的世界。理查森特别指出《仲夏夜之梦》中出现时间不一致的情形,并将之视为一种非自然。但是在申丹看来,莎士比亚是希望观众将这种双重时间视为真实的时间,而标题中的"梦"等自然化的努力也说明莎士比亚对模仿法则的关注,因而也没有打破整体上的模仿框架。

随后,基于上述"非自然叙述"与"非自然要素"的区分,申丹提出了对非自然叙述理论的修订定义:"非自然叙述理论是有关违反非虚构和模仿常规的虚构叙述和虚构元素(一般在模仿文本中)的理论。"[1]并特别强调因为要纳入现实主义作品中的非自然手段,所以不能把"打破模仿幻觉"作为一般非自然的"关键标准",而应该将违反模仿常规作为标准。也因为其中可能存在违背模仿传统而又不打破模仿幻觉的非自然手段,因此童话、鬼故事和经典科幻小说等理查森归于非模仿叙述而排除在外的文类也被申丹纳入非自然叙述研究的范围。

接下来,申丹又列举了三种违背模仿常规但保持模仿幻觉的非自

---

[1] Dan Shen, "What Are Unnatural Narratives? What Are Unnatural Elements?", *Style*, Vol. 50, No. 4, 2016, p. 486.

然手段：(1) 聚焦方面。上帝式的全知视角与非虚构叙述不同，是打破模仿常规的非自然手法，却是现实主义作品的常见手法，并没有打破模仿幻觉。另外，她称为"聚焦模式越界"（transgressions of modes of focalization）的现象，打破了虚构模仿常规，仍然保持着模仿幻象。①（2）叙述方面。詹姆斯·费伦所说的"不合情理的多知叙述"[implausibly knowledgeable narration，或者多叙（paralepsis）]和"交叉叙述"（crossover narration）也同样只违反模仿常规，并没有打破整体的模仿幻觉。（3）叙述运动。申丹指出在许多作品中存在微妙的双重叙述进程，隐性进程与显性进程在主题意义、人物形象和审美价值上形成对比甚至对立，也是对非虚构叙述常规的违背，但这也并没有破坏模仿幻觉。在她看来，"如果我们有意识地在通常模仿的叙述中寻找这些以前被忽视的微妙的非自然的手段，我们也许能够进一步丰富叙述"②。

申丹的讨论得到了理查森的高度认同："申丹完全正确地指出，重要的是要确定任何特定作品中的非自然的程度，以及它对我们阅读文本其余部分的影响。她就莎士比亚的作品提出了一个精辟的观点：这些作品很少突出其非自然事件；相反，它们通常会为更常规的阅读预留空间。"③ 他并不认同申丹认为全知叙述是非自然手法的观点，他认为只有全知叙述者突然宣称失去其全知性时，才是非自然的。

---

① 申丹在《叙述学与小说文体学研究》中总结了几种常见的"视角越界"的现象：1. 第一人称叙述侵入全知模式。不管叙述者是故事的中心人物还是处于边缘的旁观者，也不管视角来自"叙述自我"还是"经验自我"，都有可能侵入全知叙述。如普鲁斯特《追忆似水年华》中第一人称叙述者马塞尔对文学大师贝戈特之死的描述，按照第一人称叙述规约，马塞尔不在场，也不可能得知贝戈特临终所想，显然是违法的"视角越界"。2. 第三人称外视角侵入全知视角。她以被称为第三人称外视角范例的海明威《白象似的群山》为例："他在酒吧喝了一杯茴香酒，看了看周围的人。他们都正在通情达理地等火车。"其中的"通情达理"只能出自人物的心理，与整篇小说只记录人物外在活动而不进入内心的外视角的规则有悖，也是一种"视角越界"。3. 全知视角侵入内视角。如亨利·詹姆斯《黛茜·米勒》主体是全知叙述者，小说开头出现表示不了解情况的"我不大清楚"、表示猜测的"它们都一定"等第一人称内视角模式的典型用语，因而是"视角越界"。见申丹：《叙述学与小说文体学研究》（第三版），北京：北京大学出版社，2004年，第275-280页。

② Dan Shen, "What Are Unnatural Narratives? What Are Unnatural Elements?", *Style*, Vol. 50, No. 4, 2016, p. 488.

③ Brian Richardson, "Rejoinders to the Respondents", *Style*, Vol. 50, No. 4, 2016, p. 512.

申丹赞同非自然叙述打破模仿规约，并基于是否打破模仿幻觉区分了不同程度的非自然性，更强调在通常模仿叙述中的非自然要素，与理查森后来扩大非自然叙述涵盖范围的倾向是一致的。不过，在笔者看来，是否打破模仿幻觉的判断来自读者对作者是否有意违背模仿规约的认定，如果视为作者的失误就否定了其正当性，也就谈不上非自然。尽管全知聚焦在真实生活中不可能出现，但它在作品中并没有违背模仿框架，因而成为现实主义叙述最典型的聚焦方式，它并不是非自然的。即使在《史记》等非虚构作品中存在现代人觉得不可能的神迹、人物的心理活动以及私密场合的对话等，令人生疑的也只是作者的信息来源，作者应该希望读者将其接受为历史真实。因此，从文本本身以及文类规约来看，它都没有打破模仿框架。像莎士比亚作品中的不同时间等，可以理解为对奇幻世界的再现，从而归于理查森所说的非模仿，即只是在模仿框架中增加了神奇的要素，也并没有打破模仿框架，性质上不同于作为非自然的反模仿，混为一谈反而容易引起混乱。

综上所述，相比其他分支，修辞叙述学更加关注叙述交流，即作者、读者、叙述者、受述者和叙述之间的互动关系，这是一种普遍性的理论模式，也具有一定的灵活性和包容性。在笔者看来，非自然叙述作为叙述也同样是一种修辞交流行为，即作者有意采取反模仿框架，出于某意图在某个场合向某个能理解反模仿框架的读者讲述发生了某事。在这一修辞交流模式的基础上可以讨论非自然叙述与作者、读者之间构成的特别张力，以及非自然叙述理论提出的各种概念与范畴。尼尔森、伊韦尔森等非自然叙述理论的倡导者也都受到修辞叙述学的启示。

总之，尽管修辞叙述学与非自然叙述理论立场各异，适用范围不同，但仍然不妨碍二者相互激发、启示，彼此受益。

第四章 非自然叙述理论与其他后经典叙述学分支(下)

第一节 非自然叙述理论与女性主义叙述学

女性主义叙述学将女性主义文学批评的诉求与叙述学研究相结合,是后经典叙述学中的重要分支。苏珊·兰瑟(Susan Lanser)于1986年在《文体》杂志上发表《走向一种女性主义叙述学》一文,首次提出"女性主义叙述学"的构想,随后得到罗宾·沃霍尔、艾莉森·凯斯(Alison Case)、露丝·佩奇(Ruth Page)等学者的响应,成为后经典叙述学中不可忽视的一股力量。女性主义叙述学将叙述形式与女性身份和性别意识相关联,提出了一些概念和范畴,比如苏珊·兰瑟提出三种叙述声音模式,即"异故事的"(hetero-diegetic)、集体的并具有潜在自我指称意义表达作者立场的"作者型叙述声音"(authorial voice),"同故事的"(homo-diegetic)、有意讲述自己的故事、呈现叙述者个人立场的"个人型叙述声音"(personal voice),以及传达群体立场的"集体型叙述声音"(communal voice)[①],并通过对女性作家具体文本的分析,指出三种叙述声音在权威性上的差异,进而指出叙述学尚未关注的集体型叙述声音基本上是边缘群体或受压

---

① Susan Sniader Lanser, *Fictions of Authority: Women Writers and Narrative Voice*, Ithaca, NY: Cornell University Press, 1992, pp. 15–18.

制的群体的叙述现象。罗宾·沃霍尔则从叙述是否鼓励读者产生情感认同的角度，提出了"吸引型叙述者"（engaging narrator）和"疏远型叙述者"（distancing narrator）两个概念，指出女性作家常常采用"吸引型叙述策略"，在男性作家作品中"疏远型叙述策略"较为常见，并讨论此现象的社会成因：男性作家在社会公共领域中占主导地位，拥有话语权，而女性作家处于边缘位置，她们采用"吸引型叙述策略"，引导读者认同自己，从而对男性权威进行干预。① 女性主义叙述学的关注焦点是叙述与性别问题，弥补了经典叙述学无视性别问题的不足，也因为女性在父权制、男性占主导的社会中处于弱势的位置，与处于边缘的非自然叙述的处境有某种相似之处。在《故事世界》2016 年冬季号"女性主义小说和非自然叙述理论"特刊的导言中，布莱恩·理查森指出：

> 非自然诗学与反抗政治之间出现了一个基本汇集点，因为作为政治激进主义者的作者希望创造一种革命形式，在这种形式中表达和体现他们对社会及其主导文化实践的批判。非自然叙述采用的是一种特别擅长于此的诗学。②

在《非自然叙述：理论、历史与实践》中，理查森也指出，女性主义作家的一些技巧上的实验，在女性主义文学史上也没有得到足够的关注。非自然叙述理论则提供了新的理论视角，重新审视过去直到当下的女性写作，从而对女性主义叙述学所未能足够关注的部分予以补充。对于非自然叙述理论这一学界热点，女性主义叙述学家也做出了自己的回应。本章以罗宾·沃霍尔和艾伦·皮尔等理论家为例讨论二者之间的关联。

---

① Robyn R. Warhol, *Gendered Interventions: Narrative Discourse in the Victorian Novel*, New Brunswick: Rutgers University Press, 1989, pp. 25—44.
② Brian Richardson, "Introduction: Feminist Fiction and Unnatural Narrative Theory", *Storyworlds: A Journal of Narrative Studies*, Vol. 8, No. 2, 2016, p. 75.

一、罗宾·沃霍尔对理查森非自然叙述理论的讨论

在《叙述理论：核心概念与批评性辨析》中，罗宾·沃霍尔作为女性主义叙述学的代表，就叙述理论的核心概念进行了阐述，也对修辞叙述学、认知叙述学和非自然叙述理论等其他分支的讨论做了回应。在对理查森的回应中，沃霍尔首先对理查森的工作给予了高度评价，认为当代各类叙述理论家都受惠于布莱恩·理查森对后现代主义小说的研究，并对理查森开阔的文学研究视野表示敬佩，也认为理查森对他所热衷的反模仿文本的分析扩大了叙事理论的词汇（lexicon），为这些小说和叙述的新发展命名。理查森的研究将文学形式和历史时间与地理空间关联起来，这种倾向和关注性别问题的女性主义叙述学是一致的。接着，罗宾·沃霍尔也提出了一些异议。

在罗宾·沃霍尔看来，理查森的讨论中虚构和非虚构、模仿和反模仿等区分很明显，有二元对立的思维倾向，而女性主义批评家的职责就是质疑二元对立的思维模式。理查森认为现实主义是模仿的，而后现代主义是反模仿的，这样的区分在一般情形下是成立的，但也有一些例子说明这种区分并不是确定的。另外，她指出，在一些现实主义小说中也有着反模仿的情形。她甚至说："只要有现实主义小说写出来，现实主义小说就一直沉溺于反模仿的实践。"[①] 她还从女性主义叙述学的立场对理查森论及的拉什迪作品《午夜之子》中的女性受述者提出了补充性看法。

显然，罗宾·沃霍尔对理查森的看法有些误解。对于罗宾·沃霍尔对他"二元对立"倾向的批评，理查森明确地予以反驳。理查森特意在俄亥俄州立大学出版社《叙述理论：核心概念与批评性辨析》一书的介绍页面发表了评论，明确地表明自己不相信二元对立："我相信在自然界和文学中都有一种赫拉克利特式的流动，并对不承认创造性作者喜欢突破这种界限的僵化类别、二分法、三分法、中国盒子模

---

① David Herman, etal., *Narrative Theory:Core Concepts and Critical Debates*, Columbus: The Ohio State University Press, 2012, pp. 213—214.

式以及其他形式模式（formal schemas）持高度怀疑态度。"① 他以自己的著述为例，指出"模仿、非模仿、反模仿"是三分法，讨论人物是用复杂化了的四种模型等，以说明自己在具体论述中的确没有采用二元对立模式。

对于罗宾·沃霍尔说的第二点，理查森则非常赞同：

> 我完全同意，并满意于她的结论，即现实主义和后现代小说之间是一个连续体（尽管我想指出，在这个光谱两端的实体是根本不同的项目）。我应该更清楚地说明，作品的反模仿状态是一个程度问题。如果只有几个这样的要素，它们不会挑战作品整体的现实主义性质——当然，除非这几个非自然要素足够重要，以至于改变了作品本身……同样地，一个主要是反模仿的文本必然包含许多现实主义的要素。对我来说，最重要的问题是各种叙述中反模仿要素的巨大扩散和多样性，这些要素还没有被叙述学家正确地理论化。我们需要一种反模仿的方法来处理反模仿的叙述，以及实质上的现实主义小说作品。②

理查森在随后的著述中对这一观点也展开了进一步的讨论，更强调"非自然叙述要素"而非特定的"非自然叙述文类"；他也指出，非自然可以是局部的、间歇的、主要的，也可以是全局的。③

另外，罗宾·沃霍尔将非自然叙述等同于后现代主义叙述显然并不准确。在《非自然叙述：理论、历史与实践》中理查森专门谈及后现代主义与非自然叙述的联系与区别，指出不是所有后现代主义小说都是非自然的，仅仅是话语技巧的探索并不属于反模仿，非自然也并不局限于20世纪才出现的后现代时期，而是从古至今、在不同的地

---

① Brian Richardson, *Brian Richardson Writes*, 2012-06-11, http://osupress.blogspot.com/2012/04/herman-phelan-and-rabinowitz-richardson_16.html, 引用日期：2022年2月11日。
② Brian Richardson, *Brian Richardson Writes*, 2012-06-11, http://osupress.blogspot.com/2012/04/herman-phelan-and-rabinowitz-richardson_16.html, 引用日期：2022年2月11日。
③ Brian Richardson, "Rejoinders to the Respondents", *Style*, Vol. 50, No. 4, 2016, pp. 494-495.

域中都有存在。

二、非自然叙述理论与女性主义叙述学的结合

艾伦·皮尔（Ellen Peel，1951—　）是美国旧金山州立大学的荣休教授，她的专业领域包括科幻小说、女性文学以及叙述学和女性主义理论。她对于女性主义叙述学与非自然叙述理论持更为开放的态度，认为二者可以相结合，从而对双方都有益。在《非自然的女性主义叙述学》一文中，皮尔指出女性主义和非自然叙述理论都认为"自然的"是被建构出来的，对传统的自然观念及秩序有所质疑。由于女性主义对自然普遍持怀疑态度，有些女性主义叙述特别使用了非自然的技巧，女性主义叙述学家也对其进行了分析，因而女性主义叙述学提前几十年就预见到了后来非自然叙述理论的一些见解，非自然叙述学则提供了更具普遍性的框架。皮尔从叙述情境（聚焦和叙述）、情节事件、元小说等方面，分别从非自然女性主义的话语层面、故事层面及二者结合方面进行讨论，指出二者之间的密切关系：

> 非自然叙述学可以揭示女性主义叙述——当它非自然时——是如何融入更广泛的技巧系统的，女性主义叙述学可以揭示非自然叙述——当它女性主义时——如何在世界上具有更广泛的意义。非自然叙述学提供了通用的、统一的框架和词汇，女性主义者可以在其中对特定技巧进行分析。同时，尽管有些人可能认为非自然叙述的陌生性不可避免地导致它们缺乏甚至消解了意义和含义，但女性主义叙述学解释了非自然叙述的利害关系，研究了它们如何能够真正具有意义和含义，在世界中发挥力量，创造出行动的潜能。[①]

艾伦·皮尔还从自己的立场出发，与非自然叙述理论家们进行了

[①] Ellen Peel, "Unnatural Feminist Narratology", *Storyworlds: A Journal of Narrative Studies*, Vol. 8, No. 2, 2016, p. 82.

商榷。在她看来，"非自然"不是文本的某种客观属性，而是来自特定文本的某些要素与文本的作者读者（authorial audience）的关联，非自然叙述文本就是"作者读者从中体验到所叙述之事非常奇怪……或叙述方式非常奇怪的文本"（texts experienced by their authorial audiences as narrating something very strange ... or very strangely），"非自然性需要一位作者读者将文本元素体验为非自然的"①。显然对于皮尔来说，非自然是基于作者读者感受而言的。以"非常奇怪"这种基于主观感受的表述来界定对象很容易引发疑惑。阿尔贝与理查森在联名的回应文章中，明确反对用"奇怪"一词来描述非自然叙述文本，认为"这个词太笼统，也太含糊"，"我们更倾向于使用'不可能的'（阿尔贝）和'反模仿的'（理查森）这两个界限更为清晰的术语：存在着这样或那样奇怪的文本，但其中只有一小部分是不可能的或反模仿的"。② 关于"非自然"是针对作者读者而言的这一观点，皮尔得到了理查森和阿尔贝的不同回应。理查森欣然接受了皮尔的这一看法："我很高兴接受她对我立场的修正，即'不可能'是指作者读者认为不可能。我感觉，这是向扩展和澄清非自然叙述理论迈出的重要一步，我感谢她的这一重要贡献。"③ 而阿尔贝则不赞同这一观点，他认为，通常我们无法检验我们对作者信仰体系的推测或假设，"既然作者读者是一个想象性的建构，其世界观我们可能把握，也可能把握不了（而且我们永远不会知道），因此这个难以捉摸的概念不能作为重新定义非自然的基础"④。阿尔贝仍坚持他最初的定义，以违反现实中的认知参数作为衡量标准。就"非自然是对谁而言"这一问题，阿尔贝也认为不是就作者读者而言，而是对于实际的（有血有

---

① Ellen Peel, "Unnatural Narratology and the Return of the Repressed Reader", *Narrative*, Vol. 29, No. 1, 2021, p. 77.

② Jan Alber and Brian Richardson, "Reading Unnaturally: A Response to Ellen Peel", *Narrative*, Vol. 31, No. 1, 2023, p. 102.

③ Jan Alber and Brian Richardson, "Reading Unnaturally: A Response to Ellen Peel", *Narrative*, Vol. 31, No. 1, 2023, p. 103.

④ Jan Alber and Brian Richardson, "Reading Unnaturally: A Response to Ellen Peel", *Narrative*, Vol. 31, No. 1, 2023, p. 103.

肉的)、有着"理性－科学的和实证主义的世界观"的读者来说的。在他看来，这样的读者并不像皮尔所说，只是"当代世俗的西方人"的立场，也可以在不同文化和历史时期中发现。① 艾伦·皮尔在回应中称采用"非常奇怪"这一表述，"是为了涵盖各种非自然叙述学家的定义"②。在笔者看来，尽管这一出发点是好的，但是采用"非常奇怪"的确不太恰当，甚至还不如"非自然"这一字面意义明确。她将"非自然对谁而言"的对象落实到作者读者之上，与理查森强调非自然是作者有意地违背模仿框架的主张相一致，毕竟作者读者是最能领会作者意图的读者。由于作者读者是就具体文本而言，因而，皮尔的观点相比阿尔贝以现实中的认知参数作为衡量标准的方式更为灵活。③

除了皮尔，也有多位学者受到非自然叙述理论的启示，将它与女性主义叙述学的分析结合起来。比如，凯瑟琳·罗曼努洛（Catherine Romagnolo）将非自然叙述理论与非裔美国女性主义理论和实践相结合，并对艾丽斯·沃克的《紫色》及接受情况进行了分析。④ 凯瑟琳·威瑟（Katherine Weese）也将非自然叙述理论与性别研究、电影研究相结合，对阿里·史密斯（Ali Smith）的小说《偶

---

① Jan Alber and Brian Richardson, "Reading Unnaturally: A Response to Ellen Peel", *Narrative*, Vol. 31, No. 1, 2023, p. 104.

② Ellen Peel, "Knowing What's Unnatural for Somebody: A Reply to Jan Alber and Brian Richardson", *Narrative*, Vol. 31, No. 1, 2023, p. 109.

③ 如果对作者读者的理解也和现实读者具体阅读实践结合起来的话，或许可以更有效地解释非自然叙述。皮尔认为作者读者不是理想的读者，而是隐含作者所期待的读者（Ellen Peel, "Knowing What's Unnatural for Somebody: A Reply to Jan Alber and Brian Richardson", *Narrative*, Vol. 31, No. 1, 2023, p.109)，但也可以将作者读者视为真实作者所期待的理想读者。除非有意去挑衅式地阅读，通常现实读者都会认为自己把握了文本的真意，并将此归结为作者的真实意图。甚至在某些极端情况下，尽管与真实作者的期待不符，读者也可以将自己的立场归结于真实作者的潜意识、无意识，从而认为自己才真正地把握了作者的真实意图。因此，从读者角度来说，只要他判定是作者有意违背模仿框架，就可以认为是非自然叙述，只不过这种认定未必能获得其他人的认同。

④ Catherine Romagnolo, "Naturally Flawed? Gender, Race, and the Unnatural in *The Color Purple*", *Storyworlds: A Journal of Narrative Studies*, Vol. 8, No. 2, 2016, pp. 113-133.

然》(The Accidental)进行了解读。① 理查森在为"女性主义小说和非自然叙述理论"专辑撰写的导言中,肯定了女性主义批评与非自然叙述理论相结合的做法,并给予了热情洋溢的赞美:

> 这些文章恢复并吸引了人们对重要的女性主义实验的关注,因为它们扩展了非自然叙述理论和分析的界限,并显示了它们与女性主义作品和理论的结合是多么有用和富有成效。每篇文章都对非自然叙述理论进行了重要的修正、扩展或重新定义;每一篇都显示了非自然诗学对于更激进的女性主义叙述实验的有用性。②

在笔者看来,或许是出于让非自然叙述理论得到更广泛接受的考虑,理查森对于这些学者的态度较为开放,并没有纠结他们的观点是否与自己的一致。"每篇文章都对非自然叙事理论进行了重要的修正、扩展或重新定义",这样的表述,从另一个角度来看,似乎也可以视为理查森委婉地提出了不同意见。比如,皮尔对于"非自然叙述"的界定,在引用了理查森等人联名文章中的界定之后,她给出的结论是:"简而言之,它们③是叙述一些非常奇怪的事情,或非常奇怪地叙述一些事情的虚构叙述。"④ 这个定义将"奇怪"这一主观性评判作为衡量标准,显然过于粗疏,与理查森和阿尔贝等人的界定有相当大的不同,但理查森仍称之为"恰当的描述"(felicitous description),令人费解。

女性在男权社会中处于弱势、受压迫的一方,女性主义有明确的

---

① Katherine Weese, "Feminism, Film, and the Fantastic: An 'Unnaturalizing' Reading of Ali Smith's The Accidental", *Storyworlds: A Journal of Narrative Studies*, Vol. 8, No. 2, 2016, pp. 135–160.

② Brian Richardson, "Introduction: Feminist Fiction and Unnatural Narrative Theory", *Storyworlds: A Journal of Narrative Studies*, Vol. 8, No. 2, 2016, pp. 75–80.

③ 引者注:指非自然叙述。

④ Ellen Peel, "Unnatural Feminist Narratology", *Storyworlds: A Journal of Narrative Studies*, Vol. 8, No. 2, 2016, p. 82.

诉求，她们可以对任何文本进行讨论，并以先在立场进行臧否。即使对于没有直接体现女性意识的文本，也可以从反面讨论为什么女性意识是缺席的。女性作家 A. S. 拜厄特曾说：

> 是的，我是一个女权主义者，但我是一个政治上的女权主义者。我对女性主义的文学批评是非常怀疑的。虽然其中有些研究是很好的，但我不满的是，在她们开始去研究一个问题之前其实就已经找到答案了，因为你必须找到一个女性主义的"信息"。这就意味着你根本不用去读书，而我认为你必须先去读书，再去看它说了什么，但女性主义者只是去书中摘取信息，在不同的选项上打勾。①

在笔者看来，这一说法尽管稍嫌刻薄，但的确发人深省。不过，尽管如此，女性理应获得与男性平等的地位，因此，探讨任何一部作品中女性的存在或缺失是有其意义的。非自然叙述理论在揭示所受不公正对待、争取自身正当权利方面与女性主义叙述学是一致的。不过，尽管非自然叙述与主流叙述相比也处于弱势，但它们的边缘性却恰恰是因为它们不可能占据主流地位，它们的实验性、探索性、另类的特性也使得它们不可能和主流叙述平分秋色。因此，非自然叙述理论尽管要求自身得到公正对待的诉求与女性主义要求男女平等的诉求非常相似，但在程度和范围上还是有明显的不同。非自然叙述理论显然更适合阐释特定的非自然叙述文本，女性主义叙述学则可以从自身立场讨论任何文本，二者仍在立场、方法、关注角度、适用范围等方面有较大差异。

---

① 吴永熹：《A. S. 拜厄特：我们身处一个对性过分着迷的社会》，《新京报》2012 年 9 月 8 日，C06 版。

第二节 非自然叙述理论与后殖民主义叙述学

与女性主义叙述学类似,后殖民主义叙述学也是将叙述学理论与自身特定立场和关注相结合产生的叙述学分支。关于其是否能够成立以及主导倾向也存在争议①,但不可否认的是,对各种叙述策略的分析有助于阐释作品的意识形态的性质和功能,而从后殖民主义所关注的问题切入叙述也可能影响对叙述学理论及范畴的理解和把握。本节讨论后殖民主义叙述学与非自然叙述理论的关联。

一、杰拉德·普林斯的后殖民主义叙述学与非自然叙述理论的契合与分歧

杰拉德·普林斯(Gerald Prince,1942—)是具有极其深远影响的叙述学家,作为宾夕法尼亚大学的罗曼语教授,其研究主要集中在法语叙述和叙述理论方面,贯穿经典叙述学与后经典叙述学阶段,有英文著作《故事语法导论》(*A Grammar of Stories: An Introduction*,1973)、《叙述学:叙述的形式和功能》(*Narratology: The Form and Functioning of Narrative*,1982)、《叙述学词典》(*A Dictionary of Narratology*,1987,2003年修订)、《叙述作为主题:法国小说研究》(*Narrative as Theme: Studies in French Fiction*,1992)以及法语著作《萨特小说中的形而上学和技巧》(*Métaphysique et technique dans l'œuvre romanesque de Sartre*,1968)、两卷本《法语小说指南》[*Guide du Roman de Langue Francaise* (1901 — 1950),2002;*Guide du Roman de Langue Francaise* (1951 — 2000),2019],还有两百余篇论文和评论,其著述被广泛翻译成中文、日文、阿拉伯文、意大利文、马其顿文、罗马尼亚文和波斯文等,在全球范围内有着持续和深远的影响,他本人现在仍然活跃在学界。国际叙

---

① 参见 Roy Sommer, "Contextualism Revisited: A Survey (and Defence) of Postcolonial and Intercultural Narratologies", *Journal of Literary Theory*, Vol. 1, No. 1, 2007, pp. 61—79.

事研究学会 2013 年授予杰拉尔德·普林斯"韦恩·布斯终身成就奖",以表彰他对叙述研究领域做出的重大贡献。他提出和开辟了"受述者"(the narratee)、"否叙述"(the disnarrated)、"叙述性"(narrativity)、"叙述语法"(narrative grammar)、"法国小说的学术研究"(scholarship of the French novel)、"通过最小叙述的研究叙述艺术"(the art of studying narrative through minimal narratives)、"后殖民叙述"(postcolonial narrative)、"叙述与性别"(narrative and gender)等重要的叙述学概念或领域,给众多叙述学研究者以启发和影响。① 在为《当代叙述理论指南》所撰写的《论后殖民主义叙述学》一章中,普林斯将叙述学理论与后殖民主义关注的问题相结合,倡导后殖民主义叙述学。

普林斯对"后殖民主义叙述学"的提倡受到女性主义叙述学的影响,他坦承:"我本人在构思后殖民叙述学时也受到了女性主义叙述学的影响:正如女性主义叙述学家透过女性主义的有色眼镜透视叙述学一样,我所界定的后殖民叙述学也戴了后现代主义的有色眼镜来看叙述,而且通过聚焦于后殖民主义相关的事物(例如杂糅、多样性和碎片化)来看待叙述/叙事,并修改现有的叙述学。"② 但是,普林斯特别指出后殖民主义叙述学与后殖民叙述批评不同,它并不考察各种后殖民要素如何在叙述文本中被建构、保留或颠覆,"它甚至不受特定语料库的约束,也并非主要通过对特定文本的研究来构成,它也不主要依赖归纳的程序"③。通过对后殖民主义所关注的文化杂糅、混合性、移民性、他者性、分裂性、多样性、权力关系等相关问题的透镜,以"检验叙述学范畴和差异模式的有效性和严谨性"④,揭示了

---

① 参见 Hilary Dannenberg, "The Booth Lifetime Achievement Award 2013—Gerald Prince", http://narrative.georgetown.edu/awards/booth-prince.php, 访问日期:2022 年 2 月 18 日。
② 乔国强、杰拉德·普林斯:《作为一门学科的叙述学——杰拉德·普林斯教授访谈录》,《文艺理论研究》2012 年第 3 期,第 110—114 页。
③ Gerald Prince, "On a Postcolonial Narratology", in James Phelan & Peter Rabinowitz (eds). *A Companion to Narrative Theory*, Malden, MA.: Blackwell Publishing Ltd, 2005, p.373.
④ Gerald Prince, "On a Postcolonial Narratology", in James Phelan & Peter Rabinowitz (eds). *A Companion to Narrative Theory*, Malden, MA.: Blackwell Publishing Ltd, 2005, pp.372—381.

现有叙述学理论的某些不足,从而试图改变和丰富叙述学理论。尽管与理查森倡导"自下而上"的归纳方法不同,普林斯列举出的一些叙述理论范畴,却与非自然叙述理论不谋而合。

普林斯首先界定了"叙述",以区别"非叙述"和"反叙述",在这个限定下,去讨论叙述的多样性。借助后殖民主义关注的问题,他依次审视了叙述学的基本范畴,先从叙述对象上讨论了空间、时间、人物、事件,又从叙述层面讨论时间序列、叙述话语、叙述情景、人称、叙述时间等。他所提及的实验性叙述技巧很多也都是非自然叙述理论所关注的对象。比如,对于人称问题:

> 除了奇怪地突破框架的叙述者,他们转喻地跨越叙述边界和稳定性,或者在奇怪代名词和奇怪人称之外,还可能出现"反人称"(counterpersonal)的叙述,在这种情况下,不稳定、不一致或异质叙述声音的反模仿使用令人很难确定叙述人称的类型。此外,还有一些"无人称"(personless)的叙述,其中"人称"的特征是不存在的,而非不能判定或不确定的。例如,考虑用现在分词(或完全放弃动词形式)写成的叙述,没有使用其他的人称标志。[①]

再比如"视点"问题:

> 后殖民主义叙述学显然会详细说明视点的标准类型(即不受限制或"全知的"、内部的、外部的)。此外,它还可以描述一些更古怪的情况,如复合视点(当一组要素同时被一个以上的聚焦者感知,呈现一样的或不同的结果)、不明确的视点(当没有特定的聚焦者被确认时)、不可确定的视点(当不可能确定两个或多个特定实体中的哪一个作为聚焦者时),甚至可能是分裂视点

---

① Gerald Prince, "On a Postcolonial Narratology", in James Phelan & Peter Rabinowitz (eds). *A Companion to Narrative Theory*, Malden, MA.: Blackwell Publishing Ltd, 2005, p. 378.

(当一个聚焦者对相同的存在物和事件产生两个或多个不同但同样充分的呈现时)。①

普林斯在此将标准类型与古怪模式相对照,并特别强调了后者,也提到了"反模仿",说明他意识到了叙述实践要求叙述理论进行修正和拓展的必要,但他并没有像理查森那样,要求将古怪的叙述与主流叙述区别对待。另外,由于篇幅所限,这篇文章也只能是"论纲",只是对后殖民主义叙述学的倡议,并未展开论述,但其中体现的关注对象和思路却与非自然叙述理论非常相近。因而,当非自然叙述理论作为一种思潮涌现之时,普林斯对之有格外的关注也是理所应当的,他为理查森的两部专著都写了书评,并参与了《文体》杂志关于"非自然叙述理论"的讨论,从中我们可以直接看到他对非自然叙述理论的看法。

总体来说,普林斯对理查森的工作是肯定的,比如他称赞理查森的《非自然叙述:理论、历史与实践》"充满活力、内容广泛、发人深思","不管叙述学家偏爱什么样的透镜,他们都会从理查森的杰出作品中获益"。②他肯定理查森的《21世纪的情节诗学:不规则叙述的理论化》是"令人印象深刻,引人入胜的"③,也赞同理查森的立场,"叙述学当然应该像关注自然叙述一样关注非自然叙述,如果事实证明这些叙述中的某一个显示出叙述学概念或范畴是不充分或无效的,那么这些概念和范畴应该被适当地修改"④。但是他对如何认定非自然叙述有不同的看法,认为理查森有些例子其实并不具有挑战性。比如,马丁·艾米斯(Martin Amis)《时间箭》(*Time's Arrow*)在理查森看来时间是倒退的,违背了叙述常规,但在普林斯看来,它仍是按照时间顺序排列的,并且没有违反热奈特的时序概念。比如罗

---

① Gerald Prince, "On a Postcolonial Narratology", in James Phelan & Peter Rabinowitz (eds). *A Companion to Narrative Theory*, Malden, MA.: Blackwell Publishing Ltd, 2005, p. 379.
② Gerald Prince, "Expanding Narratology", *Poetics Today*, Vol. 37, No. 4, 2016, p. 696.
③ Gerald Prince, "Narratology Redux", *Style*, Vol. 54, No. 3, 2020, p. 267.
④ Gerald Prince, "Expanding Narratology", *Poetics Today*, Vol. 37, No. 4, 2016, p. 695.

伯-格里耶的《嫉妒》，在理查森看来，从话语层面无法确认其故事层面的时间，因而违背了通常规约，而在普林斯看来，这个文本话语层面是混乱的，故事层面本来也是混乱的，那么这种违背就消失了。这些例子涉及对文本的不同理解，显然理查森和普林斯二人并不能达成共识。

在对理查森 2019 年新著《21 世纪的情节诗学：不规则叙述的理论化》的书评中，普林斯肯定了理查森观点的灵活性，因而他避免了刻板与狭隘，也指出正是这种灵活性导致问题产生。比如，理查森交替使用"叙述""文本""作品""文学""小说"等。在对理查森的一些例子提出不同看法之后，普林斯更多是补充讨论理查森尚未涉及的空间、人物等影响情节的叙述要素。尽管他并不赞同理查森对于"叙述"的定义，但明确承认在读了理查森的著作之后，他修正了自己原来的叙述定义："如果一个对象（在宏观结构上）可被分析为对以下变化的再现，那么它就是一个叙述：一个（或多个）事态，一个（或多个）事件的一个（或多个总体上非随机关联的、非同时发生的、非矛盾的）变化，而它并不在逻辑上预设被改变的状态和/或不包含其变化。"①

在对普林斯的回应中，理查森表示对于解释上的分歧基本不做回应，只重点回应了两点，一是指出"叙述""文本""作品""文学""小说"等词的所指当然不同，他只是为了避免过于频繁地重复"叙述"或"小说"，在"文本"或"作品"的外延很清楚时用它们来代替。另一个是关于叙述定义的讨论。他认为普林斯的定义特别突出

---

① 原文为："An object is a narrative if it is (macrostructurally) analyzable as the representation of one (or more than one generally and nonrandomly connected, nonsimultaneous, and noncontradictory) transformation of one (or more than one) state of affairs, one (or more than one) event that is not logically presupposed by the transformed state and/or does not entail its transform." 见 Gerald Prince, "Narratology Redux", *Style*, Vol. 54, No. 3, 2020, p. 269. 在普林斯影响深远的《叙述学词典》中，"叙述"的定义是"由一个、两个或数个（或多或少显性的）叙述者 NARRATORS 向一个、两个或数个（或多或少显性的）受述者 NARRATEES 传达一个或更多真实和虚构事件 EVENTS（作为产品和过程、对象和行为、结构和结构化）的表述。"见杰拉德·普林斯：《叙述学词典》，乔国强、李孝弟译，上海：上海译文出版社，2011 年，第 136 页。

"非矛盾"作为判定叙述的标准,这就引发了两个问题:一个文本要有多少矛盾才不再是一个叙述呢?如果我们不把包含矛盾的叙述文本称为叙述,我们该如何对待它们呢?在理查森看来,许多小说里都存在矛盾和不一致。如果我们接受普林斯的标准,那么我们就必须抛弃太多的叙述。

> 我认为我们应该将主要小说作者的实际做法理论化,而不是构建人为的批评界限。我们也不应该忽视虚构,因为它们使用了只有在虚构中才可能出现的结构,例如不可能的世界、跨层、时间倒流、不合逻辑的空间和不可能的叙述行为。所有这些策略都与现实世界的可能性相矛盾,但这仅意味着这些虚构作品是通过创造性来发挥作用的;我们应该做我们自己的事,并制定公正对待这些奇怪但引人注目作品的叙述模型。①

显然理查森对普林斯的批评并不以为然。

普林斯借助后殖民主义叙述学,对非标准的叙述保持浓厚的兴趣,并希望弥补叙述学的不足,这与理查森等非自然叙述理论家们立场一致。但他并没有将非自然叙述单列出来,用和主流叙述学不同的特定框架来处理,他说"无论人们倾向于戴上自然还是非自然的眼镜来得出答案,我相信后者都可以被安置在一个单一的叙述学模式的屋顶下,这一模式将是明确和完整的,也是现实的(realistic)(也就是说,在经验或实验上是合理的)"②。由此可见,在普林斯看来,不管采用自然还是非自然的框架,最终非自然叙述都可以在一个完备的叙述学框架下得到解释。

二、其他后殖民主义研究者对非自然叙述理论的应用与讨论

在普林斯之前,认知叙述学家莫妮卡·弗卢德尼克也倡导将叙述

---

① Brian Richardson, "Response to Gerald Prince", *Style*, Vol. 55, No. 2, 2021, p. 221.
② Gerald Prince, "Expanding Narratology", *Poetics Today*, Vol. 37, No. 4, 2016, p. 695.

研究与后殖民主义相结合。她在1996年出版的《走向"自然"叙述学》中就已关注叙述形式与性别、族裔问题的关联，1998年主编了《杂糅性与后殖民主义：20世纪印度文学》(*Hybridity and Postcolonialism: Twentieth-Century Indian Literature*, Stauffenburg Verl.)，2012年为《剑桥后殖民文学史》(*The Cambridge History of Postcolonial Literature*) 撰写了《后殖民小说的叙述形式》("The Narrative Forms of Postcolonial Fiction") 一章，也发表了多篇后殖民主义文学相关论文，其中有一部分和后来的非自然叙述理论涉及的论域有所交叉。比如，在《走向"自然"叙述学》的8.5节"叙述的政治：女性主义、后殖民主义与作者权力的话语"("The Politics of Narrative: Feminism, Postcolonialism and the Discourse of Authorial Power") 第2小节，她讨论了叙述学分析与族裔和后殖民主义研究之间的关联。除了关注对叙述者语言及再现对话所选择的语言、方言或习语这一最重要领域（如拉什迪《午夜之子》等后殖民文本使用本土英语作为叙述者话语，反映了当地文化规范，从而试图颠覆旧的殖民等级制度），她还特别提到在后殖民主义小说中的叙述创新。比如绝大多数使用"奇怪"代词的文本，尤其是第二人称小说，都有明显的意识形态关注。① 在《后殖民小说的叙述形式》中，她讨论了一些形式上创新的后殖民文本，聚焦其运用技巧与策略成功地强调了后殖民的意义，比如意识形态意义的阐发等，她也揭示了后殖民主义作品对特殊叙述视角的使用，对权力关系如何进行再现进而试图挑战和颠覆，还对后殖民主义的"杂糅性"和"他异性"等概念进行了修正。② 当然，弗卢德尼克也指出并没有一种"后殖民"的叙述技巧，也没有特定的叙述特征必然要求"后殖民"的阅读，与理查森将非自然叙述与主流叙述相区别的立场大为不同。

---

① Monika Fludernik, *Towards a "Natural" Narratology*, London: Routledge, 1996, pp. 273—277.
② 参见 Jan Alber and Greta Olson, "Monika Fludernik and the Invitation to Do Things with Narrative", in Jan Alber & Greta Olson, (eds.), *How to Do Things with Narrative: Cognitive and Diachronic Perspectives*, Berlin, Boston: De Gruyter, 2017, p. 7.

此外，有多位学者得到非自然叙述理论的启发，并将之运用到对后殖民主义作品的讨论，有的还对非自然叙述理论有所修正。

劳拉·布赫霍尔茨（Laura Buchholz）借助非自然叙述理论来讨论拉什迪《午夜之子》。她指出此前有学者将《午夜之子》视为一种再现印度过去历史的"民族寓言"，这种解释是合法有效的，但对真实领域的过多关注可能会让我们看不到其他同样有效的解释策略。她进而从偏离现实的角度，通过对其中"非自然叙述者""非自然的意识""非自然的故事世界"的分析，指出非自然叙述理论的视角会潜在地改变或丰富我们对后殖民语境中叙述的理解，也提供了更精确的工具来剖析后殖民作品中对帝国主义的批判。①

德国学者多萝特·克莱因（Dorothee Klein）将非自然叙述理论应用于澳大利亚原住民题材小说的解读，在跨文化背景下，借助后殖民主义对文化差异和文化权力的关切，对阿尔贝的非自然叙述定义做了修正："非自然叙述是指包含有相对于发送者和/或接收者的文化百科全书而言，在物理上、逻辑上或人类属性上不可能发生的情景和事件。"② 在此的"文化百科全书"，是她借用并融合了卢波米尔·多勒泽尔（Lubomír Doležel）的实际世界和文学百科全书（actual-world and literary encyclopedias）的概念，用来指当人确定被描述的场景或事件是可能的或不可能的之时，在文化上对世界的感知以及虚构世界的文学知识。在她看来，需要问的问题不是"什么是非自然的"，而是"对谁来说什么是非自然的"，也就是强调不同文化背景的读者对于可能或不可能的认定存在差异。关于如何解释非自然叙述，她也对阿尔贝的九种阐释策略进行了补充，提出一种"文化化"（culturalization）的方式，来回应读者面对的挑战。这种"文化化"

---

① Laura Buchholz, "Unnatural Narrative in Postcolonial Contexts: Re-Reading Salman Rushdie's Midnight's Children", *Journal of Narrative Theory*, Vol. 42, No. 3, 2012, pp. 332 – 351.

② Dorothee Klein, "Unnatural Narrative in a Postcolonial Context: Impossibilities in Aboriginal Australian Fiction", in Jan Alber & Brian Richardson (eds). *Unnatural Narratology: Extensions, Revisions, and Challenges*, Columbus: The Ohio State University Press, 2020, p. 55.

的阅读策略是指"将突出的不可能性解读为一些要素的物质化,这些要素源自文化上偶然的世界观念,具体体现于故事世界中的物体或人类之上"[①],也就是将不可能性理解为某种文化观念的现实化。她对澳大利亚原住民作家吉姆·斯科特(Kim Scott)的《心中的明天》(*Benang*,1999)的解读展示了这一解读策略。小说主人公可以飘浮在空中,了解出生之前发生的事,也能知晓祖先所思所感,这些物理上不可能以及人类属性上不可能的情形在克莱因看来,融合了生者和死者、人类和自然,是对原住民在场文化内在性质的现实体现,为原住民的身体与土地之间的紧密联系提供了可见形式。作品采用了非自然的叙述形式,使得读者无法像阅读通常的现实主义作品那样沉浸于阅读之中,而令他们反思自己的阅读位置,有助于培养读者的文化意识与敏感性。显然,克莱因对非自然叙述的界定是对阿尔贝定义的改造,从文化差异的角度对之进行了细化。除了突出确定不可能的文化传统因素,她对非自然叙述的阐释也与阿尔贝"自然化"的目标相似。她是从肯定的意义上理解这些不可能,将这些不可能视为对原住民文化的再现,因而,读者尽管由于文化差异在面对这些不可能时有些障碍,但经过反思之后,会将之作为一种特别的文化形态来接受。而如果借用理查森的概念来理解,这些作品属于非模仿作品,即总体上没有背离模仿框架,只是增加了一些神奇的文化要素。

第三节 非自然叙述理论与广义叙述学

中国学者赵毅衡将毕生精力投入形式论研究,从新批评到叙述学再到符号学,"一以贯之,始终不渝",取得了丰硕成果。近年陆续出

[①] Dorothee Klein, "Unnatural Narrative in a Postcolonial Context: Impossibilities in Aboriginal Australian Fiction", in Jan Alber & Brian Richardson (eds). *Unnatural Narratology: Extensions, Revisions, and Challenges*, Columbus: The Ohio State University Press, 2020, p. 61.

版"意义形式论五书"①，以符号学原理的思考为核心与基础，并应用到叙述学及艺术、美学领域，体大思精，新见迭出，做出开创性贡献，在叙述学理论方面也多有建树。早年《苦恼的叙述者：中国小说的叙述形式与中国文化》（北京十月文艺出版社，1994）和《当说者被说的时候：比较叙述学导论》（中国人民大学出版社，1998），研究重心在文学叙述。2013 年出版的《广义叙述学》则不再囿于文学叙述，试图构建一种涵盖各种媒介形态、时间向度的符号叙述学，是当代中国学界对叙述理论的重大贡献。

一、广义叙述学概述

"广义叙述学，讨论的是所有叙述的共同规律"②，旨在"提供一套有效通用的理论基础、一套方法论，以及一套通用的概念，来涵盖各个学科的叙述"③。从开篇的"叙述体裁基本分类"的表格中就可以看出作者远大的抱负与雄心：

表 4-1　广义叙述学的"叙述体裁基本分类"表④

时间向度	适用媒介	纪实型体裁	虚构型体裁
过去	记录类：文字、言语、图像、雕塑	历史、传记、新闻、日记、坦白、庭辩、情节壁画	小说、叙事诗、叙事歌词
过去现在	记录演示类：胶卷与数字录制	纪录片、电视采访	故事片、演出录音录像
现在	演示类：身体、影像、实物、言语	（电视、广播的）现场直播、演说	戏剧、比赛、游戏、电子游戏
类现在	类演示类：心像、心感、心语	心传	梦、幻觉

---

① 南京大学出版社出版的《符号学：原理与推演》（2011），四川大学出版社出版的《广义叙述学》（2013）、《哲学符号学：意义世界的形成》（2017）、《艺术符号学：艺术形式的意义分析》（2022），以上四部经过仔细校订后与新著《符号美学与艺术产业》合为"意义形式论五书"，于 2023 年 8 月由四川大学出版社出版。
② 赵毅衡：《广义叙述学》，成都：四川大学出版社，2013 年，第 1 页。
③ 赵毅衡：《广义叙述学》，成都：四川大学出版社，2013 年，第 17 页。
④ 赵毅衡：《广义叙述学》，成都：四川大学出版社，2013 年，第 1 页。

续表

时间向度	适用媒介	纪实型体裁	虚构型体裁
未来	意动类：任何媒介	广告、许诺、算命、预测、誓言	

在表4-1中，广义叙述学依照不同的时间向度、适用媒介、纪实或虚构体裁等，将各种叙述体裁纳入其中，涵盖了所有类型的叙述。特别值得关注的是，这一分类将此前研究中很少被视为叙述的类型纳入研究范围，也通过更细致的分类将混在一起的问题凸显出来。比如，此前通常认为叙述是对过去的叙述，而这一表格的时间向度中，不仅多了"现在"和"未来"两类，还进一步增加了"过去现在"和"类现在"两类；此前叙述学最关注的是文字叙述，这里的适用媒介上，文字叙述与言语、图像、雕塑归为"记录类"叙述，与之并列的是"记录演示类""演示类""类演示类""意动类"叙述。这个表格不仅包括已经得到了较多关注的影视、戏剧等叙述体裁，以及近来开始得到关注的现场直播、广告、电子游戏等，还将鲜有学者探讨的许诺、算命、预测、誓言甚至梦和幻觉纳入其中。赵毅衡将叙述视为人类表意活动之一，叙述学研究作为符号学研究的分支，就从狭义的文学叙述学延伸到广义叙述学，研究对象从文学类叙述文本拓展到其他媒介也顺理成章了。"广义叙述学"提出了一系列新概念，也对有些概念进行了新的界定，大大地改变了原有叙述学面貌。有学者认为，广义叙述学是继经典叙述学、后经典叙述学之后叙述学发展的新阶段。[①] 本书暂将广义叙述学与后经典叙述学其他分支放在一起讨论。

二、广义叙述学与非自然叙述理论的立场差异

广义叙述学的提出是在大的"叙述转向"背景下，基于已有叙述学未能达成的目标而提出的。它和非自然叙述理论一样，也是基于对

---

① 参见王瑛：《广义叙述学：叙事诗学发展的第三进阶》，《河北学刊》2015年第1期；王委艳：《叙述学研究的新范式》，《河北学刊》2015年第1期。

已有叙述学理论并不完备这一判断，试图提出更为全面的叙述学理论。不过，仔细考察就会发现，广义叙述学和非自然叙述理论在立场上有着明显的不同。

首先，在适用范围上存在差异。非自然叙述理论是针对特定的叙述实践提出的，要求公正对待这些作品，而非将它们混同于主流模仿叙述，要求用另一套方法和概念来处理非自然叙述。因此，区分与主流叙述不同的非自然叙述是非自然叙述理论的前提，而广义叙述学尽管也会按照媒介、时间、虚构/纪实等维度细分各类叙述体裁，但它最终目标是用更有包容性的一套通用的理论基础、方法论、概念涵盖一切叙述。因而，广义叙述学是针对全部叙述，而非特定叙述，范围更广。"广义叙述学"的英文译名为"A General Narratology"，从这个名字上可以看得更清楚：广义叙述学是追求总体性、普遍性的，因此，这种包举一切的广义叙述学与强调非自然叙述特殊性的非自然叙述理论显然有着极鲜明的差异。

其次，在对待主流叙述学的态度上，二者也有不同。非自然叙述理论并不否认主流叙述学对于模仿叙述的有效性，也并不想颠覆或取代主流叙述学，而只质疑主流叙述学所不能有效对待的特定非自然叙述，并试图进行补充和拓展，以建立更为全面和包容的叙述学。也就是说，非自然叙述理论只是批评主流叙述学不够完备，而非质疑其本身。非自然叙述理论针对主流叙述学的不足去弥补，与主流叙述学共同构成更完善的叙述学。相比之下，广义叙述学则有更为远大的抱负和雄心：一方面它将研究范围从时间、媒介等方面进行了扩展，使大量此前并不被叙述学接纳的对象被纳入研究视野；另一方面，它又结合广泛的研究对象对叙述学基本概念进行了重新界定，尝试用一套通行的理论与概念涵盖所有叙述。显然，广义叙述学是在"叙述转向"的大背景下，针对主流叙述学的不足，提出了自己的解决方案。它对主流叙述学的许多概念都进行了新的界定和解释，有一些和原有概念的意涵相去甚远，甚至有另起炉灶之感，对原有主流叙述学的冲击也更为巨大。①

再次，二者在研究方法上也有很大差异。以理查森为代表的非自然叙述学家大多采用自下而上的归纳式研究方法，从具体叙述实践出发，列举出各种非自然叙述现象，并与主流叙述学相对照，显示出其不足，进而提出范畴和概念来命名和讨论这些叙述现象。比如，理查森通过对叙述实践的考察，在主流的情节模式之外，又补充了"梦幻情节"（oneiric plots）、"狂欢情节"（carnivalesque plots）和"矛盾情节"（contradictory plots）等概念。②而广义叙述学因为要涵盖所有叙述，并为之提供普遍适用的概念与范畴，采用的是自上而下的演绎方式，尽管也会涉及较为丰富的案例，但多是印证演绎出的原理和概念。前述"叙述体裁基本分类"表格就是一个典型的体现。它从时间向度分别列出"过去""过去现在""现在""类现在""未来"各类别，从适用媒介方面列出"记录类""记录演示类""演示类""类演示类""意动类"等类别，两种向度排列组合，再区分虚构与纪实，就毫无遗漏地涵盖了所有叙述的可能，甚至在表格上还有一个找不到现实体裁对应的空格。再比如，广义叙述学中对虚构叙述与纪实叙述进行区分的重要的"双层区隔"原理，也是一种抽象性质的描述，尽管以不少例子加以说明，但都是来印证这一靠思辨确立的抽象性的普

---

① 参见赵毅衡：《广义叙述学》，成都：四川大学出版社，2013年；系列文章如《元叙述：普遍元意识的几个关键问题》，《社会科学》2013年第9期；《再现不可靠及其"纠正"》，《西南民族大学学报（人文社会科学版）》2013年第6期；《梦：一个符号叙述学研究》，《四川大学学报（哲学社会科学版）》2013年第3期；《论虚构叙述的"双区隔"原则》，《外国文学研究》2014年第2期；《论二次叙述》，《福建论坛（人文社会科学版）》2014年第1期；《情节与反情节 叙述与未叙述》，《华中师范大学学报（人文社会科学版）》2014年第6期；《论叙述中的"跳角"》，《重庆广播电视大学学报》2014年第3期；《论意动性叙述》，《江西社会科学》2014年第5期；《广义叙述分层问题：构筑原则与应用》，《河北学刊》2015年第1期；《究竟谁是"第三人称叙述者"？》，《西南民族大学学报（人文社科版）》2016年第9期；《重新定义叙述》，《四川大学学报（哲学社会科学版）》2016年第1期；等等。

② Brian Richardson, *A Poetics of Plot for the Twenty-First Century: Theorizing Unruly Narratives*, Columbus: The Ohio State University Press, 2019, pp. 70—72.

遍原理，而非从具体实践中归纳出来的理论。①

此外，由于广义叙述学要面向全部叙述提供普适性的概念与框架，并且大大地拓宽了原有叙述的范围，因而它对许多叙述学概念的重新界定都有强大的包容性，涵盖了各种媒介与时间向度。比如对叙述的界定是：

> 1，某个主体把有人物参与的事件组织进一个符号文本中。
> 2，此文本可以被接收者理解为具有时间和意义向度。②

这是一个相对动态的定义，相比其他定义更具有包容性，也更为简洁，其中时间和意义向度由接收者认定，更突出了"接收者"的认知，更为灵活：图像、雕塑等原本并不被视为叙述的对象，也因为接收者主观的理解不再只是静态存在而可以从时间维度去理解。"某个主体"既可以是事实上存在，也可以由接收者构筑出来，从而将梦、幻觉这一类叙述主体和叙述意图都不明确的文本纳入叙述范围。那些颠覆性叙述也因为接收者可以按自己的认知框架从时间和意义向度加以理解而被接纳为叙述。再比如，从广义叙述学的角度重新界定叙述者，它就不再只是一个讲故事的人格，而具有"人格－框架"二象性，在不同体裁中二者分别呈现出不同的比重，从而呈现不同性质的叙述者。戏剧这类以前被认为并不存在叙述者的文类，也得以确立框架大于人格的叙述者，从而在叙述学框架下得到解释，成为一种"演示性叙述"。这些都显示出广义叙述学的确极大地改变了原有叙述理论。

非自然叙述理论同样改变了叙述学的面貌，但它更主要地呈现了大量此前并没有得到太多关注的非自然叙述实践，显示出原先叙述学

---

① 关于"双重区隔"的讨论还可参见谭光辉：《论虚构叙述的"双层区隔"原则》，《河北学刊》2015年第1期；谭光辉：《再论虚构叙述的"双层区隔"原理——对王长才与赵毅衡商榷的再理解》，《南昌大学学报（人文社会科学版）》2017年第2期；王长才：《再论"双层区隔"：虚构、纪实的性质与判断困境》，《符号与传媒》2020年第2期等。

② 赵毅衡：《广义叙述学》，成都：四川大学出版社，2013年，第7页。

建立在模仿框架上的局限，补充了一些概念和范畴，这些也会对原有主流叙述学产生冲击，但它更多是局部的增补，并没有撼动主流叙述学的地位。比如，理查森——讨论了各种重要的叙述定义，指出各自的不足，但他觉得它们对于大多数情况是足够的。他对叙述的界定为：**"叙述是有因果关联的一系列事件的再现**。这个定义包括口头以及非语言叙述（绘画、芭蕾舞、哑剧等）；'因果关联'应被理解为实质性的'普遍关联'（'generally connected' in a substantial manner），或作为同一普遍因果矩阵的一部分（part of the same general cause matrix）——一种比直接蕴涵（entailment）更宽松、更间接、更不确定的关系。"[①] 他的界定和此前主流的叙述界定一脉相承，只是在"因果关系"的解释上更为灵活。他尽管也提出"准叙述"（quasi narrative）的类别以拓展"叙述"概念，也指出"人们需要准确的叙述定义，以确定'颠覆的和奇怪的'作品如何违规或超越我们的叙述概念以及它们走得多远"[②]，但仍然将颠覆性作品和奇怪的作品视为对叙述概念的突破。相比之下，广义叙述学的界定似乎已经将所有颠覆性作品都纳入了自己的范围。

三、如何理解非自然叙述：广义叙述学与非自然叙述理论的不同方案

《保姆》（*The Babysitter*）是美国后现代作家罗伯特·库弗（Robert Coove，1932—2024）的短篇小说名作，被收入各种选集，也是经常被各种批评方法讨论的作品。我们可以借助非自然叙述理论与广义叙述学对它的解释来进一步把握二者的差异。

《保姆》以第三人称叙述，由一个个并不连续的片段组成，严格来说并不能对它进行概括，故事线索大致是这样的：塔克先生哈里和塔克太太朵丽去朋友家做客。一位年轻女保姆晚上来照看塔克家的三

---

① Brian Richardson, *A Poetics of Plot for the Twenty-First Century: Theorizing Unruly Narratives*, Columbus: The Ohio State University Press, 2019, p. 28.

② Brian Richardson, *A Poetics of Plot for the Twenty-First Century: Theorizing Unruly Narratives*, Columbus: The Ohio State University Press, 2019, p. 21.

个孩子：女孩彼齐和男孩吉米，还有一个小不点儿。女保姆一边手忙脚乱地照看孩子，一边想看电视节目，还想洗澡。保姆的男友杰克和朋友马克在一起，他们对保姆有企图，给她打电话，还来到屋子外的树丛中偷窥。马克也是请塔克做客的朋友之子。塔克先生对女保姆有暧昧想法，在与塔克太太在朋友家应酬期间，他还想回家，到洗澡间拿阿司匹林。其间小说写到了保姆洗澡，几次接电话，浴巾被小孩扯掉，但几遍叙述都不同。小说写到杰克、马克和保姆三人做爱的场景，被众人撞见；写到塔克先生与保姆一起，被塔克夫人发现；也写到塔克夫人不放心孩子，打电话询问保姆；还写到警察给塔克太太打电话。小说最后，塔克太太被告知，孩子被杀害了，丈夫走了，浴缸里有具尸体，房子也毁了。而塔克太太却奇怪地说，她不知道，她想看看深夜的电影演什么。

《保姆》中有些情节重复多次，但相互矛盾和冲突。比如接电话、保姆洗澡时男孩要用洗手间、保姆给男孩洗澡等场景出现了多次，但每次叙述都不同。读者不能确定哪个场景是真实发生的，是否只是人物的幻觉。这些相互冲突的多种可能性并置于作品中，莫衷一是，最后的结局更是令人费解，因此这篇小说并没有提供一个完整的故事。这个另类文本也对批评家、理论家提出了挑战。

理查森等非自然叙述学家多次提及这部小说，将它作为消解叙述的例子①，作为矛盾叙述者的例子②，作为矛盾的叙述时间的例子③等，以其矛盾的事件序列为例突显原有叙述理论不足。理查森列举了小说各种不相容的结局，指出"它不是用一个事件排除了所有其他可能的选择，而是可以看到几种不相容的可能性已经实现"④。存在多

---

① Brian Richardson, *Unnatural Voices: Extreme Narration in Modern and Contemporary Fiction*, Columbus: The Ohio State University Press, 2006, p. 90.
② Brian Richardson, *Unnatural Voices: Extreme Narration in Modern and Contemporary Fiction*, Columbus: The Ohio State University Press, 2006, p. 104.
③ Brian Richardson, *A Poetics of Plot for the Twenty-First Century: Theorizing Unruly Narratives*, Columbus: The Ohio State University Press, 2019, p. 130.
④ Brian Richardson, *Unnatural Narrative: Theory, History, and Practice*, Columbus: The Ohio State University Press, 2015, p. 57.

个故事情节变体的可能使小说更具戏剧性。有趣的是，在讨论"矛盾叙述的结尾"时，理查森还以《保姆》为例说明了一种特别的现象，他指出，矛盾性结尾的叙述往往在主体上是模仿的，有两种或两种以上合理的结尾。而《保姆》这种主体上矛盾性叙述的作品则通常采用另一种策略，它们大都以一种平静的寻常感结束，因为那种引发叙述的不稳定性消失了。①

扬·阿尔贝对《保姆》的解释，则从其中的"不可能"入手，以其中相互冲突的故事情节来说明它们违反了矛盾律，在逻辑上是不可能的②，并以此为例说明非自然叙述的第八种阐释策略"自助式阅读"。对于这样的作品，他赞同弗卢德尼克的看法，将其中相矛盾的段落视为作者提供给读者来自行创作故事的材料，在这种情况下，叙述作品就成了建造工具包或拼贴画，读者受邀参与创作，按自己偏好运用其中要素。同时，阿尔贝也指出，有人认为这种叙述方式利用互不相容的故事情节，使我们意识到被压制的可能性，并让读者选择自己偏爱的可能性。阿尔贝认为，这样的阐释策略与罗兰·巴特所说的"读者的诞生"以"作者死亡"为代价的观念相关。在《保姆》中，作者缺席了，而读者必须自己下定决心，构建属于自己的故事。③ 在"非自然时间"一章中，阿尔贝详细列举了《保姆》中所发生事件的六种版本及多种结尾。④ 他还指出，《保姆》反映了让-弗朗索瓦·利奥塔所称的后现代对进步和启蒙的现代宏大叙述（grand récits）的怀疑，它运用不相容的故事情节，即偏爱大量的"小叙述"（petit

---

① Brian Richardson, *A Poetics of Plot for the Twenty-First Century: Theorizing Unruly Narratives*, Columbus: The Ohio State University Press, 2019, p. 130. 理查森也列出了《保姆》的两个结尾，一个是父母回到家，一切都好；在更灾难性的结尾中，母亲和邻居躺在床上，感到无聊，他们准备一起看深夜电影。这两个结局也同样是矛盾性的。在笔者看来，理查森以《保姆》为例说明矛盾性叙述大多结尾复归平静，似乎并不恰当。

② Jan Alber, *Unnatural Narrative: Impossible Worlds in Fiction and Drama*, Lincoln: University of Nebraska Press, 2016, p. 25.

③ Jan Alber, *Unnatural Narrative: Impossible Worlds in Fiction and Drama*, Lincoln: University of Nebraska Press, 2016, pp. 53-54.

④ Jan Alber, *Unnatural Narrative: Impossible Worlds in Fiction and Drama*, Lincoln: University of Nebraska Press, 2016, pp. 174-175.

récits），并不试图呈现支配一切的真理，而是提供与特定情况相关的、有条件的、有限的真实，统一的、试图对世界做出全面解释的宏大叙述已不复存在。①

《广义叙述学》第三章"底本与述本"将《保姆》作为挑战叙述分层理论的例子进行了讨论。赵毅衡首先列举了原有叙述分层理论所受到的挑战。叙述分层理论通常将叙述分为"底本"（即 ФабУЛа，英语音译作 fabula，也译作 story，中译常作"故事"）和"述本"（即 Сюжэт，英语音译为 sjuzet，译作 discourse，中译常作"话语"）两层，前者为时间零度变形的事件序列，后者是被讲述出来的、经过处理的事件序列。赵毅衡总结了通行的叙述分层面临的三大挑战：(1)"几个述本能否共用一个底本？"(2)"情节究竟是在述本还是底本里形成？"(3)"述本过乱则无底本？"其中第三个挑战，就是特别针对理查森的观点提出的，列举了理查森的系列论文以及中国学者申丹的讨论，将两人的观点概括为"述乱无底"和"双层叠合"，前者指"当述本'脱节'（out of joint）到一定程度，就无法找出底本"，后者指"后现代小说有可能找不出底本，是因为述本中某些成分'同时发生在底本中'"；二者都认为"底本是读者从述本构筑出来的'真正发生的事情'或'符合现实的事情'。当述本过于混乱，理查森认为'述乱无底'，无法构筑底本，申丹认为'述乱即底'，此时述本的情节就是底本的情节，双层结构就消失了"。②随后，赵毅衡从广义叙述学的立场对"底本"和"述本"概念进行了改造：

> 从符号叙述学的观点看，述本可以被理解为叙述的组合关系，底本可以被理解为叙述的聚合关系。底本是述本作为符号组合形成过程中，在聚合轴上操作的痕迹：一切未选入、未用入述本的材料，包括内容材料（组成情节的事件）以及形式材料（组

---

① Jan Alber, *Unnatural Narrative: Impossible Worlds in Fiction and Drama*, Lincoln: University of Nebraska Press, 2016, p. 176, p. 223.
② 赵毅衡:《广义叙述学》，成都：四川大学出版社，2013 年，第 126—128 页。其中"符号叙述学"为"广义叙述学"的另一种说法。

成述本的各种构造因素)都存留在聚合之中。如此理解,底本到述本的转化,最主要是选择,其次是再现,也就是被媒介化赋予形式。①

进而,赵毅衡又提出了"三层论",即从底本到述本的转换中,需经过选择与再现两个操作环节,从而可以再区分出底本1和底本2,组成三个层次:

> 底本1——材料集合(聚合系的集合,没有情节)
> ↓(材料选择)
> 底本2——再现方式集合(已情节化,即故事已形成)
> ↓(再现方式选择)
> 述本——述本(上述两种选择的结果,文本化)②

这两种操作"是文本形成的过程中的必要成分。很难说时间上何者为先,何者为后,但在逻辑上可以认为有这样的顺序"③。他认为理查森"述乱无底"的问题可以通过他对"底本""述本"的重新界定得以解决,底本1和底本2理查森都未能否定,述本的乱是文本之"乱",是表现问题,也是从底本向述本过渡时的选择问题。由此,通过对原有叙述分层概念的重新界定,将《保姆》这个特殊文本涵盖进来,就有了这样的解释:"库佛小说《保姆》14个情节并列,就应当有14个底本,因此就没有合一的底本。理查森认为不可能得出这样一个底本,是对的,不过原因在于不需要合一的底本。"④"一座冰山不可能冒两个尖。理查森发现《保姆》冒出十四个并列的尖,这是十四座冰山给硬塞到一篇小说里了。"⑤即赵毅衡认为底本和述本仍然

---

① 赵毅衡:《广义叙述学》,成都:四川大学出版社,2013年,第128—129页。
② 赵毅衡:《广义叙述学》,成都:四川大学出版社,2013年,第141页。
③ 赵毅衡:《广义叙述学》,成都:四川大学出版社,2013年,第140—141页。
④ 赵毅衡:《广义叙述学》,成都:四川大学出版社,2013年,第131页。
⑤ 赵毅衡:《广义叙述学》,成都:四川大学出版社,2013年,第131页。

是一一对应的,《保姆》的混乱是将从底本1进行选择的多个过程都放到一篇作品中,即包括多个述本,也就包括多个底本。这样,相当于将这部作品分割为若干个部分,把每个部分看作相对独立的单位,都可以确立各自的底本,那么理查森所说的矛盾、混乱就不在了。然而,这种做法将这个复杂文本简单化了,在一定程度上抹去了它的特性。显然从理查森强化非自然叙述独特性的立场来看他应该是不赞同的。

另外一个值得再讨论的问题是按照广义叙述学的新"底本"界定,底本是既包括内容要素也包括形式要素在内的材料库,是作者创造述本时的诸多可能性选项,那么就《保姆》这一文本而言,多种不同走向的故事情节都有实现的可能,作者只是没有按照通常模仿式叙述的惯例,保留一种可能性而舍弃其他,而是将各种可能性都保留在了述本之中。也就是说,按广义叙述学的解释,一种包括诸多可能性的底本既可以对应《保姆》这类复杂文本,也可以对应保留一种可能性的模仿性文本,似乎并不能像原来故事性质的底本概念那样与述本一一对应。尽管赵毅衡在讨论中仍然声称"一座冰山不可能冒两个尖",但如果底本摆脱故事形态而成为一种材料库,冰山整体浮上水面,这也是一种可能性。如此看来,问题似乎还未解决。[①]

《广义叙述学》还直接讨论了理查森的"消解叙述"(denarration),并给了它一个独到的译名"另叙述",与杰拉德·普林斯的"否叙述"(disnarration)相对应。赵毅衡认为"都是说某个事件根本没有发生过","'否叙述'的典型语句是'没有如此做'但叙述文本却具体描写了没有做的事件;而'另叙述'的典型语句是'上面这段不算,下面才是真正发生的事',目的是改变先前的情节进

[①] 新底本概念对于如何从读者角度来理解底本、述本等方面似乎还需进一步阐发,比如读者的底本与作者的底本可否同一,不同读者的底本如何整合,读者如何比较底本和述本,如何解释合著或续写作品的底本问题,如何解释非虚构叙述问题等。笔者曾在对原底本概念进行梳理的基础上试着回应广义叙述学要解决的三大问题,认为这三大问题并未对原有分层理论构成致命挑战。参见王长才:《新"底本"的启示与困惑——向赵毅衡教授请教》,《文艺研究》2013年第11期。另参见王长才:《梳理与商榷——评赵毅衡〈广义叙述学〉》,《文艺研究》2015年第7期。

程，典型的例子是电影《罗拉快跑》等"。① 在笔者看来，这一理解似乎有误。在理查森为《劳特利奇叙述理论百科全书》撰写的词条中，理查森从"本体论"和"存在论"两个层面来谈"消解叙述"：

> 目前术语"消解叙述"在两种明显的意义上使用："本体论"的消解叙述是前面已经确立的故事事件悬而未决的（unresolvable）否定，而"存在论"的消解叙述是指在后现代文化和社会中身份的丧失。
> 当叙述者否认或者否定在此之前一直是故事世界一部分的事件或描述时，就产生了本体论的消解叙述。以下两个语句组成了消解叙述行为："那天，多维尔雨下个不停"，紧跟着"那天多维尔一直阳光灿烂"。②

理查森的"消解叙述"的关键是限定词"悬而未决的"，也就是说，前后叙述相互冲突，但叙述者并没有确认哪个真哪个假。"另叙述"的这种特性使它与大部分的矛盾性叙述相区别：

> 矛盾性的陈述在小说中是普遍存在的，但大多可以被归于常规原因，诸如不可靠的叙述者，不同感知者对同一事件的不同叙述，作者式的人物在决定一种特定描述之前讲到不同的可能性，甚至少见的作者粗心大意地自相矛盾。另叙述与此不同，它与虚构世界的变动有关。当全知的权威叙述者说，一个虚构空间是全黑的，又说它是全白的，再说它是全灰的，他或她正在创建一个虚构世界，然后否定，又重新创建另一个虚构世界，这些语句无法被否认或反驳，除非叙述者自己这样做。③

---

① 赵毅衡：《广义叙述学》，成都：四川大学出版社，2013年，第172页。
② David Herman, Manfred Jahn, & Marie-Laure Ryan (eds). *Routledge Encyclopedia of Narrative Theory*. London: Routledge, 2010. p.100.
③ David Herman, Manfred Jahn, & Marie-Laure Ryan (eds). *Routledge Encyclopedia of Narrative Theory*. London: Routledge, 2010. p.100.

由此可见，"消解叙述"是以常规原因引发的矛盾，最终处于似是还非的"悬而未决"状态。理查森举的例子来自贝克特和罗伯－格里耶，它们显然是那种难以消除混乱的叙述。而赵毅衡的解释"'上面这段不算，下面才是真正发生的事'"，显然是直接否定了前面的叙述，最终只保留最后的确切叙述，这显然与"消解叙述"本来的意义有一定的差距。①

总之，广义叙述学与非自然叙述理论都认为现有叙述学框架存在不足，但二者立场和目标不同。广义叙述学试图确立涵盖一切叙述、具有普遍性的框架与概念，采用自上而下的演绎式方法，提供一种更开阔、更有包容性的理论框架，并提出了诸多与现有叙述理论不同的框架和概念界定，可视为现有叙述理论的修正升级版。而理查森等人的非自然叙述理论则是强调现有叙述理论在对待反模仿非主流叙述时的不足，并没有否定其处理模仿性叙述的合法性与有效性，而只针对特定的反模仿或不可能叙述进行补充与拓展，采用自下而上的归纳式方法，与具体非自然叙述实践关系密切。两种理论的旨趣、目标、立场和方法都有着明显差异。

---

① 《广义叙述学》中还提到了一个与"消解叙述"的原意较为接近的"多述"（paralesis）概念，说理查森等人联合发表了论文《不自然叙述，不自然叙述学：超越模仿模式》专门探讨"多述"问题，"即述本中关于某事'说的太多'，导致矛盾，接收者构筑底本成为不可能"。但笔者查阅此篇论文，未发现此词，似有误。见赵毅衡：《广义叙述学》，成都：四川大学出版社，2013年，第128页。另外，"paralepsis"按照热奈特的原意，是指相对于叙述者应有的感知提供了过多的信息，外聚焦叙述进入人物内心和内聚焦叙述中讲述聚焦人物以外的其他人物的想法，或聚焦人物无法看到的场景等信息的情形，并不一定提供多种叙述并导致矛盾。参见 Gérard Genette, *Narrative Discourse: An Essay in Method*, Ithaca, N.Y.: Cornell University Press, 1980, p.197.

下编

第五章　反叙述因果性：
一种对非自然叙述的理解

如上编所述，理论家们对非自然叙述进行了各自的界定，他们的观点各异，并没有达成共识，从而引起颇多争议。在本章笔者试图提出一种对于非自然叙述的理解，以整合各种非自然叙述理论的定义，也规避各定义引发的一些质疑。

第一节　叙述因果性、反叙述因果性与非自然叙述

福斯特在《小说面面观》中，提出了著名的"故事"和"情节"的区别：

> 让我们定义情节。我们已将故事定义为按时间顺序排列的事件的叙述。情节也是对事件的叙述，重点却落在因果关系上。"国王死了，然后王后也死了"是故事。"国王死了，然后王后因悲伤而死"是情节。时间序列被保留了，但因果关系的感觉使它变得不重要。或者再说一遍："王后死了，没人知道为什么，直到人们发现这是因为国王死了的悲痛。"这是一个有神秘在其中的情节，一种能高度发展的形式。它暂停了时间序列，在其限制允许的范围内尽可能远离故事。想想王后的死。如果是在故事中，我们会说："然后呢？"如果它在情节中，我们会问："为什么？"这就是小说这两个方面的根本区别。对于山洞里打着呵欠

的观众、暴虐的苏丹国王或他们的现代子孙电影大众（movie-public），不能给他们情节。他们只能靠着"然后呢—然后呢"保持清醒，对他们只能提供好奇心。但情节也需要智慧和记忆。①

福斯特的"故事"与"情节"的区别就在于后者突出了事件之间的因果关系，并且他认为情节对于读者有更高的要求，即不仅仅需要好奇心，还需要"智慧与记忆"。福斯特将时间与因果关系割裂开来的做法有些简单粗暴，引发了不同看法②，但这一区分强调了情节不同于简单的事件排列，产生了深远影响。它也与俄国形式主义提出的"故事"和"情节"的区别相呼应，后来演变为被广泛接受的"故事"与"话语"的区分。③ 前者指按时间先后顺序排列的事件，而后者是对前者的选择、剪裁、加工与变形，因果性仍然是其中重要一环。也可以说，在通常观念中，叙述就是建立在因果性之上的事件序列。④这一观念也与将作品视为有机统一体的传统观念相契合，即作品要有

---

① E. M. Forster, *Aspects of the Novel*, San Diego, New York, London: A Harvest Book·Harcourt, Inc., 1985, p. 86.
② 比如中国学者申丹指出："这种将因果关系和时间进行截然分割的做法显然是有问题的，因为很多故事情节（如流浪汉小说或编年史小说的情节）是以时间而非因果关系为结构原则的。但需要指出，福斯特从故事层面关注情节，同时将因果关系视为情节的界定成分，主要是从读者审美心理角度考虑。这一点继承了亚里士多德的情节观，与后来的结构主义叙事学情节观形成差异。"见申丹、王丽亚：《西方叙事学：经典与后经典》，北京：北京大学出版社，2010年，第42页。
③ 关于俄国形式主义"фабула"与"сюжет"这对概念的翻译与流传情况，可参见伏飞雄："'法布拉'与'休热特'的跨国流传与变异"，《中国比较文学》2022年第2期，第190—206页。
④ 在专著《不可能的故事：因果关系与现代叙述的本质》（*Unlikely Stories: Causality and the Nature of Modern Narrative*）一书中，布莱恩·理查森对叙述进行了明确界定，后来又多次重申。他的定义是："叙述是对一系列有因果关系的事件的再现。这个定义包括语言和非语言的叙述（绘画、芭蕾舞、滑稽剧等）。'因果关系'将被理解为'一般联系'或同一个一般因果矩阵的一部分——这是一种比直接必然性更松散、更间接和不确定的关系。它进一步假设，许多非叙述性的要素可以舒适地存在于一个更大的叙述框架中……"由此可见，在理查森这里，因果性仍是叙述的核心要素，除了对非文字媒介叙述的包容，他也认为不应将叙述局限于人类范围，冰川进退和太阳系的发展在他看来也是叙述性的。见 Brian Richardson, "Recent Concepts of Narrative and the Narratives of Narrative Theory", *Style*, Vol. 34, No. 2, 2000, pp. 168–175.

头有尾、有因有果、前后一贯，构成一个明确的故事，即符合因果性。① 即便存在大量省略的作品，也通常建立在因果性基础上。如海明威提出的"冰山理论"：

> 每部真正写成的小说都会对下一位作家可用的全部知识有所贡献，但这下一位作家必须始终要有一定比例的经验，以便能够理解和吸收可用的东西，这些东西既是他继承的遗产，也必然是他的出发点。如果散文作家对他所写的内容足够了解，他可能会省略他所知道的东西；而如果作者写得足够真实，读者就会对这些东西有强烈的感觉，就好像作者已经讲了一样。一座冰山运动的雄伟壮观是由于它只有八分之一在水面之上。一个作家因为不知道而省略了一些东西，这只会在作品留下空缺之处。②

在此，"冰山理论"中省略八分之七的前提是作者知道且有意省略，并要写得足够真实，而不是因为不知道而造成空缺，只有如此，读者才能够像作者写出来了一样，将省略的部分推导出来，在补充叙述因果关系的基础上理解作品。而作者与读者达成某种默契的基础，就是对典型叙述中因果性的期待。

人物性格以及情节发展符合因果关系，也是许多推崇现实主义写作规范的作家所津津乐道的。中国作家毕飞宇在对鲁迅《阿Q正传》中为何小尼姑会恶毒地骂阿Q"断子绝孙"的精彩解读就是一个典型的例子：

> 鲁迅为什么让小尼姑那样恶毒呢？
> 我们先来看一看小说的结尾，从小说的结尾往前面逆推。抛开小说的复杂性，就发展的脉络而言，阿Q是被当作抢劫犯而

---

① 与因果性类似的还有情理性，符合因果性的通常也符合情理性，但在笔者看来，因果性的评判标准在于文本内部事件之间的关系，而情理性通常的标准是外部认知。

② Ernest Hemingway, *Death in the Afternoon*, London: Charles Scribner's Sons, 1932, p.192.

处死的,其实是个替罪羊——为什么阿Q会成为替罪羊呢?因为阿Q有前科,他走过他乡,做过几天的盗贼——阿Q为什么要走他乡、做盗贼呢?因为他在未庄遇到了生计问题,活不下去——他为什么就活不下去了呢?因为他找不到工作——为什么他就找不到工作呢?因为没有人敢聘用他——为什么没有人敢聘用他呢?因为他的生活作风出了大问题——为什么他的生活作风出了大问题呢?因为他骚扰过吴妈,他想要和吴妈"困觉"——他为什么要和吴妈困觉呢,因为他想有个孩子——他为什么想要一个孩子呢?小尼姑说了,"断子绝孙的阿Q"。①

在此,毕飞宇从阿Q的结局一环环地往前推,通过一个又一个"为什么"的追问,得出小尼姑只有"断子绝孙的阿Q"一句话可以说的结论,认为只要她说这句话,就相当于有了驱动力,情节就会按照既定的发展脉络往前发展,直至最终的结局。可以看出,毕飞宇所强调的"小说内部的秘密"就是"作品的发展脉络,也是小说的结构,也就是作家的思路",而其核心显然就是因果性。

即便作品中事件之间的因果关系并不明确,读者也往往会从对因果性的期待出发,确立事件之间的关系。因而,福斯特所举"国王死了,然后王后也死了"一例,尽管没有明确两件事的因果关系,读者也会自然地确立一种待验证的隐性的因果性。库里肖夫对电影蒙太奇手法的实验可以作为一个典型例证:他将一位著名演员没有任何表情的特写镜头与一盆汤、一具女尸、玩耍的小女孩等几个影片片段组合在一起,放给不同的观众看,观众都对该演员的表演大为赞赏,第一组观众感到了演员的沉思,第二组观众感到沉重的悲伤,而第三组观众感觉到演员的轻松愉快。② 为何同样的特写镜头、同样没有表情的脸,观众却得出不同的看法?显然是因为观众将这一镜头置于不同的因果关系中,基于对叙述的通常理解,确立了各自的叙述因果性。

---

① 毕飞宇:《沿着圆圈的内侧,从胜利走向胜利——读〈阿Q正传〉》,《文学评论》2017年第4期,第141页。
② 林格伦:《论电影艺术》,何力、李庄藩译,北京:中国电影出版社,1979年,第69页。

即使有些作品表面看来并不符合因果性,读者往往也会经过仔细探究,找出其深层的因果性。毕飞宇《"走"与"走"——小说内部的逻辑与反逻辑》揭示了《红楼梦》中的"反逻辑",即人物种种行事表面上看不合常规之处实际上有深层的逻辑,他指出第十一回写了王熙凤探望病人秦可卿之后,没有写王熙凤心情沉痛,却转而描绘园子里的美好景致,王熙凤"一步步行来赞赏",随后还写了王熙凤与贾瑞的调情等,这是反逻辑的。第十三回写到人们对秦可卿之死反应各异,却没有交代贾蓉和王熙凤的情绪反应,这也是反逻辑的。而后来写到王熙凤也掌握宁国府管理大权,才令人意识到原来是王熙凤对权力的欲望大于对人的关注,造成了前面种种反逻辑的情况。在毕飞宇看来,曹雪芹总是故意不按生活逻辑发展小说情节,不停给读者挖坑、"飞白",是因为作者太通人情、太通世故了,也相信读者能通,如果读者有足够的想象力、记忆力及阅读才华,就会将这些作者有意留下的"飞白"串联起来,从而使得种种反逻辑有了令人信服的逻辑。[①] 我们看到,虽然毕飞宇谈的是表面上的"反逻辑",实际上是对更深层逻辑的推崇。正是出于对因果性的看重乃至信仰,他才会将《红楼梦》分散在各章中的事件勾连起来,基于种种不合情理的现象确立深层的逻辑与因果性,并将这种因果性视为作者曹雪芹对人性的深刻洞察,以及高超的小说艺术的体现。

由此可见,对于一般的叙述作品来说,叙述因果性是其核心要素,作者由此展开叙述,而读者通常在确立叙述因果性的基础上理解叙述。在笔者看来,叙述因果性就是主流叙述的本质属性,读者能够确立这种叙述因果性;如果将这种主流叙述视为自然叙述,所有背离叙述因果性的体现往往就是非自然的。因而,笔者将非自然叙述界定为反叙述因果性的叙述,即不管处于故事层面还是话语层面,不管程度大小,只要被读者认定是故意背离叙述因果性或对叙述因果性进行挑战或颠覆的,就是非自然的。从反叙述因果性的角度对非自然叙述进行界定,似乎可以将其他非自然叙述的定义整合起来,也可以规避一些争议。

[①] 参见毕飞宇:《小说课》,北京:人民文学出版社,2017年,第27—50页。

首先，反叙述因果性的辨认与把握，需要读者的判断。将反叙述因果性作为判断非自然叙述的标准，与"非自然"一词所暗含的不同寻常的感受相契合。理查森所说的非模仿叙述和阿尔贝所说的已经"常规化"的非自然叙述，比如童话、寓言故事、经典科幻小说等，读者很容易就可以确立起因果性，几乎不会产生奇怪之感，因此不必再将其列入非自然叙述。即便一些表面上看起来古怪的文本，如果读者能够确立起叙述因果性，也就不再是非自然叙述。这样看来，阿尔贝多种自然化的阐释策略其实就是确立因果性的方式，只是他所依据的是现实认知原则，而在笔者看来，读者只要按照文本设定，将文本中的各要素之间的因果关联确立起来，就会使文本自然化，从而消除非自然叙述的怪异之感，进而可以被排除在非自然叙述的范围之外。这样使得非自然叙述所指范围更为明确。

其次，读者对于反叙述因果性的认定是基于具体文本，因而特定故事世界的设定是判断反叙述因果性的起点，这样可以与伊韦尔森"那些主导故事世界的规则与其中发生的情况或事件之间有着难以解释的冲突"的最初定义相整合。在阿尔贝的定义中，以人类认知为判断标准的"不可能"如果符合特定文本的叙述因果性，也就可以排除在非自然叙述范围之外，既可以避免"过于宽泛"的争议，也更有针对具体文本的相关性。除了童话、寓言等文类中经常出现的物理上、人类属性上的不可能，即使出现逻辑上的不可能，如果按照文本设定能够确立叙述因果性，也就可以被排除在非自然叙述范围之外。

再次，从反叙述因果性来界定非自然叙述，结合了文本属性以及读者接受这两个方面，因而具有一定动态性和灵活性。同一作品对于不同的读者而言，会由于对反叙述因果性的不同判定而得出不同的结论。这可以解释不同文化传统、不同时代背景的读者由于认知框架不同对非自然叙述的判定所产生的分歧，也可以规避阿尔贝定义可能受到的非议，规避现代物理学与生活直觉的差异对"物理上的不可能"的质疑，以及"不可能"范围随着科学技术的发展而改变所带来的争议等。

此外，从反叙述因果性来界定非自然叙述，可以很方便地将理查森的反模仿定义吸纳进来。模仿叙述的底层逻辑和运行规则是基于现实世界的，符合叙述因果性，因而所有的模仿性叙述必然是具有叙述因果性的。叙述因果性作为核心属性的自然叙述就包括理查森所说的模仿叙述和非模仿叙述。从反叙述因果性来界定非自然叙述，就不必再去分辨反模仿与非模仿，规避了理查森的非自然叙述理论中二者不好区分所引起的混乱和困惑。另外，还能够整合理查森的双重阐释模式，即读者要明了作者有意对叙述因果性进行挑战和颠覆，保持非自然的特性，并享受非自然叙述带来的乐趣。

还有，反叙述因果性可以来自故事和话语层面，也可以有程度上的不同，只要是背离叙述因果性就可以认为存在反叙述因果性。由此来界定非自然叙述，可以将理查森后来认为非自然叙述"可能出现在故事中，出现在话语中，也可能出现在叙述的呈现中。……非自然可以是局部的、间歇的、主要的，也可以是全局的"① 这一表述完全整合，还可以规避此前理查森认为非自然叙述只发生在故事层面、不好区分非模仿还是反模仿成分的矛盾。理查森对特别叙述策略的很多讨论也可以很自然地纳入非自然叙述，而不必纠结是否属于非模仿。阿尔贝将非自然界定为"物理上、逻辑上和人类属性上不可能的场景和事件"，也暗示着非自然只发生在被再现的故事世界之中，从反叙述因果性来界定，它所指涉的范围更广。

另外，对于反叙述因果性的认定是与叙述进程以及读者接受过程相关的，自然化的过程可以发生在一次阅读经历中。在笔者看来，所有在阅读过程中辨认出的背离叙述因果性的要素都是非自然要素，而这些局部的非自然要素有可能随着叙述进程而成为叙述因果性链条的一环，从而令读者改变对其性质的认定。比如，有些故事世界的设定在并没有完全展现之前，读者按照通常故事世界的因果性理解，就会心生怀疑，产生具有反叙述因果性的非自然之感，而随着叙述的进展，读者确定了对整部作品的认识之后，此前对反叙述因果性的判断

---

① Brian Richardson, "Rejoinders to the Respondents", *Style*, Vol. 50, No. 4, 2016, pp. 494–495.

被修正，该叙述成为符合因果性的自然叙述。比如刘慈欣《三体》第一部开头，一系列顶级科学家神秘死亡，大多是自杀。调查者汪淼发现所拍照片上出现了一串不断变幻的神秘的数字，而后来，他的眼睛中也出现了，这串数字是倒计时。这又意味着什么？那些科学家的自杀是因为出现了一些奇怪的现象，让他们原来所信奉的科学原理成了一种偶然，他们的生命根基被抽空了。在一部科幻小说中出现了反科学的事件，不由得令读者怀疑这是作者有意安排的反叙述因果性的成分，给人以非自然之感。但后来，小说为这些反科学的神迹确认了科学依据，原来是科技更为先进的三体人制造出两粒超级质子，它们能够极快地运动，可以穿行在地球上所有高能粒子对撞机的实验现场，使人类物理学家得出的实验数据都是错的，以干扰人类科学的发展。开头的神秘景象都是这两粒质子快速运动的结果。在此，反叙述因果性的部分成为最终叙述因果性的组成部分，而非自然性也变成自然的了。在笔者看来，只有在读完整部叙述作品，确立整部作品的叙述逻辑性之后，仍有难以归于叙述因果性的成分才可以最终确认其非自然性。这一点可以和伊韦尔森所说的"永久陌生化"结合起来，也可以规避对"永久陌生化"是否可能的质疑。

另一个值得注意的问题是，所有叙述都是作者与读者的一种修辞交流行为。理想的情况下，作者故意在非自然叙述文本中呈现反叙述因果性，读者能够从中辨识出此种反叙述因果性。在非理想的情况下，还会出现两种错位：

一种情况是读者从文本中发现了反叙述因果性，并将之归于作者的有意安排，而原作者并非有意设置。比如，读者辨认出文本中违背因果性的矛盾与冲突，但这只是作者无意中的疏漏。又比如，某种文化传统中的读者视为反叙述因果性的作品在原初文化传统中可能是自然的。一个美术史的例子可让我们形象地理解这一点。图5—1为一幅古埃及浮雕图，人物的头部是侧面，眼睛却是正面才会看到的样子；肩膀、胸膛是人的正面，而胳膊和腿是侧面，两只脚都是从内踝看去的侧面，像有两只左脚。按照西方写实绘画的透视法则来考察，它是扭曲的、非自然的，即艺术家有可能故意按照这种违背常规的方法来传达特殊意义。但古代埃及艺术有另外的规则。艺术史家贡布里希指出，当时艺术家的任务是尽可能清楚、持久地把一切事物都保留下来，因此，他们并不打算呈现从某个角度看到的事物的样子，而是要把事物各方面都绝对清楚地呈现出来："一切都必须从其最具特色的角度来再现。"① 因此古埃及艺术家认为自然的作品在西方写实艺术的受众眼中就是非自然的。

图 5—1　赫亚尔肖像②

　　另一种情况是作者在文本中设置了反叙述因果性，而读者加以排斥或忽略，将之视为疏漏或败笔，只保留下符合叙述因果性的部分。在这种情形下，非自然叙述的种种特性在读者接受中被删减，成了符合因果性的自然叙述。比如，作者有意安排相冲突的几个版本的叙述，违背了一以贯之的叙述因果性。有些读者只从中选择一个版本，而将其他与之相矛盾的版本视为不完备的叙述成分而否弃，类似阿尔

---

① 参见 E. H. Gombrich, *The Story of Art*, New York: Phaidon Press Inc, 1995, pp. 60—61.

② 赫亚尔肖像（约公元前 2778—前 2723 年），木质，高 115cm，开罗埃及博物馆收藏。

贝所说的"自助式阅读"的接受方式。在这种不理想的修辞交流情形下，作者有意安排的反叙述因果性的非自然的意义被抹杀了，这也是理查森所批评的按照主流叙述学框架解读非自然叙述的错误方式。

综上所述，将非自然叙述界定为具有反叙述因果性的叙述，结合了文本属性与读者认知，涵盖了故事与话语层面，兼具准确性与灵活性，这可以规避不少争议。或许可以将各种观点整合起来，给非自然叙述理论提供某种共同的基础。

第二节　从叙述因果性到反叙述因果性

叙述因果性和反叙述因果性在不同叙述文类中会呈现不同的形态。除了隐性和显性的区别，还可以根据程度不同，将各种作品置于一个以叙述因果性和反叙述因果性为两端的光谱中，如图 5-2 所示。

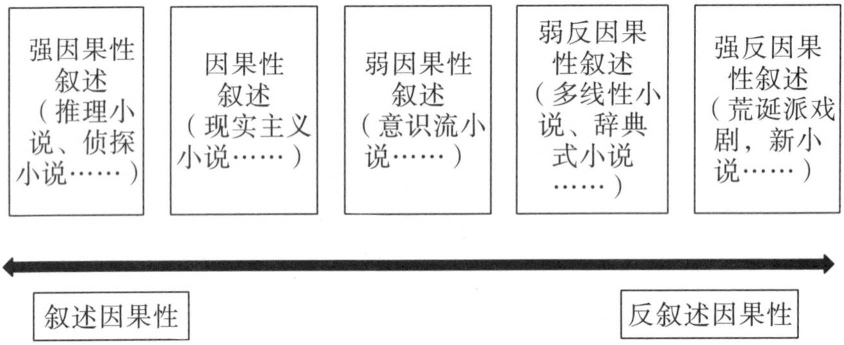

强因果性叙述（推理小说、侦探小说……）	因果性叙述（现实主义小说……）	弱因果性叙述（意识流小说……）	弱反因果性叙述（多线性小说、辞典式小说……）	强反因果性叙述（荒诞派戏剧，新小说……）

叙述因果性　←――――――――――――――――→　反叙述因果性

图 5-2　"叙述因果性—反叙述因果性"光谱

在强因果性叙述中，所有事件都是因果链条中的组成部分，环环相扣。它们严格地遵循因果性，不仅事件发生是有因有果的，叙述的推进也建立在推理之上。尽管高明的此类作品可能会故意提供最初看起来不可思议的故事、离奇的情节，但最终总会给出符合情理与逻辑的解释，既在意料之外又在情理之中，是这类叙述的最佳效果。而好的推理小说、悬疑电影往往也会让悬念维持到结尾，最终水落石出之时，才会令人有原来如此、恍然大悟的快感。这类作品最核心的秘密就在于因果性,种种不合情理之处只是暂时的表象,或者是为了最后的震惊效果对读者的故意误导,而情理之中才是根本。所有的困惑都是为最后真相大白做铺垫。情节的跌宕起伏、曲折变化都只有在强因果性基础上才有意义。比如波兰斯基导演的《唐人街》,被人算计的私家侦探要找出背后指使者,一步步根据已有信息梳理出线索去追踪目标,找到目标发现是错的,新的命案或线索又指向另一方向,影片就在一次次的追踪中逼近最后的真相。情节的每一步发展都提前埋下了伏笔,构思精巧,丝丝入扣,最后揭开令人震惊的真相,此时会发现每一步都符合因果关系,所有的疑团都被解开。

现实主义小说按照现实逻辑展开,属于基本的因果性叙述。话语层面可能进行各种剪裁、加工、变形的处理,但故事层面都会按照时间先后顺序展开,显然也会遵守因果性。这种因果性叙述是最典型的叙述形式,建立在对现实的模仿性再现之上,也是主流叙述学理论的基础。人们从叙述的话语层面推导出首尾一贯的、清晰明确的故事,人物的性格与命运都有令人信服的根据,世界是稳固的,按照特定的法则运行。现实主义小说通常承担惩恶劝善、揭露黑暗等社会功能,也是因为具有这种叙述因果性。

在部分现实主义小说中,可能存在与故事主线关系不密切的情节或成分,有部分闲笔或枝蔓,从叙述因果性来看,对有些读者而言,似乎有某种偏离叙述因果性的非自然之感,但它不会改变整体上因果性叙述的性质。训练有素的读者则可能会发现其中深意,从而能够更深刻地确立其叙述因果性。比如,契诃夫名作《带小狗的女人》中主人公古罗夫与情投意合的女人来到了旅馆,在这一浪漫的时刻,小说却写道"房间里的桌子上有一个西瓜。古罗夫给自己切了一块,慢慢地吃起来";经过分离之苦的古罗夫鼓起勇气来到女人所在城市找旅馆住下,小说却又写道:"房间里整个地板上铺着灰色的军用呢子,桌子上有一个蒙着灰色尘土的墨水瓶,瓶上雕着一个骑马的人像,举起一只拿着帽子的手,脑袋却打掉了";古罗夫在剧院里终于见到了心爱的女人,小说却又写道:"上边,楼梯口有两个中学生在吸烟,瞧着下面。"① 这些琐碎的描写与主要故事情节关系并不明确，很有可能给读者留下偏离因果性的印象，产生莫名其妙的非自然之感。但在目光如炬的小说家纳博科夫眼中，这些描写却有不同的意义：

> 故事的叙述者似乎总是偏离主题而去提一些琐碎的东西，每一处的琐碎如果换成另一类小说则有可能意味着情节的转折——比如，剧院里的那两个孩子可能是偷听者，然后去散播谣言，或者墨水瓶会使主人公想到写一封信，从而改变故事发展的方向；但是，正是由于这些琐碎毫无意义，它们在这种特殊的小说中对于营造真实的气氛才显得格外重要。②

弱化故事情节，突出心理、情感描述的叙述属于弱因果性叙述。比如在意识流小说中，呈现人物的内心独白、自由联想、潜意识流动等，在表达方式上，可能会语序混乱、没有标点，甚至自造语汇等，比如乔伊斯的《尤利西斯》最后一章，呈现了长达四十页没有标点符号的内心独白。这些潜意识的内心活动混乱而跳跃，彼此之间的联系并不明确，也较难理清其中的因果性。但这些因果性不明确的部分停留在人物的内心中，这些混乱并不会改变故事世界的现实性。因此这类叙述仍然没有改变符合叙述因果性的性质。

在上述不同程度的因果性叙述中，尽管存在种种看似偏离叙述因果性的成分，但随着叙述进程的发展，加之读者的理解深入，整体的叙述因果性状态大多会确立，从而获得自然化的理解。甚至有些与故事主线相矛盾、突破因果性限定的局部情况，也不会改变对整体性质的认定，可以采用忽略、认定为作者失误、限定在一定范围等策略加以处理。而那些最终难以确立整体叙述因果性的反因果性叙述就是笔者所界定的非自然叙述。依照程度不同，可再分为强弱两大类。

---

① 契诃夫：《契诃夫小说全集（第十卷）》，汝龙译，上海：上海译文出版社，2000 年，第 257、262、264 页。
② 弗拉基米尔·纳博科夫：《俄罗斯文学讲稿》，丁骏、王建开译，上海：上海三联书店，2015 年，第 266—267 页。

下 编

　　弱反因果性叙述是指那些整体上无法确立统一的叙述因果性，但可以划分为几个具有叙述因果性的局部叙述而分别加以把握的叙述。比如电影《罗拉快跑》，就是由三个局部自然的叙述组成的。曼尼打电话告诉女友罗拉，自己弄丢了10万马克，如果不能在20分钟内归还，就会被黑社会杀死。为了营救男友，罗拉在20分钟内疯狂奔跑，四处筹钱。影片就叙述了罗拉三次奔跑的经过及不同结果：第一次，罗拉跑着找到父亲借钱被拒，曼尼走投无路去抢超市，前来与曼尼会合的罗拉被警方打死；第二次，罗拉跑着找到父亲借钱被拒，情急之下罗拉抢了父亲的银行，曼尼走投无路去抢超市，抢了钱的罗拉与曼尼会合，曼尼被救护车撞死；第三次，罗拉跑着来找父亲借钱，晚到一步，接着罗拉去赌场赢了钱，曼尼也找回了丢失的钱，皆大欢喜。如果将叙述作品分成三个部分，每部分都是有头有尾，有明确统一的叙述因果性的故事。但三种相冲突的叙述在一个文本中，难以整合为一，成为反叙述因果性的非自然叙述。

　　强反因果性叙述是指那些无论是整体还是局部都很难确立明确的叙述因果性的叙述，读者在阅读过程中会强烈地感觉到无法确立事件、人物之间的因果关系，这种困惑和不安伴随着阅读进程直至作品结束仍无法消除，从而给读者以强烈的违反叙述因果性的非自然之感。最为典型的应该是法国新小说和荒诞派戏剧。比如罗伯—格里耶中后期的小说就是强反因果性叙述。其中几乎不存在明确的时间标记，又都采用自由的现在时态，时间线索只能靠事件之间的先后关系来勉强确立。而事件、场景大都不会只被叙述一次，而是走马灯似的不断以不同的秩序和状态重现。这些反复出现的事件和场景既相似又矛盾，是回忆，是观察，还是想象？是对发生了一次的事件的多次描述，还是对发生了多次的事件的描述？以上这些难以确定，其时间先后顺序、空间的组合顺序也难以确定。文本中充斥着大量的空缺、疑团，但这些空缺和疑团并不是在完整的叙述线条中故意省略掉某些部分，因此难以从已写出的部分推导出来。与此相关，事件、场景之间的因果关系也不明确，是即使反复阅读也难以确定的混乱状态，所以是极为特殊的强反因果性的非自然叙述。①

第三节　反叙述因果性、非自然叙述及动态把握

在笔者看来，通常对叙述作品进行理解的过程，就是确立叙述因果性的过程。读者开始阅读时，首先需要明确故事世界的设定，从而确立某种框架，并在阅读过程中将作品的各个组成部分关联起来，以组成一个首尾一贯、线索明确的故事，构成最终的叙述因果性，从而达成对叙述文本的把握。在阅读中，由于"高度受保护的合作原则"（hyper-protected cooperative principle）② 的存在，对于阅读过程中偏离叙述因果性的令人困惑、难以理解的部分，也往往倾向于将其纳入叙述因果性相关的脉络之中，它们可能先被搁置，并且需要读者时刻调整认知框架，使有些最初看起来像是反叙述因果性的部分，有可能成为叙述因果性的一部分。只有在阅读过程结束后，仍难以归入叙述因果性的要素，才是非自然叙述要素。因此，在笔者看来，"自然化"的过程不仅仅存在于阿尔贝所说的非自然叙述被"常规化"的过程中，也几乎存在于每一次阅读行为之中，并且会因读者的接受方式而有所不同。

作为非自然叙述的核心特质，"反叙述因果性"可能在叙述的各层面、各部分发生，只要它偏离文本设定的统一叙述因果性。故事层

---

① 参见王长才：《阿兰·罗伯-格里耶小说叙事话语研究》，成都：巴蜀书社，2009年。
② "高度受保护的合作原则"是玛丽·路易丝·普拉特（Mary Louise Pratt）在《走向文学话语的言语行为理论》中所强调的原则，乔纳森·卡勒在该书书评中将其归纳为："我们可以假设离题、明显的不相关和晦涩有交流的目的，而不是想象说话者不合作，就像我们对其他话语所做的那样，为了进一步沟通的目标，我们努力解释那些蔑视有效沟通原则的要素。"见 Mary Louise Pratt, *Toward a Speech Act Theory of Literary Discourse*, Bloomington: Indiana University Press, 1977, pp. 201–223; Jonathan Culler, "Problems in the Theory of Fiction", *Diacritics*, Vol. 14, No. 1, 1984, pp. 2–11. 卡勒在《文学理论：简明导论》第二章也提及此原则，产生了更广泛的影响，但只在书末参考文献处列明出处，正文未明确说明，以致后来有人误以为该原则为卡勒所提出。另外，该书在参考文献中注明的页码为"38–78"，似乎有误。参见 Jonathan D. Culler, *Literary Theory: A Very Short Introduction*, Oxford: Oxford University Press, 1997, p. 27, p. 133.

面的人物、事物、场景违背作品的叙述因果性设定，就是非自然的。姜文导演的电影《邪不压正》是虚构的民国传奇，其中有少年李天然近距离躲避子弹的场景，这在现实生活中是不可能的，因而在阿尔贝的意义上属于非自然叙述。但在笔者看来，影片并没有突出这一场景违反常规之处，而将它作为一种事实呈现出来，并作为故事链条中的重要一环，符合故事设定的叙述因果性，因此它并不是非自然的。而另一桥段，尽管没有涉及"不可能"，在笔者看来，却因偏离叙述因果性而属于非自然的：身穿苏格兰裙、形象滑稽的潘公公，被称为"华北首席影评人"，他振振有词地声称不看电影也可说电影不好，一口一个"吾"。他的影评只有五个字，被女主人公巧红训斥："能不胡闹了吗？你看电影吗？认识几个字啊？假装影评人……会写第六个字吗？"在笔者看来，这一部分完全游离于李天然报仇的故事主线之外，难以被纳入统一的叙述因果性，并且更像是对现实的指涉，是导演姜文对现实中自己的电影遭遇恶意评价的嘲讽，跨越了虚构与现实两个世界，违背了叙述因果性，属于跨层①，是非自然的。

由于叙述因果性的设定因作品而异，即使有些怪异、荒诞甚至出现因果悖论等明显违背叙述因果性的作品，也有可能不会被读者接纳为非自然叙述。比如，美国硬科幻小说家罗伯特·海因莱因（Robert A. Heinlein）所写的短篇小说《你们这些还魂尸》（*All You Zombies*，1959），记述了一个极为混乱的荒诞故事，因果关系也被搅乱，现实生活中也绝不可能出现这样的情况：1970年某酒吧里，一个自称"未婚妈妈"的25岁男子向叙述者"我"（真实身份为时间特工，以酒保身份为掩护）讲述了自己的经历：1945年出生时是女孩，在孤儿院长大。1963年，她被年长的男人引诱，怀孕后又被抛弃。她生下女儿时，被发现是双性人，之后经变性手术成了男人，一个月

---

① 参见本书第七章。潘公公的饰演者编剧史航谈对此人物的看法，称"他跟真正的影评人一样纯洁有信念"（见 https://www.zhihu.com/question/285330584，访问时间：2022年7月3日），对此笔者并不赞同。姜文导演的其他作品也常见对外行影评人的讥刺，比如，在电影《太阳照常升起中》，"疯妈"让儿子念信，连问三遍"懂吗?"，面对三次回答"不懂!"，她正色道："只能说你没懂，不能说你没看见。"在笔者看来，似乎是导演借此表达自己的态度。

后婴儿被偷走,他开始作为男人生活。"我"同情他的遭遇,答应帮他报复负心者。"我"先用时间机器将年轻人带到了1963年,又往后穿越11个月,偷了一个月大的婴儿,再穿越到1945年将婴儿留到孤儿院。再回到1963年,看到作为男子的"未婚妈妈"被作为年轻女性的自己吸引,引诱她并让她怀孕。接着"我"又接连跳到1985年(正式将"未婚妈妈"招募为时间特工)、1970年(准备招募"未婚妈妈"的晚上),又跳到1993年,"我"完成招募工作,也对招募工作感到厌倦,而申请实战。"我"思考和时间特工相关的"时间细则",看着自己身体上被浓重的体毛遮掩的剖宫产留下的疤痕,发出了疑问:"我知道我打哪儿来——可是,你们这些还魂尸又是打哪儿来的?""根本没有别人,只有我——简——孤独地待在这黑暗里。"①这部小说充满了种种悖论,因果性支离破碎,其中最不可思议的是,叙述者"我"既是1970年在酒吧里的酒保,也是同时在场的"未婚妈妈",也就是年长的"我"招募年轻的"我",将年轻的"我"带回1963年以引诱少女的"我",生下作为女婴的"我",并将婴儿的"我"带到1945年的孤儿院,才可能成长为少女"我",以便与从未来时空旅行回来的年轻男子"我"发生关系,生下女婴"我"。在此,"我"这本应统一的主体在时间旅行中分裂为同时出现且互不相识的多个主体"我",也使得时间线索与因果关系呈现为一团乱麻的状态,因而反叙述因果性的特性极为突出。但是,如果读者将主体分裂与时间旅行造成的因果混乱作为科幻小说故事世界的设定,并以最后关于时间与主体的诘问作为主旨,那么就又会符合另一种叙述因果性,而非自然之感就会被削弱甚至被消除了。这也可以和阿尔贝非自然叙述的九种阐释策略中的第二种"类型化"和第四种"突出主题"结合起来。

对非自然叙述的判断是文本特性、作者意图、读者接受三方动态作用的结果。而不管是否为真实作者有意安排,如果读者在阅读结束

---

① 罗伯特·海因莱因:《你们这些还魂尸》,潘振华译,载奥森·斯科特·卡德编:《大师的盛宴 20世纪最佳科幻小说选》,北京:新星出版社,2015年,第42—57页。

后，仍有无法归于叙述因果性而得到通常解释的要素，并且推想其是作者有意安排，就可以认为存在非自然叙述要素。当然，这一结论是就此读者而言，并不排除误读的可能。这样，对于非自然叙述的认定，就具有一定灵活性，也可以解决因文化观念和叙述传统不同而产生的分歧。

第六章 非自然叙述者的分类学考察

理查森指出，此前的叙述者理论过多地强调类人属性，而许多作品的实践以各种不可能、矛盾的或其他后人类主义的写作远离了这一限制，向准人类、非人类和反人类的叙述者转变。他列举了一些不可靠的叙述者类型，比如：（1）欺骗性叙述者（the fraudulent narrator），指故意违反模仿规约，出现明显时代错误、认知错误的叙述者；（2）矛盾性叙述者（contradictory narrators），对同一事件叙述了多个矛盾版本，且没有任何解释的叙述者；（3）渗透性叙述者（permeable narrators），即说话者超越了个体意识感知的界限，特定人物的意识在没有任何解释的前提下融合在一起；（4）不相称的叙述者（incommensurate narrators），不断变化的、非人格化的、多声部的异质叙述超越或调换了单一叙述者的感知；（5）跨层叙述者（disframed narrators），指叙述者从一个叙述层次跨越到另一个层次。① 理查森对第二人称叙述（second person narration）、第一人称复数叙述（"we" narration）、多人称叙述（multiperson narration）的集中讨论在《非自然叙述声音》一书中占了重要篇幅，引起了很大反响。阿尔贝也讨论了不可能的叙述者，诸如"会说话的动物"（比如《伊索寓言》中的动物）、"会说话的身体部位和物体叙述者"［比如美国菲利普·罗斯（Philip Roth）的小说《乳房》（*The Breast*，1972）以女性乳房为第一人称叙述者］、会"通灵术和其他不可能的读心术"

---

① 参见 Brian Richardson，*Unnatural Voices: Extreme Narration in Modern and Contemporary Fiction*，Columbus：The Ohio State University Press，2006，pp. 103—105.

的叙述者［比如萨尔曼·拉什迪的《午夜之子》(*Midnight's Children*, 1981)中叙述者具有超出自身感知限制的能力］等日常生活中不可能出现的叙述者。① 此外，还有其他学者散见于期刊与论文集的论文讨论了叙述者问题。这些讨论大多聚焦在此前被忽略的叙述者现象，但较为零散，而阿尔贝的讨论则是从作为人物的叙述者的非人类属性角度来谈，是从故事层面而非话语层面来展开探讨。本章尝试从叙述话语层面，对偏离主流叙述者规约的非自然叙述者形态进行细致考察。与理查森等人自下而上的讨论方式不同，本章并不是从已有的叙述实践中找寻例子，并加以归纳总结，而是自上而下，从通常叙述者的形态出发，拟探讨非自然叙述者挑战主流形态的可能性，从而将非自然叙述理论家们所列举的叙述者现象纳入一个讨论框架中，以便于把握。

第一节 不确定的非自然叙述者

任何叙述都存在叙述的发出者，而这个叙述者通常需要遵循现实对这个主体的规定。因此，叙述者的确定就是对一种限定的确认。中国学者赵毅衡指出："叙述角度问题，从根本上说是个权力自限问题。"② 而非自然叙述则是针对种种限制进行有意的突破。热奈特称："在我眼中一切叙事无论明确与否都是'第一人称'，因为叙述者时时刻刻可以用上述代词自称。"③ 所以，叙述者问题实际上就是"'我'是谁？"的问题。由于叙述者可以从不同层面加以限定，因而非自然叙述对这个叙述者"我"的挑战也可以从不同方向进行讨论。

有一种特别类型的叙述者，是理查森、阿尔贝等理论家未曾论及

---

① Jan Alber, *Unnatural Narrative: Impossible Worlds in Fiction and Drama*, Lincoln: University of Nebraska Press, 2016, pp. 61–103.

② 赵毅衡：《当说者被说的时候：比较叙述学导论》，成都：四川文艺出版社，2013年，第134页。

③ 热拉尔·热奈特：《叙事话语 新叙事话语》，王文融译，北京：中国社会科学出版社，1990年，第248页。

的非自然叙述者。笔者称之为"不确定的叙述者"。通常一种完整明确的叙述是同某个确定的叙述者密切相关的,一般叙述都会有明确的叙述主体,只有在叙述者的身份明确之后,叙述才有确定的方向,读者才可以沿着明确的线索阅读下去。法国著名叙述学家热奈特区分了两类叙述:同故事(homodiegetic)叙述和异故事(heterodiegetic)叙述,前者是指叙述者为所讲述故事中的人物的叙述,后者指叙述者不在他讲述的故事之中的叙述。确立这两种叙述类型的前提是,叙述者都是确定的,可以讲述一个清晰的故事。在异故事叙述中,全知叙述者置身于故事世界之外,可以掌控全局,能洞悉所有人物隐秘的内心。尽管是隐匿的,但叙述者是明确的,有足够的权威,值得信赖。在通常的同故事叙述中,不管是记述自己的经历或者作为见证者记述他人经历的人物叙述者,一般都会在叙述开头明确地交代自己的身份,从而令读者清晰把握叙述者与所讲述内容的关系,获得对所讲述故事的明确认知。比如麦尔维尔的长篇小说《白鲸》的第一句"管我叫以实玛利吧"直接点明了叙述者"我"的名字,随后这个水手的身份得以确认。以"叙述圈套"而闻名的马原小说《虚构》的开头是:"我就是那个叫马原的汉人,我写小说。我喜欢天马行空,我的故事多多少少都有那么点耸人听闻。"随后小说就从这个叫"马原"的叙述者出发,写这个"我"的经历与见闻,尽管这种叙述也有令人难解之处,但叙述者的身份从一开始就被确定下来。即使是叙述视角和叙述层次多次变换的叙述作品,往往也都将确认叙述者身份作为首要任务。比如中国当代青年小说家双雪涛的中篇小说《平原上的摩西》,分为十四节,每节的标题都是人名,而每节就是它所对应的人物的第一人称叙述,尽管讲述故事的角度与时间、空间都不同,且有些交错,但因为人物叙述者身份明确,他们讲述的故事从不同角度拼合出了故事真相。即使有些叙述从呈现效果考虑,暂时隐瞒了叙述者身份,或者令叙述者身份反转等,但都有真相大白的一刻,最终使读者建构出完整统一的故事,因叙述者产生的悬疑最终得到解除。而有一种非自然叙述打破了这一规则,在其中,作为文本信息来源的叙述者是不清晰的,它的形象游移、含糊不定,使得被讲述的故事难以把握，叙述因果性不能确立，从而打破了现实主义的模仿叙述框架。法国新小说派小说家罗伯-格里耶中后期的作品就是典型的例子。

罗伯-格里耶的中后期小说往往以第一人称叙述开头，但是小说对这个"我"的身份不做任何交代，并且"我"像窥视者一样，呈现的叙述几乎不指向自己，"我"所叙述的场景、人物与"我"也很少有关联，即使有关联，所提供的信息也少得可怜，这就使"我"的身份模糊不清。并且这个"我"没有自始至终担任叙述职责，而是不断隐匿又不断出现。在"我"这一称谓不出现时，以展现场景为主的叙述与第三人称异故事叙述几乎没有区别。由于小说的叙述语调都是冷静客观的，并不带有特别明显的个性特征，因此，在叙述中"我"不着痕迹地隐匿，小说在第一人称同故事叙述与第三人称异故事叙述之间摇摆。而当"我"这个称谓再次出现时，叙述似乎是接续此前出现的"我"的叙述，又似乎是另一个"我"开始了另一种叙述，两种叙述间有重叠，也有矛盾，前后并不一致。这就使得叙述者"我"的形象更加模糊、扑朔迷离。最关键的是，读者的这种对叙述者身份的疑惑直到小说结尾也不会消除。① 由于叙述者身份不确定，读者也无法梳理出清晰明确、首尾一贯的故事，从而停留在模棱两可的混乱状态。

第二节　确定叙述者的非自然形态

在叙述者身份明确的情况下，我们可以进一步讨论叙述者的一般规约以及非自然叙述对规约的突破。按照热奈特的同故事叙述和异故事叙述的经典界定，叙述大致上可以分为叙述者现身于故事世界和在故事世界之外两种情况，并遵循各自的规定。针对这两种情况，非自然叙述也可以分别进行挑战。

---

① 更详细的讨论可参见王长才：《阿兰·罗伯-格里耶小说的叙述者之谜与不可靠叙述》，《外国文学研究》2011年第6期。

一、非自然的异故事叙述者

异故事叙述者不在所讲述的故事中出现，是所讲述故事的创造者，因此具有更高的权限。它可以一直隐身，并不出现；也可以和类似读者的显性受述者"你"一起现身在叙述中，以近似作者的身份发言。19世纪批判现实主义小说中经常出现的"作者说教"就是这种情况，比如以下巴尔扎克《高老头》中的一段：

> 文明好比一辆大车，和印度的神车一样，碰到一颗比较不容易粉碎的心，略微耽搁了一下，马上把它压碎了，又浩浩荡荡的（地）继续前进。你们读者大概也是如此：雪白的手捧了这本书，埋在软绵绵的安乐椅里，想道：也许这部小说能够让我消遣一下。读完了高老头隐秘的痛史以后，你依旧胃口很好的（地）用晚餐，把你的无动于衷推给作者负责，说作者夸张，渲染过分。殊不知这惨剧既非杜撰，亦非小说。一切都是真情实事，真实到每个人都能在自己身上或者心里发现剧中的要素。①

在这一段话中，因为向受述者作"你们读者"的发言，近似于作者的这个叙述者现身，但这个叙述者仍然不是故事世界中的人物，并没有与故事世界中的人物发生关联，因而仍属异故事叙述者。异故事叙述者往往是全知叙述者，具有对叙述的权威掌控，拥有类似于造物主一般的创造能力。它具有超出个体的感知能力，可以自由地出入所有人物甚至拟人化的动物或物的内心，可以在不同的时间、空间穿梭，也可以对所叙述的人物、事件进行评论，而不违背叙述规约。甚至对于虚构叙述而言，无条件地要求读者接纳全知叙述者的权威，这通常是读者接受活动的前提。比如，全知叙述者说出"他走在太阳底下，汗流浃背，心里充满悲伤"，读者就必然要将这当作真实来接受。

---

① 巴尔扎克：《欧也妮·葛朗台·高老头》，傅雷译，北京：人民文学出版社，1980年，第187—188页。

哪怕像"反事实虚构"（counterfactual fiction）中，全知叙述说出和真实历史明确不同的故事走向，读者也必须接受。比如昆汀·塔伦蒂诺导演的影片《无耻混蛋》（*Inglourious Basterds*，2009）中，希特勒被复仇的女主人公放火烧死在电影院，纳粹因此而覆灭，正义得以伸张，观众也就只能接受这样的反事实。这样的异故事叙述者如果受到挑战，则可能导致来自同一叙述主体的叙述相冲突而不能整合，从而使得异故事叙述者本身的权威遭到否定。

作品中出现对相同事件的不同叙述，有矛盾有冲突，并不是特别少见的现象。但通常会源自不同的同故事叙述者，往往是出于叙述者有意无意的认知错误或故意扭曲，比如，在金庸的中篇小说《雪山飞狐》中，有关胡一刀之死，宝树和尚、苗人凤之女苗若兰、平阿四及陶百岁分别讲述了自己经历或者听人转述的这段武林往事，其中宝树和尚讲述的是，经过五天决战，胡一刀败于苗人凤，自杀而死。而苗若兰转述父亲告知她的经过是，苗人凤与胡一刀虽因祖上恩怨决战，但惺惺相惜，成为肝胆相照的朋友，两人交换兵刃和武功再比，苗人凤中途变招，划伤胡一刀左臂，而刀上有毒，胡一刀中毒身亡。两种叙述相冲突，但后来随着另外两位当事人平阿四和陶百岁的讲述，我们得知真相，宝树是当年也在场的跌打医生，他受人指使在苗、胡两人的兵刃上下了毒，造成胡一刀的死。而他因为卷入事件之中，且行事不光彩，所以撒谎。在这部小说中，这些叙述中的矛盾是由于人物讲述有问题，而并未出场的异故事叙述者仍然没有问题。在一些异故事叙述中，也可能出现矛盾，比如，同一人物前后年龄对不上，人物的某些情况前后矛盾等，通常会被理解为是作者的疏漏，或者穿帮，会被视为写作中的瑕疵，这些情况是作家们通常会竭力避免的，并不会打破整体的模仿框架。但故意打破这种异故事叙述者规约的非自然叙述，情况则不同。比如中国当代作家王蒙的短篇小说《来劲》：

> 您可以将我们的小说的主人公叫作向明，或者项铭、响鸣、香茗、乡名、湘冥、祥命或者向明向铭向鸣向茗向名向冥向命……以此类推。三天以前，也就是五天以前一年以前两个月以

后，他也就是她它得了颈椎病也就是脊椎病、龋齿病、拉痢疾、白癜风、乳腺癌也就是身体健康益寿延年什么病也没有。十一月四十二号也就是十四月十一、十二号突发旋转性晕眩，然后照了片子做了B超脑电流图脑血流图确诊。然后挂不上号找不着熟人也就没看病也就不晕了也就打球了游泳了喝酒了做报告了看电视连续剧了，也就根本没有什么颈椎病干脆说就是没有颈椎了。亲友们同事们对立面们都说都什么也没说你这么年轻你这么大岁数你这么结实你这么衰弱哪能会有哪能没有病呢！说得他她它哈哈大笑呜呜大哭哼哼嗯嗯默不作声。①

异故事叙述者本应该具有充分的权威，为读者提供可靠的叙述，但这段叙述中，异故事叙述者提供的叙述相互冲突，主人公名字、性别、时间、事件都莫衷一是，因为出自同一个权威叙述者，读者也不能按照通常叙述中出现矛盾的情况，将一部分归结于不可靠叙述而保留另一部分作为可靠叙述，以至于读者直到结尾都无法确定主人公到底是什么人，出现了什么情况，又发生了什么事。异故事叙述者的权威被颠覆，从而成为一种非自然的异故事叙述者。

二、非自然的同故事叙述者

与异故事叙述者不同，同故事叙述者因为身处于故事世界之中，或是记述自身的经历，或是作为见证者叙述，他们不仅承担叙述功能，也同样是故事中的人物，要符合该人物的设定。针对同故事叙述者的种种设定，非自然叙述也可以分别进行挑战。在同故事叙述中，叙述者作为人物，通常需要符合故事世界的规约，将叙述限定在人物感知范围之内，无从获得或不能感知的情况不能叙述。而突破这种规约的叙述者，就成了非自然的同故事叙述者，即第一人称叙述中的非自然叙述者。在作者有意设置中，第一人称叙述中的"我"突破了故事世界中对"我"的认知限制，讲述不可能获知的信息时，就成为这

---

① 王蒙：《王蒙文存 十二：来劲》，北京：人民文学出版社，2003年，第231页。

种非自然叙述者。这一设定有两个关键点：一是有意设置，这可以将作者的疏漏排除在外。比如普鲁斯特的《追忆似水年华》详细叙述了画家贝戈特临终前的情形：

> 他是在这样的情况下去世的：尿毒症的轻微发作是人们建议他休息的原因。但是一位批评家在文章里谈到过的弗美尔的《德尔夫特小景》（从海牙美术馆借来举办一次荷兰画展的画）中一小块黄色的墙面（贝戈特不记得了）画得如此美妙，单独把它抽出来看，就好象是一件珍贵的中国艺术作品，具有一种自身的美，贝戈特十分欣赏并且自以为非常熟悉这幅画，因此他吃了几只土豆，离开家门去参观画展。刚一踏上台阶，他就感到头晕目眩。他从几幅画前面走过，感到如此虚假的艺术实在枯燥无味而且毫无用处，还比不上威尼斯的宫殿或者海边简朴的房屋的新鲜空气和阳光。最后，他来到弗美尔的画前，他记得这幅画比他熟悉的其它画更有光彩更不一般，然而，由于批评家的文章，他第一次注意到一些穿蓝衣服的小人物，沙子是玫瑰红的，最后是那一小块黄色墙面的珍贵材料。他头晕得更加厉害，他目不转睛地紧盯住这一小块珍贵的黄色墙面，犹如小孩盯住他想捉住的一只黄蝴蝶看。"我也该这样写，"他说，"我最后几本书太枯燥了，应该涂上几层色彩，好让我的句子本身变得珍贵，就象这一小块黄色的墙面。"这时，严重的晕眩并没有过去。在天国的磅秤上一端的秤盘盛着他自己的一生，另一端则装着被如此优美地画成黄色的一小块墙面。他感到自己不小心把前一个天平托盘误认为后一个了。他心想："我可不愿让晚报把我当成这次画展的杂闻来谈。"
>
> 他重复再三："带挡雨披檐的一小块黄色墙面，一小块黄色墙面。"与此同时，他跌坐在一张环形沙发上；刹那间他不再想他有生命危险，他重又乐观起来，心想："这仅仅是没有熟透的那些土豆引起的消化不良，毫无关系。"又一阵晕眩向他袭来，

他从沙发滚到地上,所有的参观者和守卫都朝他跑去。他死了。① (着重号为引者所加)

贝戈特去世之时,叙述者马塞尔并不在场。如果外在情形可以由叙述者从在场者那里得知并转述的话,贝戈特的内心活动就是无从得知的。上述引文中有着重号的部分是贝戈特的心理活动,叙述者如此细致确切地呈现显然超出了叙述者的认知能力,是对第一人称人物有限视角叙述规约的违反。然而,作者或许并没有意识到这是对认知常规的突破,也没有有意地违背模仿框架,因而只能归于作者的疏漏。这样的叙述在笔者看来,并不属于非自然叙述者。

另一个关键点是对"故事世界"的认定。在笔者看来,非自然叙述者突破认知限制的判断标准不是现实世界,而是故事世界。这一点和阿尔贝等人以现实的认知参数作为衡量标准的界定有所区别。比如,方方的中篇小说《风景》是以只活了16天就夭折、被埋在窗下的小八子作为叙述者,冷静地叙述了一个普通市民家庭几十年的人生故事。显然,按照阿尔贝的界定,这在现实生活中是不可能的,是非自然的。但在笔者看来,在《风景》的故事世界设定中,这位小八子具有超能力,且具有家庭成员的情感,又保持距离,可以冷眼旁观人们的喜怒悲欢,并没有突破故事世界对于这一叙述者认知范围的规定,因此他并不属于非自然叙述者。这一作品按照理查森的观点属于非模仿叙述,即在模仿框架中增加了神奇的要素,并没有改变作品整体的模仿属性。《风景》被称为"新写实小说"的扛鼎之作也说明了这一点。类似的现象也经常出现在童话、寓言、神话传说等文类中,在带有幻想和寓言性质的小说中也并不少见,比如,理查森在《叙述理论:核心概念与批评性辨析》中讨论的萨尔曼·拉什迪的《午夜之子》,以主人公萨里姆·西奈讲述的第一人称人物视角展开叙述。然而,这位主人公具有超出常人的能力,不仅能够事无巨细地讲述他的

---

① 普鲁斯特:《追忆似水年华·Ⅴ·女囚》,周克希、张小鲁、张寅德译,南京:译林出版社,1991年,第170—171页。

外公、父母的经历,以及他自己出生时的情形,还能够听到别人的思想,甚至可以毫不费力地闻出情感、观点、事情进展等完全与嗅觉无关的对象的气味。在这种故事世界的设定中,主人公的神奇能力并没有突破模仿框架,从而让读者以一种近乎把握寓言的方式去了解印度这一多民族国家的多舛命运。从这一角度来看,西奈并不是笔者所认定的非自然叙述者。

中国当代小说家恶鸟的小说《〈马口铁〉注》[1] 中出现了这样的段落:

> 马克开了门,走了出去。门虚掩。剩下我在后面拣篮子和怪胎。
>
> 嗨,巧克力棒。马克向两个黑人打招呼。
>
> Fuck,你是在说我们吗?两个黑人对望了一眼。小子,你在说我们,我们是巧克力棒吗。
>
> 靠,别装了,大白天,没事穿着风衣戴着黑帽子,在这晒太阳的,他妈的难道不是条子吗。你们这些条子啊,就会在贫民窟抓替罪羊,或者抓蹩脚的贼,至于杀人犯,强奸犯,他妈的抢劫犯,你们都抓不住。给我抓屁吧。[2]

《〈马口铁〉注》这部小说由标明"附录"的短篇故事《马口铁》(1—21页)和接着长达十七章的阐释与说明《〈马口铁〉注》(23—149页)组成。短篇小说中的故事发生在西方某个大城市的郊区,主人公是两个小混混马克和马修,尽管后半部分中房间内丑陋的婴儿被马口铁砸死后变形为怪物有些奇幻色彩,但前面部分总体上还是类似于写实的。在上述出自短篇小说部分的引文中,"我"是小说的叙述者马修,他留在屋子里,而马克走出了门外。按照常

---

[1] 该书封面、扉页、版权页、正文标题均为《马口铁注》,按照通常的标点符号用法,此书名应为《〈马口铁〉注》,为便于理解,本文提及此书时均改为《〈马口铁〉注》,注释则保留原书名。

[2] 恶鸟:《马口铁注》;北京:新世界出版社,2011年,第7页。

规，马克与两位黑人的对话以及后来发生的事件，是在屋内的马修看不到也无法进行叙述的。这种情况并不是作者的疏忽。《〈马口铁〉注》的注释部分有这样一段解释："这里显然不只是一个简单对话的开始，而是从开门一瞬间，把我的第一人称视角给剥夺了，我不在（再）说了，小说已经做了个让位给马克，在开门而后的一段时间内，马克走到了前台，并且引发后续的线索。但是马克还不是马克视角，而是上帝全视角叙事。"[①]显然这是作者有意的安排，并且希望读者意识到这一点是对叙述常规的挑战。笔者认为，这样的叙述者才是非自然的叙述者。

在笔者看来，读者如果从文本中确认作者有意为之的某些违背因果性的叙述现象打破"故事世界"模仿框架，就会认定文本中存在非自然叙述要素。由于对"作者意图"和"故事世界"性质的认定可能会因人而异，在具体的阅读实践中，对非自然叙述者的判定也可能会出现分歧，尤其对于有些叙述应该被视为"非模仿"叙述还是"反模仿"叙述可能会有不同看法，这也是非自然叙述容易引起争议之处，涉及作者与读者之间的修辞交流问题。

第三节 特殊人称叙述中的非自然叙述者

如上所述，叙述者是一个"我"是谁的问题，因而最常见的叙述形式是同故事的第一人称叙述，"我"处于故事世界中，只限于本人感知范围或讲述自身经历，或见证他人经历。或者是"我"处于故事之外的异故事叙述者，具有比故事世界中的人物更高的权威，可以讲述他人的经历。在叙述实践中，由于所叙述的对象与叙述者的关系不同，会出现不同的指称，其中一些特殊人称的叙述形式，可以与非自然叙述者问题关联起来讨论。

---

① 恶鸟：《马口铁注》，北京：新世界出版社，2011年，第49页。

一、第二人称叙述中非自然叙述者

第二人称代词"你"出现在叙述文本中,通常被视为"受述者"(narratee)。"受述者"这一概念是由美国叙述学家杰拉德·普林斯在1971年提出的,是指在特定叙述中叙述者所面对的一个或多个受众,与叙述者处于同一故事层面。正如叙述者与真实作者、隐含作者(真实作者通过自己的写作行为、对文本的各种处理所呈现的作者的"第二自我",从读者角度看是读者从文本中推导出的作者形象)相区别,受述者也相应地与真实读者、隐含读者(隐含作者的对应主体,是能够理解隐含作者意图的读者位置)相区别。任何一种叙述都会有叙述对象,即受述者。叙述者是由第一人称"我"指代,受述者则由第二人称"你"指代。当文本中出现了明确的第二人称"你","受述者"即显性的存在,否则就是隐性存在。"受述者"作为叙述交流的一部分,与不同叙述层次的叙述者相呼应,也可能因为叙述主体的改变而与叙述者互换位置。比如,在薄伽丘的《十日谈》中,逃避瘟疫的十名男女轮流讲故事,同一个人物,讲故事时为叙述者,听别人讲故事时就是受述者。通常的叙述作品中,受述者并不会占据太大比重。然而,有些叙述作品中,"你"不仅仅是作为受述者的叙述对象,还是被叙述的主人公,因此,这类叙述文本成为第二人称叙述。

布莱恩·理查森对第二人称叙述小说的类型进行了梳理[①],早在1835年,美国小说家纳撒尼尔·霍桑的短篇小说《神游》(*The Haunted Mind*)中就已经出现了典型的第二人称叙述。1957年法国新小说家米歇尔·布托尔(Michel Butor)的《变》(*La Modification*)出版以后,出现了许多第二人称叙述的实验性文本。理查森对第二人称叙述进行了深入的考察,区分出三种类型的第二人称叙述:(1)标准的(the "standard");(2)假设的(the "hypothetical");(3)自成目的的(the "autotelic")。

---

① Brian Richardson, *Unnatural Voices: Extreme Narration in Modern and Contemporary Fiction*, Columbus: The Ohio State University Press, 2006, pp. 17-18.

标准形式的第二人称叙述中，主人公是"你"，而不是第一人称的"我"或第三人称的"他"或"她"，是最常见的第二人称叙述。一个著名的例子是米歇尔·布托尔的《变》，在其中，主人公"你"周五早上从巴黎登上了开往罗马的列车，是为了"你"在罗马的情妇；"你"下定决心要和妻子摊牌，和情妇生活在一起。随着火车从巴黎开出，"你"想着与情妇的交往，也不断回忆起年轻时与妻子的生活，内心越来越不安。随着罗马临近，"你"的内心想法起了变化，改变了要将情妇带到巴黎的打算，"你"将不去情妇那里，并且将不和她见面就走。火车停在罗马火车站。"你"离开了车厢。在这部小说中，"你"是主人公，而叙述者不仅对主人公"你"最隐秘的心理活动都了如指掌，还对"你"的所思所想进行讨论与评判。

假设形式的第二人称叙述是指用户手册或自助指南风格的叙述文本，比如当代美国作家罗莉·摩尔（Lorrie Moore）的短篇小说集《自助》（*Self-Help*），其中大部分都是第二人称叙述，从其作品《如何成为另一个女人》（"How to Be an Other Woman"）、《孩子的离婚指南》（"The Kid's Guide to Divorce"）、《如何与你母亲交谈》（"How To Talk To Your Mother"）、《如何成为作家》（"How to Become a Writer"）等标题就可以看出。这种假设式的第二人称叙述与标准式的第二人称叙述相比，有三个明显的特点：(1) 始终使用祈使句式；(2) 频繁使用将来时态；(3) 叙述者和受述者之间有明确区别。[1] 叙述者对受述者"你"予以指引，并且这个"你"相对于标准形式的第二人称叙述中主人公式的"你"更具有一定普遍性。

自成目的的第二人称叙述，是指演讲或致辞的叙述化形式，其中，直接称呼的"你"可以是文本的实际读者，与小说中的人物并列，并能与之融为一体。文本中的"你"在真正的读者和受述者之间游移、转换。比如伊塔洛·卡尔维诺的《寒冬夜行人》的开头就是：

---

[1] Brian Richardson, *Unnatural Voices: Extreme Narration in Modern and Contemporary Fiction*, Columbus: The Ohio State University Press, 2006, p. 29.

> 你即将开始阅读伊塔洛·卡尔维诺的新小说《寒冬夜行人》了。
>
> 请你先放松一下,然后再集中注意力。把一切无关的想法都从你的头脑中驱逐出去,让周围的一切变成看不见听不着的东西,不再干扰你。门最好关起来。那边老开着电视机,立即告诉他们:"不,我不要看电视!"如果他们没听见,你再大点声音:"我在看书!请不要打扰我!"也许那边噪音太大,他们没听见你的话,你再大点声音,怒吼道:"我要开始看伊塔洛·卡尔维诺的新小说了!"哦,你要是不愿意说,也可以不说;但愿他们不来干扰你。
>
> 你先要找个舒适的姿势:坐着、仰着、蜷着或者躺着;仰卧、侧卧或者俯卧;坐在小沙发上或是躺在长沙发上,坐在摇椅上,或者仰在躺椅上、睡椅上;躺在吊床上,如果你有张吊床的话;或者躺在床上,当然也可躺在被窝里;你还可以头朝下拿大顶,像练瑜伽功,当然,书也得倒过来拿着。①

在这段引文的开头,卡尔维诺描述了"你"即将开始阅读这部小说,这与现实中真实读者的阅读现状相一致,就像作者与现场的观众直接进行交流。通常读者会明确地意识到自己是在故事之外,而在这种作品中,作者有意将读者强行带入作品。在整部作品中,"你"就在真实读者与被虚构出来的受述者之间切换。

理查森通过对照,从受述者、读者和人物之间是并列的(juxtaposed)、融合的(fused)或是不稳定的(destabilized)的角度,对三种类型的第二人称叙述的性质进行了澄清:

> "标准的"第二人称叙述在第三人称视角和第一人称视角之间摇摆不定,通常每一个叙述都是倾向其中之一,当这种第二人

---

① 伊塔洛·卡尔维诺:《卡尔维诺文集:寒冬夜行人 帕洛马尔 美国讲稿》,南京:译林出版社,2001年,第7页。

称叙述反复短暂出现，似乎将读者作为话语对象。假设的第二人称文本将一个越来越具体的个人的异故事叙述与想象中未来的读者融合在一起，从而将第三人称视角与假设的"你"融合在一起，而"你"是"某个人"的虚拟等同物。自成目的的文本对实际读者有最大份额的直接称呼，并将其叠加到一个由"你"指定的虚构人物身上，该人物倾向于从外部视角被视为第三人称。这强化了第二人称叙述的一个最迷人的特点：叙述中的"你"与读者（既指建构的读者又指实际读者）交替对立和融合的方式。①

在《非自然叙述声音》一书出版时，理查森尚未有意识地倡导非自然叙述理论，因而他对三种类型的第二人称叙述的归纳与讨论，与后来他的反模仿的非自然叙述理论还没有整合在一起，也需要进一步讨论。

在笔者看来，第二人称叙述是否被认定为非自然叙述，核心问题就是叙述者主体如何能够讲述另一主体"你"的故事，由此可以从叙述者与"你"的关系来考察：如果违背了故事世界的设定，那就是非自然的。反之，就是自然的。在以下两种情况下，叙述者讲述"你"的故事毫不违和：

（1）叙述者与"你"并不处于同一故事世界之中，他具有叙述的权威，像上帝一样可以洞悉作为人物的"你"的内心。这种情况，可以视为第三人称叙述全知异故事叙述的变体，只是用第二人称"你"取代了第三人称。

（2）叙述者与"你"是同一主体，叙述者审视自身，自我分成了两部分，审视者和被审视者。叙述者记述与评判的"你"的行动与体验是自己的，只是用第二人称取代了第一人称。

当叙述者违背以上两种规定时，就成为非自然叙述。在笔者看来，由于第二人称叙述可以视为第一人称和第三人称叙述的变体，因

---

① Brian Richardson, *Unnatural Voices: Extreme Narration in Modern and Contemporary Fiction*, Columbus: The Ohio State University Press, 2006, pp. 32—33.

而第二人称叙述中的非自然叙述者也可以归到前两种非自然叙述者中,违背第一种情况即异故事的非自然叙述者,违背第二种情况就是同故事的第一人称非自然叙述者。当作者有意让与"你"并非同一主体的叙述者具有全知的能力,又是与"你"处于同一世界中的人物,且在故事世界中这一叙述者没有超能力的设定,那么就打破了模仿框架,成为非自然叙述者。

二、第一人称复数叙述中的非自然叙述者

第一人称复数叙述（"we" narrative）是将一个群体确定为主人公,讲述"我们"的故事。理查森的《非自然叙述声音》第三章用从康拉德到后殖民小说中的大量例证,讨论了第一人称复数叙述,也根据偏离现实主义诗学的程度,归纳了几种类型:（1）常规的（conventional）,叙述者描述他自己和其他人所经历的事件,这是提及他人的第一人称单数叙述,没有问题。在理查森看来,这一类型严格来说并不是真正的第一人称复数叙述。（2）标准的（standard）,是迄今为止最常见的形式,是指大部分现实主义叙述在关键点突破了似真性,特别是叙述者不符合现实主义地讲述群体的内心想法或感受、共同经历甚至每个个体行动的情况。（3）非现实主义的（nonrealistic）,在叙述中公然违反现实主义再现的参数,比如,加纳小说家阿伊·奎·阿尔马（Ayi Kwei Armah）的《两千季》（*Two Thousand Seasons*,1973）中叙述者揭示了跨越几个世纪、跨越各大洲的情感。（4）反模仿的,完全避开现实主义,实验性地构建可以存在于"我们"中的多种话语的功能,比如,法国新小说派作家娜塔丽·萨略特（Nathalie Sarraute）的《你不爱你自己》（*Tu ne t'aimes pas*,1989）中"我们"叙述有不稳定性,不断变化,在其中,多重主体性和多重声音被结合到一个自我之中。①

从理查森对第一人称复数叙述的分类中,可以看出这一叙述形式

---

① Brian Richardson, *Unnatural Voices: Extreme Narration in Modern and Contemporary Fiction*, Columbus: The Ohio State University Press, 2006, pp.59—60.

的特性：除了第一种类型，其他几种都跨越了第一人称叙述和第三人称叙述之间的界限。如果叙述者是故事世界中的一个人物，他就不能进入其他人的内心或者讲述他没看到的情形。如果他能够洞悉一切，那他就应该是在故事之外的全知叙述者，而不是在故事之内的人物。因此，这种叙述者同时具有同故事叙述者与异故事叙述者的特点，但按照通常的模仿框架这两者并不能兼容。而后面两种第一人称复数叙述距离模仿框架更远，属于更为典型的非自然叙述。

除了非自然叙述学家对第一人称复数叙述的讨论，还有认知叙述学家对之进行了讨论。对于他们而言，第一人称复数叙述大多涉及对集体经验的再现。有些从认知叙述学家艾伦·帕默尔所说的群体意识（social mind）切入，比如弗卢德尼克将经验性视为叙述性的本质，因此，她对第一人称复数叙述的讨论也集中在对集体经验的再现上，并强调这种叙述策略对于意识形态功能的呈现。[①]

三、第三人称复数叙述：自然叙述者还是非自然叙述者

第三人称复数叙述（"they" narrative）和第一人称复数叙述相似的是，也将一个群体确定为主人公，讲述"他们"的故事。和后者不同的是，第三人称复数叙述的叙述者与所讲述对象的关系有所不同。所讲述对象成为一种他者，不管叙述者对所讲述的"他们"持怎样的态度，或同情，或排斥，都在讲故事的叙述者"我"与被讲述的"他们"之间构成了明显的区隔。因而，与第一人称复数叙述相比，第三人称复数叙述更显得疏离。但就叙述规范而言，叙述者往往会处于故事之外，因而并不违反叙述规约。从这个意义上说，第三人称复数叙述并不算非自然叙述。

---

① 有些学者也从个人作为集体的一员对集体创伤记忆进行书写的角度，对采用第一人称复数叙述的大屠杀见证文学做了分析，如陶东风称："莱维个人的创伤记忆书写就不只具有自传性质，而应视为一种对人类体验的书写。莱维在书中坚持使用复数形式的第一人称'我们'进行叙事。这种人称一方面是群体受难者通过莱维的写作发出声音的一种方式；另一方面，通过这种语法也使读者积极地投入到对事件的记忆和复述中去。这种复数人称被视为一种集体声音和共享体验，它力求获得读者的同情并且打动其良知。"见陶东风：《"文艺与记忆"研究范式及其批评实践——以三个关键词为核心的考察》，《文艺研究》2011年第6期，第13—24页。

下 编

第四节　非自然叙述者的组合形态：不兼容

在笔者看来，非自然叙述中的叙述者问题不仅仅体现在某些特别的叙述者类型中，更体现在特别的组合状态所呈现出的不兼容状态中。这一点似乎学界尚未给予充分重视。①

在出现多个叙述者的模仿性叙述中，各叙述者往往身份明确，叙述者的切换也界限分明。比如，福克纳名作《喧哗与骚动》前三章分别以白痴班吉、自杀前的昆丁、自私而又满腹怨气的杰生为第一人称叙述者，第四章是全知叙述，最后的附录则是将康普生家族各个成员的经历又介绍了一遍。立场不同、风格各异的多种叙述相互补充，最终拼合出完整的故事。有些作品中出现几种叙述相互冲突、矛盾的情况，但因为叙述者身份明确，每种叙述自成一体，读者即便对故事真相无法确定而心存疑惑，也只会对其中叙述者的可靠性产生怀疑，但不会对故事世界的确定性产生动摇。比如芥川龙之介的短篇小说《竹林中》，七个部分分别由樵夫、云游僧、捕役、老妪、强盗多襄丸、妻子、丈夫等七位人物叙述者讲述一桩凶案，他们各执一词，相互矛盾，直到小说结束，真相仍扑朔迷离。但因每个叙述者身份确定，读者会在几种叙述的对照中，对其中歪曲事实、隐瞒真相者有所猜测。但对有些叙述来说，是叙述者的组合方式违背了因果性，打破了模仿框架，构成了非自然叙述。罗伯—格里耶中后期小说中叙述者的情况就是典型的例子。

罗伯—格里耶中后期小说中，叙述自由穿行于各种人称、视角与层次之间，对种种叙述的约定与规则毫无顾忌，是灵活的第一人称叙述与多变的第三人称叙述的奇妙组合。如果我们对小说文本仔细切分，可以将小说划分为多个人物的第一人称叙述与多个聚焦人物的第

---

① 理查森指出康拉德小说《"水仙号"的黑水手》将第三人称复数叙述与第一人称复数叙述交替使用，突破了现实主义的限制，是提到组合状态的少有的例子。

三人称叙述以及全知性第三人称叙述，小说叙述有意地保持同样的叙述语调，这使得聚焦于不同人物视角的第一人称及第三人称叙述的组合可以不着痕迹地切换，而不同的叙述之间又不能兼容，这些存在冲突的叙述不能整合为统一的故事，因而统一的因果性无法确立，打破了模仿框架，营造出奇妙的不确定效果。比如《金三角的回忆》（*Souvenirs du triangle d'or*，1978）中就是第一人称和第三人称叙述无规律地交替出现，其中的转换界限并不清晰，并且彼此冲突，难以整合。比如，第二节为第一人称叙述，并没有明确交代"我"的身份，只在叙述中透露出置身海滩、拄着拐棍、伪装有胡子的脸、在折叠式铁椅上坐下，看着浪花、海鸟、年轻的乞讨女等信息。没有讲具体事件，但字里行间暗示着某个对乞讨女实施绑架的犯罪事件，这个"我"被两位便衣抓住。这一节结尾的一句话为"因此要比起初预想的提前重新开始讲故事"[①]。第三节仍是第一人称开始，但无法确定是接续上一节的故事，还是"重新讲述的故事"。下一页"故事的开始就像一则童话"（第389页）一句之后，开始讲述弗朗克·V. 弗朗西斯警官的故事，像是全知叙述，可以直接呈现他心里所想（比如第390页中他的疑问），我们不确定这是不是上一节的第一人称叙述者讲别人的故事，此时又有一个"我"出现，"冒着戳穿巧妙隐藏到现在的真实身份的危险"，"我跑回家"（第394页），"我给办公室打电话，接电话的是莫尔冈"说明这个"我"不是莫尔冈，随后"弗朗克·V. 弗朗西斯突然感到体内一阵空虚，头一阵发热，两膝发软：他猛地意识到前些日子他犯了一个无法弥补的错误，至少是在对这个错误行动的叙述上"（第395页）。从叙述上来看，这个"我"又像就是弗朗克·V. 弗朗西斯，他也在叙述。而后面的小说中，这种叙述者的切换又频频出现，文中出现了"叙述者弗朗克·V. 弗朗西斯"（第432页）和"叙述者"（第436、440、443、503、504、505、508、509页）的提法，出现"跨层"的违规[②]，而这些"叙述者"所指又

[①] 罗伯—格里耶：《金三角的回忆》，张容译，载陈侗、杨令飞编：《罗伯—格里耶作品选集》（第二卷），长沙：湖南美术出版社，1998年，第388页。以下该作品引文页码均出自本书。

[②] 参见本书第七章"跨层与非自然叙述"。

不是同一人，更产生混乱。小说中仅有的两处明确交代"我"的身份的是以第三人称描述卡特琳娜太太的经历，写到她的心理，转而以第一人称继续下去，并承认自己的身份信息（第 462 页），又讲述道"我是 G. 勋爵新娶的妻子"（第 467 页）。这位女性叙述者"我"的讲述，可以印证前面第二节叙述中的"我"似乎是莫尔冈医生。但之后小说慢慢又聚焦于姑娘昂热丽克的叙述，不仅出现了昂热丽克的心理活动，还出现了"卡特琳娜太太"的称谓，叙述又切换成了第三人称全知叙述了。更令人产生混乱感的是，被关押在牢房之中的叙述者"我"几次出现，但是否为同一人也并不能确定，有些信息相似（如秃头），但有些是冲突的。小说中还出现形象模糊的审讯者，似乎整段叙述是嫌疑人被迫的交代。由此可见，在《金三角的回忆》中，出自不同叙述者的多种叙述组合在一起，性质各异、相互冲突，无法整合在一起，从而使得叙述因果性支离破碎，故事世界无法确立，产生了极为强烈的非自然叙述效果。

  总之，在笔者看来，可以先将叙述者区分为确定的叙述者与不确定的叙述者，后者是非自然的。而在确定的叙述者中，可再依据对自然叙述者规定性的挑战分为非自然的同故事叙述者、非自然的异故事叙述者。与通常第一人称叙述者不同的第二人称叙述、第一人称复数叙述、第三人称复数叙述中的叙述者是否属于非自然的，需要仔细辨析。另外，局部的自然叙述者如果以不兼容的方式组合在一起，也会构成非自然的叙述者效果。

第七章 跨层与非自然叙述

非自然叙述违背叙述因果性，偏离模仿规约，打破沉浸幻象，其中一种典型的现象就是跨层（metalepsis，又译作叙述转喻、转叙）。这一术语本是修辞学概念，由法国叙述学家热奈特引入叙述学，成为指称打破叙述层次界限的重要概念，后经过其本人及多位学者探讨，该概念的所指有所拓展，变得较为复杂，且引发了颇多争议。本章拟对这一概念进行梳理，并尝试提出一种更有包容性的定义，且结合非自然叙述实践以及理论框架，探讨非自然叙述跨层的各种可能。

第一节 "跨层"面面观

"Metalepsis"本是西方古典修辞学术语，在1972年出版的《辞格三集》（*Figures Ⅲ*）中，热奈特用这一术语指称超越叙述层次的现象：

> 从一个叙述层到另一个叙述层的过渡原则上只能由叙述来承担，叙述正是通过话语使人在一个情境中了解另一个情境的行为。任何别的过渡形式，即使有可能存在，至少也总是违反常规的。……故事外的叙述者或受述者任何擅入故事领域的行动（故事人物任何擅入元故事领域的行动），或……相反的情况，都会

产生滑稽可笑……或荒诞不经的奇特效果。①

我们把叙述转喻这个术语推而广之,用它指上述一切违规现象。

在热奈特这里,"跨层"是指从一个叙述层到另一个叙述层的违规现象,即在某叙述层次之外的叙述者、受述者或人物进入被叙述的故事世界,或者故事世界中人物进入叙述者所在的叙述世界。前者如劳伦斯·斯泰恩(Laurence Sterne)的《项狄传》(*Tristram Shandy*)中,叙述者要读者帮其中的人物项狄先生重新上床。后者如胡利奥·科塔萨尔(Julio Cortázar)的《公园续幕》(*Continuidad de los parques*,1964)②,主人公正在阅读的小说中的人物来到现实中杀害正在阅读小说的他,与正在阅读的小说里的情节别无二致。这两种情况都打破了通常的观念,即不同层级的叙述层次是自成一体、相对独立的。通常某一叙述层次为下一叙述层次提供叙述者③,不同的叙述层次之间的过渡只能通过叙述者的话语来实现。在正在讲述故事的世界和被讲述的故事的世界之间有一条边界,对这一边界的违背即属于"跨层",包括从上往下的跨层以及反向的从下往上的跨层,其结果则是滑稽可笑或荒诞不经。热奈特还引用了博尔赫斯的话,指出跨层现象会令人们感到不安和困扰,是因为它会提醒我们,故事外的叙述者和受述者,也有可能处在被叙述的世界中,从而令人对自身

---

① 热拉尔·热奈特:《叙事话语 新叙事话语》,王文融译,北京:中国社会科学出版社,1990年,第163—164页。
② 中译本见科塔萨尔:《游戏的终结》,莫娅妮译,北京:人民文学出版社,2012年,第3—4页。
③ 热奈特给叙述层次的区别所下的定义是:"叙事讲述的任何事件都处于一个故事层,下面紧接着产生该叙事的叙述行为所处的故事层。"(见热拉尔·热奈特:《叙事话语 新叙事话语》,王文融译,北京:中国社会科学出版社,1990年,第158页)热奈特是强调第二叙述以第一叙述为基础,因而将第一叙述置于第二叙述之下(见热拉尔·热奈特:《叙事话语 新叙事话语》,王文融译,北京:中国社会科学出版社,1990年,第244页)。另外,热奈特还将"元故事"定义为"叙述中的叙述",是第二叙述,这种用法"正好与逻辑学和语言学的范例相反"(热拉尔·热奈特:《叙事话语 新叙事话语》,王文融译,北京:中国社会科学出版社,1990年,第158页,注1),所引段落中"故事人物任何擅入元故事领域的行动"中的"元故事领域"即叙述中的第二叙述。为了不产生混淆,本书不采用热奈特的"元故事"概念,而代之以"次叙述",即由上往下依次为"超叙述层""主叙述层""次叙述层"。

存在产生怀疑。①

在 1972 年的《叙述话语》中，热奈特将"跨层"和他的预叙（prolepsis）、倒叙（analepsis）、集叙（syllepsis）和赘叙（paralepsis）等术语结合起来，构成一个体系，尽管他也提到皮兰·德娄戏剧《六个寻找作者的剧中人》中的跨层，但主要还是集中在文学叙述。2004 年热奈特出版《转喻：从修辞格到虚构》一书，深化并拓展了对这一概念的讨论。这本专著是他在 2002 年 11 月 29—30 日于巴黎召开的"'今日跨层'国际叙述学研讨会"上所作大会发言的扩充，其中的讨论从文字媒介叙述中的跨层扩展到绘画、摄影、戏剧、电影、电视等叙述形式中的跨层，所涵盖的现象也更为庞杂，与原初界定有了较大出入。比如，作品中一位小说家乘车时对其他乘客主观意识的想象，也被视为"跨层"②，对话、报道或者批评论著中所涉及的作品中的故事属于"被评述的世界"，而不是"被讲述的世界"，这种情况不是过失，但也具有"跨层"的性质③，人们在电视、报纸上看到自己所熟悉的人物，也会有"跨层"的感受④。他还提到演员多次出演某个角色会让观众将演员与其饰演的角色混同起来，以至于影响演员的职业选择，尽管他说"不太敢冒昧用具有十分明显的转叙基因特征的修饰语来称谓它"⑤，甚至他还提出了一个"反跨层"

---

① 见热拉尔·热奈特：《叙事话语 新叙事话语》，王文融译，北京：中国社会科学出版社，1990 年，第 165 页。热奈特引述的博尔赫斯这段话的全文是："图中之图和《一千零一夜》书中的一千零一夜为什么使我们感到不安？堂吉诃德成为《堂吉诃德》的读者，哈姆雷特成为《哈姆雷特》的观众，为什么使我们感到不安？我认为我已经找到了答案：如果虚构作品中的人物能成为读者或观众，反过来说，作为读者或观众的我们就有可能成为虚构的人物。"见豪·路·博尔赫斯：《吉诃德的部分魔术》，《博尔赫斯全集·散文卷上》，王永年、徐鹤林等译，杭州：浙江文艺出版社，1999 年，第 380 页。2004 年热奈特《转喻》的结尾部分还完整地引用了这段话，见热拉尔·热奈特：《转喻：从修辞格到虚构》，吴康茹译，桂林：漓江出版社，2013 年，第 160—161 页。

② 热拉尔·热奈特：《转喻：从修辞格到虚构》，吴康茹译，桂林：漓江出版社，2013 年，第 35 页。

③ 热拉尔·热奈特：《转喻：从修辞格到虚构》，吴康茹译，桂林：漓江出版社，2013 年，第 54—55 页。

④ 热拉尔·热奈特：《转喻：从修辞格到虚构》，吴康茹译，桂林：漓江出版社，2013 年，第 74 页。

⑤ 热拉尔·热奈特：《转喻：从修辞格到虚构》，吴康茹译，桂林：漓江出版社，2013 年，第 146 页。

(antimetalepsis)的概念，来指作者来到现实世界中的跨层现象①，而在最初的界定中，本来就包括自上而下和自下而上两个方向的越界。为了区分修辞格意义上的跨层，热奈特还提出"作者跨层""叙述跨层""读者跨层"②等概念。在笔者看来，热奈特的这些讨论反而把跨层变得更为烦琐与费解了。

自1972年热奈特将转喻这一修辞格引入叙述学领域，这一概念就被广泛应用于讨论各种文类和媒介叙述，除了小说、戏剧、影视，讨论对象还有流行歌词、漫画、数字小说、电子游戏等。③ 对于这一概念的理论探讨也有很多，不仅散见于各种期刊论文，还有集中探讨跨层的专著和论文集。

美国学者布莱恩·麦克黑尔在1987年的《后现代小说》中，沿用了热奈特的"跨层"概念，并认为它就是侯世达（Douglas Hofstadter）讨论的"怪圈"（Strange Loops）或"缠结层级"（Tangled Hierarchies）。他讨论了罗伯-格里耶的《一座幽灵城市的拓扑结构》（*Topologie D'une Cité Fantome*，1976）、克洛德·西蒙（Claude Simon）的《三折画》（*Tryptique*，1973）等后现代小说，认为这些例子的共性是"突出了递归嵌入的本体维度的跨层"④。麦克黑尔对热奈特的"跨层"概念并没有提出任何疑义，也提及了热奈特所引述的科塔萨尔《公园续幕》的例子。

威廉·内勒斯（William Nelles）区分了"无标记跨层"（unmarked metalepsis）和"有明显标记的跨层"（distinctly marked metalepsis）。前者是指出现在话语层面的跨层，并没有叙述者或人物进入其他层次，只是"暂时共享层次"⑤；后者是指出现在故事层面

---

① 热拉尔·热奈特：《转喻：从修辞格到虚构》，吴康茹译，桂林：漓江出版社，2013年，第26页。

② 热拉尔·热奈特：《转喻：从修辞格到虚构》，吴康茹译，桂林：漓江出版社，2013年，第119页。

③ 参见 Julian Hanebeck, *Understanding Metalepsis: The Hermeneutics of Narrative Transgression*, Berlin, Boston: De Gruyter, 2017, p. 7.

④ Brian McHale, *Postmodernist fiction*, New York: Methuen, 1987, p. 120.

⑤ William Nelles, *Frameworks: Narrative Levels and Embedded Narratives*, New York: Peter Lang, 1997, pp. 154.

的跨层，并将后者再分为"向内跨层"（intrametalepsis，从嵌入层向被嵌入层的跨越，即从高叙述层向低叙述层的跨越）和"向外跨层"（extrametalepsis，从被嵌入层向嵌入层的跨越，即从低叙述层向高叙述层的跨越），每一种类型都包含着时间平面上的倒叙和预叙形式。① 显然，"有明显标记的跨层"就是热奈特最初所指的跨层，"无标记跨层"是内勒斯增加的一种不明显的跨层类型。

与内勒斯相似，玛丽－劳尔·瑞安也将"跨层"分为两大类，分别是修辞性跨层（rhetorical metalepsis）和本体性跨层（ontological metalepsis）②：

> 修辞性跨层打开了一个小窗口，可以对各层次快速一瞥，但几个句子之后窗口关闭，这种操作以再次确认边界的存在而告终。这种暂时的幻觉破裂不会威胁到叙事宇宙的基本结构。在修辞性跨层中，作者可能会谈论（speak *about*）她的角色，将他们呈现为她想象的造物，而不是作为自主的人类，但她不会面对他们说话（speak *to* them），因为他们属于另一个层次的现实。③

> 修辞性跨层保持堆栈层次的彼此不同，本体性跨层则在层次之间打开了一条通道，导致它们相互渗透或相互污染。显然，这些层次必须被我称为本体类型的边界分开：两个截然不同的世界

---

① William Nelles, *Frameworks: Narrative Levels and Embedded Narratives*, New York: Peter Lang, 1997, pp.152—157.

② 瑞安对跨层的二分法，最早出自 2002 年参加"'今日跨层'国际叙述学研讨会"时宣读的论文《跨层的文化逻辑，或：所有形式的跨层》（*Logique culturelle de la métalepse, ou: La métalepse dans tous ses états*），后收录于 2005 年出版的该次会议论文集。约翰·皮尔（John Pier）在为《活的叙述学手册》撰写的最新修订版《跨层》一文中，认为瑞安将热奈特作为修辞性跨层的代表，将布莱恩·麦克黑尔作为本体性跨层的代表，似乎有些问题。如上所述，麦克黑尔尽管强调了本体性跨层，但他与热奈特的观点并无不同。见 Pier, John: "Metalepsis (revised version; uploaded 13 July 2016)", in Hühn, Peter et al (eds). *The Living Handbook of Narratology*. Hamburg: Hamburg University. URL = http://www.lhn.uni-hamburg.de/article/metalepsis-revised-version-uploaded-13-july-2016[view date: 12 Feb 2022].

③ Marie-Laure Ryan, "Metaleptic machines", *Semiotica*, Vol.2004, No.150, 2004, pp.441—442.

之间的转换,例如"真实"和"想象",或"正常"(或清醒)心理活动的世界与来自幻觉的梦想世界。①

由此可见,瑞安的修辞性跨层是指局部的、暂时的,仅仅提及其他层次的行为,并没有打破叙述层次之间的界限,并且会迅速回归到正常状态,而"本体性跨层"中不同叙述层次的界限被打破。瑞安借助计算机程序术语堆栈(stack)来说明叙述层次,以此来解释"修辞性跨层"与"本体性跨层",二者相比,存在程度上和性质上的差异:

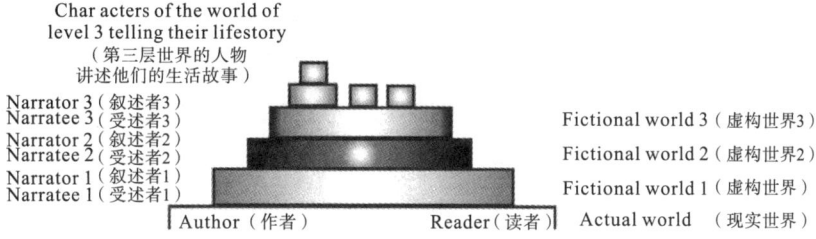

图 7-1 瑞安的叙述堆栈示意图②

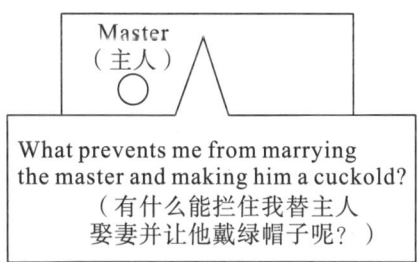

图 7-2 瑞安的修辞性跨层示意图③

---

① Marie-Laure Ryan, "Metaleptic machines", *Semiotica*, Vol. 2004, No. 150, 2004, p. 442.
② Marie-Laure Ryan, "Metaleptic machines", *Semiotica*, Vol. 2004, No. 150, 2004, p. 440.
③ Marie-Laure Ryan, "Metaleptic machines", *Semiotica*, Vol. 2004, No. 150, 2004, p. 441. 图中句子出自狄德罗《定命论者雅克和他的主人》,热奈特曾引用作为例子,瑞安在此沿用。

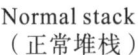

Normal stack　　　　　Stack after metaleptic contamination
（正常堆栈）　　　　　（跨层混合后的堆栈）

图 7-3　瑞安的本体性跨层示意图[①]

在图 7-1 中，瑞安将叙述层次与堆栈对应起来，可以看到在通常的情况下实际读者与不同层级的叙述者和受述者分列不同层级，泾渭分明。在图 7-2 中，是某个叙述层的叙述者提及另一叙述层的人物，但只是向另一叙述层探出了一个角。在图 7-3 中，则是两个叙述世界混在了一起。如果仔细分辨，瑞安的二分法与内勒斯的二分法较为相似，但她修辞性跨层和本体性跨层的提法比内勒斯更明确地揭示了两类跨层的差别，产生了更为深远的影响，后来很多讨论都是在此基础之上进行补充或修正。瑞安也讨论了侯世达的"怪圈"，指出跨层不仅出现在艺术中，也会出现在逻辑、数学、语言和科学中，会引起更加令人不安的后果。

莫妮卡·弗卢德尼克在总结了热奈特五种跨层类型之后，整合了瑞安的看法，将"跨层"概括为四种类型：（1）作者跨层（authorial metalepsis），是指破坏模仿幻觉、突出故事是被创作出来的元小说策略，比如《定命论者雅克和他的主人》中，作者声称自己掌握了人物的命运；（2）叙述者跨层（narratorial metalepsis）或本体性跨层类型之一，即叙述者和受述者从外故事叙述层到内故事叙述层；（3）阅读者跨层（lectorial metalepsis）或本体性跨层类型之二，即受述者或主人公互换，故事层面的人物或受述者从被嵌入层到嵌入层的跨越，在第二人称叙述中尤其多见，比如爱尔兰作家弗兰·奥布莱恩小说《双鸟渡》中人物向叙述者说话，与之争辩；（4）修辞或话语性跨层（rhetorical or discourse metalepsis），讲述时间与被讲述时间齐头

[①] Marie-Laure Ryan, "Metaleptic machines", *Semiotica*, Vol. 2004, No. 150, 2004, p. 442.

并进，比如热奈特所举巴尔扎克《幻灭》中的例子："正当可敬的教士攀登昂古莱姆的石扶梯时，有必要解释……"似乎故事层面停顿的时间必须在叙述层面予以填满的情况。① 这也是较有代表性的观点。

倡导跨媒介叙述学研究的奥地利学者沃尔纳·沃尔夫（Werner Wolf）给跨层下了一个新定义："对于在可能世界的再现中存在或被提及的层次或者（本体性）逻辑上相区别的（子）世界而言，通常是有意的悖论性跨越或混淆。"② 这一定义的基础是他归纳的跨层的四个特征：（1）跨层出现在虚构作品中，在戏剧中与再现的瑞安意义上的可能世界的表演相关，与叙述性没有本质联系；（2）存在的或被提及的、可辨别的这些层次和（子）世界在本体上可以相区别；（3）在这些（子）世界之间确实发生跨越或混淆；（4）这种跨层会产生悖论式的效果。沃尔夫更强调本体性跨层，并着重探讨戏剧、电影、漫画和绘画等文学叙述之外的跨层。他还讨论了跨层与沉浸感及美学幻觉（aesthetic illusion）的关系，就其本质上的非自然性而言，跨层通常与审美幻觉不相容，会打破沉浸感，但并不是在所有情况下两者都必然不相容。③ 杰夫·托斯（Jeff Thoss）在沃尔夫的基础上，借鉴了可能

---

① 见 Monika Fludernik, "Scene Shift, Metalepsis, and the Metaleptic Mode", *Style*, Vol. 37, No. 4, 2003, pp. 382-400. 原论文中列举类型时的介绍较为简单，为便于理解，笔者引用时做了解释和举例说明。另外，对于第三种"阅读者跨层"，弗卢德尼克语焉不详，约翰·皮尔（John Pier）对这一类型的解释为："受述者在故事层面上的暗示或人物从被嵌入层到嵌入层的经过（也发生在第二人称叙述中）"，但他以科塔萨尔作品中小说读者几乎被小说中的人物杀死为例，似乎也并不贴切。见 John Pier："Metalepsis (revised version; uploaded 13 July 2016)", in Hühn, Peter et al. (eds). *The Living Handbook of Narratology*. Hamburg: Hamburg University. URL = http://www.lhn.uni-hamburg.de/article/metalepsis-revised-version-uploaded-13-july-2016 [view date: 12 Feb 2022].

② 原文为："a usually intentional paradoxical transgression of, or confusion between, (onto)-logically distinct (sub) worlds and/or levels that exist, or are referred to, within representations of possible worlds." 见 Werner Wolf, "Metalepsis as a Transgeneric and Transmedial Phenomenon. A Case Study of the Possibilities of 'Exporting' Narratological Concepts", in Jan Christoph Meister & Tom Kindt & Wilhelm Schernus (eds). *Narratology Beyond Literary Criticism: Mediality, Disciplinarity*, Berlin, New York: Walter De Gruyter, 2005, pp. 83-107, p. 91.

③ Werner Wolf, "'Unnatural' Metalepsis and Immersion: Necessarily Incompatible?", in Henrik Skov Nielsen, Jan Alber & Brian Richardson (eds). *A Poetics of Unnatural Narrative*, Columbus: The Ohio State University Press, 2013, pp. 113-141.

世界理论、认知叙述学和跨媒介理论，将跨层界定为"对区隔故事世界内外界线的悖论式越界"①并区分了三种类型：(1) 在一个故事世界和另一个（想象的）世界之间的跨越；(2) 在故事世界和现实之间假装（feigned）的跨越；(3) 在故事和话语之间的跨越。② 沃尔纳·沃尔夫还从跨文类与跨媒介的角度对跨层的效果与功能进行了梳理，他列举了游戏效果（the ludic effect）、煽情功能（the sensational function）、喜剧价值化（the comic valorization）、增强"产品"吸引力的效果（the effect of enhancing the attractiveness of the "product"）、对作者和/或想象力的（隐性）赞美［the (covert) celebration of the author and/or imagination］、作为虚构性（发明意义上的）标志［as a marker of fictionality (in the sense of invention)］、反幻觉效果和元虚构或元审美效果（the meta-fictional or meta-aesthetic effect）等。③

爱丽丝·贝尔与扬·阿尔贝将跨层与非自然叙述理论结合起来，他们认为在瑞安的修辞性跨层和弗卢德尼克的作者跨层中，并没有发生真正对界限的超越，因而只是比喻性的，而本体性跨层中才涉及对边界的破坏性超越，这在物理上或逻辑上不可能实现，因此是严格意义上非自然的。④ 他们除了"向上跨层"（ascending metalepsis）和"向下跨层"（descending metalepsis）两种垂直方向的跨层之外，还讨论了一种"水平跨层"（horizontal metalepsis），即一个虚构文本中的人物进入另一个虚构文本中，在他们看来，这种情况也像前两种情况一样，

---

① Jeff Thoss, *When Storyworlds Collide: Metalepsis in Popular Fiction, Film and Comics*, Leiden/Boston: Brill Rodopi, 2015, p. 4.

② Jeff Thoss, "Unnatural Narrative and Metalepsis: Grant Morrison's Animal Man", in Jan Alber & Rüdiger Heinze (eds). *Unnatural Narratives-Unnatural Narratology*, Berlin, Germany: Walter De Gruyter, Inc., 2011, p. 190.

③ Werner Wolf, "Metalepsis as a Transgeneric and Transmedial Phenomenon. A Case Study of the Possibilities of 'Exporting' Narratological Concepts", in Jan Christoph Meister, Tom Kindt & Wilhelm Schernus (eds). *Narratology Beyond Literary Criticism: Mediality, Disciplinarity*, Berlin, New York: Walter De Gruyter, 2005, pp. 83-107, pp. 101-104.

④ Alice Bell & Jan Alber, "Ontological Metalepsis and Unnatural Narratology", in *Journal of Narrative Theory*, Vol. 42, No. 2, 2012, p. 167.

涉及在本体上不同性质领域的跨越，突破了不同故事世界的边界。① 因而，他们认为跨层所跨的层次不应指"叙述层次"，而应该是不同的故事世界。他们认为，在印刷文本和数字文本中的本体性跨层，存在五种主题方面的用途：(1) 跨层作为逃避的形式；(2) 跨层作为控制权的练习；(3) 跨层作为突出虚构的力量和潜在的危险；(4) 跨层作为相互理解；(5) 跨层作为对创造者的挑战——失去对被创造物的控制。②

索尼娅·克利梅克（Sonja Klimek）更明确地区分了跨层的简单和复杂类型，讨论了其效果与功能。她采取了更为严格的定义，将跨层限定在文本内，在她看来，像《法国中尉的女人》这种小说人物提及作者本人的情况，并不属于跨层，因为这并不涉及叙述层次的跨越。她在热奈特模式的基础上进行了细化，并绘制了一个示意图：

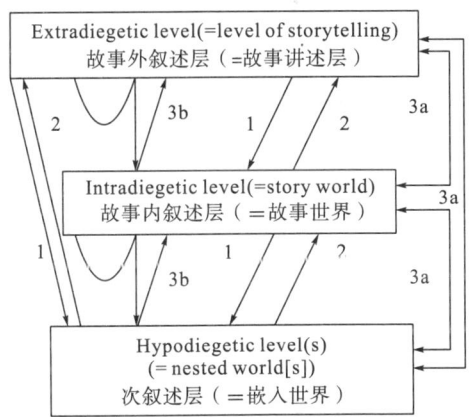

图7-4 克利梅克的"叙述文本中所有可能形式的跨层图表"③

---

① 弗兰克·瓦格纳（Frank Wagner）讨论过近似情况，理查德·圣-格莱斯（Richard Saint-Gelais）以及下文提到的哈内贝克、克利梅克等学者认为这并非跨层，而只是"跨虚构性"（transfictionality）或互文性现象。法国学者弗朗索瓦丝·拉沃卡（Françoise Lavocat）也就相关现象提出"跨虚构性跨层"（transfictional metalepsis）和"自我指涉的作者跨层"（self-referential author metalepsis）等概念。参见 John Pier: "Metalepsis (revised version; uploaded 13 July 2016)", in Hühn, Peter et al. (eds). *The Living Handbook of Narratology*. Hamburg: Hamburg University. URL = http://www.lhn.uni-hamburg.de/article/metalepsis-revised-version-uploaded-13-july-2016[view date: 12 Feb 2022].

② Alice Bell & Jan Alber, "Ontological Metalepsis and Unnatural Narratology", in *Journal of Narrative Theory*, Vol. 42, No. 2, 2012, p. 176.

③ Sonja Klimek, "Metalepsis in Fantasy Fiction", in Karin Kukkonen & Sonja Klimek (eds). *Metalepsis in Popular Culture*, Berlin, Boston: De Gruyter, 2011, p. 35.

从图 7-4 中可以看到，克利梅克的跨层就是文本中的三个叙述层次之间的跨越，外故事层、内故事层和次叙述层分别对应"故事讲述层""故事世界"和"嵌入世界"，从高叙述层向低叙述层的跨越是"向下跨层"（类别 1），相反方向的跨越是"向上跨层"（类别 2）。除了上述两种简单形式的跨层，克利梅克还提及两种复杂形式的跨层："莫比乌斯带"（Möbius strip）式跨层（类别 3 a）和"缠结的分层结构"（tangled heterarchy）式跨层（类别 3b）。"莫比乌斯带"由德国数学家莫比乌斯（August Ferdinand Möbius）和约翰·李斯丁（Johann Benedict Listing）于 1858 年独立发现。如图 7-5 所示，把一条纸带的一段扭 180 度，再和另一端粘起来，就得到一条莫比乌斯带。莫比乌斯带只有一个面，一只蚂蚁如果沿着莫比乌斯带表面一直爬下去，可以爬遍整个曲面而不必跨过它的边缘，且一直循环，没有尽头。克利梅克沿用了沃尔夫对"莫比乌斯带式"跨层的讨论，即认为它是以一种循环的方式将向上和向下跨层结合在一起，从而建立了"叙述层次的准逻辑循环层级"（a quasi-logical circle-hierarchy of narrative levels）[1]。"缠结的分层结构"式跨层指"单一的叙事层次同时成为更高再现层次的结果和再现这个更高层次的原因"[2]。这两种复杂跨层都会使叙述层次崩塌，产生强烈的悖论效果，打破美学幻觉，也混淆现实与虚构之间的界限，令读者对自身是否真实存在产生怀疑。当代幻想小说的跨层则将这种哲学上怀疑主义的观念和对情节进行戏弄引起的兴奋结合起来。[3]

---

[1] Sonja Klimek, "Metalepsis in Fantasy Fiction", in Karin Kukkonen & Sonja Klimek (eds). *Metalepsis in Popular Culture*, Berlin, Boston: De Gruyter, 2011, p. 33.

[2] Sonja Klimek, "Metalepsis in Fantasy Fiction", in Karin Kukkonen & Sonja Klimek (eds). *Metalepsis in Popular Culture*, Berlin, Boston: De Gruyter, 2011, p. 34.

[3] Sonja Klimek, "Metalepsis in Fantasy Fiction", in Karin Kukkonen & Sonja Klimek (eds). *Metalepsis in Popular Culture*, Berlin, Boston: De Gruyter, 2011, p. 37.

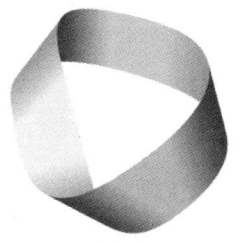

图 7-5 莫比乌斯带

法国学者弗朗索瓦丝·拉沃卡（Françoise Lavocat）在 2016 年出版的《事实与虚构：论边界》（*Fait et fiction. Pour une frontière*）中用了一章来讨论跨层的种种形态，她从"字面性"（littéralité）角度区分了三级跨层：第一级通过陈述行动或替代陈述的举动实现跨越；第二级再现作者或读者/观众，但他们并没有生活于人物所在的故事世界，而人物对自身属性有所意识，但并未与作家或读者/观众相遇；第三级，作者、读者/观众与人物生活于同一世界，并知道自己的身份。人物知道自身是被虚构的，并且向作者要求自身的权利。前两种并不是严格意义上的跨层①。她认为应该区分两种类型的跨层，"一类涉及现实与虚构的边界，另一类再现了对某个虚构边界的跨越"②。但她并未给出"跨层"的明确界定，其讨论甚至有些混乱。她的论述重心在于强调"边界"的存在，其结论是："如果说边界确实存在，那么它是无法被跨越的，对它的跨越只能是一种拟象；如果边界是虚构的，那么对它的跨越从其定义来说也是虚构的。真正的跨层并不存在。"③ "跨层并不存在，假使存在，那么它

---

① 见弗朗索瓦丝·拉沃卡：《事实与虚构：论边界》，曹丹红译，上海：华东师范大学出版社，2024 年，第 505—513 页。该中译本将"metalepsis"译为"转叙"，为行文统一，便于读者理解，本书在引用时将"转叙"替换成"跨层"。
② 弗朗索瓦丝·拉沃卡：《事实与虚构：论边界》，曹丹红译，上海：华东师范大学出版社，2024 年，第 515 页。
③ 弗朗索瓦丝·拉沃卡：《事实与虚构：论边界》，曹丹红译，上海：华东师范大学出版社，2024 年，第 515 页。

恰恰是作为虚构而存在的。"① 那么"跨层"到底存不存在？"真正的跨层""严格意义上的跨层"到底指什么？如果跨层并不真正存在，为何她这一章还要用这一术语来讨论各种并不真正存在的跨层？这很是令人困惑。

近年来对跨层最集中进行讨论的学者应属朱利安·哈内贝克（Julian Hanebeck）。他于2017年出版了专著《理解跨层：叙述越界的阐释学》（*Understanding Metalepsis: The Hermeneutics of Narrative Transgression*）。哈内贝克认为，迄今为止对跨层的叙述学定义都是有问题的，因为它们只能提供跨层动态的抽象和静态模型（起点），而跨层的潜力需要读者或观众来实现。问题在于对跨层的结构关系的简单定义与理解跨层的复杂解释事件之间的张力。因此，他基于叙述交流的维度，将跨层与阐释关联起来。他认为，跨层所要跨越的不仅仅是热奈特意义上的叙述层次之间的界限，还在于"所指域"（domain of the signified）与"能指域"（domain of the signifier）之间的界限。前者是指故事世界，后者是指产生和接收符号组合的世界。他提出了这样的定义：

> 当（叙述）再现的接受者觉得（叙述）再现的行为逻辑被违反或否定，以至于能指域和所指域之间的"自然"空间、时间和层次关系不再适用时，跨层就会发生。②

这一定义与此前定义相比，有几个方面的不同：（1）它没有将跨层限定在文本自身，而是强调了"接受者觉得"这一语用接受环节，从而为解释不同背景及文化语境中的跨层提供了便利；（2）它将跨层所涵盖的范围从热奈特的讲述层与被讲述层之间的叙述层级跨越转到了能指域与所指域之间的跨越，也增加了时间与空间维度，也就不再

---

① 弗朗索瓦丝·拉沃卡：《事实与虚构：论边界》，曹丹红译，上海：华东师范大学出版社，2024年，第367页。

② Julian Hanebeck, *Understanding Metalepsis: The Hermeneutics of Narrative Transgression*, Berlin, Boston: De Gruyter, 2017, p.77.

局限于文字叙述,可以将跨媒介叙述的跨层包括进来;(3)它强调跨层对再现行为逻辑的违反或否定,突出了跨层的悖论性质。哈内贝克从这一定义出发,进而提出从四个尺度来考察跨层的不同程度,如图7-6所示:

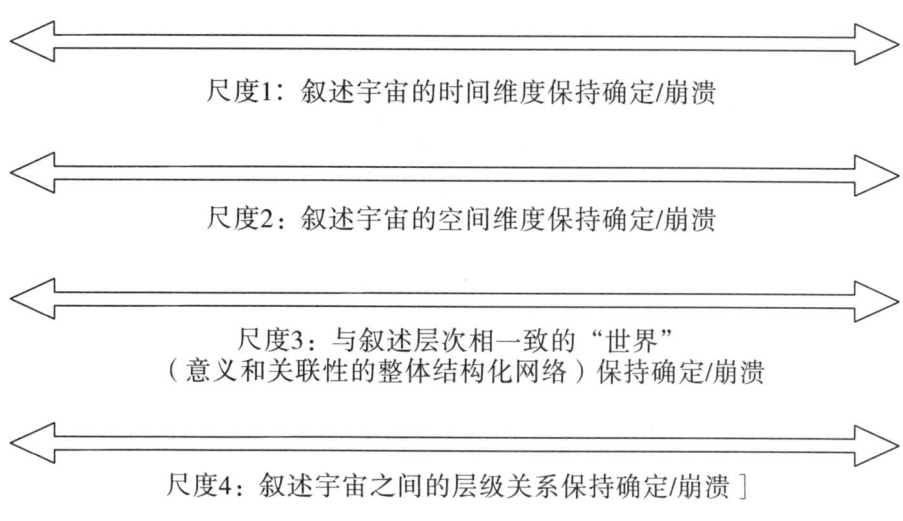

图7-6 哈内贝克考察跨层的四个尺度①

这四种尺度的一端是确定的,一端是崩溃的,在这两个极端之间则是程度不同的跨层。哈内贝克将尺度1、2和尺度3、4分别作为横轴与纵轴,按照作品里跨层分别在四个维度的不同程度加以标示,以直观的方式确立跨层。哈内贝克还在内勒斯、弗卢德尼克、克利梅克和瑞安所总结跨层的类型上加以补充修正,提出了一个树状结构图,如图7-7所示:

---

① Julian Hanebeck, *Understanding Metalepsis: The Hermeneutics of Narrative Transgression*, Berlin, Boston: De Gruyter, 2017, p.41.

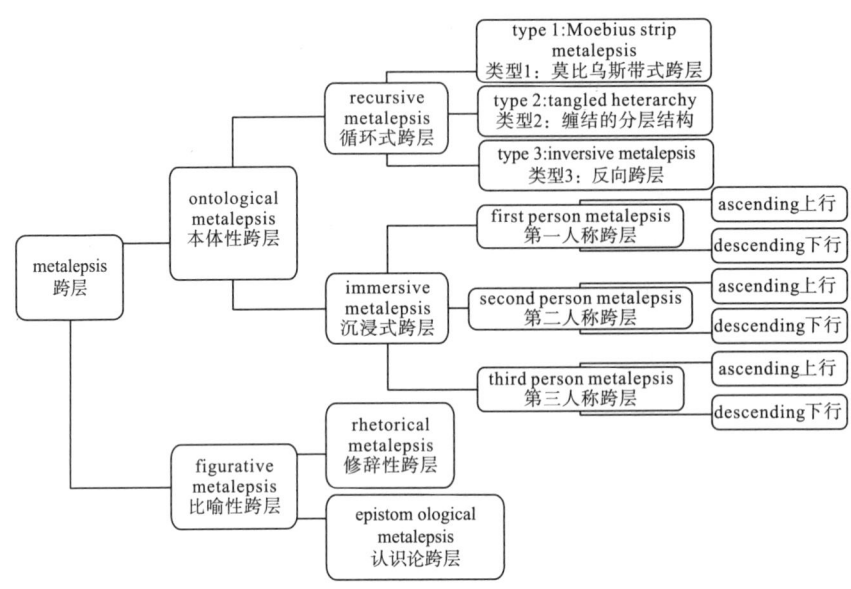

图 7-7　哈内贝克的跨层越界的类型示意图①

哈内贝克首先将跨层分为"本体性跨层"和"比喻性跨层"（figurative metalepsis）。"比喻性跨层"是哈内贝克新增的术语，是指"对于那些'想象的'或仅限于否认叙述宇宙的某些属性（或对这些属性的'最小'越界）的越界"，对能指域和所指域之间的跨越仅仅是含蓄性或暗示性的，只实现有限的跨层潜力。它"既不完整（没有叙述实体'物理地'和非法地从一个叙述宇宙转移到另一个），也没有从根本上否认叙述再现行为的逻辑"②，因而是比喻性的跨层。它包括"修辞性跨层"（rhetorical metalepsis）和"认识论跨层"（epistomological metalepsis）。哈内贝克的"认识论跨层"是指人物

---

① Julian Hanebeck, *Understanding Metalepsis: The Hermeneutics of Narrative Transgression*, Berlin, Boston: De Gruyter, 2017, p.83.
② Julian Hanebeck, *Understanding Metalepsis: The Hermeneutics of Narrative Transgression*, Berlin, Boston: De Gruyter, 2017, p.84.

知晓创造他及其生活世界的叙述行为的情况。① 哈内贝克基本上沿用了瑞安和沃尔夫等人对"本体性跨层"的界定，并将之分为"沉浸式跨层"（immersive metalepsis）和"循环式跨层"（recursive metalepsis）两个子类。值得注意的是，"沉浸式跨层"中的"沉浸"并非指读者面对跨层仍可保持现实幻象的沉浸感，而是就进入了本不属于他们的叙述世界中的叙述实体而言，他们虽然经历了这种在现实中并不可能出现的跨层，但他们的直接经历却是沉浸式的。比如，在伍迪·艾伦（Woody Allen）的短篇小说《库格玛斯的一段好时光》（*The Kugelmass Episode*，1980）中，主人公在魔术师的帮助下进入了小说《包法利夫人》的故事世界，与其中的包法利夫人发生恋情，还将她带到现代的纽约。按照叙述人称的区别，哈内贝克将"沉浸式跨层"分为三种，并结合弗卢德尼克的四种跨层分类，将第一人称和第三人称跨层归于弗卢德尼克的"叙述者跨层"，将第二人称跨层归于弗卢德尼克的"阅读者跨层"，并在每一种跨层中又区分了"向上跨层"与"向下跨层"。在"循环式跨层"部分，除了克利梅克的"莫比乌斯带式"跨层、"缠结的分层结构式"跨层，哈内贝克还补充了一种少见的"反向跨层"（inversive metalepsis），是指"在这种越界行为中，通过叙述再现行为连接的两个叙述宇宙的等级关系被明确地颠倒"，而不是两个叙述层次相融合。哈内贝克认为，博尔赫斯的短篇小说《特隆、乌克巴尔、奥比斯·特蒂乌斯》（*Tlön*，*Uqbar*，*Orbis Tertius*，1962）中就存在这种情况：一个秘密社团发明了特隆的世界，这一发明最终会取代小说中的现实，因而两种叙述世界进行

---

① 内勒斯和沃尔夫也使用了"认识论跨层"这一术语，对于内勒斯而言，"认识论跨层"和"本体性跨层"是"有标记跨层"的子类。对于沃尔夫而言，"认识论跨层"介于修辞性跨层与本体性跨层之间。哈内贝克基本沿用了二人的界定，但将这一类别置于树状图的不同位置。参见 Julian Hanebeck, *Understanding Metalepsis: The Hermeneutics of Narrative Transgression*, Berlin, Boston: De Gruyter, 2017, p. 85.

了倒置。① 在笔者看来，哈内贝克在前人基础上进行了综合归纳，将所跨越的层次从叙述层次转换为能指域与所指域，扩大了跨层的范围；提供了根据时间、空间、世界和层级关系的确定与崩溃的程度对跨层进行考察的尺度，便于理解不同类型、不同程度跨层的特点；也提供了更为精细的分类，以树状图的方式呈现便于直观地把握各种跨层现象，这些方面都值得肯定，但也存在一些问题。比如，人称叙述和向上或向下跨层并非仅仅限于沉浸式跨层，只列在这个类型的跨层之下令人费解。另外，尽管他讨论了漫画等非文字媒介叙述中的跨层，但他的跨层类型及界定也未能突出其在不同媒介叙述中的差异。另外，个别例子似乎也并不恰当。

关注数字媒体与跨媒介叙述的学者阿斯特丽德·恩斯林和爱丽丝·贝尔则重点讨论了"互动性跨层"，这是以文字媒介叙述为主的跨层研究者们未足够重视的情况。② 她们将跨层界定为"实体在本体上相区别的领域之间的移动"③，而将"互动性跨层"界定为"一种跨越实际世界与故事世界边界的跨层形式，它通过鼠标、键盘或其他操作设备等硬件，以及/或者通过超链接、化身等带有媒介特性的互动表现模式，利用数字技术的互动性特性来访问文本"④。她们将实际世界及实际读者或玩家纳入跨层考察范围，确立了如图7－8的互

---

① 在笔者看来，这个例子并不符合哈内贝克对"反向跨层"的界定。在这篇小说中，"我"和朋友从一种特别的《英美百科全书》中发现了特隆世界的蛛丝马迹，进而了解到这是某个神秘社团要通过杜撰一套百科全书来创造一个幻想星球。小说的内容主体即叙述者"我"对这个由百科全书呈现出来的特隆世界的理论和观念的介绍。尽管文中有一句"同特隆的接触，对特隆习俗的了解，使得这个世界分崩离析"，但在小说中，这个"特隆世界"仍然只存在于百科全书之中，并没有与叙述世界倒置。另外，小说中也提到了一个神秘罗盘和一个极小极重的金属圆锥体，文中明确地说是"虚幻世界对真实世界的侵入"，也并不像哈内贝克所说，叙述层次仅仅是倒置而没有融合或相互沾染。

② 之前也有艾斯本·J. 阿尔萨斯（Espen J. Aarseth）、卡琳·库科宁、玛丽－劳尔·瑞安等关注数字媒介叙述的学者涉及跨层问题，参见 Astrid Ensslin & Alice Bell, *Digital Fiction and the Unnatural: Transmedial Narrative Theory, Method, and Analysis*, Columbus: The Ohio State University Press, 2021, pp. 52－53.

③ Astrid Ensslin & Alice Bell, *Digital Fiction and the Unnatural: Transmedial Narrative Theory, Method, and Analysis*, Columbus: The Ohio State University Press, 2021, p. 49.

④ Astrid Ensslin & Alice Bell, *Digital Fiction and the Unnatural: Transmedial Narrative Theory, Method, and Analysis*, Columbus: The Ohio State University Press, 2021, pp. 49－50.

动性跨层的类型图：

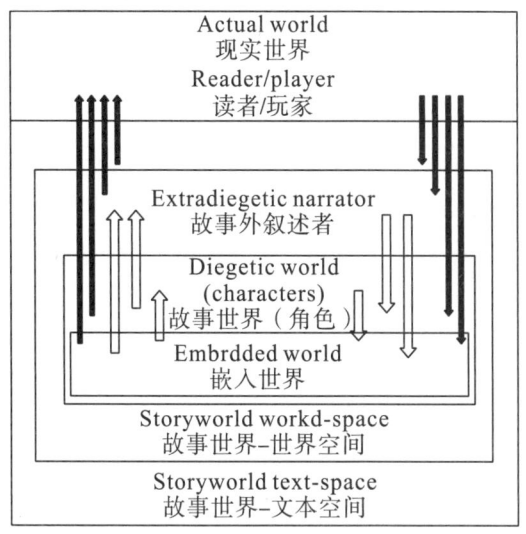

图7-8 阿斯特丽德·恩斯林、爱丽丝·贝尔的互动性跨层的类型

她们根据数字小说中导航设备（navigation device）的不同，讨论了在实际世界与文本-空间之间的跨层、实际世界与某些故事世界要素之间的跨层和实际世界与故事世界之间的跨层。她们还结合数字小说实例，按媒介手段的不同讨论了五种互动性跨层的子类，即（1）利用呼吸的跨层（metaleptic breath，指有的数字小说需要读者佩戴能感应呼吸频率的设备，并以此参与故事世界），（2）视觉设备的跨层（visual metalepsis，如通过网络摄像头捕捉读者的动作与故事世界互动引起的跨层），（3）超链接跨层（metaleptic hyperlinks，读者点击超链接与故事世界互动），（4）人物互动的会聚性跨层（convergent metalepsis and character interactions，要求读者与故事世界的人物相融合，与虚构人物进行双向交流），（5）混合世界的会聚性跨层〔convergent metalepsis and blended worlds，指在《宝可梦Go》（Pokémon GO）等采用增强现实（augmented-reality）技术的游戏或作品中，将虚拟的故事世界与现实世界相叠加〕，并指出虚拟现

实（virtual reality，VR）可能是终极形式的互动性跨层。^① 她们特别指出，按照阿尔贝的"非自然叙述"的定义，所有的跨层都是物理上、逻辑上不可能的，但根据不同的媒介性质，它们都或多或少地常规化了。与印刷版文字叙述中的跨层不同，数字小说中的互动性跨层往往不会引发陌生感，不仅不会打破沉浸感，反而会增强沉浸感，在VR叙述中更是如此。

中国学者赵毅衡在《广义叙述学》中，对热奈特2004年专著中"metalepsis"所指的混乱提出了批评，并给出了更确切的英译"trespass of stratification"，也将探讨的范围从小说扩展到所有体裁的叙述文本，并着重考察了图像和影视媒介的文本。他指出，叙述的本质决定叙述文本不可能描写自身，也不可能讲述自身产生的经过。一旦出现这种讲述，就会出现怪圈式悖论：在同一种媒介的分层叙述中，可以因为精心设计而出现"跨层自生"，即下一层（被叙述）"反跨"到上一层（叙述行为）描写其如何产生，由此出现了"回旋跨层"。^②

综上所述，自从热奈特将"跨层"从修辞格引入叙述学领域以来，多位学者从各自的立场对其进行了讨论与补充、修正，这一概念的内涵及所指也在变化，尚没有形成共识。正如杰夫·托斯（Jeff Thoss）所说，"人们不禁想知道，当我们谈论跨层时，我们是否总

---

① Astrid Ensslin and Alice Bell, *Digital Fiction and the Unnatural: Transmedial Narrative Theory, Method, and Analysis*, Columbus: The Ohio State University Press, 2021, pp. 64—80.

② 赵毅衡：《广义叙述学》，成都：四川大学出版社，2013年，第262—291页。另该书引述毕业论文答辩情景来说明"回旋跨层叙述操作，可以非常平凡，无需极其复杂的机心作精心设计。在我们充满叙述的生活中，也可以发生"，"毕业论文答辩的时候，每一位答辩老师都会对答辩的学生进行提问、评价等，这是一个层次。然后答辩秘书会把每一位老师的提问与学生的回答都记录下来，整理成答辩记录，这个答辩记录就是比前一个层次更高的叙述层次。而一旦答辩秘书参与答辩问答，并将其参与记录下来，这就是跨层。而如果在答辩的时候，老师向同学介绍秘书是怎样记录的，并且之后秘书又把这段话记录在了答辩记录中。这样的复杂叙述情景，答辩记录并不需要虚构作品中有意惑人才会出现。但是必须要把这些情景置入同一个叙述文本，也即是用一个叙述行为说出来，才可能出现分层、跨层、回旋跨层的情况"（第290—291页）。这一段文字似乎有遗漏。在笔者看来，至少按照这个描述来看，并不属于跨层，因为秘书所记录下的老师向同学介绍秘书自己如何记录的情况，只是一种叙述嵌套，而并没有发生下一层叙述者向上层跨越的情况，不属于违规性质的"跨层"。

是谈论同一个东西"①。概括起来，学者们的分歧主要集中在以下几个方面。

问题1：所跨越的层次是什么性质？大部分学者赞同热奈特最初的界定，即文本中的叙述层次、叙述者所在的叙述层次和被叙述层次之间的层级结构。后来热奈特将范围从小说叙述转到其他文类和媒介的叙述，最根本的部分仍是叙述层次。研究跨媒介叙述的学者克利梅克和赵毅衡也持此种看法。哈内贝克认为是能指世界与所指世界之间的跨越。阿斯特丽德·恩斯林、爱丽丝·贝尔则更宽泛地认为是"在本体上相区别的领域"。

问题2：跨层的范围为何？大部分学者将跨层限定于某一文本内部，并不涉及现实世界和其他文本。阿斯特丽德·恩斯林、爱丽丝·贝尔则将现实世界列为可跨层的范围。后期热奈特、阿尔贝等学者也将其他文本中的人物进入某一文本称为跨层。

问题3：跨层的程度如何？从热奈特开始就已经提及了不同程度的跨层，但并没有特别明确地区分。从内勒斯区分"无标记"和"有明确标记"的跨层、瑞安区分修辞性跨层与本体性跨层以来，大部分学者都区分了不同程度的跨层，但有些学者认为只有某实体真正进入本不该进入的层次、产生悖论效果的本体性跨层才是跨层。

问题4：跨层是文本自身属性抑或与读者阐释相关？大部分学者认为跨层是文本中存在的客观现象，而哈内贝克认为要与具体的阐释语境关联起来，需由读者判定。

此外，还涉及不同媒介叙述中跨层的不同特性问题，比如，阿斯特丽德·恩斯林、爱丽丝·贝尔指出，与通常会产生陌生效果、打破现实沉浸感的印刷文字叙述中的跨层不同，数字小说中的互动性跨层会大大增强沉浸感。由此可见，学界对于跨层问题尚未达成共识，还有值得进一步讨论的空间。

---

① Jeff Thoss, *When Storyworlds Collide: Metalepsis in Popular Fiction, Film and Comics*, Leiden, Boston: Brill Rodopi, 2015, pp. 1—2.

第二节 "跨层"的界定及根据

在本节中，笔者尝试在前人讨论基础上，结合跨层的性质、范围、程度与效果、现实与虚构、作者意图与读者阐释、不同媒介特性等情况，提出一种相对更有包容性的界定：

跨层是指某个文本内外、由读者辨识出并将之归于作者有意安排的在不同世界之间的话语或实体的跨越。

这个界定有几个方面的规定：
（1）"某个文本内外"。在笔者看来，跨层不仅仅存在于文本内部，也可能发生在文本与现实作者、现实读者及现实语境的关联中，因而，在笔者看来，跨层是一种"全文本"概念。① 按照热奈特叙述层级的观念来看，通常上一层叙述为下一层叙述提供叙述者，而作品的真实作者则是处于叙述层次的最高层次，和文本中的叙述者在叙述层级意义上并无二致，因此可以和真实读者一起被纳入全文本跨层涵盖的范围。而当文本中虚构人物违背常规指涉真实作者、真实读者或

---

① 此处借用赵毅衡先生的提法，他认为，"一旦越出文学的范围，观察各种媒介、各种体裁的文本，一部分文本与其伴随文本结合得很紧，某些伴随文本甚至已经融入文本，解释时不可能把两者分开，由此出现一种新的文本形态。笔者把这种现象称作'全文本'（建议英译omni-text）概念"（赵毅衡：《广义叙述学》，成都：四川大学出版社，2013年，第218页）。但在笔者看来，任何文本都不可能摆脱伴随文本单独存在，理解任何一个文本都会或多或少地关联伴随文本，因此"全文本"是常态。另外，在赵毅衡先生看来，伴随文本包括"显性伴随文本"[作为文本"框架"的"副文本"（para-text）、指明文本所从属集群的"型文本"（archi-text）]、"生成伴随文本"["前文本"（pre-text，"一个文化中先前的文本对此文本生成产生的影响"）；"同时文本"，文本产生同时出现的影响因素]，以及文本出现之后的"解释伴随文本"["评论文本"（meta-text，"关于文本的评论"）、"链文本"（link-text，接收者解释某文本时，主动或被动地与某些文本"链接"起来一同接收的其他文本）、"先文本/后文本"（preceding/ensuing text，两个文本之间有仿作、续集、后传等特殊关系）]。笔者认为，谈论"伴随文本"存在以泛文本和显文本为对应核心文本的两种理解，这两种理解对"伴随文本"的认定范围和意义指向有所不同，需要仔细辨析。参见王长才：《泛文本、显文本："伴随文本"的两种理解》，《中国语言文学研究》2018年第2期，第9—16页。

真实作品之时，就发生了跨层。虚构叙述文本暴露了写作痕迹，往往被视为具有"元小说"的特征。在笔者看来，如果将这种情况视为虚构人物指涉真实作者或者写作本身，也可以视为一种跨层。① 比如，塞万提斯的《堂吉诃德》第二部第五十九章，虚构人物堂吉诃德成为自己身处其中的小说《堂吉诃德》的读者，对之大加评判。赵毅衡所说的回旋跨层，即自反式跨层、自生小说，克利梅克的"莫比乌斯带式跨层"都可以归于此类。由于更为特别地回转到自身，构成自身写自身的循环，因此它是更为特殊的情况。比如中国当代小说家陈建功的《飘逝的花头巾》、韩东的《爱与生》等作品结尾处，第一人称叙述者（故事人物）交代，本书是应其他人物要求以其亲身经历为题材所写。这一方面确证了故事来源及真实性，另一方面则又出现了矛盾，即应邀写作的作品不应该是作品本身，在小说中理应是另一部作品。

另一种文本中人物对现实读者的指涉或呼唤的跨层，需要辨析。对于有些特定媒介的叙述形式来说，这种互动性的跨层更为常见。比如，在戏剧与影视类叙述中，所谓的"打破第四面墙"（breaking the fourth wall）就是这种跨层最为直观的呈现。在通常的戏剧中，舞台是由三面墙围起的空间，第四面实际并不存在的墙面向观众。剧中人物所处的舞台空间是独立的虚构世界，与观众所在剧场空间有明确的边界，观众观看戏剧演出，剧中人物无法感知观众存在。当剧中人物直接面对观众说话时，就打破了这堵"第四面墙"。类似的情形在影视剧中也并不罕见，比如美剧《纸牌屋》中阴险狡诈的弗兰克·安德伍德经常转身面对镜头坦露内心真实想法，而在场的其他人物则全然不觉。要求受众参与的作品，都可能产生互动性跨层现象。在角色扮演游戏中，玩家扮演成其中人物，但当需要人物进行选择时，或者需要购买某些道具时，就从游戏世界回到现实世界，这也是明显的跨层。一些喜剧作品中，无厘头式的跨层成了大众喜闻乐见的桥段。比

---

① 这里涉及读者如何阐释的问题。比如马原的小说《虚构》就是以人物"马原"为第一人称叙述者，如果读者将这一人物视为与现实作者尽管同名但毫无关联的人物，并忽略文本对作者的指涉，则跨层并不存在。

如中国网络古装剧《西涯侠》第 27 集①，在古代出现了唱当代流行歌曲的斯柯达汽车的模型，这个模型调侃主人公，说起广告词。主人公谴责说，它的出现会让观众出戏，这么做硬广告很不合情理，随后另一个剧中人物（古代科学家）走进来，说这是斯柯达给他投钱让他研发的。车模说，这样一来它的出现就合理多了。在此，出现了明显有悖常理的情况，其中人物没有仅停留在剧中的故事世界，还与观众所在的当下世界发生关联，他对自己所在这部戏的评论，也明显打破了世界的界限。

在使用交互手段的影视剧中，观众可选择不同的情节走向，当作品中出现选择的提示之时，就从剧中世界的虚构层次跨越到了观众与影视所在的现实层。比如《黑镜：潘达斯奈基》（*Black Mirror: Bandersnatch*）中观众可通过自己的选择来确认不同的剧情支线，分别走向 5 个不同结局。这样的互动情形在印刷版作品中，较难实现，但也并非不可能。比如一些带有互动性的儿童绘本，如理查森提到的"选择你的探险"（Choisissez votre propre aventure）系列，为小读者提供了一系列选项。读者的选择决定故事走向。中信出版社推出的中国推理小说家吴非的"三维互动推理小说"《胜者出局》，在形式上更是别出心裁：它将剧情及对应的线索、道具分别装进了二十多个口袋中，只有裁开相应的口袋，才可以读到情节进展，获得新的线索。每个章节又分成了几个关键人物的不同视角，读者可以从中选择，依据得到的信息进行推理，从而改变故事的结局。这些都是文本内部指向现实读者互动情况，在笔者看来，它们在性质上都属于跨层。

需要加以辨析的是，在文字叙述中出现"你"，通常会被视为与叙述者相对应的受述者，并不会出现跨层。即使在话本小说中，出现了叙述者提到的"列位看官"，也只是说书人与读者代入其中的"听书人"之间的交流，并不是跨层。在 19 世纪现实主义小说中，经常会出现直接面对读者的议论，但也往往被视为"作者跳出来发言"，在这样

---

① https://v.youku.com/v_show/id_XMjQ3OTI1MzE0MA，访问日期：2022 年 5 月 30 日。

的解释中，真实作者和真实读者处在同一层次，并不存在跨层。而如果将议论发出者视为并非真实作者的全知叙述者，相应的读者也就成为在文本中的受述者，也并不存在跨层。只有当作品中的虚构人物明确地向现实读者发出某种指涉的信号时，才会出现跨层情况。比如，古代人物说出明显与时代背景不符，且要求读者关联当下语境才能明了的话语，即使只是人物之间的交流，这种情况也是跨层。

（2）"由读者辨识出并将之归于作者有意安排的"。跨层是一种由作者有意安排、试图达到某种特定效果的叙述策略。读者辨识出不同世界的跨越，并将之归于作者有意安排，才可以视为跨层。如果并非作者有意安排，只能算是失误。比如，戏剧演员忘词、影视剧穿帮等情况，即使令观众感到从故事世界到现实世界的跨越，也只能视为失误，而不是跨层。评点本里夹杂的评点、注释，视频播放时观看者的弹幕，在线游戏中的聊天消息等会打破受读者或观众的沉浸感，构成层次的跨越，但因为并非出自作者，会被排除在作品之外，也不属于跨层。有些作品中注释的确出自作者之手，但如果读者将这些注释视为作为阐释者、评论者的真实作者对文本的补充，则仍然不会被视为跨层。而在特殊情况下，即使作者并非有意安排，但读者将层次的跨越视为作者的有意安排，那么对于读者而言，这种跨层仍然成立，只是属于误读。

（3）"不同世界之间的跨越"。在此，"世界"采用更为宽泛的理解，除了叙述层次，也可以指不同的再现世界，比如罗伯-格里耶的小说《在迷宫里》中墙上的黑白木刻画中的人物，与现实融合在一起，或者故事世界与现实世界，比如，戏剧演出中剧中人物所在故事世界与演员所在的现实世界之间的跨越，也可以指不同的话语世界，比如古代人物采用明显有悖于故事规定的现代用语。在笔者看来，只要在本该区分的叙述秩序、再现世界或话语规范之间有了明显的跨越，就属于跨层。这样可以容纳不同媒介叙述中的跨层现象。

（4）"话语或实体的跨越"。笔者赞同多位学者按程度不同对跨层进行的区分，实体的跨越即存在于某一世界的实体到了本不该存在的另一世界，即瑞安等人所说的"本体性跨层"；话语的跨越接近于瑞安所说的"修辞性跨层",但范围比她的要宽泛一些。在笔者看来,除了对另一叙述层次的暂时指涉,只要人物话语表达或行事明显有悖于人物设定,令读者需要按另一世界的逻辑或框架进行理解,且是作者有意安排的情况,也都是跨层。比如,在喜剧电影《唐伯虎点秋香》中,唐伯虎与华夫人对峙,争说自己的毒药最厉害,却突然一起转身面对观众,直接做起了广告。情景喜剧《武林外传》里,生活于明代的人,像电脑游戏人物一样对战,用港台流行歌曲、说唱表达自己的心声,还会像当代人一样追星,说出流行的广告语。这些来自当代流行文化的梗,明显不合时代背景,观众必须突破原初故事世界的限定、关联现实世界才能有所会心,因而,在笔者看来,已经发生了跨层。①

总之,这一定义不只关注文本内部的跨层,还将文本内外、更广泛的同类现象纳入其中,也方便解释演示类、数字媒介叙述等互动性叙述中的跨层问题;它不再将跨层视为文本中的客观存在,而是通过"读者识别""作者有意"等限定条件,以助于解决不同语境中读者对跨层认定的分歧;它涵盖话语与故事层面,跨越的对象包括本该区分的叙述秩序、再现世界或话语规范,可以容纳在不同媒介、不同形式叙述中的跨层现象,而不限于叙述层次。在笔者看来,这个相对具有灵活性与包容性的界定,对于消除围绕跨层的混乱有所裨益,进而可以更好地理解它在虚构与叙述中的功能与意义。

第三节 自然跨层与非自然跨层

本节在上一节对跨层再界定的基础上,进一步探讨跨层的类型。面对跨层的诸种可能,已经有多位理论家进行了探讨,并按不同的标准进行了分类。但就笔者视野所及,一个尚未被学者充分讨论的问题是跨层的自然与非自然问题。的确,不管按照哪位学者的界定,不同

---

① 有些作品中人物成为作者思想的载体,而在某种意义上突破了人物的性格逻辑,如果不关联现实,可能会错过其中深意。比如姜文导演在电影中对影评人的讥刺,参见本书第五章第三节。

层次或领域、世界之间的跨越都是现实世界中不可能的，从阿尔贝对非自然叙述的界定来衡量，都属于非自然的。然而，如果我们仔细分辨，就会发现对于读者而言，有一些跨层会引起特别古怪、陌生之感，而另一些并不会。在此可以借助反叙述因果性的界定，或者理查森对非模仿与反模仿的区分，从是否违反文本设定的角度，将跨层区分为自然的跨层与非自然的跨层。

在神话、寓言、荒诞故事、科幻小说等特定文类中，会出现现实世界不可能的层次跨越，但并不违反文本设定，也即读者接受了文类设定，会认为这是对某一特定世界的再现，自然地接受跨层，也就是说跨层并不会打破模仿框架，读者会接受一个存在跨层的世界。比如，前面提过的伍迪·艾伦的短篇小说《库格玛斯的一段好时光》，库格玛斯出入《包法利夫人》的小说世界是因为魔术师神奇的魔法，读者会将它作为一个荒诞故事来接受。正是因为有这种自然的跨层，流行文化中才会出现大量跨层现象，比如在施瓦辛格主演的美国电影《幻影英雄》(Last Action Hero，1993) 中，热爱动作电影的小影迷借助一张神奇的电影票，进入了电影的故事世界，与他热爱的英雄一起抓罪犯，而坏人也在偶然中借助小影迷的神奇电影票来到现实世界继续作恶。英雄和小影迷追踪坏人也到了现实世界，在电影世界里所向披靡、从不受伤的英雄，在现实世界消灭了坏人，自己也身负重伤，危在旦夕。小影迷在难过中想起了神奇的电影票，又从检票箱中找到票根，将英雄送回电影世界，英雄的伤瞬间好了。英雄得知自己只是虚构人物之后也感到失落，但后来意识到自己的使命就是在电影世界中给影迷当英雄，重新回到电影世界的英雄特意向银幕外的小影迷致意。在这个于电影世界与现实世界多次跨层的故事中，一切都以神奇的电影票为起点，在接受了这个前提之后，故事的发展都顺理成章。包括施瓦辛格饰演的英雄来到现实世界，看到走红毯的演员施瓦辛格等桥段，只会让观众觉得妙趣横生，而不会感觉怪异、不安。

除了文本世界内部的设定，文类的特定风格也决定了某些跨层是自然的。在语言风格上，有些文类有着特定的规约，比如中国当代诗人萧开愚的诗歌《春天的田野调查》里青年人与老农的日常对话都借屈聱牙①，传统戏曲中目不识丁的老妇也能唱出语词文雅的唱段，这些与日常人物设定有所冲突的部分，因为有文类的设定，作者并非挑战模仿框架，读者也不会认为是对模仿框架的破坏，甚至几乎不会被人认为是跨层，歌剧、音乐剧等情况也类似。

需要读者或玩家参与互动的游戏叙述、数字小说等与特定媒介相关的互动性跨层更容易被理解为自然的跨层，从一开始，真实玩家就接受了虚构世界里存在自己化身的设定，在阅读或游戏过程中自然切换。

与这种自然的跨层相区别的，是非自然的跨层。在笔者看来，二者最大的区别在于是否违背叙述因果性，或者是否打破模仿框架。在自然的跨层中，即使读者意识到层次的跨越，也会将这种跨层视为文本的设定，是对一种特定世界的再现，读者仍可以沉浸于这一世界之中。而非自然的跨层则是违反文本设定、打破读者沉浸感，令读者认识到作者有意违背叙述因果性，打破模仿框架，且需要读者用两种阐释框架来把握。自然跨层与非自然跨层的区别并不在于程度，而在于其性质。因而，像《幻影英雄》这样存在实体跨越的本体论跨层，在笔者看来，因为符合文本的设定所以是自然的跨层，而有些被归于修辞性跨层的暂时性跨层，因为违背文本整体的模仿性规定，在笔者看来，则是非自然的。比如巴尔扎克小说《幻灭》中"正当可敬的教士攀登昂古莱姆的石扶梯时，有必要解释……"这种仿佛叙述和故事齐头并进的跨层，热奈特称之为"平常和无伤大雅的"②，但在笔者看来，它在局部打破了沉浸感，仍属于非自然跨层。

对于跨层性质的认定不仅仅来自文本，还与作者意图及阐释方式相关。类似的跨层现象既可能是自然的，也可能是非自然的。比如画

---

① 其中老农的直接引语为："贵人，我不便歇息。杂草长得快，/坏东西很快，宝贝儿就是快不起来。/你看，我十年无牙，空嘴像个概括，/像有满腹智慧。我种这几分地的菜，/不光糊口；儿孙进城打工，劝归/劝，只是说说话；农民需得做买卖。/编席的事，并不矛盾，本地出产/几样废物，我继承、发展手艺，应该。/儿子批评说凉席伤身。你的事业大，/来乡下做啥？孤陋寡闻，横竖无害？"参见萧开愚：《此时此地 萧开愚自选集》，开封：河南大学出版社，2008年，第270页。

② 热拉尔·热奈特：《叙事话语 新叙事话语》，王文融译，北京：中国社会科学出版社，1990年，第164页。

中人有了生命，走到现实中，这是民间传说和童话中常见的情节，读者很自然地接受这种神奇变化的设定，因而是自然的跨层。而在法国新小说派作家罗伯-格里耶的《在迷宫里》里，也有类似的画中人活了的情况，却是另一种情形：小说中有一幅上一世纪的木刻画《莱曾费尔兹的失败》描绘了酒吧间的情景，小说反复、细致地描写画面的布局以及人物的表情、神态等，比如写到正襟危坐的三个士兵，跪坐在腿上抱着盒子的孩子，相互推挤的工人们等。奇怪的是，这幅画里的情景和小说中的现实世界是重叠的：现实中的酒吧间也是这种景象，也是这些人物，并以同样的姿态出现。士兵们也在莱曾费尔兹打了败仗。由于小说客观中性的静态描写，图画与现实之间界限不分明，图画上静止的人物在描述中渐渐地活了起来，成了现实中的人物，对现实场景的描述又在不知不觉间成了图像世界。① 因为图像所描绘的就是小说中的现实世界，图像就不再仅仅作为故事世界中的摆设、背景，而成为另一种叙述秩序，这些本应属于图像世界的场景、人物，与叙述中的现实层面的场景、人物混同起来，图像世界侵入原有叙述的故事世界，小说的叙述开始动荡，读者难以沉浸到一个确定的故事世界中，需要努力分辨两个世界，而最终他们的努力是徒劳的，这就是非自然的跨层。

对跨层的自然或非自然性质的确认也和特定媒介有关联。类似情况在某种媒介叙述中被读者认定是非自然的，在另一种媒介叙述中可能被认定为自然的。比如，在数字媒介中的互动性跨层，文本与现实中的真实读者（玩家）的交流就完全是自然的，这与文字叙述中与真实读者交流的效果大为不同。此外，在不同媒介表意层次之间跨越也是跨层。比如，影视叙述中画外音与画面处于不同的表意空间，如果两个世界融合在一起，就会出现跨层。罗伯-格里耶的电影《美丽的女俘》中有这样的场景：在叙述者画外音的伴随下，人物内罗上了小汽车，往黑暗的乡村开去，他有些疲倦，关闭了车里的收音机，从而

---

① 见阿兰·罗伯-格里耶：《在迷宫里》，孙良方、夏家珍译，陈侗、杨令飞编：《罗伯-格里耶作品选集》（第一卷），长沙，湖南美术出版社，1998年，第185—189页。

切断了画外音。此时，叙述者的画外音与汽车上收音机的声音融合在了一起。罗伯-格里耶在类似于创作手记的"电影小说"中特别指出："让我们明确一下，没有任何什么东西曾对此做过提示：此前，内罗并没有打开过收音机，任何时候都没有，无论如何，那嗓音应该早在这个男人（还有摄影机）回到汽车中来之前就开始说话了。然而，音响质量的一种不易觉察的改变，在人们不知不觉之中，达到了具有电台广播特点的效果。"① 这种将两个世界融合在一起的特殊跨层就是罗伯-格里耶特别想达到的效果。在陈可辛导演的电影《甜蜜蜜》（1993）里也有类似的跨层，黎小军坐上李翘的车，打开收音机，当时正在播放邓丽君的歌曲《再见，爱人》，这首画内音歌曲恰恰符合曾经的恋人不得不分开的情绪，坐在车里的李翘看着黎小军走远的背景，情难自已，低下头去碰到了汽车喇叭，而这首《再见，爱人》戛然而止，黎小军回头，两人对视……这是画内音向画外音无缝切换的巧妙跨层。

影视剧画面中提示性的字幕，是与故事世界不同的另一表意层次，如果剧中人物直接与这些因素发生关联，也会产生明显的跨层。在电影《巴厘岛之路》（*Road to Bali*，1952）结尾，被捉弄而心有不甘的人物不愿影片就此结束，除了对着镜头外的观众说"别走，电影还没结束"，还努力将出现的"剧终"字幕推出画面（如图7-9所示），就是明显的跨层。在扎克·金（Zach King）的一个特效短片中，手机视频中人物伸手将评论区点赞的红心取回，并将其变成了毛巾，他努力抵住屏幕顶端，并从手机屏幕中探出身来，将实物铅笔带回自己的视频世界，以撑住屏幕，不让自己所在的视频被滑走，其中，点赞红心、手机屏幕以及手机之外的实物世界都是视频世界中的人物无从感知的世界，这个短片非常形象地展示了跨层现象。

---

① 阿兰·罗伯-格里耶：《桃色与黑色剧·玩火》，余中先译，上海：上海译文出版社，2011年，第221页。

下　编

图7-9　扎克·金的特效短片中的跨层①

在跨层叙述的应用上走得更远的一个有趣例子是电视剧《爱情公寓5》第十三集《弹幕空间》，除了互动视频的形式构成了情节的多种可能，人物与弹幕的关系也是创意的亮点。弹幕是现实看剧者发在屏幕上的评论，通常是虚构的剧中人物无从感知的。在这一集中，弹幕进入剧中世界成了实体的存在，可被剧中人物看见，甚至可以堆积到屋门处让人物出不去。这些剧中人物知道自己在剧中，面对时时出现的弹幕的评判和调侃与之互动，更像是主创人员预知到可能会遇到的种种批评，以自黑的方式进行自我辩护。

在戏剧和影视等演示类叙述中，跨层又具有特殊性：表演中同一形象既是演员又是角色，因而既可以被观众当作剧中人物，也可以当作演员。演员也可以自如地在两个层次间切换。当演员面对台下观众或者镜头直接言说时，要确认他是作为演员还是作为剧中人物，通常作为演员就是暂时从剧中情境中出来，不算跨层，只有明确地以角色发言时，才是跨层。跨层尤其多见于"戏中戏"的桥段。如三谷幸喜编剧、执导的电影《魔幻时刻》，一位龙套演员被人以拍戏为名找来扮演杀手骗黑帮老大。演员自己认为在拍戏，黑帮老大及手下则认为他是真的杀手，只有始作俑者明白底细，并从中周旋，竭力不穿帮。

---

①　https://www.tiktok.com/@zachking/video/7063472319263444270，访问日期：2022年4月14日。

观众明了这一情况，因此，两个层次之间的巧合、错位才能令观众捧腹。两个层次的出入、切换是在观众意料之中的，因此毫无违和之感，属于自然的跨层。戏曲中也常有开场时由某个人物先交代故事背景的情况，此时故事空间中的人物直接对观众说话，也就是跨层了。古希腊戏剧中的歌队既可以渲染气氛，有时也作为剧中人物，还可以对人物命运、故事发出预言或者议论，当它跳出剧中故事空间进行发言时，就在同一组演员身上发生了跨层现象。20 世纪 90 年代《花田喜事》等香港贺岁片的结尾，也往往会出现这样的场景：片中主要人物齐聚，对着镜头唱歌，为观众送上新春祝福，这时他们身兼剧中人物和生活中演员的双重身份，这也属于典型的跨层，但由于这已经成为一种惯例，观众并不会觉得突兀，往往只是会心一笑。

　　由上述情况可知，跨层能够被读者辨识出来是其发挥功能的关键，并且根据读者是否打破沉浸感，可以将其区分为自然和非自然的情况。有时所辨识出来的跨层需要读者针对不同层次确立相应的解读框架，并在两种解读框架中切换，而当这种切换的边界并不是特别清晰时，这种跨层就会产生较为强烈的效果。在演示类叙述中，虚构角色的特性与真实演员的特性结合在一起时，就出现这种常见的跨层，比如，在小品《甄嬛后传》中，男性喜剧演员宋小宝、宋晓峰反串饰演古代嫔妃及宫女，频频发出他们在其他小品中经常出现的标志性的大笑，故意表现出丑、怪，制造强烈的反差感，观众要将面对虚构角色的接受框架和面对喜剧演员的接受框架相结合，从而感受这种跨层荒诞的喜剧效果。

　　类似的情形还出现在戏仿、改编的作品之中。这种跨层是作品对现实接受者的召唤，要求读者在理解时将另一种叙述秩序结合到叙述之中。[①] 当然，这种情况与典型跨层有所不同的是，如果读者未能辨认出对另一种叙述秩序的指涉，只采用一种框架来理解也并不妨碍对

---

① 这种跨层与爱丽丝·贝尔、扬·阿尔贝等人所说的"水平性跨层"有所不同，"水平性跨层"是指一部作品中的人物进入另一部作品之中。这种跨层并不限于真正出现人物的超越，而更多强调作者与读者的一种互文性默契，只是这种对其他作品的指涉明显地突破了该作品的设定，因而构成违规。

文本逻辑的把握，但如果能结合另一种文本，则可以体会更丰富的意味。

在笔者看来，自然跨层和非自然跨层的功能与效果有所不同。对于自然的跨层而言，其对不同世界的跨越因为符合叙述因果性或叙述文类的设定，可以被归因于特定故事世界的特性，可以按照模仿性叙述的框架加以理解，如《三体》中四维世界的入侵，尽管是现实世界中不可能出现的物理上不可能，但它符合科幻小说的设定，读者在接纳了特定世界的规则之后，就不会产生非自然的感受。又如阿尔贝所说的跨层的逃避功能，与没有跨层的逃避主题并没有区别。

在非自然的跨层中，读者对虚构世界的想象与沉浸感被破坏，因而，需要读者结合不同的认知框架来理解。对于有的跨层，可以采用确切的混合框架加以理解，如前面提到的古装剧中人物说出网络流行语之类。对于这种跨层，最初读者、观众会觉得不适应，但随着此种情况多次出现，他们就会将古代框架与现代框架相混合，作者与读者达成某种默契，从而不再有特别的冒犯感，反差越大，喜剧效果越强。在无厘头风格的作品中，类似的桥段比比皆是。比如，美国电影《新聪明笨伯》（*The Flintstones*，1994）中，生活在石器时代的原始人，用石头、动物骨骼和毛皮制作出各种现代才发明的电话机、照相机等物品。观众面对这些场景时，将古代与现代的认知框架相混合，享受这些脑洞大开的场景带来的喜剧效果。印度电影经常会中断故事发展，主人公纵情歌舞，伴舞者甚至还包括敌人。这显然与电影主体叙述分属于不同的叙述逻辑，打破了沉浸感，是非自然的跨层。但它已成为某种规约，观众喜闻乐见，也并不在意它对模仿框架的颠覆。

而在另一些非自然跨层中，不同世界之间的跨越则带来强烈的不安之感，读者难以用稳定的混合框架方式来应对，无法清晰地把握，使得故事世界不是一个稳固的世界，有些对虚构与现实界限的跨越甚至会令读者对自身存在产生怀疑。它所呈现的悖谬、矛盾，是对模仿框架的颠覆，使读者在不同阐释框架之间摇摆，并且无法在某一确定点对解释框架进行切换，因而这种跨层处于悬而未决的状态。悖论式的自生小说、回旋分层、悖论式的莫比乌斯带式跨层就会产生这样的效果，读者已经读完的作品却是作品中虚构人物要写的作品。读者面对这种跨层，也容易产生混乱与不安的非自然之感。

第四节　个案分析

一、情景喜剧《我爱我家》中的跨层

情景喜剧《我爱我家》最后两集（英达、梁左、英壮等编剧）巧妙地采用了"戏中戏"的方式，为我们提供了一个演示类叙述中跨层的精彩例子：

傅明老人一家看到电视上播出的《我爱我家》，发现剧中一家人的名字、形象、故事与自己家一致，家中的布置也一样。原来是二儿子志新将自己的事说给了朋友梁左与英达（即真实世界中《我爱我家》的主创），被搬上荧屏。在一家人的要求下，志新带他们偷偷来到电视剧《我爱我家》的拍摄现场，坐到观众席。副导演英达介绍主创人员后开拍，观众席上的傅明与和平品评台上演出，并对自己形象被歪曲感到不满，于是和平上前阻止拍摄。随后演员们纷纷抱怨人物原型傅明一家人素质差。导演为了息事宁人，决定加一场戏让他们自己演自己。实拍时演员们在台下对他们的改词、忘词小声批评。演出尽管出现意外，但也得到导演肯定，被保留在剧中。最后工作人员提议为傅明一家拍全家福，傅明说小女儿不在，导演提议让演员补上。于是拍了一张全家福，全剧终。

这两集的文本内外就可以分为几个世界：

世界Ⅰ　现实世界：导演、编剧（英达、梁左、英壮等）、演员（宋丹丹、文兴宇、杨立新、梁天、关凌等）

世界Ⅱ　电视剧《我爱我家》的故事世界：导演、编剧（英达、梁左、英壮等）、演员（宋丹丹、文兴宇、杨立新、梁天、关凌等）、剧中人物（和平、傅明、贾志新、贾志国、贾圆圆）

世界Ⅲ 《我爱我家》中所拍摄的电视剧《我爱我家》的故事世界：演员（宋丹丹、文兴宇、杨立新、梁天、关凌等）和作为人物原型的剧中人物（和平、傅明、贾志新、贾志国、贾圆圆）所扮演的剧中人物（和平、傅明、贾志新、贾志国、贾圆圆）

在剧情设定中，世界Ⅱ中的傅明一家只是世界Ⅲ电视剧人物的原型，他们和饰演他们的演员是同时存在于世界Ⅱ中的，可以互相评判对方表演的好坏。因此，尽管出现了几个世界的融合，仍然没有打破模仿世界的设定，这属于自然的跨层。

在此，本该泾渭分明的三个世界发生了交错：世界Ⅰ中的主创人员处于更高的层次，他们的拍摄活动不应在世界Ⅱ这一被创造的世界中出现，这属于向下跨层。世界Ⅲ本应是由世界Ⅰ创造出的世界Ⅱ，也不该作为世界Ⅲ出现于世界Ⅱ中，在此，两个世界重叠在一起。在世界Ⅲ中，世界Ⅰ中的真实演员所饰演的世界Ⅱ中的剧中人物作为人物原型再在世界Ⅲ表演，在观众眼中，则是三重世界融合在了一起。这与演示类叙述的特点相关，不同身份聚合在同一批演员身上，需要观众加以辨别，从而产生强烈的喜剧效果。这部作品的主创人员对这部戏的拍摄与讨论环节出现在这部剧之中，主创者成了被创造的世界的一部分，而他们所在的世界Ⅱ又成了他们所拍摄的世界Ⅲ，这种"戏中戏"的情况，就构成了"莫比乌斯带式"的悖论性跨层。

傅明老人在台上演自己，因为紧张忘词，他听不清工作人员的提示，情急之下晕倒在地。导演并未喊停，而是将这种意外保留下来，即第78集的场景。在此，又是一种有趣的跨层：傅明与工作人员对话，以及随后的晕倒，是意外，也即在此时，他已经不再是剧中角色，而是现实中手足无措的傅明本人，即从世界Ⅲ回到了世界Ⅱ中，而导演将这一段本属于世界Ⅱ的场景保留在剧中，使之又回到了世界Ⅲ。

这两集也要求观众对世界Ⅰ的主创人员有所关注，在第119集傅明一家人看电视时，提及当时热门电视剧的某人物像自己，而剧中人物的确是由同一演员所演。更有趣的是一些自我调侃，喜剧效果要观众必须明了其现实所指才会出现，比如，和平对剧中宋丹丹演的和平不以为然、众人对编剧梁左不满，以及演员们对人物原型的抱怨①，都只有观众关联现实中主创人员的情况，才能理解这种"自黑"，强烈的喜剧效果才可能产生，这也是跨层。

最后的那张全家福，也是跨层的体现：按照剧中说明，傅明的小女儿不在，由饰演她的演员补上，这就是世界Ⅲ的人物与世界Ⅱ的一家人合影。而从世界Ⅰ的眼光看，则是剧组主要演员的合影（尤其是先后两位小保姆的扮演者也一起合影）。观众经过了120集的陪伴，看到最后的全家福时也会将演员与剧中人物合而为一。

或许因为是情景喜剧，尽管剧中有跨层引起的滑稽之感，但大多并不会引起对现实的怀疑；尽管沉浸感被打破，但观众会将对剧中世界与现实世界的反应框架混合在一起，从而发出会心之笑。其中一些微小的裂隙也不会特别在意。比如，一家人偷偷来到拍摄现场，正赶上拍和平提议和孟朝阳假结婚以生下孩子这场戏，台下的志新打趣嫂子说："哎哎嫂子，你跟那姓孟的还有这么一出呢？"剧中这场戏他不在场，因此志新不知道此事是正常的。但按照剧中说法，家里的情况是志新透露给编剧的，那么志新不能提供的情形，自然是编剧的创作。但志新对嫂子的打趣、和平的尴尬及上前阻止的举动，又表明这些场景是真实发生的。

总之，在演示类作品中，演员和人物角色是一体的，观众需要忽略演员的要素去理解人物。当然也会出现对演员的了解干扰对剧中人

---

① 剧中台词如："好演员有的是！就像我这样的，就是捞不着机会。哼，我要是演这当妈的，绝对比这……这老跟黄宏演小品这女的叫什么？绝比她强！"现实中宋丹丹与黄宏合作小品火遍大江南北。调侃梁左的台词如："就那个叫什么梁左的么，这个人啊，我听说过，一贯是油嘴滑舌的，现在也没有什么正经职业，就靠写那个相声为生啊。""和平：知道知道，我知道这人，写不出什么好相声，不是掉老虎洞里了，就是什么关电梯里了，要不就天安门改农贸市场了，还没抓起来了呢这人！志新：这个……啊还没呢，他就是写相声写不下去了，这不又改写电视剧了么。"这是指梁左为姜昆写的相声名作《虎口遐想》《电梯奇遇》《特大新闻》等，在社会上引起极大反响。而世界Ⅱ中演员宋丹丹的台词为："哎哎哎，那叫和平的那女的性格怎么那（么）二啊，回头她什么时候再演一个特别差的小品，长的（得）还特别像我，人以为是我呢！这不毁我么！"也是关联现实生活中真实演员宋丹丹在小品方面的影响。

物的理解的情况,比如,演员宋丹丹在春晚喜剧小品中的形象过于深入人心,以至于后来演话剧《茶馆》的悲剧角色时,她一上场观众就哄堂大笑。这是因为演员与角色的反差大,以至于让观众出戏,但这只能称之为演出失败,而非主创想达到的效果,因而不属于跨层的范围。只有当作者有意地将真实演员形象召唤到人物身上,使得人物世界与现实世界相重合,并且要求读者相应采用双重认知框架,才出现跨层。

二、电影《欧洲快车》中的非自然跨层

阿兰·罗伯-格里耶编剧、导演的《欧洲快车》(*Trans-Europ-Express*,1966)也是一部"戏中戏"的电影,主要故事框架是:电影导演、制片人和场记乘坐横跨欧洲的特快列车从巴黎到安特卫普,在车厢中谈及拍摄一部电影《欧洲快车》的可能性,并讨论其主要情节,即毒贩乘坐横跨欧洲的特快列车走私毒品,与中间人、警察、妓女等发生的故事。这部尚未拍摄的电影的设想也以电影画面的方式呈现在影片中。由此,这部影片涉及三个世界:

世界Ⅰ 真实世界,人物有电影《欧洲快车》Ⅰ的制片人萨米·哈尔丰(Samy Halfon)、导演罗伯-格里耶和场记、罗伯-格里耶的妻子卡特琳娜、演员让-路易·特兰蒂尼昂(Jean-Louis Trintignant)、玛丽-弗朗斯·皮西耶(Marie-France Pisier)等;

世界Ⅱ 电影《欧洲快车》Ⅰ中的真实世界,人物有制片人马克、导演让、场记卢塞特,空间场景有巴黎火车站月台、欧洲特快列车车厢、安特卫普火车站;

世界Ⅲ 电影中拟拍摄电影《欧洲快车》Ⅱ的世界,人物有毒贩埃利亚斯、妓女埃娃、中间人弗朗克、警察洛伦茨、青年马蒂厄等,空间场景有巴黎火车站月台、欧洲特快列车车厢、安特卫普火车站、安特卫普、巴黎。

在正常情况下,这三个世界泾渭分明、不可交错。在这部电影中,世界Ⅱ中要拍摄《欧洲快车》Ⅱ的作为虚构人物的导演、制片人和场记却是由世界Ⅰ中正在观看的影片《欧洲快车》Ⅰ的导演、制片人和场记所

扮演，尽管这一点并未违规，但这种重合的效果很明显是主创者特意安排的，也希望读者关联现实世界来理解。而埃利亚斯作为世界Ⅲ的虚构人物理应处于虚构的时空，他与世界Ⅱ的导演、制片人和场记不可能有交集，但他却进到了世界Ⅱ中制片人、导演、场记所在的车厢，而此时，世界Ⅱ的三个人物并不认识自己创造的这个人物，满腹狐疑地打量他。制片人认出他是演员让－路易·特兰蒂尼昂，也就是世界Ⅰ中的真实世界的演员，也是世界Ⅲ中埃利亚斯这一人物的扮演者。这种非自然的跨层产生了某种混乱感。

　　世界Ⅲ是世界Ⅱ中导演等人的设想，并没有真正存在。然而，世界Ⅲ中的人物却有了独立性和主动性，比如，世界Ⅲ中戴黑框眼镜的姑娘来到了埃利亚斯所在的车厢，这是为什么？制片人和场记大感不解。在世界Ⅱ中的列车中途停车时，那位姑娘偷偷拎了埃利亚斯的提箱逃走。而列车上的导演等人透过车窗，充满疑惑地看着这一幕。

　　影片结尾最为巧妙，列车到站，世界Ⅲ中的虚构人物警察洛伦茨来到了站台上，世界Ⅱ的导演等人下车，遇到了也同样下车的世界Ⅲ中的埃利亚斯与接他的女人相拥，并回头看三人，好像认出了他们。那么，他们是虚构人物埃利亚斯和埃娃吗？同是世界Ⅲ中的警察洛伦茨可以出现在月台上，他们应该也可以。但是，他们两个在世界Ⅲ中已经死去了。更有趣的是，到站后主创人员在报纸上发现了埃娃被杀的照片和报道，这又是世界Ⅲ中的人物跨越进了世界Ⅱ的证明。那么这是三位主创人员所构想的电影与现实的巧合？如果按照世界Ⅲ的设定，埃娃和埃利亚斯已经死了，且世界Ⅱ报纸上的照片和新闻又证实了这一点，为何两人能出现在此地？主创人员看到报纸之后，否认了拍电影的可能，而我们作为观众，已经看到了这部完整的《欧洲快车》了。

　　总之，这部影片中本该清晰的几个世界间的界限被反复打破，违背了叙述因果性，也打破了模仿框架。观众面对这种跨层，很难按照某种确定的认知框架加以理解。这种对模仿框架的颠覆与嬉戏，会令观众心生困惑，且直到电影结束也无法消除。因此，这种跨层是非自然跨层。

第八章 非自然叙述与非自然叙述理论：问题与展望

第一节 反模仿叙述常规化之后

尽管存在内部分歧与诸种争议，但不可否认的是，经过十多年的发展，非自然叙述理论已成为叙述学界持续的讨论热点，并产生了重要影响。作为研究对象的非自然叙述也得到更多关注。那么，当非自然叙述也成为一种常规之后，又会怎样呢？

按照扬·阿尔贝对非自然叙述的界定及其九种阐释策略，作为"物理上、逻辑上和人类属性上的不可能"的非自然叙述分为已经常规化的（童话、寓言、科幻故事等）以及正在常规化的（后现代主义），非自然叙述的常规化过程也是文学史的发展动力之一。在他看来，常规化似乎就是非自然叙述的终点，后现代主义也会因司空见惯而常规化。但阿尔贝并没有明确表示，常规化的后现代主义叙述与常规化的童话寓言等更接近模仿框架的叙述是否有性质上的不同。阿尔贝的阐释策略也是指向将非自然叙述常规化或自然化的，非自然叙述常规化以后，其给读者认知带来的挑战不复存在，非自然叙述是就此消失，还是仍存在其他可能，对此阿尔贝没有明确表示。不过，他认为后现代主义就是已经常规化的非自然要素在现实主义语境中再次陌生化。因而，可能他认为日后仍会有"物理上、逻辑上和人类属性上的不可能"以特别的方式出现。不过，在笔者看来，阿尔贝所列举的非自然要素只是所再现故事世界中"物理上、逻辑上和人类属性上的不可能",其潜在前提是模仿性框架,非自然叙述的常规化即将非自然叙述重新纳入模仿叙述,已经在某种意义上消除了非自然叙述的存在。

在理查森看来,非自然叙述的定义是与模仿、非模仿相区别的反模仿叙述。而反模仿叙述是作者有意地与模仿框架的嬉戏。理查森似乎并未提及非自然叙述常规化之后会怎样,不过,根据理查森所提出的洛基原则,即每当一种文学惯例普遍存在时,就会有人来违反该惯例。那么,非自然叙述在成为司空见惯的叙述模式之后,就必然会受到挑战。在笔者看来,可能会存在两种情况:一种情况是摒弃非自然叙述模式对主流叙述的挑战,重新回归主流。在对模仿的颠覆变成一种套路,对写作构成束缚之时,必然会有作家反思,重归现实主义就是一条道路。中国当代先锋小说家经历了20世纪80年代中后期的热潮之后,在90年代纷纷回归到现实主义模式,这可作为一种佐证。另一种情况是,更为激进地对非自然叙述进行再次颠覆。这类叙述,笔者称之为反-反模仿叙述。接下来,本章会分析一部中国当代小说家的实验文本,进而讨论它对回答"非自然叙述常规化之后会怎样"这一问题的启示。

一、文类的探索:《〈马口铁〉注》的大胆实验

在21世纪最初十年,以"小说前沿文库""中国乌力波"等丛书为阵地,一批年轻的中国写作者重新举起了先锋的大旗。他们对前辈的写作不以为然,认为他们"知识谱系不完备甚或不学无术""从方法论和更本质的角度看,有所建树者寥寥无几""纯粹的依靠讲故事想获得小说成就的时代已经一去不复返了",他们自得于"创作主体的身份和知识结构"的变化,追求"对现有文学价值观的反拨与颠

覆"①，以更为激进的姿态、更强烈的写作野心、更明确的文体意识、更大胆的形式追求，带着一批风格各异的作品走上文坛。笔者在此不去探讨这批写作者的成就、得失、地位与影响，只是因为他们推崇"先锋、实验、异端、集成"，在主导倾向上与非自然叙述理论所关注的文本有契合之处，因而选择以恶鸟②的《〈马口铁〉注》作为个案展开讨论。

《〈马口铁〉注》由两部分组成：前面是标明"附录"的短篇故事《马口铁》（1—21页）③和接着长达十七章的阐释与说明《〈马口铁〉注》（23—149页）组成。

第一部分短篇故事中，两个小混混马克和马修在西城贫民窟破败的房间吃冷面，因为不是他们中意的中国挂面而抱怨。屋子里有一个丑陋的婴儿，婴儿旁边墙壁上挂着一块上面有花纹的马口铁。马克发现房子外面有两个可疑的黑人，遂出去查看。随后两位 FBI 警察出现，马克和黑人躲进房子。马克去后面的厨房倒咖啡。警察冲进来，发生枪战，一个黑人和两位警察被打死。墙上的马口铁掉下来，砸中婴儿的腹部。婴儿变形成了一个怪物，将另一个黑人吃掉，变成更大的怪物。马克拿了电锯将怪物锯成碎块。电视播放外星人入侵地球寻找神秘金属的画面。两人争辩它到底是新闻还是科幻片。

随后的第二部分是共126页的注释，以类似作者的口吻讲述短篇

---

① "……创作者除了他是一个小说创作者而外，还有一些更加显耀的背景身份，他们是哲学研究者，是人类学和民族志工作者，是语言学者，是诗人，是物理科班出身的，是文史资料专业收集者，是国学研究者，等等，这些构成他们写作小说时最坚实的一部分"，见《小说前沿文库·出版说明》，徐淳刚：《树叶全集》，北京：新世界出版社，2011年，第1页。同一篇文字也以另外的名称发表，见贾勤：《〈木铎文库〉编辑缘起》，《延河》2011年第1期，第185—187页。

② "恶鸟，1982年生，中国传媒大学毕业，涉猎广泛，计算机程序开发出身，大学期间曾开发一套RPG游戏脚本引擎，对实验小说创作、小说美学（主要涉及叙事学、符号学、阐释学）、图像美学领域有多年研究。"这是本书豆瓣页面（https://book.douban.com/subject/6718491/）的作者简介。此书是他的小说《邪恶三部曲》之一，他还写有 *Shining 4*。恶鸟曾从事手机游戏策划，后来创办"联邦走马"（One Villain and 49 Horses）品牌，从事独立出版、文化创意方面的工作，近年开启"恶棍机车之机械文艺复兴计划"，按照技术工艺的时间线，重走西方摩托车百余年的工业和文化历程，推出一系列复刻的摩托机车。由此可见，与通常以写作来实现人生理想的作家不同，恶鸟的写作带有一定的玩票性质。或许也正因如此，《〈马口铁〉注》才成为一部另类的作品。

③ 恶鸟：《马口铁注》；北京：新世界出版社，2011年。以下该作品引文页码均出自本书。

故事《马口铁》的写作理念与叙述意图，对其中的情节、背景加以说明，并广征博引，涉及大量的小说、电影、绘画甚至电子游戏作品以及文学理论与哲学思想，远远超出了通常对文本进行注释的必要。①特别值得注意的是，对文本的注释通常是一种伴随文本，作为文本的附属物。而《〈马口铁〉注》是一部小说，第二部分注释是小说的核心部分，并且从篇幅和意义来说更为重要。因而在其中出现的"我"并非作者本人，他仍是一位叙述者，只是他与作者同名。这与艾柯的《〈玫瑰的名字〉注》形成鲜明的对照：《〈玫瑰的名字〉注》依附于长篇小说《玫瑰的名字》，是真实作者艾柯对小说《玫瑰的名字》的权威解说。而《〈马口铁〉注》尽管将《〈玫瑰的名字〉注》作为它的潜在对话文本，并在开头部分就引用了其中的段落，与艾柯的讨论几乎贯穿始终，但就其性质而言则完全不同，《〈马口铁〉注》本身作为小说文本，其中注释部分与短篇故事《马口铁》构成了更为复杂、含混的多义关系。

---

① 以下是其中提及的及作品。小说：艾柯《玫瑰的名字》《〈玫瑰的名字〉注》；雷蒙德·卡佛《我们谈论爱情的时候还会谈论什么》《女孩们我们出去遛会儿风》；施耐庵《水浒传》；《伊利亚特》；《红楼梦》；博尔赫斯；阿兰·罗伯－格里耶《重现的镜子》《窥视者》；让－菲利普·图森《迟疑》；荷兰小说家努特布鲁姆《在荷兰的大山里》；珍妮特·温特森《橘子不是唯一的水果》；普鲁斯特《追忆逝水年华》；卡瑞尔·菲利普斯《一个欧洲黑人的成功》；莎士比亚《奥赛罗》；A. S. 拜厄特《庭院少女》；拉什迪；奈瓦尔《西尔薇》；让（娜）·德·贝格《图像－女人的盛典》；J. M. 库切《凶年纪事》；"潜在文学工场"（乌力波）。电影：盖·里奇《两杆大烟枪》《偷拐抢骗》；科恩兄弟《冰血暴》；昆汀·塔伦蒂诺《低俗小说》《刑房》《杀出个黎明》；电影《僵尸肖恩》；埃里克·侯麦《绿光》；周星星（应为"周星驰"）《大话西游》《江湖最后一个大佬》；大卫·芬奇《搏击俱乐部》；罗伯－格里耶《欧洲快车》；安东尼奥尼《奇遇》；亚当斯·斯特尼论著《幻觉影片》；实验短片《堤》《下水道美人鱼》。绘画：让·巴蒂斯·西美翁·夏尔丹《饮茶的妇女》；中国古代绘画；《陆阿广：河南一位有趣的小女孩，7岁》；《痘疹传心录》；乔治·莫兰迪；保罗·塞尚；电子游戏：《血径迷踪》。哲学：安伯托·艾柯《诠释与过度诠释》；波德里亚《物体系》；尼古拉·库萨《论隐秘的上帝》；罗杰·弗莱《一种新的艺术理论》；海德格尔；罗曼·英加登的《论文学作品》；德勒兹《时间－影像》；梅洛·庞蒂；维特根斯坦；瓦尔特·本雅明《拱廊计划》。文学理论：库切文学评论集《异乡人的国度》；普鲁斯特《驳圣伯夫》；小威廉姆塞（应为"维姆萨特"）《文字肖像：诗的含义之研究》；诺思洛普·弗莱《批评的解剖》；罗兰·巴特；克尔默德；燕卜逊；巴克森德尔《意图的模式》；艾柯的《悠游小说林》；凯瑟琳·奥兰丝汀《百变小红帽》。宗教：尼古拉·库萨的《论隐秘的上帝》；东正教神圣经典《朝圣者之路》；恶鸟《机械夺权主宰的无名史》；短篇小说《祠堂》《睡不着的下午》；实验小说《萌》《地图叙事》《抓蝶、抓蝶，我的爱》《中有》《约旦记忆》《去年夏天和你在一起的女孩是谁》。评论：《图森的迟疑》。此外还提及 1737 年弗兰切斯科·阿而加罗蒂《向女士们介绍牛顿学说》中关于颜色的见解以及莱蒙托夫的诗句。

二、意义增殖与消解

从非自然叙述理论的角度来考察，《〈马口铁〉注》第一部分的短篇小说，从现实场景渐渐地变成了充满神秘、矛盾、怪异的诡异文本，违背了叙述因果性，且直到文本结束也无法消除，其中包含明显的非自然叙述要素。

除了婴儿变成怪物这种使现实主义风格的叙述改变性质的匪夷所思的情节，还有特别明显的反模仿框架的情形。比如在马克走出屋子后，作为第一人称叙述者的马修仍然继续讲述屋子外发生的事，突破了叙述者感知范围，这是典型的非自然叙述者。更为突出的或许是非自然的序列关系：这部小说违背了通常现实主义小说的因果律，充满了各种不合情理之处。比如，这个丑陋的婴儿为什么会出现在这个房间，和马克、马修两人是什么关系？马口铁，即镀锡薄板，因为轻便成为制作罐头包装的常见材料，在此却成为砸死婴儿的凶器。更令人困惑的是，到底马口铁有何深意，以至于小说以此命名？并且令读者感到莫名其妙的是，小说中充斥大量琐碎的对话，其中提及诸多语焉不详的信息，无头无尾，如黑人在临死之前提到他们抢劫火车上的黄金（18—19页）；在马修心理活动中想到了下午的事情（2页）、昨晚的事情、今天的计划（3页）等，这些事件都没出现在小说中，成为一个个无解的谜团。

如果考虑到中文的写作语境，又会感到另一种怪异：一部用中文写的小说，少有中国元素，主人公名字是西方人的常见名字马克和马修，黑人、FBI警察的枪战也都是西方元素。这又是为什么？解开这些疑团或许是读者对《〈马口铁〉注》第二部分的期待。但这种期待不仅没有被满足，反而引起更大的困惑。

的确，第二部分解释了前面短篇故事中的一些古怪之处，补充了短篇小说中未提及的一些信息，比如：故事发生在美国大城市的郊区黑人区；对"马口铁"做了一番解释，指出正因为它神秘才将它作为标题；第一人称人物视角的违规也是特意安排的（49页）；小说情节从黑色电影、卡佛小说剧情、《下水道美人鱼》的恶心、类似科幻片的异形、连环变态杀手片到黄金火车抢劫案，不断变换、语焉不详，是有意地不断调整读者的预设，让情节与读者推断相冲突（43—44页）；小说与此前的中文创作没有任何关系，是故意戴上一个面具等。相比之下，更重要的是对短篇故事意义的生发。

如前面所述，第二部分中提及了大量的小说、电影、绘画、游戏以及哲学、文学理论等，还提及"我"本人的其他小说以及文学评论并加以解释。在与这些作品和理论的映照和关联中，短篇小说《马口铁》不断地向各个方向衍生出多种意义。但在意义的一次次阐发中，原本无聊乏味的故事变得意味深长，并且令人心生怀疑。这些夸张、炫技式的一层又一层的意义阐发，看似复杂与玄奥，却使得最初文本无足轻重了。这不禁令人联想起关于钉子汤的民间故事：饥肠辘辘的旅人声称可以用钉子煮一锅美味汤，吸引吝啬的主人不停地往里增添各种食材和调料。在此，短篇小说《马口铁》就像钉子，而对《马口铁》的注释则是加进去的更丰富的食材和调料。

另一个值得注意的是，第二部分中以作者面目出现的叙述者并不可靠。这个狡黠的叙述者从第一句话就表明了姿态："我在煞有介事准备对《马口铁》这个小说进行注解之前，先引用艾柯的《玫瑰的名字注》的前言……"（25页）"煞有介事"一词值得玩味，它使得注释的意义变得不确定，令读者对以下的注释抱有一种半信半疑的态度，从而更增加文本意义的多义性。这样的表述几乎贯穿始终。比如，第一章梳理了有关"马口铁"的各种信息之后，又加了一句"这些也不一定是真的，因为只是小说里的两个流氓说的。就是这么一块铁，就如艾柯的玫瑰一样，它是如此神秘，为什么不呢，就当作小说名字好了"（26页）。提到小说人物的名字马克和马修，特别在括号中加了一句"鬼知道这是什么名字"（28页），第一章结尾是"经过如此复杂的左顾右盼言其他之后，我不知道你们还能理解我的《马口铁》的开头的对话否"（32页）。通过这些表述，文本不再像通常的文本只有一种稳固的意义，而是既有一种字面的意思，又有一种对它的嘲讽，近乎否定。

除了语调上的自我否定，小说中还多处出现了明确的自我否定。

比如，在第二章先是说"那也就是我为什么选择《马口铁》里的美国纽约或洛杉矶的影子加上《低俗小说》的口气"，仅隔了一句，又出现"我想说的《马口铁》当然不是模仿《低俗小说》的口气"（34页），这种矛盾显然是故意的，出自同一位叙述者，也无法判断到底哪种说法是正确的，读者只能在这两种情况之间摇摆，而无法消除这种矛盾。这属于典型的非自然叙述理论中的"消解叙述"。不仅如此，这位叙述者一方面炫技式地对《马口铁》进行反复解释，另一方面又声称"当我无法做出合理解释的时候，我就厚颜无耻地把问题就直接留给读者"（109页），这就使得第二部分作为小说组成部分的性质更为明显，它并不承担彻底消除第一部分的疑团的责任，还以"厚颜无耻"这样的自嘲姿态，给自己赢得了更大的自由。

除此之外，叙述者还告诫读者：

> 正如大多数智识活动一样，诠释只有走向极端才有趣，不要去理会诠释对象那个文本的原本用意，甚至作者本人的意图，我也在文本里一遍一遍地消解其意义，我觉得也不应该由我来提供意义，意义总是属于别人的、读者的。我只放置普鲁斯特说的能激发起想象或唤起另外思想的事物，而阅读我诠释的读者唯一目的是去发现你自己的意图，而不是《马口铁》的作者恶鸟，或者《〈马口铁〉注》的作者我的意图或者那两个文本的意图。（83页）

这里又出现明显悖论：一方面以《马口铁》作者的口吻说明写作方式的意义，又宣告《〈马口铁〉注》的作者并非《马口铁》的作者。通过注释，《马口铁》的意义一次次地被涂抹，它不是更清晰了，反而更加模糊、不确定了，意义被动摇甚至被取消了。总之，小说的叙述是模棱两可、难以确定的。

除了对意义的反复增殖而导致意义消解，《〈马口铁〉注》还对《马口铁》进行了额外的改写。第14章是用"地图式开放性文本"的形式，按照对关键词条分析的方式，重新写了一遍《马口铁》，并分析出各个线索之间重叠、碰撞甚至矛盾的诸种可能。在第17章"我"又指出《马口铁》是《邪恶三部曲》的一种,而后续作品指出《马口铁》只是一部马修和马克自编自导的电影(142页)。在此,短篇《马口铁》不仅是《〈马口铁〉注》的一部分,还成为更大的写作计划的组成部分,变成一个故事中的故事,还成为一部影像作品。《马口铁》又需要按照新的逻辑去理解,而《〈马口铁〉注》的意义也随之发生了变化。

三、如何理解《〈马口铁〉注》:模仿、反模仿、反-反模仿:

小说《〈马口铁〉注》最后引用了米歇尔·斯诺[①]的话来结束全篇:"我即(既)想迷狂,又想分析。"(149页)正与第二部分第一节的一段话相呼应,也可以说是对整部作品的概括:

> ……我并不满足作为一个狂想的读者而享有那种文本的阅读乐趣,我同样想体验下另外一种快乐——去发现文本如何创造我所感受到的那种迷狂的运作机制,并且最想体验的是——自己如何利用这种文本机制去创造一个新的文本也让我的读者狂热一把。(26页)

似乎可以这样说,作者在第一部分(短篇小说《马口铁》)创造了一种迷狂,而第二部分(《〈马口铁〉注》)则拆解了这种迷狂,并借助拆解将文本推向了另一种迷狂。如果借用理查森的非自然叙述理论来审视,则可以这样说,第一部分短篇小说是对模仿叙述的颠覆,这种非自然叙述需要读者采用双重阅读框架,即模仿框架和反模仿框

---

① 这位"米歇尔·斯诺"应该是加拿大艺术家、电影导演迈克尔·斯诺(Michael Snow,1928—),他致力各种媒体的艺术,包括电影、装置、雕塑、摄影和音乐。他最著名的电影是《波长》(*Wavelength*,1967)和《中部地区》(*La région centrale*,1971),前者被认为是先锋电影的里程碑。《〈马口铁〉注》作者恶鸟应该是从威廉·维斯:《光和时间的神话:先锋电影视觉美学》一书的中译本中看到这句话并引用的。该书译者误将"Michael"看作"Michelle"。这句话原文为"I like to have ecstasy and analysis"。见威廉·维斯:《光和时间的神话:先锋电影视觉美学》,胡继华等译,成都:四川人民出版社,2006年,第217页。原文见 William C. Wees,*Light Moving in Time: Studies in the Visual Aesthetics of Avant-garde Film*,Oakland:University of California Press,1992,p. 153.

架,以理解小说对模仿框架的颠覆。而第二部分注释则是对第一部分反模仿框架的展示、分析与拆解,这是对反模仿叙述的再一次颠覆,需要读者在上述模仿框架和反模仿框架的基础上,再对反模仿框架进行反省与审视,因此需要采用三重阅读框架,即反-反模仿框架。由此,第一部分的意义则在三重框架下重新被审视。然而,有趣的是,如果没有第二部分对第一部分的拆解与颠覆,一般读者只会按照模仿与反模仿的框架加以理解。正是有了第二部分,读者才意识到,第一部分中对模仿框架的颠覆本身也是被嘲弄和颠覆的对象,才会用三重框架加以把握。也就是说,这同一文本可以基于不同的阐释框架,将其理解为反模仿叙述和反-反模仿叙述。这对我们把握非自然叙述要素的意义有所启示。

四、对非自然叙述理论的启示

非自然叙述的判定及意义,需要考虑作者、文本、读者的修辞三角的相互作用。在一种理想的修辞交流活动中,作者有意采取非自然叙述策略,体现在文本中,由读者识别并有所会心。但在实际阅读中,有可能出现非理想的交流情况,比如,作者采用了非自然叙述策略,但读者并不能认出(将作品中不合现实逻辑之处,视为失误而忽略等)。或者,作者并非运用非自然叙述策略,但读者从中发现了非自然要素,并将之视为作者有意的安排,比如,在《西游记》中出现不同步的时间,现代西方读者可能会将这视为非自然叙述,而在作者那里,"天上一日,地下一年"是一种特别的时空观,并没有打破模仿框架。如理查森所言,所有的非自然叙述都是有意的安排,因而对作者意图的感知及推测直接影响到我们如何理解非自然叙述。

当反模仿模式成为人们习以为常的一种惯例之后,挑战者还可以表面上采用非自然叙述策略,但最终意图指向反面,对这些策略进行消解,从而呈现出反讽意味。在《〈马口铁〉注》中,因为我们从第二部分得知作者有意拆解了诸多非自然的策略,从而可以意识到作者是有意采用反模仿叙述,并且通过对这些策略的展示,对其意义进行过度阐释及夸大,以至于近乎走到它的反面,构成了消解。对于这些作品，既要理解对模仿模式进行挑战的反模仿，还要领会它对反模仿框架的戏谑与质疑。而这种反－反模仿叙述也正是因为对作者意图有感知才得以成立。它提醒我们，也有可能出现以反讽方式运用非自然叙述要素的作品，实际意义指向字面意义的反面，需要我们认真分辨与思考，并以反－反模仿的框架来理解它。这种特别的叙述或许是非自然叙述之后的一种叙述的新可能，拓展了叙述的边界，也为我们再思考叙述理论提供启示。

那么，这种反－反模仿叙述是否仍属于非自然叙述呢？在笔者看来，从偏离模仿叙述来看，它显然不是模仿叙述，而它对反模仿叙述的挑战与颠覆并没有使它放弃颠覆而回归模仿模式，而是在探索和颠覆的路上再往前进一步，可以说是理查森所说的"洛基原则"的一种体现。正如理查森所说，非自然叙述理论的研究方式是自下而上的，诉诸经验，从具体的叙述实践出发去归纳和总结。这就意味着非自然叙述理论是开放的理论，会对新的叙述可能性进行回应。显然反－反－模仿叙述就是一种新的叙述，对于这种叙述，如果仅仅将它归结于非自然叙述，而不去分辨其特殊性质，那么将是不完备的。这种反－反模仿叙述是西方非自然叙述理论尚未论及的，它作为一种叙述可能性，也值得我们关注。

第二节 可进一步探讨的问题

阿尔贝与理查森联合主编的《非自然叙述学：扩展、修正与挑战》收录了非自然叙述理论与女性主义、情感研究、文化差异、后殖民主义、共情、图画叙述及游戏书的功能可见性等领域的对话，并乐观地宣称："非自然叙述无处不在，等待着从这个扩展的理论角度进行研究。"[①] 的确，非自然叙述理论这个运动还在发展之中，

[①] Jan Alber and Brian Richardson, *Unnatural Narratology: Extensions, Revisions, and Challenges*, Columbus: The Ohio State University Press, 2020, p.11.

远不到盖棺论定的时候，因此，想一劳永逸地、面面俱到地做出归纳和判定，在现阶段还是不现实的。非自然叙述理论不是一种针对所有叙述的诗学，并不试图推翻已有的叙述学框架，而是关注特别的非主流叙述实践，并对其进行理论化，使这些叙述得到公正的对待，从而使叙述学的版图更为完整和全面。因此，非自然叙述理论也提供了一种观照角度，让许多领域已有的建立在主流叙述框架上的讨论显示出不足，可以结合非自然叙述理论进一步探讨，从而加深对问题的认识，进而有所拓展和修正。就非自然叙述理论而言，关注它引发的问题和思考而与之对话有着重要意义。以下提出一些值得继续探讨而笔者本人尚未思考成熟的话题，期待专家学者们的进一步讨论。

一、非自然叙述与不同文类、媒介特性

在20世纪60年代叙述学刚刚诞生之时，媒介问题就已经被敏锐的叙述学家注意到。罗兰·巴特在《叙事作品结构分析导论》中列举了各种媒介的叙述，指出"对人类来说，似乎任何材料都适宜于叙事：叙事承载物可以是口头或书面的有声语言、是固定的或活动的画面、是手势，以及所有这些材料的有机混合；叙事遍布于神话、传说、寓言、民间故事、小说、史诗、历史、悲剧、正剧、喜剧、哑剧、绘画……彩绘玻璃窗、电影、连环画、社会杂闻、会话"[①]。在此，罗兰·巴特重在说明叙述的重要性，强调叙述在人类社会中的普遍存在，并没有突出不同媒介的叙述具有与其媒介相关的特性。的确，在经典叙述学阶段，叙述学家们试图总结叙述的深层规律，因而更多地强调叙述的共性，以文字媒介叙述为主，将文学叙述作为叙述的典型代表，对其他媒介叙述的讨论大都是基于文字媒介叙述的类比与引申。随着科学技术的进步，使用图像、声音、视频等媒体手段进行叙述表意的门槛不断降低，再加上大众媒体的日益兴盛以及网络时代社交媒体的蓬勃发展，叙述的形式、形态和功能也发生了重要变

---

① 张寅德编选：《叙述学研究》，北京：中国社会科学出版社，1989年，第2页。

化，文学叙述在所有叙述中的比重大大降低。这种情形也对叙述学理论提出了不同的要求，直接促进了后经典叙述学中跨媒介叙述学分支的产生和发展。在对叙述学研究范围、理论框架的拓展上，跨媒介叙述学与非自然叙述理论是一致的。扬·阿尔贝与佩尔·克拉夫·汉森所编论文集《超越经典叙述：跨媒介与非自然挑战》就是一个例子。如果将媒介特性与对非自然叙述的关注相结合，就会有一些有趣的发现。例如，在某种媒介中常见的叙述手法，放到另一种媒介中就可能是非自然的。比如，戏剧舞台上将分处两个时空的场景并置在一起，相互呼应，会构成奇妙的戏剧效果，而不会令人不安，感到受冒犯或者不自然。而在文字叙述中，将页面分成两部分，分别呈现不同的叙述，则会给人强烈的冲击感，因为文字叙述是线性叙述，这种空间化的举动是对常见文字叙述规约的一种挑战。再如，在影像叙述中，可以用影像快速倒放的方式回到某个时间节点，这是自然而正常的手法。但在小说《时间箭》中，由文字叙述出的时间倒转则给人强烈的怪异感。[①] 在电子游戏叙述中，互动是必备要素，现实玩家的化身进入故事世界，与其中的人物互动，并且以自己的选择影响故事走向，这对电子游戏而言是自然的叙述规约，不仅不会破坏玩家的沉浸感，反而会增加沉浸感。而在文字叙述中，虚构世界中的人物对于读者的直接吁求则是一种违规的"跨层"现象，直接打破了模仿框架。因此，在讨论非自然叙述时，需要将媒介特性也考虑进来，关于非文字媒介叙述中非自然叙述的特点与形态还有待更深入的考察。

---

① 比如从超市买东西、回家做饭、吃饭、洗碗的行为被倒着叙述，成了怪异的举动："首先，我把干净的盘子放进洗碗机里。我认为这部分工作自己还能接受，就像操作其他省事省力的家电一样简单。接着，一些油脂和碎屑开始出现在洗碗机中，被分配到每一个盘子上。再来，你得挑出一个脏盘子，从垃圾堆里收集一些残渣，然后坐下来稍待片刻——这部分工作我也勉强还能接受。随后，各式各样的食材会涌上我的口腔，在用舌头和牙齿老练地加以推拿按摩后，我把它们移到盘子上，再用刀叉汤匙替它们作一番塑形雕饰……无论如何，这还算容易处理，若要你弄出浓汤之类的东西，那才是真正的惩罚。此后，你要面对的是辛劳的烹调、重组、分装程序，而后才能把这些东西拿回超市。那里的人二话不说，迅速大方地用金钱补偿了我这番辛劳。最后，你才能拉购物车或提菜篮漫步在商品陈列架前，一件件把每个罐头或食品包放回正确的地方。"见马丁·阿米斯：《时间箭》，何致和译，海口：南海出版公司，2009年，第14—15页。

二、非自然叙述理论与不同叙述传统

非自然叙述理论建立在具体的叙述实践上，也为重新审视不同民族的叙述传统提供了新的研究视角。比如以此来审视中国古代叙述传统。

在中国古代文字叙述中，和通常意义上的现实主义叙述距离较大、影响较为深远的是和鬼神相关的叙述，这些叙述可以梳理出一种与"志人"相对的"志怪"传统，其源头可以上溯到《山海经》《淮南子》等古代神话，在《搜神记》《幽明录》等六朝志怪小说中得以明确，随后出现写神鬼精怪的唐代传奇小说、宋元话本，直到明代涌现《西游记》《封神演义》《平妖传》等神魔小说，以及清代的《镜花缘》、"记神仙狐鬼精魅故事"的笔记小说《聊斋志异》等。这些志怪小说的作者，大都相信鬼神真实存在，认为自己所记的鬼神事迹确有其事，比如，干宝著《搜神记》是要"发明神道之不诬"；《洞冥记》序称，《洞冥记》之意在"洞心于道教，使冥迹之奥昭然显著"；《列仙传》序说，有《列仙传》此书，"乃知铸金之术实有不虚，仙颜久驻真乎不谬"。① 因而，在这些作者心中，他们并非写虚构作品，而是写非虚构作品，完全采用了模仿框架，写作的目的在于弘扬神道。如鲁迅所说："其书有出于文人者，有出于教徒者。文人之作，虽非如释道二家，意在自神其教，然亦非有意为小说，盖当时以为幽明虽殊途，而人鬼乃皆实有，故其叙述异事，与记载人间常事，自视固无诚妄之别矣。"② 《西游记》《封神演义》等神魔小说，虽然不是对现实的描绘，但仍然呈现了一个有自身运行法则的神魔世界，诸位神仙、鬼怪各得其位，仍是在模仿框架中，只是模仿的对象不是现实世界。而在历史叙述中存在的神话、传说、天象、鬼神、灾异、祥瑞、卜筮、占梦等现象，则更是和特定时期的天命观有关。按照理查森的观点，这些叙述只是在模仿框架上增加了超自然的力量，也都符合叙

---

① 石昌渝：《中国小说源流论》，北京：生活・读书・新知三联书店，2015年，第124页。
② 张兵、聂付生：《〈中国小说史略〉疏识》，上海：复旦大学出版社，2012年，第40页。

述因果性，并没有颠覆模仿框架，因而都只能算作非模仿叙述，而非反模仿的非自然叙述。

从非自然叙述理论的角度去考察古代叙述，也会发现与西方叙述不同的特点。比如，布莱恩·理查森曾以莎士比亚《仲夏夜之梦》为例说明非自然叙述时间的一种表现形式：故事世界中，不同人群的时间以不同速度流逝：秩序井然的城市中贵族们过了四天，而同时，被施了魔法的森林只过了两天。① 中国古代人们则通常认为人与神分属不同的世界，有不同的运行规则，因而神仙世界的时间和人间时间速度不同，这在很多叙述作品中都出现过，在民间传说中也很常见，甚至还出现了"天上一日，地下一年"的天界时间与人界时间的换算公式。神仙与人的不同世界可能是叙述作品中同一个故事世界的不同组成部分。笔者曾就此向布莱恩·理查森提出过疑问，是否有可能同一个叙述对于西方人是非自然的，而同时对于中国人是非模仿的？理查森的回答是："我想说，这仅仅是西方读者不知道中国规约的一个例子，因此把非模仿误认为反模仿。"② 基于此，考虑到中国传统文化观念，中国古代叙述中出现的神界时间与人间不同步的现象只能视为非模仿的，而不是非自然叙述。杨义先生曾指出志怪小说对时间的特别处理："时间异代共置"，以及"将时间延伸方向，加以顺逆操作、往返折叠"（《拾遗记》"秦始皇冢"将秦、初汉、盛汉聚在一起）、"时间长短伸缩"（唐代沈既济《枕中记》）③，这些时间处理从表面上看，和模仿框架有冲突，但由于时间处理是在大的非模仿框架下，遵照神仙世界的规则运行，并未违反叙述因果性，那么仍然不能称之为非自然叙述。在时序方面，叙述也大多采用顺叙，运用倒叙、插叙、预叙手法的情况虽有，但所占比重并不大，也大多并不对模仿框架构成挑战。由此看来，典型的非自然叙述似乎并不多见。

---

① Brian Richardson, *Unnatural Narrative: Theory, History, and Practice*, Columbus: The Ohio State University Press, 2015, p. 30.
② 参见 Changcai Wang, "The *Unnatural and Unnatural Narrative Theory*: An Interview with Professor *Brian Richardson*",《符号与传媒》2019 年第 1 期，第 119 页。中文版《非自然与非自然叙述理论：布莱恩·理查森教授访谈录》参见本书附录。
③ 杨义：《中国古典小说史论》，北京：中国社会科学出版社，2004 年，第 165—172 页。

中国古代叙述中,也会出现一些特别的空间,杨义先生称之为"殊域,洞穴,自由空间",比如《拾遗记》卷十中对员峤山的幻想,《幽明录》卷一中通往地底仙境的神秘洞穴,《续齐谐记》中"阳羡书生"的空间变幻。① 这些对神仙家的空间幻想,并未产生与其中人物的空间观念的冲突,因此仍属于非模仿的空间,也与理查森所说的反模仿空间不同。②

中国古代叙述除残篇、未完成之外,大部分叙述都会交代其中人物的结局,石昌渝先生谈到唐传奇时说:

> 唐代人多以"传"或"记"称之,如《任氏传》、《柳氏传》、《霍小玉传》、《东城老父传》、《长恨歌传》、《古镜记》、《枕中记》、《离魂记》、《三梦记》、《秦梦记》等等,这种称呼的来由,大抵是作者受史传观念的驱使,认为它们是用史家笔法写出来的散文叙事作品。"传"专记一人之事,始创于司马迁,史传为人物立传,必定要包举传主一生,从生写到死。传奇小说的传类作品一般也沿用此例,开篇即介绍主人公姓名、籍贯、家世、时代等,篇末则要交代主人公的结局,大体上也是从生写到死。③

这应该是典型的中国古代叙述。另外,通常叙述对以儒家为主,

---

① 杨义:《中国古典小说史论》,北京:中国社会科学出版社,2004年,第160—165页。
② 理查森曾列举了他认为的非自然空间几种类型:"非自然叙述学旨在识别和理解那些建构不寻常或不可能的虚构世界的叙述。比如,它邀请我们识别和辨别有着这些要素的作品:1)像博尔赫斯的《阿莱夫》(*The Aleph*)一样,有着搅乱稳定、模仿性空间的非自然空间;2)完全自然化的描绘,一旦放在一起就创建了矛盾空间[罗伯-格里耶的《嫉妒》(Robbe-Grillet's *La jalousie*)];3)其本体论是(或暗示着)可疑的世界[卡特(Carter)、卡尔维诺(Calvino)];4)成问题的空间,它在正被创造时崩塌[贝克特的《每况愈下》(Beckett's *Worstward Ho*)];5)一系列不同的、不相联的非自然空间[《爱丽丝梦游仙境》(*Alice in Wonderland*)];6)玛雅·索南伯格(Maya Sonenberg)立体主义的《静物》(*Nature Morte*)中反复出现的不可能空间,这空间与其他(非立体主义的)人物的经验相冲突。在这些情况下,通常是一个单独的不可能的空间或区域,要么嵌入以常规方式行动的普通世界中,要么被它们所环绕,要不就被框住。因此,不可能的空间通过与我们经验的世界并置而凸现出来。"见布莱恩·理查森:《非自然叙述学概要》,王长才译,《英语研究》2019年第1期,第155—156页。
③ 石昌渝:《中国小说源流论》,北京:生活·读书·新知三联书店,2015年,第156页。

儒道佛相互融合的思想有所体现，大团圆结局最为常见，善有善报、恶有恶报，有道德教化训诫功能。因而叙述多有完整统一的故事，也大多不属于非自然叙述。

由上面粗略的勾勒可见，中国古代叙述中少有作者有意识地打破或颠覆模仿框架的叙述，即理查森意义上的反模仿叙述并不多。如果按照阿尔贝的立场，志怪传统的叙述，对当下读者而言的时间、空间上的不可能，对于当时的读者来说，也会认为是神怪世界的规定性，而并不觉得怪异或者不可能，也应该不会产生通常面对非自然叙述的突兀之感。这或许和中国史传传统发达相关，在非虚构的史传叙述影响下，中国古代叙述传统是以模仿性叙述为主流，也都符合叙述因果性。

由此可见，尽管理查森在说明"非自然叙述无处不在"之时，列举了印度、日本、中国等叙述传统中的例子，但这些例子之所以成立有可能是因为是以西方当代观念来考察。如果进入这些叙述传统中，结合当时观念仔细分析，或许会有另外的判断。

三、非自然叙述与意识形态

非自然叙述因为对主流叙述构成偏离和挑战，似乎天然地具有反抗性。因此，一些有着意识形态诉求的理论流派也很容易与非自然叙述理论产生关联。前面讨论女性主义叙述学、后殖民主义叙述学与非自然叙述理论的互动时，就已涉及此问题。但是，非自然叙述与意识形态的关系更为复杂。与理查森、阿尔贝等西方非自然叙述理论家的立场相映成趣的是哥斯达黎加独立学者罗伊·阿尔法罗·巴尔加斯（Roy Alfaro Vargas），他撰文猛烈抨击非自然叙述及相关理论，认为非自然叙述是新自由主义意识形态的产物，是资产阶级价值观的反映。它专注于创造虚拟的、非自然的世界，以此来隐藏当前的现实，使其不被大众看到；它采用逃避主义的策略，其目的是突出情感领域，损害理性，试图加强资本的流通和再生产，让资产阶级能够作为统治阶级生存下去；在当前资本主义系统性危机的背景下，非自然叙述成了一种社会控制的手段，意味着对大多数人口的大规模操纵，是占主导地位的资本主义群体维护其特权的一种方式;"非自然叙述实际上是新自由主义、财阀主义(plutocratic)、后后现代主义和资本主义进行社会控制的策略以及协商的努力,叙述学方法只是伪装,是为了提高剩余价值效率(即加速和改善资本循环再生产的手段)";"在任何情况下,我们拉丁美洲人和第三世界人民绝不能接受这种叙述范式,它只是危机时期新殖民主义的一种表现"。① 在笔者看来,这种看法似乎有夸大之嫌。非自然叙述相比主流模仿叙述所占比重不高,注定是小众的,对广大群众的影响也微乎其微。另外,如果认可理查森双重阅读模式的接受框架,那么,非自然叙述的读者至少比自然叙述的读者多了些自省的可能性。

正如"普洛透斯原则"(Proteus principle)② 所示,叙述策略与所承担的功能之间似乎并没有必然的联系,就实现意识形态功能的有效性而言,或许能让读者将叙述与现实联系起来甚至信以为真的现实主义的叙述方式更直接。当然,理查森等人也并没有在非自然叙述策略与特定的意识形态之间确定必然的联系。理查森说:

> 当然不是所有的少数族裔、后殖民主义者或女性主义者都使用非自然的叙述策略——事实上,大多数人可能使用一种现实主义。也不是所有的策略都产生相同的效果。我想强调的是,这些作家如何在为平行的政治目的服务的过程中运用了类似的非自然要素。③

我还想申明,非自然叙述理论在意识形态上是中立的,尽管

---

① Roy Alfaro Vargas, "Unnatural narratives, emotions, and neoliberalism", *SAPIENTIAE: Revista de Ciencias Sociais, Humanas e Engenharias*, Vol. 4, No. 1, 2018, pp. 12–13, p. 7.

② 以色列著名叙述学家迈尔·斯滕伯格(Meir Sternberg)在对叙述中对人物话语的再现形式的讨论中,提出了著名的"普洛透斯原则",即"语言形式和再现功能之间的多对多的对应关系","在不同的语境下……同一种形式可能履行不同的功能,不同的形式履行相同的功能"。见Meir Sternberg, "Proteus in Quotation-Land: Mimesis and the Forms of Reported Discourse", *Poetics Today*, Vol. 3, No. 2, 1982, p. 148.

③ Brian Richardson, *Unnatural Narrative: Theory, History, and Practice*, Columbus: The Ohio State University Press, 2015, p. 144.

许多激进的政治运动都在寻求相应的实验性艺术形式,而我们的理论也为欣赏它们提供了现成的手段。①

四、非自然叙述理论与可能世界理论

"可能世界"(possible world)这一概念最先由17世纪德国神学家、哲学家和数学家莱布尼茨(Gottfried Wilhelm Leibniz)提出,初衷是对上帝正义的论证,试图解释为何上帝创造了世界,却又有恶存在,为上帝的完美性辩护。他认为上帝设想了许多可能的世界,并在其中选择了最好的一个,使之成为现实世界。我们生活的现实世界不完美,却是所有可能世界中最好的一个,因为这是全知全能的上帝所做出的选择。20世纪下半叶,分析哲学家们将莱布尼茨的可能世界概念引入有关事物存在方式的模态概念的解释,讨论诸如可能性、必然性和或然性等概念。20世纪70年代起,托马斯·帕维尔(Thomas Pavel)、卢波米尔·多勒泽尔(Lubomír Doležel)、安伯托·艾柯、玛丽·劳尔-瑞安、露丝·罗恩(Ruth Ronen)等人将可能世界理论引入文学研究领域,认为以虚构形式呈现的文本世界与作为本体的现实世界同样是可能世界之一,为虚构的文学何以既有自足性又具有现实性,提供了一种不同于再现论的解释。其中玛丽·劳尔-瑞安是在可能世界理论方面成果最丰硕、影响最大的学者之一,她将可能世界理论与人工智能、虚拟现实、电子媒介叙述的互动性和沉浸性等方面的讨论相结合,基于读者所处的真实世界与文学文本中的虚构世界之间的通达性关系的变化,提出了确认虚构世界的九种类型。她还提出"再中心化理论"(theory of recentering),认为叙述必须能够投射出一个宇宙,这种宇宙构成一种模态系统,重新确立一个现实世界并将其作为中心,这种投射能力也是叙述文本的组成部分:"作为叙述意味着:将宇宙带入生活,并向读者传达这样一种感觉,

---

① Brian Richardson, *Unnatural Narrative: Theory, History, and Practice*, Columbus: The Ohio State University Press, 2015, p. xvii.

即在这个宇宙的中心存在一个真实世界,其中有个人的存在和事件的发生。"① 她以真实世界(actual world,AW)、文本现实世界(textual actual world,TAW)和文本指涉世界(textual reference world,TRW)以及真实言说者(actual speaker,AS)与隐含言说者(implied speaker,IS)的不同组合关系为核心,提出了模仿性话语的类型学。② 在她看来,可能世界理论意味着一种层级结构的关系,以真实世界为中心,各种可能世界像卫星围绕着中心,通过所谓的通达性关系(accessibility relation)与中心相连。

不可能的世界聚集在系统的外围,从概念上讲是系统的一部分——因为可能性是通过与不可能的对比来定义的——但仍然无法通达。可能世界和不可能世界之间的界限取决于对通达性关系概念的特定解释。最常见的解释将可能性与逻辑规律联系在一起。每个尊重矛盾律和排中率的世界都是可能的世界。可能性的另一个标准是获得现实生活的物理定律的有效性。③

瑞安还确立了一种在重建文本世界时要遵循的"最小偏离原则"(principle of minimal departure),即"我们重新解释文本宇宙的中心世界,就像我们重新解释非事实陈述的替代可能世界一样:尽可能地符合我们对真实世界的再现。我们将把我们所知道的关于现实的一切都投射到这些世界上,我们只会根据文本进行调整"④。这一原则被布莱恩·麦克黑尔称为《可能世界、人工智能和叙事理论》一书"最

---

① Marie-Laure Ryan, *Possible Worlds, Artificial Intelligence, and Narrative Theory*, Bloomington: Indiana University Press, 1991, p.259.
② Marie-Laure Ryan, *Possible Worlds, Artificial Intelligence, and Narrative Theory*, Bloomington: Indiana University Press, 1991, p.28. 中译本可参见王阳:《小说艺术形式分析 叙事学研究》,北京:华夏出版社,2002年,第392页。
③ Marie-Laure Ryan, *Narrative as Virtual Reality: Immersion and Interactivity in Literature and Electronic Media*, Baltimore: Johns Hopkins University Press, 2001, pp.99-100.
④ Marie-Laure Ryan, *Possible Worlds, Artificial Intelligence, and Narrative Theory*, Bloomington: Indiana University Press, 1991, p.51.

不可或缺的贡献"①。瑞安等人的可能世界理论影响深远，它们与非自然叙述理论的关系也值得认真探讨。

对于非自然叙述理论倡导者之一阿尔贝来说，最核心的关键词就是"不可能"，他将非自然叙述界定为"物理上、逻辑上和人类属性上不可能的场景和事件"，他的专著的副标题是"小说和戏剧中的不可能世界"，在字面上与可能世界针锋相对。实际上，阿尔贝的非自然叙述理论与可能世界理论有更密切的关联，他在对非自然叙述的界定之前，对可能世界理论的各种观点进行了讨论，指出自己的立场与瑞安、罗恩等人相似。他并不认为虚构世界中的逻辑不可能性是对可能世界语义学的违背，相反，他将这些不可能世界视为读者运用创造力的领域，作为读者受邀来赋予它意义。② 甚至爱丽丝·贝尔和瑞安有这样的认定："可能世界理论构成了扬·阿尔贝处理非自然叙述方法的基础。"③ 的确，瑞安也讨论了实验文学中的不可能世界，认为这些不可能世界违反逻辑规律，对读者的想象力构成挑战。她列举了多种形式的不可能性：（1）矛盾，即 P 和－P 的事实在虚构世界中同时存在，她按照程度不同从高到低列出了矛盾的四个层次，从大量文本存在矛盾、相对较短的叙述片段之间的矛盾、单个句子之间的矛盾直到句子本身框架内的矛盾；（2）本体论的不可能性，其中最明显的例子是跨层，它打破了严格在虚构世界的叙述层面内运作的界限；（3）不可能的空间，其中空间与其给定的属性不一致；（4）不可能的时间，其中叙述时间不按照已知规则运作；（5）不可能的文本，以悖论方式存在的虚构文本。她认为实验文学中的不可能世界，给读者提出了挑战，要求读者以新的策略来理解文本，呈现出不自然的阅读体验。针对如何理解这些不可能世界，她总结了几种方式，首先是"自

---

① Brian McHale, "The Booth Lifetime Achievement Award 2017—Marie-Laure Ryan", http://narrative.georgetown.edu/awards/booth-ryan.php, 引用日期：2022 年 6 月 16 日。

② Jan Alber, *Unnatural Narrative: Impossible Worlds in Fiction and Drama*, Lincoln: University of Nebraska Press, 2016, pp. 31－32.

③ Marie-Laure Ryan and Alice Bell, "Possible Worlds Theory Revisited", in Marie-Laure Ryan & Alice Bell, (eds.), *Possible Worlds Theory And Contemporary Narratology*, Lincoln: University of Nebraska Press, 2019, p. 26.

然化"的方式,她列举了三种:"精神错乱"(mentalism,不一致之处可以解释为做梦、幻觉等)、"比喻性解释"(figural interpretation,与事实不符的不可能只是描述某些现象的方式)、"多重世界和虚拟化"(many-worlds and virtualization,相互不兼容的元素不属于同一个世界,而是属于不同的可能世界,其中一个世界对应的是虚构世界的事实,而另一个则是没有实现的可能性,是虚拟场景,读者要将自己重新定位到不同的世界中)。如果"自然化"的解释方式失败了,读者必须接受矛盾作为虚构世界的组成部分。在这种情况下,瑞安又总结了两种可能性:"梦境般的现实"(dream-like reality),这种解释赋予文本宇宙的现实世界以梦的特征,整个虚构世界充满了矛盾,比如卡夫卡的《乡村医生》;"瑞士奶酪世界"(Swiss-cheese world),非理性的世界包含在划定区域中,这些区域像瑞士奶酪的洞一样刺穿了虚构世界的质地,非理性世界与正常世界构成冲突,更具戏剧性。以上解释策略都是保留一个自足的故事世界,将想象力重新定位到另一个世界,从而保持沉浸式体验的可能,对于不可能世界还可以采取强调叙述过程的解释策略,即"元文本主义和自己动手"(meta-textualism and do it yourself,即将相互冲突的各个世界视为正在写作中的草稿,比如《保姆》就为读者提供了工具包来制作自己的故事)[1]。由此可见,阿尔贝对非自然叙述的九大阐释策略与瑞安从可能世界理论出发对不可能世界的阐释策略大体一致。

理查森的非自然叙述理论强调反模仿,突出对模仿框架的颠覆。在这种情况下,与瑞安主张的以真实世界为中心、以"最小偏离原则"为主要原则的可能世界理论,就会存在明显的冲突。瑞安的可能世界理论显然是建立在模仿框架之上,"自然化"的阐释策略固然要确立稳固的现实世界,即便是"自然化"失败之后的两种策略,也是要再现某个具有矛盾性的世界。而在最后一种打破沉浸感的阐释策略中,瑞安让读者意识到写作过程,意味着那些冲突仍然是草稿,处于

---

[1] Marie-Laure Ryan, "Impossible worlds", in *The Routledge Companion to Experimental Literature*, London: Routledge, 2012, pp. 384—395.

未完成状态，要读者"自己动手"，其指向仍然是某一个稳固的世界，显然这仍处于模仿框架之中。这与理查森的反模仿立场有明显的差异。在理查森看来，再现一个充满矛盾的不可能世界仍然是在模仿框架之下，是属于为模仿框架增添想象性因素。而非自然叙述是对模仿框架的打破，它对以真实世界为基础的故事世界的建构方式提出了质疑和挑战。尽管瑞安讨论的最后一种情况也和反模仿叙述一样，打破了沉浸感，破坏了稳定的故事世界，但理查森接受这种情况，将非自然叙述的意义确立在这种打破之上，而瑞安的阐释策略并不会停留于此，最终仍指向某种故事世界。① 总之，可能世界理论较为复杂，它与非自然叙述理论的对比与辨析，也有益于我们加深对两种理论的理解。

五、非自然叙述理论与生态批评

生态批评关注环境、自然与人的关系，关注人类生态危机，"自然"也是研究焦点。尽管他们所讨论生态意义的自然与非自然叙述理论中的自然叙述显然不是一回事，但非自然叙述理论仍然可以对生态批评有所启示。比如汉娜·克劳伯（Hannah Klaubert）就认为，非自然叙述理论可以在叙述学和生态批评阅读之间架起一座富有成效的（fruitful）桥梁：

> 一方面，非自然主义者坚持反模仿叙述策略的普遍性和细致的审视，可以启发生态批评家审视通常被排除在经典环境文学之外的新文本，并以不同的方式审视经典，不仅关注它们的沉浸性，也关注它们抑制沉浸性的因素。另一方面，在非自然主义者对这种反模仿模式如何打破认知脚本和人类经验性产生兴趣的地

---

① 瑞安认为相冲突的故事世界"这种对矛盾的系统性使用只有一个目的，那就是颠覆故事世界的概念，阻止沉浸感，并迫使……进行元虚构或元叙述的阅读"。参见 Marie-Laure Ryan, "From Possible Worlds to Storyworlds: On the Worldness of Narrative Representation", in Alice Bell & Marie-Laure Ryan (eds). *Possible Worlds Theory and Contemporary Narratology*, Lincoln: University of Nebraska Press, 2019, p. 67.

方,生态批评家可以研究中断的沉浸感和反模仿事实上如何塑造生活在一个受环境危机威胁的世界中的经验。①

她将非自然叙述理论应用于生态灾难小说的解读,认为"反模仿文本所产生的影响实际上是描绘由不可察觉的辐射所引发的'感官失调'的充分手段"②。由此可见,首先,非自然叙述理论对非主流叙述保持关注,也对生态批评家将关注范围从经典生态文学拓展到更广阔的领域有所启发。另外,在非自然叙述理论观照下所凸显出来的矛盾、失序、冲突等叙述现象,也被生态批评家与环境保护等问题关联起来,被视为感官失调的产物,作为人类面对生态危机时所产生的异常反应。当然,从理查森的非自然叙述理论来衡量,这些异常现象是对外在非常态世界的一种模仿性再现,似乎没有打破模仿框架,严格意义上说,并不符合理查森非自然叙述的反模仿性质。尽管如此,非自然叙述理论对另类叙述的关注仍然对生态批评有所启示,将生态批评与非自然叙述理论相结合也未尝不是一个新的学术增长点。

从倡导非自然叙述理论的学者的著述来看,他们远非另起炉灶、颠覆已有的叙述学体系,而是针对远离主流叙述的特别叙述实践提出一些范畴,使这些叙述得到公正的对待,对原叙述学体系有所修正、拓展,从而使叙述学的版图更为完整和全面。因此,"非自然叙述学"不是一种针对所有叙述的"非自然"的叙述学,而是"非自然叙述"学,即对非自然叙述的理论化。由于对非自然叙述的界定并不统一,因而非自然叙述理论也不是明确统一的理论体系,而是集合在对偏离主流叙述的叙述现象的关注、讨论之下的一个松散集体,其中有些立场存在明显差异和冲突。对于这种理论思潮的把握,必须明了其多元性和复杂性。将之简单化,并轻易予以否定是不妥当的。非自然叙述

---

① Hannah Klaubert, "Affective Exposures: Reading Unnatural Narratives in Contaminated Environments", *SubStance*, Vol. 50, No. 3, 2021, pp. 49–50.

② Hannah Klaubert, "Affective Exposures: Reading Unnatural Narratives in Contaminated Environments", *SubStance*, Vol. 50, No. 3, 2021, p. 34.

标示了与主流叙述不同的倾向,并体现在叙述各要素上,非自然叙述理论的讨论范围也随之延伸。尽管讨论的并不是所有叙述,但它也开辟了重新审视各种叙述要素的新视角。也有一些叙述学家受非自然叙述理论的启示,修正了自己的认识。这或许也是非自然叙述理论持续成为学界关注热点的原因之一。

参考文献

阿尔贝 J，尼尔森 H S，伊韦尔森 S，等，2011. 非自然叙事，非自然叙事学：超越模仿模式［J］. 尚必武，译. 叙事（中国版）(03).

阿尔贝 J，伊韦尔森 S，尼尔森 H S，等，2013. 什么是非自然叙事学的非自然？对莫妮卡·弗鲁德尼克的回应［J］. 尚必武，邓治雪，译. 叙事（中国版）(05).

阿米斯 M，2009. 时间箭［M］. 何致和，译. 海口：南海出版公司.

巴尔扎克，1980. 欧也妮·葛朗台 高老头［M］. 傅雷，译. 北京：人民文学出版社.

毕飞宇，2017. 小说课［M］. 北京：人民文学出版社.

毕飞宇，2017. 沿着圆圈的内侧，从胜利走向胜利——读《阿Q正传》［J］. 文学评论（04）.

博尔赫斯 H L，1999. 吉诃德的部分魔术［M］. 王永年，徐鹤林，译. //博尔赫斯全集·散文卷：上. 杭州：浙江文艺出版社.

陈文铁，郝利群，2019. 是"非自然"还是"反常规"：叙事学术语 unnatural 的翻译［J］. 东方翻译（01）.

恶鸟，2011. 马口铁注［M］. 北京：新世界出版社.

菲茨杰拉德，2011. 了不起的盖茨比［M］. 巫宁坤，等译. 上海：上海译文出版社.

弗鲁德尼克 M，2013. "非自然叙事学"有多自然：什么是非自然叙事学的非自然？［J］. 尚必武，刘春梅，译. 叙事（中国版）(05).

伏飞雄，2022. "法布拉"与"休热特"的跨国流传与变异［J］. 中国比较文学（02）.

福楼拜 G，2002. 福楼拜小说全集［M］. 李健吾，等译. 北京：人民文学出版社.

海因策 R，2011. 论第一人称叙事小说对模仿认知的违背［J］. 金敏娜，译. 叙事（中国版）（03）.

赫尔曼 D，等，2016. 叙事理论：核心概念与批评性辨析［M］. 谭君强，等译. 北京：北京师范大学出版社.

贾勤，2011.《木铎文库》编辑缘起［J］. 延河（01）.

江澜，2018. "非自然叙事"有多"自然"？［J］. 外国文学（04）.

卡尔维诺 I，2001. 卡尔维诺文集：第 5 卷 寒冬夜行人 帕洛马尔 美国讲稿［M］. 吕同六，张洁，主编. 南京：译林出版社.

卡勒 J，2019. 理论中的文学［M］. 徐亮，王冠雷，于嘉龙，等译. 上海：华东师范大学出版社.

科塔萨尔 J，2012. 游戏的终结［M］. 莫娅妮，译. 北京：人民文学出版社.

李敏锐，2017. 非自然叙事学的新模式——评扬·阿尔贝新作《非自然叙事：小说和戏剧中的不可能世界》［J］. 当代外国文学（01）.

李敏锐，2020. 陌生化·不可能·反模仿：兼谈非自然叙事理论的过去、现在与未来［J］. 华中学术（03）.

李亚飞，2018. 叙事学经典/后经典划分争议 20 年考辨：后经典叙事学存在合法性论略［J］. 山东外语教学（06）.

李亚飞，2020. 布莱恩·理查森叙事理论研究综论［J］. 外国语文研究（01）.

李亚飞，2020. 非自然叙事学：一个亟待澄清的叙事研究新范式［J］. 外语与外语教学（01）.

李亚飞，2021. 形式越界与意义指涉——论理查森的"反模仿"叙事诗学［J］. 国外文学（04）.

李亚飞，2021. 叙事研究的"跨文化"转向——评《跨越国界的非自然叙事：国际与比较视野》［J］. 中国比较文学（02）.

李亚飞，2022. 当代西方叙事学中的"反本质主义"——以非自然叙事学为中心［J］. 新疆大学学报（哲学社会科学版）（04）.

李亚飞，理查森 B，2021. 非自然叙事学的核心概念与批评争议——布莱恩·理查森教授访谈录［J］. 山东外语教学（05）.

李亚飞，尚必武，2020. 非自然叙事学的缘起、流变与发展态势——西方非自然叙事学研究述评［J］. 解放军外国语学院学报（01）.

理查森 B，2018. 非自然叙事理论［J］. 杨绍梁，译. 外语教育研究（04）.

理查森 B，2019. 非自然叙述学概要［J］. 王长才，译. 英语研究（01）.

理查森 B，2021. 非自然叙事：理论、历史与实践［M］. 舒凌鸿，译. 北京：北京师范大学出版社.

理查森 B，2023. 非自然的故事，非自然的序列：非自然叙事学简论［J］. 尚必武，译. 学术论坛（02）.

林格伦 E，1979. 论电影艺术［M］. 何力，李庄藩，等译. 北京：中国电影出版社.

罗伯-格里耶 A，1998. 金三角的回忆［M］. 张容，译. //陈侗，杨令飞. 罗伯-格里耶作品选集：第二卷. 长沙：湖南美术出版社.

罗伯-格里耶 A，1998. 在迷宫里［M］. 孙良方，夏家珍，译. //陈侗，杨令飞. 罗伯-格里耶作品选集：第一卷. 长沙：湖南美术出版社.

罗伯-格里耶 A，2011. 桃色与黑色剧·玩火［M］. 余中先，译. 上海：上海译文出版社.

纳博科夫 V，2015. 俄罗斯文学讲稿［M］. 丁骏，王建开，译. 上海：上海三联书店.

尼尔森 H S，2021. 虚构性与叙述［J］. 王长才，译. 探索与批评（05）.

Pier J，龙娟，尚必武，2012. 关于经典叙事学和后经典叙事学的若干思考［J］. 外语与外语教学（01）.

普林斯 G，2011．叙述学词典［M］．乔国强，李孝弟，译．上海：上海译文出版社．

普林斯 G，尚必武，2013．经典/后经典叙事学［J］．叙事（中国版）（0）．

契诃夫，2000．契诃夫小说全集：第十卷［M］．汝龙，译．上海：上海译文出版社．

乔国强，2023．非自然叙事：一种不确定性的存在［J］．上海大学学报（社会科学版）（04）．

乔国强，普林斯 G，2012．作为一门学科的叙述学——杰拉德·普林斯教授访谈录［J］．文艺理论研究（03）．

热奈特 G，1990．叙事话语 新叙事话语［M］．王文融，译．北京：中国社会科学出版社．

热奈特 G，2013．转喻：从修辞格到虚构［M］．吴康茹，译．桂林：漓江出版社．

尚必武，2009．非常规叙述形式的类别与特征——《非自然的叙述声音：现当代小说的极端化叙述》评介［J］．北京第二外国语学院学报（02）．

尚必武，2010．叙事性［J］．外国文学（06）．

尚必武，2012．不可能的故事世界，反常的叙述行为——非自然叙事学论略［J］．外语与外语教学（01）．

尚必武，2013．当代西方后经典叙事学研究［M］．北京：人民文学出版社．

尚必武，2014．跨越后现代主义诗学与叙事学的边界——布莱恩·麦克黑尔教授访谈录［J］．当代外国文学（04）．

尚必武，2015．非自然叙事学［J］．外国文学（02）．

尚必武，2015．叙事的"非自然性"辨微：再论非自然叙事学［J］．外国语文（03）．

尚必武，2016．文学叙事中的非自然情感：基本类型与阐释选择［J］．上海交通大学学报（哲学社会科学版）（04）．

尚必武，2017．什么是叙事的"不可能性"？——扬·阿尔贝的非自

然叙事学论略 [J]. 当代外国文学 (01).

尚必武, 2018. 非自然的事件, 非自然的序列——非自然叙事的另一维度 [J]. 山东外语教学 (06).

尚必武, 2018. 后殖民语境下的非自然叙事学 [J]. 天津社会科学 (05).

尚必武, 2018. 什么是叙事的"反模仿性"?——布莱恩·理查森的非自然叙事学论略 [J]. 文艺理论研究 (06).

尚必武, 理查森 B, 2012. 非自然叙事学及当代叙事诗学: 布莱恩·理查森教授访谈录 (英文) [J]. 文艺理论研究 (05).

尚广辉, 2016. 西方叙事研究新视野: 非自然叙事 [J]. 外国文学动态研究 (05).

尚广辉, 2019. 构建反模仿诗学: 论布莱恩·理查森的非自然叙事理论 [J]. 外国文学动态研究 (01).

申丹, 2004. 叙述学与小说文体学研究 [M]. 北京: 北京大学出版社.

申丹, 王丽亚, 2010. 西方叙事学: 经典与后经典 [M]. 北京: 北京大学出版社.

石昌渝, 2015. 中国小说源流论 [M]. 北京: 生活·读书·新知三联书店.

谭光辉, 2015. 论虚构叙述的"双层区隔"原则 [J]. 河北学刊 (01).

谭光辉, 2017. 再论虚构叙述的"双层区隔"原理——对王长才与赵毅衡商榷的再理解 [J]. 南昌大学学报 (人文社会科学版) (02).

唐伟胜, 2011. 非虚构叙事、不自然叙事: 当代叙事学研究的两大前沿课题 (代前言) [J]. 叙事 (中国版) (03).

陶东风, 2011. "文艺与记忆"研究范式及其批评实践——以三个关键词为核心的考察 [J]. 文艺研究 (06).

托尔斯泰 L, 1990. 安娜·卡列尼娜 [M]. 草婴, 译. 上海: 上海译文出版社.

王长才, 2009. 阿兰·罗伯-格里耶小说叙事话语研究 [M]. 成都:

巴蜀书社.

王长才,2011. 阿兰·罗伯-格里耶小说的叙述者之谜与不可靠叙述[J]. 外国文学研究（06）.

王长才,2013. 新"底本"的启示与困惑——向赵毅衡教授请教[J]. 文艺研究（11）.

王长才,2015. 梳理与商榷——评赵毅衡《广义叙述学》[J]. 文艺研究（07）.

王长才,2017. 反模仿：布莱恩·理查森"非自然叙述"论[J]. 中外文化与文论（02）.

王长才,2018. 泛文本、显文本："伴随文本"的两种理解[J]. 中国语言文学研究（02）.

王长才,2020. 再论"双层区隔"：虚构、纪实的性质与判断困境[J]. 符号与传媒（02）.

王长才,2021. 非自然叙述学[J]. 叙事研究（03）.

王蒙,2003. 王蒙文存（十二）来劲[M]. 北京：人民文学出版社.

王委艳,2015. 叙述学研究的新范式[J]. 河北学刊（01）.

王阳,2002. 小说艺术形式分析 叙事学研究[M]. 北京：华夏出版社.

王瑛,2015. 广义叙述学：叙事诗学发展的第三进阶[J]. 河北学刊（01）.

维斯W,2006. 光和时间的神话：先锋电影视觉美学[M]. 胡继华,邓子燕,王小晴,译. 成都：四川人民出版社.

吴永熹,2012. A. S. 拜厄特：我们身处一个对性过分着迷的社会[N]. 新京报,2012-09-08（C06）.

杨义,2004. 中国古典小说史论[M]. 北京：中国社会科学出版社.

张兵,聂付生,2012.《中国小说史略》疏识[M]. 上海：复旦大学出版社.

张寅德,1989. 叙述学研究[M]. 北京：中国社会科学出版社.

赵毅衡,2013. 当说者被说的时候：比较叙述学导论[M]. 成都：四川文艺出版社.

赵毅衡，2013. 广义叙述学［M］. 成都：四川大学出版社.

赵毅衡，2013. 梦：一个符号叙述学研究［J］. 四川大学学报（哲学社会科学版）（03）.

赵毅衡，2013. 再现不可靠及其"纠正"［J］. 西南民族大学学报（人文社科版）（06）.

赵毅衡，2014. 论二次叙述［J］. 福建论坛（人文社会科学版）（01）.

赵毅衡，2014. 论虚构叙述的"双区隔"原则［J］. 外国文学研究（02）.

赵毅衡，2014. 论叙述中的"跳角"［J］. 重庆广播电视大学学报（03）.

赵毅衡，2014. 论意动性叙述［J］. 江西社会科学（05）.

赵毅衡，2014. 情节与反情节 叙述与未叙述［J］. 华中师范大学学报（人文社会科学版）（06）.

赵毅衡，2015. 广义叙述分层问题：构筑原则与应用［J］. 河北学刊（01）.

赵毅衡，2016. 究竟谁是"第三人称叙述者"？［J］. 西南民族大学学报（人文社科版）（09）.

赵毅衡，2016. 重新定义叙述［J］. 四川大学学报（哲学社会科学版）（01）.

赵玉荣，2018. 后经典叙事学研究的新视野——自然叙事与非自然叙事研究的争鸣与对话［J］. 文学理论前沿（01）.

ABBOTT H P，2013. Real mysteries：narrative and the unknowable［M］. Columbus：The Ohio State University Press.

ABBOTT H P，2016. Strange creatures can be animals too：a response to brian richardson［J］. Style，50（04）.

ALBER J，2009. Unnatural narratives［EB/OL］. The literary encyclopedia［2021-01-14］. https：//www. litencyc. com/php/stopics. php?rec=true&UID=7202.

ALBER J，2011. The diachronic development of unnaturalness：a new view on genre［C］//ALBER J，HEINZE R（eds.），Unnatural narratives-unnatural narratology. Berlin，New York：De Gruyter.

ALBER J，2013. Pre-postmodernist manifestations of the unnatural：

instances of expanded consciousness in "omniscient" narration and reflector-mode narratives [J]. Zeitschrift für anglistik und amerikanistik: a quarterly of language, literature and culture, 61 (02).

ALBER J, 2016. Gaping before monumental unnatural inscriptions? the necessity of a cognitive approach [J]. Style, 50 (04).

ALBER J, 2016. Unnatural narrative: impossible worlds in fiction and drama [M]. Lincoln: University of Nebraska Press.

ALBER J, CARACCIOLO M, IVERSEN S, et al., 2018. Introduction: unnatural and cognitive perspectives on narrative (a theory crossover) [C] //ALBER J, CARACCIOLO M, IVERSEN S, et al. (eds.), Poetics today, 39 (03).

ALBER J, CARACCIOLO M, MARCHESINI I, 2018. Mimesis: The unnatural between situation models and interpretive strategies [C] //ALBER J, CARACCIOLO M, MARCHESINI I (eds.), Poetics today, 39 (03).

ALBER J, FLUDERNIK M, 2010. Introduction [C] //ALBER J, FLUDERNIK M (eds.), Postclassical narratology: approaches and analyses. Columbus: The Ohio State University Press.

ALBER J, IVERSEN S, NIELSEN H S, et al., 2012. What is unnatural about unnatural narratology? a response to Monika Fludernik [C] //ALBER J, IVERSEN S, NIELSEN H S, et al. (eds.), Narrative, 20 (03).

ALBER J, OLSON G, 2017. Monika Fludernik and the invitation to do things with narrative [C] //ALBER J, OLSON G (eds.), How to do things with narrative: cognitive and diachronic perspectives. Berlin, Boston: De Gruyter.

ALBER J, RICHARDSON B, 2023. Reading Unnaturally: a response to Ellen Peel [J]. Narrative, 31 (01).

ANDERSON M, IVERSEN S, 2018. Immersion and defamiliarization:

experiencing literature and world [J]. Poetics today, 39 (03).

BARON-COHEN S, 1995. Mindblindness: an essay on autism and theory of mind [M]. Cambridge, MA: The MIT Press.

BELL A, ALBER J, 2012. Ontological metalepsis and unnatural narratology [J]. Journal of narrative theory, 42 (02).

BERNARTS L, RICHARDSON B, 2018. Fictional minds: coming to terms with the unnatural [J]. Poetics today, 39 (03).

BUCHHOLZ L, 2012. Unnatural narrative in postcolonial contexts: re-reading Salman Rushdie's *Midnight's Children* [J]. Journal of narrative theory, 42 (03).

BUNDGARD P F, NIELSEN H S, STJERNFELT F, 2012. Narrative theories and poetics: 5 questions [M]. Copenhagen Ø: Automatic Press / VIP.

CHATMAN S B, 1978. Story and discourse: narrative structure in fiction and film [M]. Ithaca, NY: Cornell University Press.

CLARK M, PHELAN J, 2020. Debating rhetorical narratology: on the synthetic, mimetic, and thematic aspects of narrative [M]. Columbus: The Ohio State University Press.

CONTZEN E V, 2017. Unnatural narratology and premodern narratives: historicizing a form [J]. Journal of literary semantics, 1 (01).

CULLER J, 1984. Problems in the theory of fiction [J]. Diacritics, 14 (01).

CULLER J, 2002. Structuralist poetics: structuralism, linguistics and the study of literature [M]. London: Routledge.

CULLER J, 2018. Naturalization in "natural" narratology [J]. Partial answers: journal of literature & the history of ideas, 16 (02).

CULLERJ, 1997. Literary theory: a very short introduction [M]. Oxford: Oxford University Press.

DANNENBERG H, 2013. The booth lifetime achievement award

2013 — Gerald Prince [EB/OL] [2022-02-18]. http://narrative.georgetown.edu/awards/booth-prince.php.

ENSSLIN A, BELL A, 2021. Digital fiction and the unnatural: transmedial narrative theory, method, and analysis [M]. Columbus: The Ohio State University Press.

FAUCONNIER G, TURNER M, 2002. The way we think: conceptual blending and the mind's hidden complexities [M]. New York: Basic Books.

FLUDERNIK M, 1994. Second-person narrative as a test case for narratology: the limits of realism [J]. Style, 28 (03).

FLUDERNIK M, 1996. Towards a "natural" narratology [M]. London: Routledge.

FLUDERNIK M, 2003. Scene shift, metalepsis, and the metaleptic mode [J]. Style, 37 (04).

FLUDERNIK M, 2012. How natural is "unnatural narratology"; or, what is unnatural about unnatural narratology? [J]. Narrative, 20 (03).

FLUDERNIK M, 2018. Let us tell you our story: we-narration and its pronominal peculiarities [C] //GIBBONS A, MACRAE A (eds.), Pronouns in literature: positions and perspectives in language. London: Palgrave Macmillan UK.

FORSTER E M, 1985. Aspects of the novel [M]. San Diego, New York, London: A Harvest Book • Harcourt, Inc.

GENETTE G, 1980. Narrative discourse: an essay in method [M]. Ithaca, NY: Cornell University Press.

GENETTE G, 1988. Narrative discourse revisited [M]. Ithaca, NY: Cornell University Press.

GOMBRICH E H, 1995. The story of art [M]. New York: Phaidon Press Inc.

HALLIWELL S, 2002. The aesthetics of mimesis: ancient texts and modern problems [M]. Princeton, NJ: Princeton University

Press.

HAMBURGER K, 1973. The logic of literature [M]. Marilynn J. Rose (trans.). Bloomington: Indiana University Press.

HEMINGWAY E, 1932. Death in the afternoon [M]. London: Charles Scribner's Sons.

HERMAN D, 1994. Hypothetical focalization [J]. Narrative, 2 (03).

HERMAN D, 2007. The cambridge companion to narrative [M]. Cambridge: Cambridge University Press.

HERMAN D, 2009. Basic elements of narrative [M]. Chichester, U. K.: Wiley-Blackwell.

HERMAN D, JAHN M, RYAN M (eds.), 2010. Routledge encyclopedia of narrative theory [M]. London: Routledge.

HERMAN D, PHELAN J, RABINOWITZ P J, et al., 2012. Narrative theory: core concepts and critical debates [M]. Columbus: The Ohio State University Press.

IVERSEN S, 2011. "In flaming flames": crises of experientiality in non-fictional narratives [C] //ALBER J, HEINZE R (eds.), Unnatural narratives-unnatural narratology. Berlin, New York: De Gruyter.

IVERSEN S, 2013. Unnatural minds [C] //ALBER J, RICHARDSON B, SKOV NIELSEN H (eds.), A poetics of unnatural narrative. Columbus: The Ohio State University Press.

IVERSEN S, 2016. Permanent defamiliarization as rhetorical device; or, how to let puppy monkey baby into unnatural narratology [J]. Style, 50 (04).

KINTSCH W, DIJK T A V, 1983. Strategies of discourse comprehension [M]. New York: Academic Press.

KLAUBERT H, 2021. Affective exposures: reading unnatural narratives in contaminated environments [J]. SubStance, 50

(03).

KUKKONEN K, KLIMEK S, 2011. Metalepsis in fantasy fiction [C] //KUKKONEN K, KLIMEK S (eds.), Metalepsis in Popular Culture. Berlin, New York: De Gruyter.

KÖPPE T, STÜHRING J, 2011. Against pan-narrator theories [J]. Journal of Literary Semantics, 40 (01).

LAKOFF G, JOHNSON M, 1999. Philosophy in the flesh: the embodied mind and its challenge to Western thought [M]. New York: Basic Books.

LANSER S S, 1992. Fictions of authority: women writers and narrative voice [M]. Ithaca, NY: Cornell University Press.

MCHALE B, 1987. Postmodernist fiction [M]. New York: Methuen.

MCHALE B, 2017. The booth lifetime achievement award 2017—Marie-Laure Ryan [EB/OL] [2022-06-16]. http://narrative.georgetown.edu/awards/booth-ryan.php.

MÄKELÄ M, 2006. Possible minds: constructing-and reading-another consciousness as fiction [C] //TAMMI P, TOMMOLA H (eds.), Free language, indirect translation, discourse narratology: linguistic, translatological and literary-theoretical encounters. Tampere: Tampere University Press.

MÄKELÄ M, 2013. Realism and the unnatural [C] //ALBER J, RICHARDSON B, SKOV NIELSEN H (eds.), A poetics of unnatural narrative. Columbus: The Ohio State University Press.

MÄKELÄ M, 2016. Narratology and taxonomy: a response to Brian Richardson [J]. Style, 50 (04).

MÄKELÄ M, 2018. Realism and the unnatural [J]. Partial answers: journal of literature and the history of ideas, 16 (02).

Narrative Research Lab, 2020. [EB/OL] [2020-08-01]. https://projects.au.dk/narrativeresearchlab/.

NELLES W, 1997. Frameworks: narrative levels and embedded narratives [M]. New York: Peter Lang.

NIELSEN H S, 2010. Natural authors, unnatural narratives [C] //ALBER J, FLUDERNIK M (eds.), Postclassical narratology: approaches and analyses. Columbus: The Ohio State University Press.

NIELSEN H S, 2013. Naturalizing and unnaturalizing reading strategies: focalization revisited [C] //ALBER J, RICHARDSON B, SKOV NIELSEN H (eds.), A poetics of unnatural narrative. Columbus: The Ohio State University Press.

NIELSEN H S, 2016. Inventing unnatural narratives [J]. Style, 50 (04).

PATRON S, 2021. Optional-narrator theory: principles, perspectives, proposals [M]. Lincoln: University of Nebraska Press.

PEEL E, 2016. Unnatural feminist narratology [J]. Storyworlds: a journal of narrative studies, 8 (02).

PEEL E, 2023. Knowing what's unnatural for somebody: a reply to Jan Alber and Brian Richardson [J]. Narrative, 31 (01).

PHELAN J, 1994. Present tense narration, mimesis, the narrative norm, and the positioning of the reader in waiting for the *Barbarians* [C] //PHELAN J, RABINOWITZ P J (eds.), Understanding narrative. Columbus: The Ohio State University Press.

PHELAN J, 1996. Narrative as rhetoric: technique, audiences, ethics, ideology [M]. Columbus: The Ohio State University Press.

PHELAN J, 2005. Living to tell about it: a rhetoric and ethics of character narration [M]. Ithaca: Cornell University Press.

PHELAN J, 2013. Implausibilities, crossovers, and impossibilities: a rhetorical approach to breaks in the code of mimetic character narration

[C] //ALBER J, RICHARDSON B, SKOV NIELSEN H (eds.), A poetics of unnatural narrative. Columbus: The Ohio State University Press.

PHELAN J, 2016. Unnatural narratives and the task of theory construction [J]. Style, 50 (04).

PHELAN J, 2017. Somebody telling somebody else: a rhetorical poetics of narrative [M]. Columbus: The Ohio State University Press.

PHELAN J, 2018. Authors, resources, audiences: toward a rhetorical poetics of narrative [J]. Style, 52 (1−2).

PRATT M L, 1977. Toward a speech act theory of literary discourse [M]. Bloomington: Indiana University Press.

PRINCE G, 2016. Expanding narratology [J]. Poetics today, 37 (04).

PRINCE G, 2020. Narratology redux [J]. Style, 54 (03).

RABINOWITZ P J, 1977. Truth in fiction: a reexamination of audiences [J]. Critical inquiry, 4 (01).

RABINOWITZ P J, 2016. Yes, but: a Response to Brian Richardson [J]. Style, 50 (04).

RICHARDSON B, 1987. "Time is out of joint": narrative models and the temporality of the drama [J]. Poetics today, 8 (02).

RICHARDSON B, 1989. "Hours dreadful and things strange": inversions of chronology and causality in macbeth [J]. Philological quarterly, 68 (03).

RICHARDSON B, 1991. Pinter's landscape and the boundaries of narrative [J]. Essays in literature, 18 (01).

RICHARDSON B, 1992. Causality in "*Molloy*": philosophic theme, narrative transgression, and metafictional paradox [J]. Style, 26 (01).

RICHARDSON B, 2000. Narrative poetics and postmodern

transgression: theorizing the collapse of time, voice, and frame [J]. Narrative, 8 (01).

RICHARDSON B, 2000. Recent concepts of narrative and the narratives of narrative theory [J]. Style, 34 (02).

RICHARDSON B, 2006. Unnatural voices: extreme narration in modern and contemporary fiction [M]. Columbus: The Ohio State University Press.

RICHARDSON B, 2012. Brian Richardson writes [EB/OL] [2022-02-11]. http://osupress.blogspot.com/2012/04/herman-phelan-and-rabinowitz-richardson_16.html.

RICHARDSON B, 2015. Unnatural narrative: theory, history, and practice [M]. Columbus: The Ohio State University Press.

RICHARDSON B, 2016. Introduction: feminist fiction and unnatural narrative theory [J]. Storyworlds: a journal of narrative studies, 8 (02).

RICHARDSON B, 2016. Unnatural narrative theory [J]. Style, 50 (04).

RICHARDSON B, 2019. A poetics of plot for the twenty-first century: theorizing unruly narratives [M]. Columbus: The Ohio State University Press.

RICHARDSON B, 2021. Essays in narrative and fictionality: reassessing nine central concepts [M]. Newcastle: Cambridge Scholars Publishing.

RICHARDSON B, 2021. Response to Gerald Prince [J]. Style, 55 (02).

RYAN M-L, 1991. Possible worlds, artificial intelligence, and narrative theory [M]. Bloomington: Indiana University Press.

RYAN M-L, 2001. Narrative as virtual reality: immersion and interactivity in literature and electronic media [M]. Baltimore: Johns Hopkins University Press.

RYAN M-L, 2004. Metaleptic machines [J]. Semiotica, 150.

RYAN M-L, 2009. Temporal paradoxes in narrative [J]. Style, 43 (02).

RYAN M-L, 2016. Response to Brian Richardson's target essay "unnatural narrative" [J]. Style, 50 (04).

RYAN M-L, 2019. From possible worlds to storyworlds: on the worldness of narrative representation [C] //BELL A, RYAN M-L (eds.), Possible worlds theory and contemporary narratology. Lincoln: University of Nebraska Press.

RYAN M-L, BELL A, 2019. Possible worlds theory revisited [C] //BELL A, RYAN M-L (eds.), Possible worlds theory and contemporary narratology. Lincoln: University of Nebraska Press.

SHANG B, 2019. Unnatural narrative across borders: transnational and comparative perspectives [M]. London: Routledge.

SHEN D, 2014. Style and rhetoric of short narrative fiction: covert progressions behind overt plots [M]. London: Routledge.

SHEN D, 2016. What are unnatural narratives? what are unnatural elements? [J]. Style, 50 (04).

SHEN D, 2019. Progression cachée / covert progression [EB/OL] [2022-07-09]. https://wp.unil.ch/narratologie/2019/12/progression-cachee-covert-progression/.

SOMMER R, 2016. Unnatural fallacy? the logic of unnatural narrative theory [J]. Style, 50 (04).

THOSS J, 2011. Unnatural narrative and metalepsis: Grant Morrison's *Animal Man* [C] //ALBER J, HEINZE R (eds.), Unnatural narratives-unnatural narratology. Berlin, Germany: Walter De Gruyter, Inc.

THOSS J, 2015. When storyworlds collide: metalepsis in popular fiction, film and comics [M]. Leiden/Boston: Brill Rodopi.

THOSS J, ENSSLIN A, CICCORICCO D, 2018. Narrative media:

the impossibilities of digital storytelling [J]. Poetics today, 39 (03).

VARGAS R A, 2018. Unnatural narratives, emotions, and neoliberalism [J]. Sapientiae: revista de ciencias sociais, humanas e engenharias, 4 (01).

WALSH R, 1997. Who is the narrator? [J]. Poetics today, 4 (04).

WALSH R, 2007. The rhetoric of fictionality: narrative theory and the idea of fiction [M]. Columbus: The Ohio State University Press.

WARHOL R R, 1989. Gendered interventions: narrative discourse in the Victorian novel [M]. New Brunswick, NJ: Rutgers University Press.

WEES W C, 1992. Light moving in time: studies in the visual aesthetics of avant-garde film [M]. Berkeley: University of California Press.

WEESE K, 2016. Feminism, film, and the fantastic: an "unnaturalizing" reading of Ali Smith's the accidental [J]. Storyworlds: a journal of narrative studies, 8 (02).

WOLF W, 2005. Metalepsis as a transgeneric and transmedial phenomenon: a case study of the possibilities of "exporting" narratological concepts [C] //MEISTER J C, KINDT T, SCHERNUS W (eds.), Narratology beyond literary criticism: mediality, disciplinarity. Berlin, New York: De Gruyter.

WOLF W, 2013. "Unnatural" metalepsis and immersion: necessarily incompatible? [C] //ALBER J, RICHARDSON B, SKOV NIELSEN H (eds.), a poetics of unnatural narrative. Columbus: The Ohio State University Press.

ZUNSHINE L, 2006. Why we read fiction: theory of mind and the novel [M]. Columbus: The Ohio State University Press.

附录一 非自然与非自然叙述理论：
布莱恩·理查森教授访谈录[①]

王长才（以下简称王）：《不可能的故事：因果关系与现代叙述的本质》（*Unlikely Stories: Causality and the Nature of Modern Narrative*，1997）是您出版的第一部专著。在这部著作中，您就已关注贝克特等人先锋、实验、另类的叙述实践，这似乎预示了您后来所倡导的"非自然叙述理论"。您可否简单地介绍一下这部书，以及它与"非自然叙述"理论的关系？

布莱恩·理查森（以下简称理查森）：《不可能的故事》聚焦于虚构的世界，特别是人物（和读者）对他们周围事件和所居住故事世界的解释。我特意将后现代叙述中的许多不可能的世界纳入本研究。当时，一个在逻辑上不可能的虚构世界的想法普遍被该领域的理论家摒弃〔如多勒泽尔（Doležel）、艾柯（Eco）、帕维尔（Pavel）〕。我讨论了我称之为"元小说"的因果法则，它可以被叙述者改变。

王：在广受赞誉的《非自然声音：现当代小说中的极端叙述》（*Unnatural Voices: Extreme Narration in Modern and Contemporary Fiction*，2006）中，您非常精彩地探讨了以往并没有得到充分讨论的现当代小说中的第二人称叙述（second-person narration）、第一人称复

[①] 笔者于2016—2017年通过电子邮件对布莱恩·理查森教授进行了学术访谈，英文版见 Changcai Wang, "The Unnatural and Unnatural Narrative Theory: An Interview with Professor Brian Richardson",《符号与传媒》2019年第1期，pp. 112–122.

数叙述（"we"-narration）、多人称叙述（multiperson narration）等，得到了学术界的热烈反响，并获得了国际叙述研究学会颁发的帕金斯奖（The Perkins Prize）。十年后您如何评价这本书？

理查森：我对这本书的成功感到非常欣喜，并且很高兴地注意到，我的一些构想被证明是有用的，无论是当时的阐述还是其他理论家修改的形式。我很高兴看到许多新的小说作品的涌现，这些作品尝试了我在书中讨论的各种叙述方式，特别是"我们叙述"的方式，这种叙述一直很受欢迎，无论是在小说家中，还是在对这种有趣的叙述形式进行新研究的叙述理论家中。我仍然认为我们需要对"假设的"第二人称小说和各种不可能的叙述做更多的研究，比如那些我归在"后现代不可靠"名称下的叙述。

王：由您和扬·阿尔贝（Jan Alber）、斯特凡·伊韦尔森（Stefan Iversen）、亨里克·斯科夫·尼尔森（Henrik Skov Nielsen）联名发表的《非自然叙述，非自然叙述学：超越模仿模式》（"Unnatural Narratives, Unnatural Narratology: Beyond Mimetic Models", *Narrative*，2010）更明确地倡导非自然叙述学，可否被视为建构"非自然叙述学"的宣言？您能否介绍一下撰写这篇文章的背景及经过？

理查森：我们四个意识到我们正以类似的角度从事类似的项目，因此我们决定在 2008 年 4 月在得克萨斯州奥斯汀举行的国际叙述研究学会会议上一起展示我们的工作。我们的这些发言有许多契合之处，所以我们决定将它们合并成一篇文章，于 2010 年 5 月发表在《叙述》上。我们还建立了一个网站，并制作了"非自然叙述学词典"。这些共同构成了运动开始的宣言。

王：这篇论文后来成为许多对非自然叙述理论感兴趣的学者们的讨论目标，其中包括莫妮卡·弗卢德尼克的《"非"自然叙述学有多么自然；或，什么是非自然叙述学的非自然？》（"How Natural Is 'Unnatural' Narratology; or, What Is Unnatural About Unnatural Narratology?", *Narrative*, 2012）和托比亚斯·克劳克（Tobias Klauk）、梯尔曼·科佩（Tilmann Köppe）的《重新审视非自然叙事学：问题与展望》（"Reassessing Unnatural Narratology: Problems and Prospects", *Story Worlds: A Journal of Narrative Studies*, 2013）。在联名的回应文章中，几位理论家之间的分歧被明确地提出来。这种分歧是从一开始就有，还是在发展过程中形成的？您是如何看待这种分歧的？

理查森：我们都有构想我们项目的不同方式。每个人都给了它稍有不同的覆盖范围、框架和偏好。这在任何新模式或范式中都是可以预期的，我们觉得这是一个健康发展的标志。看看叙述理论家群体最终会发现哪个特定概念最有用，使我们都满意。我相信我自己的概念比阿尔贝和尼尔森的概念更精确、有更明确的限定（Richardson, 2015, p.13, p.19—20），我觉得他们的概念太宽泛了。我非常钦佩伊韦尔森概念的精确性和敏锐度。

王：在《非自然叙述：理论、历史与实践》（*Unnatural Narrative: Theory, History, and Practice*）中，您对非自然叙述理论进行了全面展示，也对受到的误解和质疑做出了回应。令人印象深刻的是，您强化了"非自然叙述"的定义，将其定义为反模仿的，这使得非自然叙述的讨论范围得以缩小，其特性也要鲜明一些。这一定义也将人们习以为常的、在性质上和模仿性叙述相近的一些非模仿叙述排除在外，比如经典科幻小说、超自然小说、幻想作品等，而这些作品从扬·阿尔贝更接近认知叙述学的角度来看，属于非自然叙述。在我看来，扬·阿尔贝的定义在某种程度上过于宽泛，有可能引发不必要的混乱和误解。您和扬·阿尔贝讨论过这个问题吗？

理查森：是的，我们是同事和朋友，已经就这个问题讨论过几次。他对自己的定义相当满意,它有着典范性的清晰,尽管他承认它不能涵盖贝克特的许多作品。正如我所提到的,我觉得它涵盖了太多很大程度上并不相似的作品,以至于无法发挥其应有的作用。

王:如您所说,非自然叙述理论关注的是某一类文本,而不是所有的文本。但您也说过:"它们无处不在。"(Richardson,2015,p. xiii)"大多数叙述可以位于两个平行且偶尔交叉的光谱上。"(p. 6)自然叙述和极端的非自然叙述是对立的两端,中间是不同程度的非自然叙述。您能进一步解释一下非自然要素和非自然叙述的关系吗?对那些不同程度的非自然叙述我们应该采用不同的策略吗?

理查森:在故事世界中,非自然要素可能作为事件、人物、环境和框架出现。这些个别单位是非自然的主要位置。说到非自然,是指非自然的空间、非自然的人物,或非自然的事件,而不是非自然的叙述本身,可能是最准确的。然而,当存在大量反模仿实体、事件或反模仿框架时,人们可以合法地谈论非自然的叙述,即使从严格意义上来讲只指整个叙述中的非自然要素。也就是说,非自然的可能是局部的、间歇性的、主要的或全局的。当然,非自然的要素越多,模仿的成分就越弱。

王:正如您观察到的,非自然叙述的现象自古就有,但之前大部分学者通常将其归因于作者的疏忽或错误。即使是那些有意违反现实主义规约的现代或后现代作品,也被基于模仿叙述的概念讨论。非自然叙述理论试图为主流叙述研究提供额外的概念范畴和理论工具。您能否进一步说明非自然叙述理论的必要性和意义?

理查森:在非自然叙述学出现之前,我们所拥有的是一种不完整的叙述理论,它满足于忽略许多无法放入其模式中的反模仿作品。非自然叙述理论让我们做的是提供一种更全面的叙述理论,可以包容更多的叙述,更重要的是,可以包容更多的叙述类型。这使我们能够看到反模仿实践的完整历史，最早可以追溯到阿里斯托芬的作品，直至19世纪和早期现代主义作品中发现非自然的时刻，还能在从卡通到广告的许多流行文化作品中观察它们。

王：长期研究后现代主义文学的著名学者布莱恩·麦克黑尔认为，"在非自然叙事里，不存在或几乎不存在经典叙事学工具所不能描述的东西。"芬兰学者玛丽亚·麦凯莱认为非自然叙事学是一个新的"App技术"，即对"经典"叙事学理论的新运用。（尚必武，2014，p. 170）同样关注后现代主义文本，您的研究和麦克黑尔的研究有什么差异？与之前的解释相比，非自然叙述理论能做出哪些新的贡献？

理查森：我认为麦克黑尔在这一点上是不正确的。在《非自然叙述》中，我讨论了许多叙述理论的领域，其中经典概念明显是不充分的。这些领域包括（但不限于）故事、时间、叙述者、结尾和序列（Richardson，2015，pp. 28—47）。以叙述时间为例，没有现存的范畴来分析后现代主义所使用的多种不可能的时间性；在像热奈特这样的框架中，它们甚至是不可想象的。在传统概念的基础上，我们可以发展和扩展它们，以充分完成它们要完成的工作。这些新工具包括消解叙述（denarration）、文本生成器、多重线性、矛盾时间和许多其他工具。麦凯莱可能简单地将这些称为"App"；一个更准确的称呼是"必要的补充和重构"。

王：古代的非自然叙述可能并没有故意违反模仿规约。我们应该用区别于对待现代或后现代非自然叙述的方式来对待它们吗？

理查森：对我来说，非自然要素是作者故意置于叙述中的，所以偶然或无意的非自然特性是不存在的。我相信《非自然叙述》中所有历史上的例子都符合这个要求。这一点可以明显从阿里斯托芬、塞万提斯、莎士比亚、狄德罗等人的相关文本中看出。

王：但是,"作者在叙述中故意放置非自然要素"并不意味着作者故意选择违背模仿规约。我的意思是,也许在某些情况下,"非自然要素"对作者来说并不像对读者来说那样是非自然的。我们确定非自然的最终原因是什么?是作者的意图、文本特征,还是读者的反应?

理查森:当一位作者创造现实世界中不可能存在的事件或人物时,我们可能会问两个问题:这是一个已有规约的复现吗?还有,作者有没有可能把这个世界呈现为某种程度上可信的、超自然的世界?或者,恰恰相反,这反而是对模仿规则的故意的(通常是滑稽的)违反吗?因此,在阿里斯托芬的戏剧《蛙》中,埃斯库罗斯和欧里庇得斯诗句的价值是通过把反对者放在天平上看谁的"更重"来衡量的。这在现实生活中不可能发生,剧场里的每个人都知道。我承认,在某些情况下,很难知道作者是否有意让某一事件作为非自然的,但这非常类似于我们不确定某句话是否有意被当作喜剧的情况。

王:您多次拿莎士比亚的《仲夏夜之梦》作为非自然叙述的例子,其中"贵族们在有序的城市里过了四天,而——同时——魔法森林里过了两天"(p.56)。但我不确定这两种"截然不同、相互矛盾的故事时间表"(p.56)是否应该被称为对一种特殊世界的模仿式再现,在我看来,这更接近于非模仿而不是反模仿。您怎么看呢?

理查森:这是一个非常好的观点。是的,很明显,一个被施了魔法的世界很可能有特殊的特性,比如不同的时间性,这是其再现规约的一部分。在这种情况下,非自然的是生活在普通世界的人物并没有注意到其他人的时间已经过去了多少;这一点在伊吉斯的例子中尤为突出,他从未停止好奇他叛逆的女儿在过去的四个晚上都在哪里度过。这种矛盾的时间性在最后一幕中再次上演,在这里,消逝时间的标识与我们观察到的所度过的时间完全不匹配。

王：中国古代神话中有一种分级的时间系统，"天上一日，地上一年"。在同一个故事世界里存在两种时间秩序对中国人来说曾经是真实的。有没有可能一种叙述对西方人来说是非自然的，同时对中国人来说又是非模仿的？

理查森：我想说，这仅仅是西方读者不知道中国规约的一个例子，因此把非模仿误认为反模仿。

王：在不同的文化中，对现实世界的看法和再现方式是不同的。在《艺术的故事》中，E. H. 贡布里希讨论了古埃及的绘画方式："任何事物都必须从其最具特色的角度来再现。"在再现人体时，"因此，一只从正面看的眼睛被放到侧脸图中"（Gombrich，1951，p. 36）。这对我们来说看起来非自然。我觉得当讨论非自然叙述时，我们也会有类似的情况。您对不同文化中非自然的差异有什么看法？

理查森：我会回答说，超自然的内容在不同的文化中是不同的，但超自然的观念是相当恒定的。尽管不同文化中的神灵各不相同，但神灵拥有超自然力量的观念是相似的。对死人去处的描述千差万别，但都是人精神的去处，并在那里永远活着。

王：您在区分非自然叙述和后现代叙述的时候说："不是所有被称为后现代的作品都是反模仿的；一些后现代作品在话语层面上发挥作用，但本质上呈现为模仿性叙述。"（Richardson，2015，p. 129）一个叙述有可能在话语层面上是不寻常的，而在故事层面上又不是非自然的吗？

理查森：是的，当然。我想说，这是两件非常不同的事情。人们可以用非常不寻常的话语来描述一个完全模仿的世界。事实上，我想说的是，以这样一种方式改变故事世界，使其成为反模仿的话语是相当罕见的。这种情况确实发生了，例如，在消解叙述的情况下，叙述者说虚构世界的某些方面不是或不再是这样。

王：2016年第4期《文体》是您的非自然叙述理论专刊，其中有近二十位学者发表了自己的看法。请您对这次讨论做一下总结好吗？您对这个专刊有什么评价？

理查森：由我从整体上来评价这次讨论可能是不公平的，但我将很乐意对其中的几个方面发表评论。其他非自然叙述学家提出了一些很好的观点，特别是斯特凡·伊韦尔森和他的"永久陌生化"的想法。玛丽娜·格里沙科娃（Marina Grishakov）和玛丽亚·麦凯莱（Maria Mäkelä）提出了关于文类和非自然的问题的重要议题，我希望在未来再次系统地阐述这些问题。拉斯·贝尔纳茨（Lars Bernaerts）和莱诺·托克（Leono Toker）提出了非自然和游戏理论方面的非常不错的问题。我希望看到非自然叙述理论更深入地立足于心理学。詹姆斯·费伦（James Phelan）提出了一些我很高兴能有机会回答的关于非自然叙述理论的重要的基本问题，我很高兴能有机会回答。罗伊·萨默（Roy Sommer）和H.伯特·阿博特（Porter Abbott）的评论也是如此。

王：在《对回应者的再次回答》一文中，您明确宣称："在我的定义中，非自然就是反模仿。在叙述中，它可能出现在故事中，出现在话语中，也可能出现在叙述的呈现中。也就是说，叙述可能完全是传统的，但故事世界可以是不可能的或矛盾的，或者说故事世界可以完全是模仿的，而文本的叙述或呈现可以是非自然的。"（Richardson，2016，p.492）但是，我对这两种叙述有点困惑，这两种叙述在我看来是非模仿的。您能进一步澄清这个问题吗？

理查森：让我举一些例子来回答。在像阿兰·罗伯-格里耶的《嫉妒》（*La Jalousie*）那样的矛盾叙述中，故事世界是不可能的，因为故事中的许多矛盾无法通过比如不可靠的叙述者等自然的方式来解决。在罗伯—格里耶的《在迷宫里》（*Dans le labyrinth*）中，故事世界被文本的话语创造、否定、再创造，就像外面的天气先是说下雨，然后是炎热晴朗，接着是下雪。在这里，话语以一种在日常生活中不可能的方式创造了故事世界。

王：丹麦奥胡斯大学的叙述研究实验室发起了"非自然叙述学词典"项目，您是核心成员之一。您能介绍一下和他们的合作以及项目的进展吗？

理查森：我们一起编纂了这部词典，作为对杰拉尔德·普林斯（Gerald Prince）、曼弗雷德·雅恩（Manfred Jahn）和其他人的现有叙述学词典的补充，因为他们的方法过于集中在模仿概念上。我们都对汇集在那里的东西充满兴致。该实验室的许多丹麦成员现在正专注于虚构性问题，事实上，他们正试图扩大我们对虚构性的概念界定。

王：能给我们介绍一下您目前的研究项目吗？

理查森：我目前正在写一本书，书名是《叙述的开始、中间、结尾及其他：后现代主义之后的情节理论化》（*Narrative Beginnings, Middles, Endings and Beyond: Theorizing Plot after Postmodernism*）①。在书中，我安排了关于故事和情节的一系列主题章节：叙述的定义、开端、时间性、故事和话语、情节和可讲述性、序列和结尾。在每一章中，我都讨论模仿和非自然的例子，以便得出我们需要的那种对叙述的全面解释。我还在和扬·阿尔贝一起编辑一本名为《非自然叙述、批判理论和文化研究》（*Unnatural Narratives, Critical Theory, and Cultural Studies*）②的书。

---

① 此书已出版，即 Brian Richardson, *A Poetics of Plot for the Twenty-First Century: Theorizing Unruly Narratives*, Columbus：The Ohio State University Press, 2019.

② 此书已出版，即 Jan Alber and Brian Richardson, *Unnatural Narratology: Extensions, Revisions, and Challenges*, Columbus：The Ohio State University Press, 2020.

王：作为非自然叙述理论的领军人物，能否请您对本理论的现状做一个总结，对其未来发展趋势做一个展望？

理查森：非自然叙述研究始于后现代小说，并以后现代小说为中心。在我的新书和扬·阿尔贝的《非自然叙述：小说和戏剧中的不可能世界》中，我们都将讨论范围扩大到了更早的几个世纪的戏剧和小说（阿尔贝著作阐述的范围是从13世纪到现在）。关于非自然文化研究、女性主义和非自然的新作品正在出现，其他少数族裔非自然的作品也一定会被研究。我预计电影将是研究非自然叙述的下一个大的领域，我希望亚洲古典文学也被纳入这一群体。

王：非常感谢您接受采访！

引用文献：

E. H. Gombrich, *The Story of Art*. New York: Phaidon Publishers, 1951.

Brian Richardson, "Rejoinders to the Respondents", *Style*, Vol.50, No.4, 2016 (4): 492－513.

Brian Richardson, *Unnatural Narrative: Theory, History, and Practice*. Columbus: The Ohio State University Press, 2015.

尚必武：《跨越后现代主义诗学与叙事学的边界——布莱恩·麦克黑尔教授访谈录》，当代外国文学，2014 (4): 166－171。

附录二 非自然叙述学概要[①]

布莱恩·理查森 撰 王长才 译

摘 要：本文提供了非自然叙述和相关术语的基本定义及非自然叙述的例子，讨论了非自然叙述的范式及对小说的双重诗学的需要。本文描述了非自然的虚构世界，并探讨了其本质，然后从非自然叙述的视角讨论故事的不同方面，分析非自然的故事、序列和时间，继而探讨一些非自然人物，并讨论这些人物形象对叙述理论的重要性。

关键词：人物　虚构世界　序列　故事　时间　非自然叙述

Unnatural Narratology: An Overview

Abstract: This essay provides basic definitions of unnatural narrative and related terms, and provides examples of unnatural narratives. It discusses the paradigm of unnatural narratives and the need for a dual poetics of fiction. It describes unnatural fictional worlds and explores their natures. It then discusses different aspects of the story from the perspective of unnatural narrative, analyzing unnatural stories, sequences, and temporalities. It then goes on to explore a number of kinds of unnatural character, and discusses the

---

[①] 原载《英语研究》（CSSCI 来源集刊）第九辑，上海交通大学出版社，2019 年 3 月，本书收录时有改动。

importance of these figures for narrative theory.

Keywords: Character, fictional worlds, sequence, story, time, unnatural narrative

非自然叙述由反模仿的（anti-mimetic）事件、人物、环境或叙述行为组成。也就是说，它们违反非虚构叙述、现实主义或效仿非虚构叙述的其他诗学实践的前提，不能被置于现有的、已确立文类的常规中。① 非自然元素主要处于虚构的故事世界中。马克·雷纳（Mark Leyner）有个好例子："他遇到了汽车炸弹。他把钥匙插入点火开关并扭动——汽车爆炸了。他下车。他打开引擎盖，草草检查。他关上引擎盖，回到车上。他扭动点火开关上的钥匙。汽车爆炸了。他下车，厌恶地把车门重重关上"（Mark，1995，p.59）。这里描述了一个不可能的事件序列。

我也希望在一开始就明确，和扬·阿尔贝（Jan Alber，2016，p.25）不同，我区分了"反模仿的"（antimimetic）和仅仅"非模仿的"（nonmimetic），前者质疑非虚构和现实主义再现的常规，后者使用了一种不同的但完全是常规的范式讲故事（非模仿或非现实主义的文类，包括幻想和神话故事）。按我的定义，这些作品并不是非自然的。

大部分常规叙述理论基于模仿性叙述，因此用它来理解反模仿叙述会遇到麻烦。非自然叙述学为那些拒绝遵守日常口头讲述或者叙述再现的模仿形式常规的作品提供了一种概念框架。在现实主义叙述中，有说话者，有可认出的人物，有具有一定的"可讲性"（"tellability"）的相关事件，前后一致的本体性框架，以及或多或少可确定的听众。但反模仿叙述挑战而非遵守这些常规。詹姆斯·费伦（James Phelan）断言，叙述是某人向另一个人讲在一个可认出的故事世界里发生了重要的某事。相反，反模仿叙述会质疑这一论断的每

---

① 我的非自然叙述理论的完整阐述，对现有叙述学的贡献及文学史例子，请见我的《非自然叙述：理论、历史与实践》（*Unnatural Narrative: Theory, History, and Practice*）。

个方面。更具体地说,它可以不采用单一、一致、像人的说话者,只使用不一致的、非人类的或瓦解了的(collapsed)声音;它可能再现非物质的或不一致的虚构造物而非人物;它可能讲述那些似乎不值得讲或令人绝望地感到混乱或矛盾的事件;它可能将这些事件置于一个不可能的世界中;它可能投射出故事的接收者,这一接收者像其叙述者一样是非自然的。

在模仿或非模仿的世界中,叙述读者会相信拉斯蒂涅(Rastignac)生活在巴黎,在白雪公主的世界中有起作用的魔镜。但非自然叙述需要只部分地相信虚构世界,也破坏那种信念。当我们在故事世界中遇到相矛盾的事件版本时(因此不能简化为人物的不同感知),我们被迫放弃叙述读者的通常信念。彼得·拉比诺维茨(Peter Rabinowitz)说,一种确定叙述读者特征的方式是问:"我必须假装成哪类读者——我必须知道和相信什么——如果我想把这个虚构作品当作真的?"(1987,p.96)。然而,许多非自然的世界不允许它们被认为是完全真实的。作者的读者就变得与叙述读者相融合;我们想知道让故事世界混乱的(作者的)意图是什么。相似地,我们可以不再依赖玛丽-劳尔·瑞安(Marie-Laure Ryan)所称的"最小偏离原则"(principle of minimal departure,1991,pp.48—60):这一规则以一个相对稳定的虚构世界为前提。对于非自然的小说,我们应该期待一种反复偏离的模式;有趣的是,这些小说通常会画出它们自己的特定轨迹。随后沉浸于故事世界的体验也会大打折扣。

非自然叙述学旨在识别和理解那些建构不寻常或不可能的虚构世界的叙述。比如,它邀请我们识别和辨别有着这些要素的作品:(1)像博尔赫斯的《阿莱夫》(*The Aleph*)一样,有着搅乱稳定、模仿性空间的非自然空间;(2)完全自然化的描绘,一旦放在一起就创建了矛盾空间[罗伯-格里耶(Robbe-Grillet)的《嫉妒》(*La jalousie*)];(3)其本体论是(或暗示着)可疑的世界[卡特(Carter)、卡尔维诺(Calvino)];(4)成问题的空间,它在正被创造时崩塌[贝克特(Beckett)的《每况愈下》(*Worstward Ho*)];(5)一系列不同的、不相联的非自然空间[《爱丽丝梦游仙境》

(*Alice in Wonderland*)］；（6）玛雅·索南伯格（Maya Sonenberg）立体主义的《静物》（"Nature Morte"）中反复出现的不可能空间，这空间与其他（非立体主义的）人物的经验相冲突。在这些情况下，人们会观察到，通常一个单独的不可能的空间或区域，要么嵌入以常规方式行动的普通世界中，要么被它们环绕，要不就被框住。因此，不可能的空间通过与我们经验的世界并置而凸显出来。

非自然叙述理论的范式坚持采用模仿和反模仿的双重互动模式。后现代主义以其无休止的对反现实主义的和不可能的世界和事件的发明创建，已迫使概念/方法论问题走在前列：我们是要一个很不完整的、主要是模仿的理论，还是需要发展新的概念来接纳后现代主义和其他实验性及前卫文本的非自然叙述实践？事实上，我们需要一种另外的、附加的诗学。非自然叙述学提供了这种另外的、补充的诗学。在大多数领域，我们不需要拒绝现有模式，而是用一个可涵盖模仿和反模仿叙述实践的、更为全面的模式加以补充。根据定义，模仿模式不能理解违反模仿再现规则的反模仿作品。一种完整的叙述理论需要双重视野和一种辩证诗学，它能处理虚构作品的虚构性方面。非自然叙述学是补足缺失的部分、缺失的理论、缺失的视野的更具包容性的范式。

叙述理论有一对基本概念故事（histoire）和叙述话语（récit），即我们从文本推导出的故事和文本自身呈现之间的区分。俄国形式主义者确立的这个区分已存在了近一个世纪。一个前后一致的故事几乎总是可从每个非虚构的或口头的自然叙述以及模仿或现实主义的虚构作品中提取出来，这些作品力求与这些话语类型相像。如果不能，我们知道对于任何矛盾，都会有明显的自然的解释，比如没有注意细节，记忆出错，或者谎言露出马脚。然而，仍有很多种非自然的故事完全避开了模仿模式。叙述可以绕一圈回到自身，因为最后一句成了第一句，因此永远地继续［乔伊斯（Joyce）的《芬尼根守灵夜》（*Finnegans Wake*），1939；纳博科夫（Nabokov）的《循环》（*The Circle*），1936；贝克特（Beckett）的《戏剧》（*Play*），1963］；这样的故事既是无限的又是循环的。在另一些作品中，不同人群的时间以不同的速度流逝。因此，在莎士比亚的《仲夏夜之梦》（*A Midsummer Night's Dream*）中，秩序井然的城市中贵族们过了四天——同时，被施了魔法的森林只过了两天。在弗吉尼亚·伍尔夫（Virginia Woolf）的《奥兰多》（*Orlando*，1928）中，主角经历了二十年，而他（她）周围的那些人则过了三个半世纪。这些例子显示了双重或多重的故事。

另一些文本有几个相互矛盾的事件序列，像罗伯－格里耶的《嫉妒》、安娜·卡文（Anna Kavan）的《冰》（*Ice*，1967）、罗伯特·库弗（Robert Coover）的《保姆》（*The Babysitter*，1969）和卡莉·丘吉尔（Caryl Churchill）的《陷阱》（*Traps*，1977）。仔细研究丘吉尔这部戏剧是大有裨益的，因为它明确说明了在其非自然的故事世界什么正在发生、什么没有发生。在其中，所有事件发生的房间在戏剧进展中改变了位置。房间的门对于一些人是锁着的，但对另一些人并没有锁——没人碰过插销。第一幕雷吉（Reg）给克里斯蒂（Christie）和德尔（Del）带来了一盒巧克力；他说他希望他们从未从乡下搬到这座城市；第二幕人们正在吃巧克力，在乡下幸福地生活。我们看到希尔（Syl）和她丈夫阿尔贝特（Albert）在抱怨他们的宝宝引起的麻烦，几分钟后他们讨论最后再要个孩子的可能性。接着人物杰克宣布他和希尔最近结婚了。一个人物经历了两次相同的相认的场景；另一个人物改变了性格。阿尔贝特自杀，其余的人物反思他的死亡，然后阿尔贝特重新走进来，好像什么都没有发生，而其他人也没有惊讶。

类似于罗伯－格里耶的《嫉妒》，丘吉尔在戏剧中用了一系列完美的日常行为，在保持了他人线性发展的同时，颠倒了进程中的部分序列。这产生了一些不能协调的矛盾。各个序列的逼真性由于反模仿式地并置而严重冲突。这种矛盾的效果在舞台上呈现时富有力量、引人入胜，因为所有观众观看了一系列不可能在现实世界中发生的事件。丘吉尔煞费苦心地说明这部戏的反模仿性，她不希望将其简单地缩减为一种常规化的解释策略。她在序言中断言：

（戏剧）就像不可能的东西，或者像埃舍尔（Escher）的绘画,在其中这些东西能在纸上存在,但生活中是不可能的。剧中时间、地点、人物的动机和关系都不能全部协调一致——它们可以在舞台上发生,但对它们来说没有其他真实性。可以认为人物是一次经历了很多可能性。没有闪回,没有幻想,所发生的一切都与剧中其他部分一样真切而坚实。(Churchill,1985,p.71)

对于解释更极端的非自然叙述,这可以是个很好的范本。

在库弗《保姆》中,多条故事线索的可能变体更为戏剧化。不同的、不相容的结局都出现在文本中,它们包括:保姆意外地淹死了婴儿,雇她的男人早早回来与她发生性关系,一个害羞的邻居男孩拜访她,两个邻居男孩意外发现父亲和保姆在一起,父亲意外发现男孩们和保姆在一起,保姆追逐男孩,保姆被男孩们强奸,家人回来发现一切都好,母亲回家发现三个男孩和保姆在浴缸里,母亲从电视上得知孩子们被杀,她的丈夫走了,浴缸里有一具尸体,她的房子已经毁了。不是一个事件排除了其他可能的选项,而是许多不兼容的可能性已然变成现实。

本节所举例子没有一个可以轻松地从固定的叙述话语中提取出单一的、一致的故事。阿兰·罗伯-格里耶提及《嫉妒》中矛盾的故事时指出:"认为在小说中……存在一个清晰明确的事件秩序,而不是这本书句子的秩序,似乎我像洗牌一样打乱预先设好的日历给自己找乐子,这是荒唐的。"(Robbe-Grillet,1965b,p.154)他继续说,对于他,除了在页面本身找到的秩序,没有其他可能的秩序。又一次,这个文本并没有模仿那种其话语(syuzhets)将会显露(divulge)单一故事的现实主义叙述,这里只有一个不确定的、矛盾的故事。

也有话语改变故事世界的案例。突出的例子包括文字文本生成器(verbal textual generators),在其中,独特的单词或按字母顺序等其他排序原则产生最终的文本。另一个是"消解叙述"(denarration),其中文本否定或"抹除"了它在虚构世界中已经描述了(instantiated)的事件。这些实验技巧使用话语来创建或摧毁故事。以上两种在罗伯-格里耶的《在迷宫里》(*Dans le labyrinthe*,1959)

的开头都显得突出。先是我们得知"外面正在下雨……风在光秃秃的黑色枝干之间吹动"(Robbe-Grillet, 1965a, p. 141);下一句话,这个环境被消解叙述了,我们被告知"外面阳光正灿烂:没有树,没有投下影子的灌木"(p. 141)。房间内每个表面都落满细细的灰尘;这种灰尘又会生成墙外特定的天气:"外面正下雪"(p. 142)。类似地,内部的其他表面图像生成故事世界中的物:开信刀的印象变成了士兵的刺刀;长方形印象生成士兵携带的神秘盒子;一盏台灯生成了外面雪中的路灯,接着又生成了倚靠着它、紧抓着盒子的士兵;而写实的绘画《莱曾费尔兹的失败》(*The Defeat at Reichenfels*)确实让它描绘的战争场景活了起来。这里的描写让其表示的事件生动起来,因为话语创造了故事;在消解叙述的情况中,话语既取消了环境,也改变了故事。

在另一些作品中,故事和叙述话语都是可变的。《选择你的探险》("Choisissez votre propre aventure")丛书提供了一系列选项,读者可从中选择;故事和叙述话语都是多线索和可变的,尽管一旦选定了某个特定事件,它会变得固定——这是一种组合规则,许多超小说(hyperfictions)以此方式建构。安娜·卡斯特罗(Ana Castillo)的《米花拉书简》(*The Mixquiahuala Letters*, 1986)采用了类似的原则。这本书是由一个人物寄送的一系列信件组成,但并不要求读者全都理解。相反,作者根据读者的敏感性提供了三种不同的阅读序列。因而,他告知保守者要从第 2、3 号开始,再转到第 6 号,而愤世嫉俗者要从第 3 和第 4 号开始再读第 6 号。提供给空想类读者的是另一个顺序:2,3,4,5,6。重要的是要注意每个序列产生一个不同的故事。因此,我们有一个部分变化的叙述话语,一旦选择,就会产生不同的故事。

非自然叙述学提供了一个扩展的框架来解释反模仿故事,包括无限的故事;具有不一致时间顺序的双重或多重故事线索;内在含糊的和不可知的故事;内部矛盾的故事;消解叙述的故事;以及同一核心故事重复的多个版本。我们还形成了叙述话语的概念,以包括部分和完全可变的叙述话语模式。通过扩展我们的故事和叙述话语的概念,非自然叙述学能公平对待各类寻求改变和扩展传统实践的文本。

非自然叙述学也能帮我们保留和扩展在20世纪70年代和80年代由罗兰·巴特等理论家对反模仿的人物所做的工作。我们再一次注意到，非自然的人物不仅仅是不可能的存在者，而且是违反或戏仿现实主义规约的存在者。反模仿的人物，不同于仅仅是非模仿的人物，即那些在标准的幻想和常见童话故事中会说话的动物或飞马或其他常规类型。我们可以确认几种非自然人物违反模仿再现前提条件的方式。"不完美的人类角色"通过这些展示其非自然性：具有太少一致属性以至于不能让自己成为像人的角色，或者有太多矛盾的特征以至于不能合理地形成一个人物，或者它们可能是两个或更多人的融合。还有另外一些，可能有很多正当的品性，却错误地组合在一起。关于最后一类，最近有个很棒的例子：玛雅·索南伯格的《静物》。这是第一个立体主义孩子的故事，围绕来自阿维尼翁的未婚母亲1911年所生的婴儿展开。他看上去很奇怪："他是平的，不，只是当你从侧面或后面看他是平的。他看起来真的很瘦，但从前面看，呃，好像你几乎能看到他的全部"（Maya Sonenberg，1989，p.36）。其他男孩不想和他打棒球，因为如果他要击球，"好像甚至在他开跑之前，他就回到了本垒板"（p.40）。他与空间和时间的关系是扭曲的。男孩的"世界是固体的。他呼吸的空间，随着他的接近而变成固体。他的身体形成了附着在墙壁、窗玻璃和地板上的空间和血肉的平面"（pp.40—41）。虽然他的身体看起来缺乏第三维度，但他的意识超越了所有这三维：他甚至能够观看自己出生的情形（p.41）。

剧场里有突出的例子，其人类特征很少，以至于根本不被看作再现的人。特里斯坦·查拉（Tristan Tzara）1921年的达达主义戏剧《气动之心》（*La coeur à gaz*, *The Gas Heart*）限于六个形象：眼睛、嘴、鼻子、耳朵、颈部和眉毛。它们交换无意义的评论，并展示出不可辨认的身份。也许最极端的是格特鲁德·斯坦因（Gertrude Stein）的戏剧。正如马克·罗宾逊（Marc Robinson）谈到她第一部成熟的戏剧《发生了什么》（*What Happened*）时所说："人物没有名字——如果有人物的话——除了括号中的一些数字意在表示出场。

否则，这些声音完全没有确定身份的描述性要素。"（p.13）这里的人物的确缩减成了代号。贝克特的《四个人》（*Quad*）完全解构了人物，只有尽可能相似的四位演员或"玩家"，他们的性别不重要，每一个都沿着固定的轨迹直线步行。没有言语，没有分别对待，没有性格塑造。也许彼得·汉德克（Peter Handke）1966年的《冒犯观众》（*Publikumsbeschimpfung*，*Insulting the Audience*）是反人类主义表现的极端形式。他的演员们面对观众声明："我们不给你们讲故事。我们不表演任何动作。我们不代表任何东西。我们不强给你们任何东西。我们只是说话。"（p.9）

其他人物有数不清的矛盾属性。在马丁·克里姆普（Martin Crimp）大胆的戏剧《她生活中的尝试：为剧场演出的17个场景》（*Attempts on Her Life: 17 Scenarios for the Theatre*，1997）中可以发现一个极端例子，多个各自独立的个体呈现为一个角色。克里姆普不仅拒绝提供单一、一致的自我身份，他的戏剧还通过呈现一系列关于叫安妮或安雅、安妮耶或其他化名的一个（或几个）女人的话语来挑战独特身份的观念。她们被呈现为在不同的境遇下有不同生活故事的不同的人：邻家女孩、表演艺术家、富有的女人、恐怖分子、科学家、色情女演员、脚本中的人物，甚至一种新汽车品牌（自然是"安妮"）。有人对其表演片段做了有见地的评论："她说她不是真正的人物，如你在一本书或电视上看到的那样，而是人物的缺失，一种她所称的人物的缺席，不是吗？"（Grimp, p.25）。

然而，这部作品不能仅仅被当作不相关片段的集合而被否定。这部戏剧从标题开始，采取了几种策略邀请观众将这些不同的故事带入情节，从而将其分散的主题部分地统一起来。这些策略包括，在戏剧第一场中安妮的应答机收到的大量看起来相冲突的消息，这些消息预示着后续场景中的许多故事片段。第十四场中，一个音乐唱段（a musical number）同样地确认了一个单一的人物（"她"），它甚至颠覆了任何统一个性或形象的任何本质或基础：

她是皇室成员

> 她实践艺术
> 她是个难民
> 在一匹马和手推车上。
> 她是一个色情电影明星
> 一个杀手和一个汽车品牌
> 一个杀手和一个汽车品牌!
> 她是个恐怖主义威胁
> 她是三个孩子的母亲
> 她是支廉价的香烟
> 她是迷幻药。(p.59)

在戏剧结尾,我们没有答案,叙述理论家(以及观众)的核心问题依然存在:它是关于贯穿整部作品的一个人物的单一故事,还是仅仅关于不同女性的十七个独立的故事?作品本身同时既倾向又消除这两种立场。人们可以寓言式地或者元戏剧式地阅读它,作为一种对固定、稳定的人物观念的批判,或者作为主体性由围绕它的自私话语所建构的方式的一种描述。尽管如此,人们可以把剧中安妮们和安妮耶们解释为一个女人在她生命历程中可能扮演的潜在角色,所有这些都是我们在观察过程中的一个单一、潜在的故事(fabula)的变体。然而,这样的解释只是缓解了一些观众恢复模仿性的人文主义愿望,因为它对作品中多个安妮的不可缩减的异质性实施了暴力。

同样激进的是融合式人物(fused characters),在叙述进程中个人与他人相融合。许多新小说(nouveaux romans)作家[如克洛德·西蒙(Claude Simon)、罗贝尔·潘热(Robert Pinget)]的人物受到其他人物侵扰的沾染或与其他人物合为一体。正如贝克特的莫兰(Moran)对莫洛伊(Molloy)的反思,"也许我发明了他,我的意思是在我头脑中发现了现成的他"(p.112),又说:"因而在于我头脑中的莫洛伊和真正的莫洛伊之间……相似度不会很大"(p.115)。

最有趣和最显著的虚构人物之一就是那些知道自己是虚构存在的人物;尽管在过去一个世纪较为盛行,这种情况仍没有被从理论上充分地讨论。布莱恩·麦克黑尔（Brian McHale）是讨论这种人物的少数人之一（1987，pp.121-124），他注意到它在小说中流行之前就已在戏剧中盛行，重要的是，他区分了人物对其虚构状态的认识程度。这种类型的典型章节（locus classicus）是皮兰德娄（Pirandello）1921年的戏剧《六个寻找作者的剧中人》（*Six Characters in Search of an Author*），其中角色们出现在剧场，并要求作者完成他们的故事。他们说他们生来就是角色；正如角色"父亲"所说的："一个人出生会以许多形式，许多形状，作为树或石头，作为水，作为蝴蝶或女人。所以一个人也可以一出生就是剧中角色"（Pirandello，1952，p.217）。另一个早期例子是《一个角色》（*A Character*），它出现在费利佩·阿尔福（Felipe Alfau）的故事集《狂人》（*Locos*，1936）中，其中一个角色不仅逃脱了他的作者，还与作者抢着叙述他的生活。叙述者开始说："我打算写的是萦绕我脑海有一段时间的故事。然而，我的角色的叛逆特性不让我写。"（1936，p.19）。写完为角色命名的第一个句子后，叙述者分心了。在此，角色接管了："现在我的作者把我放在纸上，给了我身体和起点，我将继续讲故事，用自己的话讲。"（p.20）

戏剧在舞台上演出时，演员的角色扮相可以大大影响其形象（depictions）及接受；戏剧性再现就其本质而言倾向于使一个角色的统一性变得复杂，得到增强或使之消散。演员的出场为角色的再现增添了另一层次，演绎可以改变、反转或转换所呈现的故事。当表演者的性别、种族或年龄与故事所表明的不同时，这一点尤为明显。正如我在其他地方所讨论的（Richardson，2015，pp.93-95），在喜剧《地母节妇女》（*Thesmophoriazusae*）中，阿里斯托芬通过让一个男性角色试图在舞台上将另一个男人伪装为女人，戏仿了在希腊戏剧中由男人扮演女性角色这一事实。一个男人所扮演的男性角色因此在舞台上被脱毛、易装，以便与故事世界的女性相似，这一女性角色也由男人扮演（尽管可断定伪装得更好）。

当由男孩扮演的女性角色接着将自己伪装成男孩时，莎士比亚提供了很多元戏剧式的幽默。在《皆大欢喜》（*As You Like It*）中，穿男装的罗瑟琳（Rosalind）说："多谢上帝我不是个女人，不会犯他所归咎于一般女性的那许多心性轻浮的罪恶。"① （3.2.340－342）。演员的性别似乎基本上抹去了角色的性别。同样，原先饰演克娄巴特拉的男孩演员非自然地实现了她的角色希望逃脱的命运：

> 俏皮的喜剧伶人们将要把我们编成即兴的戏剧，扮演我们亚历山大里亚的欢宴。……而我将要看见一个逼尖了喉咙的男童穿着克莉奥佩特拉的冠服卖弄着淫妇的风情。(V.2 216－221)

很多类似的转换可以写入脚本。在卡洛斯·富恩特斯（Carlos Fuentes）对他的戏剧《月光下的兰花》（*Orchids in the Moonlight*）中关于玛丽亚和多洛雷斯（Maria and Dolores）角色扮演的引人入胜的笔记中，可以看到一些这样的转换。他写道："理想情况下，这两个角色由墨西哥女演员玛丽亚·菲利克斯（Maria Felix）和多洛雷斯·德尔·里奥（Dolores del Rio）扮演。更理想的是，在不同部分两个人交替扮演"（Fuentes，1986，p.145）。随后又一次，富恩特斯接着说，他们可以由和原来演员相像的女演员扮演，或者是根本不像她们的女人，又或者由两个男人来扮演。这些可能性中的每一种都可能影响到人物最终的性格塑造，强化、疏远或否定角色的文学之外的身份，因为再现的可能性从认同到致敬到戏仿。在这里，性格塑造的表演维度是最为显著可见的。

我们观察到反模仿叙述自阿里斯托芬和佩特罗尼乌斯（Petronius）的时代以来就已经存在，在中世纪［梦幻幻象，拉伯雷的《巨人传》（*Gargantua and Pantagrue*）］和文艺复兴时期很常见（尤其是莎士比亚的更大胆和具有自我意识的戏剧）。反模仿策略影响（inform）了由《项狄传》（*Tristram Shandy*）启发的整个传统，在后现代小说和荒诞派戏剧中尤为突出。流行叙述媒体也充满了反模仿系列和文类，从开玩笑（tongue-in-cheek）的百老汇音乐剧、连环画

---

① 此处及下文莎士比亚戏剧引文采用朱生豪先生译文，特此致谢。——译注

册、儿童卡通到鲍勃·霍普－宾·克罗斯比（Bob Hope-Bing Crosby）的"某某之路"系列电影（the "road" movies）中，都能够看见。

"非自然"这一术语常被人错误地过度使用。一些并没有读过多少相关文献的批评家经常将这一术语应用于各种轻微异常的现实主义文本、标准的现代主义的线性反转、特定的意想不到的人物或场景，或传统的非现实主义作品。如前所述，我尝试仔细地将非自然或者反模仿叙述，与那些简单的非模仿叙述，比如传统神话故事、动物寓言和涉及魔法的故事区分开来。对我来说，非自然不包括超自然的叙述、幻想、托多罗夫（Todorov）所说的"奇妙"（"marvelous"）小说、传统科幻小说或寓言（见 Richardson，2015，pp. 9—12，p. 16）。我确认超自然的与非自然的非常不同：超自然的文本倾向于非常严肃地对待其故事世界，而非自然的作者们则公然地嬉戏。超自然事件通常可以放置在另一个自然主义的故事世界中，而非自然的作品解构模仿的或自然主义的世界。在超自然的世界中，一个角色可能试图骑着飞马升上奥林匹斯山；在非自然的故事世界中，一个角色可能像阿里斯托芬《和平》（The Peace）的主角，骑在一只屎壳郎上，升到天堂直接与诸神说话。[①] 从阿里斯托芬和琉善（Lucian），到莎士比亚和塞万提斯（Cervantes），再到菲尔丁（Fielding）和歌德（Goethe），再到乔伊斯（Joyce）和拉什迪（Rushdie），人们已经习惯于用非自然叙述来批评和讽刺超自然的主张。

大部分标准科幻小说与反模仿小说并无关联，许多作品的动力是敏锐的现实主义。最近的一个科幻故事集，芬尼和克莱默的《象形文字：为了一个更美好未来的故事和愿景》（Hieroglyph: Stories and Visions for a Better Future），强调了它的现实基础，特别是试图鼓励科幻小说作家"召唤宏伟的雄心勃勃的未来"，这未来激励他人"到达那

[①] 在阿里斯托芬的《和平》中，主人公爬上了巨大的屎壳郎要升天，请求观众不要放屁，以免误导他的坐骑，这在布莱恩·理查森看来是典型的非自然场景。参见 Brian Richardson, Unnatural Narrative: Theory, History, and Practice, Columbus: The Ohio State University Press, 2015, p. 4.（译注）

里，让它们变成真实"(xxv)——不是那种可以问博尔赫斯或罗伯-格里耶的事情。同样，安迪·威尔（Andy Weir）的小说《火星人》（*The Martian*）由科学家撰写，并在网上发布，其他科学家可以对其场景的物理准确性进行质疑或确认。每当有错误，作者就检查计算，然后重写受质疑的段落，使其符合物理、化学和生物学的法则。① 这是自从儒勒·凡尔纳（Jules Verne）和 H. G. 威尔斯（H. G. Wells）的时代以来主宰大多数科幻小说的一般原则的极端例子：它是（或至少看起来是）可能的。自然会有作者违反这一原则［如菲利普·K. 迪克（Philip K. Dick）、厄休拉·勒·古恩（Ursula Le Guin）、伊塔洛·卡尔维诺（Italo Calvino）］，并另外创作出不可能的、反模仿的、后现代的科幻小说。

另一个常见的误解与非自然可能会变化或相对的性质有关。毕竟，许多人声称，在 21 世纪的工业化的西方，人们称之为不可能的曾会被认为是可能的，甚至是现实的。谁来判断到底是可能的还是不可能的？争议总在继续。当我称一种行为或事件为"非自然"时，一般意味着根据物理规律或逻辑公理它是不可能的。物理学的基本规律在过去几千年没有变化，在伦敦、西藏、婆罗洲和南极也是一样的。这就是为什么它们是物理学规律。逻辑的公理也同样是普遍的：排中律不会——也不能——随时间和文化的变化而变化。

一些批评家试图将非自然叙述限制在如后现代主义或元小说等有限的类型以减缩或贬低它们。我们最近关于非自然叙述史的工作应该能轻松地消除这种错误。另一些人则采取相反的态度，比如认为它在维多利亚小说等模仿小说中广泛流行。罗宾·沃霍尔（Robyn Warhol）注意到了在夏洛蒂·勃朗特（Charlotte Brontë）、乔治·艾略特（George Eliot）、简·奥斯汀（Jane Austin）、查尔斯·狄更斯（Charles Dickens）和威廉·梅克佩斯·萨克雷（William Makepeace Thackeray）作品中的非自然段落，并得出结论："只要写现实主义小

---

① 被再现的事件中只有推动情节前进的沙尘暴是不可能的。这是作者允许自己的唯一一次破例（poetic license）。（原注）

说，现实主义小说就一直沉迷于反模仿的实践"（Herman et al, 2012, pp. 213—214）。我们的回应是：的确如此。我们可以在广泛的、表面上是现实主义的小说中发现非自然或反模仿的因素，尽管它们经常因为很快被归入作品的一般模仿框架之内而被忽略。除了如狄德罗（Diderot）的《定命论者雅克和他的主人》（*Jacques le fataliste et son maître*）和贝克特的《无法称呼的人》（*The Unnamable*）等明确地反模仿叙述，我们还可以在现实主义作品中发现一条嬉戏的非自然的轨迹，至少从塞万提斯到菲尔丁，继而发展到奥斯汀、萨克雷和特罗洛普（Trollope）。非自然是普遍存在的，它需要像这样被辨认，并得到更广泛的分析。

非自然的叙述继续进一步越过已有的现实主义、人文主义和常规再现的既定界限，这些作品推动了我们将现有的叙述学模式拓展到仅仅是模仿作品的范围之外。传统叙述者死亡之后，一切都变得可能——除了按从前的、传统的模式对叙述进行理论讨论。J. M. 库切（J. M. Coetzee）用接下来的术语说明了这种情况：

> 当你选择一个角色内心的单一视点，你可以选择心理现实主义，即描绘一个人的内心意识。而我这里强调的词是现实主义，心理现实主义。而《内陆深处》（*In the Heart of the Country*）中发生的是那种现实主义正被颠覆，因为你知道，她杀了她父亲，随后她父亲回来，她又杀了他，书进展了一段，他又回到了那里。所以这是一种不同类型的游戏，一种反-现实的游戏。（Penner, 1989, p. 57）

库切描述他与心理现实主义模式分歧所使用的特定语言，表明他的做法不是仅仅不同，而是有意识地反对这种诗学，的确，除了谈及它显然违反了模仿的束缚，他还表示不能充分理解它。这就是为什么我们需要一种能够补充现有模仿理论的另外的、反模仿的诗学。这一模式将使我们大大扩展叙述理论所涵盖的领域，并能更好地覆盖早期大量的非自然叙述。只有这样，我们才能公正地对待在我们这个时代最令人钦佩的、富于想象力的叙述成就。

引用文献：

Alber, Jan. Unnatural Narrative: Impossible Worlds in Fiction and Drama [M]. Lincoln: University of Nebraska Press, 2016.

Alfau, Felipe. Locos: A Comedy of Gestures [M]. New York: Random, 1990.

Barthes, Roland, Introduction à l'analyse structural des récits [J]. Communications (8), 1966.

Beckett, Samuel. Three Novels: Molloy, Malone Dies, The Unnamable [M]. New York: Grove, 1958.

Booth, Stephen. Speculations on Doubling in Shakespeare's Plays [C]. Phillip C. McGuire and David C. Samuelson (eds.), Shakespeare: The Theatrical Dimension. New York: AMS Press, 1979: 103-141.

Churchill, Caryl. Plays: One [M]. New York: Routledge, 1985.

Crimp, Martin. Attempts on Her Life [M]. London: Faber and Faber, 1997.

Fuentes, Carlos. Orchids in the Moonlight [C] //Marion P. Holt and George W. Woodyard (eds.), Drama Contemporary: Latin America. New York: PAJ Publications, 1986.

Handke, Peter. Kaspar and Other Plays [M]. Michael Roloff (Trans.), New York: Noonday, 1975.

Herman, David, and James Phelan, Peter Rabinowitz, Brian Richardson, and Robyn Warhol. Narrative Theory: Core Concepts and Critical Debates [M]. Columbus: Ohio State University Press, 2012.

Leyner, Mark. My Cousin, My Gastroenterologist [M]. New York: Vintage, 1995.

McHale, Brian. Postmodernist Fiction [M]. New York: Methuen, 1987.

Moore, Lorrie. Self-Help [M]. New York: New American Library, 1986.

Leyner, Mark. My Cousin, My Gastroenterologist [M]. New York: Vintage, 1995.

Penner, Dick. Countries of the Mind: The Fiction of J. M. Coetzee [M]. Westport, CT: Greenwood, 1989.

Pirandello, Luigi. Naked Masks: Five Plays by Luigi Pirandello [C]. Eric Bentley (ed.). New York: Dutton, 1952.

Rabinowitz, Peter. Before Reading: Narrative Conventions and the Politics of Interpretation [M]. Ithaca: Cornell University Press, 1987.

Richardson, Brian. Unnatural Narrative: Theory, History, and Practice [M]. Columbus: Ohio State University Press, 2015.

Robbe-Grillet, Alain. For a New Novel: Essays on Fiction [M]. Richard Howard (Trans.). New York: Grove, 1965a.

—. Two Novels by Robbe-Grillet: Jealousy and in the Labyrinth [M]. New York: Grove, 1965b.

Leyner, Mark. My Cousin, My Gastroenterologist [M]. New York: Vintage, 1995.

Robinson, Marc. The Other American Drama [M]. Baltimore: Johns Hopkins University Press, 1997.

Ryan, Marie-Laure. Possible Worlds, Artificial Intelligence and Narrative Theory [M]. Bloomington: University of Indiana Press. 1991.

Shakespeare, William. The Complete Works of Shakespeare [M]. David Bevington (ed.). New York: Pearson Longman, 2004.

Sonenberg, Maya, Nature Morte[C] //Cartographies. New York: Ecco, 1989: 35—42.

结项后记

2005—2006年，笔者在撰写博士学位论文《阿兰·罗伯－格里耶小说叙事话语研究》时（修订后由巴蜀书社于2009年出版），强烈地感觉到罗伯－格里耶的叙述实践对已有的叙述学构成了挑战，因而，在论证中时时与主流叙述理论相参照，指出其写作给叙述理论提出难题。如今看来，罗伯－格里耶的作品是典型的非自然叙述。而当时作为一种运动的非自然叙述理论尚未成气候。因而，后来了解到西方学界这一动向时，感到无意之中契合了一种潮流的欣喜，马上产生了强烈兴趣。2013年到2014年受国家留学基金委资助赴美国加州大学伯克利分校访学期间，本人将这一领域当时所有重要文献都找来翻阅了一遍，并开始着手申请"非自然叙述学"的课题，该课题得到批准时已经是2016年。当时，在国内这还是个较为冷门的话题，没想到仅过了短短几年，国内学界对非自然叙述理论的关注大大增加，西方学界的讨论在国内也引起了强烈的反响，期刊论文、学位论文、翻译、访谈都出现了不少，也成了一定意义上的学术热点。这一方面印证了本选题的价值，另一方面，也对本研究提出了更高的要求。显然，仅仅译介和评述西方前沿理论是远远不够的，也要与其他学者的工作有所区别。另外，由于这一思潮仍处于发展之中，西方学界的相关成果接连涌现，也要求本研究持续关注学界发展，为此，本课题申请延期到最后一刻，以便尽可能多地包含最新动向和成果。幸运的是，本人受国家留学基金委资助来到美国俄亥俄州立大学的叙述研究所（Project Narrative）访学，得以利用学校图书馆丰富的馆藏。也有幸参加了由詹姆斯·费伦（James Phelan）和艾米·舒曼（Amy

Shuman）两位教授主持的 2022 年度叙述研究所暑期研修班（Project Narrative Summer Institute），"自然与非自然叙述学"（Natural and Unnatural Narratology）也是其中的学习单元，所提供的阅读文献、课程讲解以及学员们的讨论对本研究也有所帮助。

  本研究的框架几经调整，成为现在的样子。除了对于西方非自然叙述理论的梳理与评析，本人也尝试就非自然叙述理论涉及的一些问题提出自己的看法。囿于自身能力与眼界，其中的疏漏与不足应该在所难免，每念及此，心中惴惴。本人诚恳地期待专家学者们的批评指正。

王长才

2022 年 8 月 7 日

于 Riverwatch tower

出版后记

这本小书终于要出版了,心里颇多感慨。一方面拖得实在太久了,本该早早完成;另一方面觉得还是有诸多不足,比起创见,遗憾更多。尤其是,"非自然叙述理论"作为学界热点,尚不到盖棺论定之时,尽管课题结项之后仍在补充修改,书中观点或许仍不成熟。不过,想到任何成果都可能只是阶段性成果,一举解决所有问题也不现实,也就稍稍心安了。本人诚恳地期待专家读者的指教。

然后是感谢。在思想学术、性情为人、生活态度、潇洒文风等几乎各方面都为我所敬仰的赵毅衡先生屈尊为我写序,大大提升了这本书的价值。他对我多有提携,在我几个人生重要节点给予了关键支持。2007年他把"首届叙事学国际会议暨第三届全国叙事学研讨会"的通知转给我,才让我得以真正进入国内叙述学的研究场域。2013年去伯克利访学也是他为我写了推荐信。我也有多篇论文是受他思想启发,在他对挑战的欢迎、鼓励下才得以成稿问世。除了在多个领域令我高山仰止的成就,他还有持续开放的心态、对现实与未来的敏锐洞察、笔耕不辍的勤奋、令人如沐春风的人格魅力……这些都让我望洋兴叹,心向往之。感激涕零。

感谢马里兰大学的布莱恩·理查森教授,他慷慨地允许将他的论文和访谈作为本书附录,为本书增色不少。在国际叙述研究学会年会期间的当面请教以及多次邮件交流都让我收获多多,本书部分内容受惠于他。感谢加州大学伯克利分校的多萝西·黑尔(Dorothy J. Hale)教授在我访学期间的指点,这本书的萌芽与她有关。感谢俄亥俄州立大学的詹姆斯·费伦教授、艾米·舒曼(Amy Shuman)教授，他们的研讨课不仅拓展了我的学术视野，在教学上也让我深受启发。尤其感谢费伦教授的安排与指导，本书部分内容曾以讲座的方式在叙述研究所（Project Narrative）与西方学界同行进行交流，也感谢艾米教授的肯定与鼓励。

特别感谢唐小林教授、胡易容教授、赵禹平老师青眼相待。也感谢赵毅衡先生和谭光辉教授的推荐，使得这本小书能被收入"中国符号学丛书·叙述"系列。衷心感谢责任编辑陈蓉老师的精心编校，她以出色的专业水准纠正了书中疏漏。也感谢李佳博士的协调付出。

感谢《文艺理论研究》《中外文化与文论》《符号与传媒》《中国语言文学研究》《英语研究》《叙事研究》《河北师范大学学报》《探索与批评》《认知诗学》等期刊、集刊，本书部分章节得以先行与读者见面。尤其感谢老友、博士同窗孙秀昌教授，除了促成部分成果发表，他对学术的虔诚与专注，于我也是一种巨大的鞭策。

感谢我供职的西南交通大学人文学院中文系，尤其感谢徐行言教授、阮航教授、向仲敏书记，对我一直关爱有加。

感谢李宏博、周东升、刘琼、李冬梅、刘巨文、温丽姿，作为课题组成员，本书的完成也有他们的贡献。

还有许多师友与亲朋，我不能在此一一列出名字，有您在，我心里倍感温暖。

最后，感谢先师余虹先生。一晃他辞世已快 17 年。每年在课堂上我都会讲到他，他的人格与思想应该被更多人了解、铭记。很惭愧，这么多年过去，我的成果不多。这本小书献给他，希望不会累及他的清誉。

王长才

2025 年春